중국고전문학정선 – 사곡詞曲

류종목 송용준 이영주 이창숙 譯解

明文堂

2007년 정부(교육과학기술부)의 재원으로 한국연구재단의
지원을 받아 수행된 연구임(NRF-2007-361-AL0016)

책을 펴내며

사곡詞曲은 기존의 악곡에 맞추어 써 넣은 가사로서 다른 나라에서는 유례를 찾아보기 힘든 중국 특유의 문학양식이다. 다만 우리나라나 일본과 같은 한자문화권에서 중국의 예를 모방하여 지은 작품이 다소 있을 뿐이다. 그러나 중국문학사에 있어서 사곡은 대단히 중요한 문학양식이다. 흔히 '당시唐詩 · 송사宋詞 · 원곡元曲'이라고 하거니와 시가 당대唐代의 대표적인 문학양식인 것처럼 사와 곡은 각각 송대宋代와 원대元代라는 한 시대의 대표적인 문학양식이라는 위상을 지니고 있다.

당대에 지어지기 시작한 사詞는 송대에 이르러 전성기를 맞아 일약 한 시대의 대표적 문학양식으로 발전했고 그 뒤로 차츰 쇠퇴하다가 청대淸代에 이르러 다시 크게 부흥했다. 그리고 산곡散曲과 희곡으로 구성되는 곡은 원대元代 초기부터 지어지기 시작하여 금방 원대의 대표적인 문학양식으로 발전했으며 그 뒤로 명대明代와 청대에도 계속 창작되었다. 산곡은 비록 사와 다른 곡조를 대상으로 삼았지만 악곡에 맞추어 쓴 가사라는 점에서는 사와 성격을 같이하며, 희곡은 산곡을 여러 편 연결하여 일관된 줄거리를 서술한다는 점에서 사와는 성격을 좀 달리한다.

이 책은 곡 중의 희곡은 제외하고 시가의 범주에 포함되는 사와 산곡 가운데 대표적인 작품을 선정하여 일반인들도 이해할 수 있도록 가급적 알기 쉽게 번역하고 상세하게 주해했다. 구체적으로 말하자면, 이 책은 사의 전성기였던 송대의 사를 주축으로 하되 당 · 오대와 금 · 원 · 명 · 청대의 명작도 수록하고, 곡의 전성기였던 원대의 산곡을 주축으로 하되 명대와 청대의 명작도 수록했다.

집필은 당오대唐五代 사와 유영柳永 사를 이영주가, 유영 사와 소식蘇軾 사를 제외한 북송 사와 청대 사를 송용준이, 소식 사와 남송 사 및 금대 ·

원대 · 명대의 사를 류종목이 담당하고, 원대 · 명대의 산곡은 모두 이창숙이 담당했다. 공동 집필에 따르는 문제점을 줄이기 위해 나름대로 많은 노력을 기울였지만 여전히 적지 않은 문제가 남아 있을 것임에 틀림없으므로 독자 여러분의 애정 어린 질정이 절실히 요망된다.

중국고전문학정선 시리즈를 지속적으로 출간할 수 있도록 지원해 준 서울대학교 인문학연구원과 한국연구재단에 깊은 감사의 뜻을 표한다. 그리고 이 시리즈의 출판을 흔쾌히 승낙해 주신 명문당의 김동구 사장에게도 감사의 뜻을 전한다. 《시가1》과 《시경 · 초사》 및 《시가2》에 이어 이 책의 편집과 교정에도 심혈을 기울여 주신 이은주 선생에게도 다시 한 번 감사를 드린다.

2014년 8월 14일
저자 일동

차 례

3 남송南宋 사詞 207

1. 당오대唐五代 사詞

사는 일종의 시체詩體이지만 시와는 달리 노래로 부르기 위해 쓴 가사이므로 '곡자사曲子詞'라고도 하였다. 근체시近體詩가 글자 수, 구절 수, 평측平仄, 압운押韻, 대장對仗 등에 있어서 제목과 상관없이 고정된 격식을 갖고 있는 반면에, 사는 제목에 따라 각기 다른 격식을 지니고 있어서 제목이 다르면 위의 요소들이 달라진다. 근체시의 경우 제목은 시의 내용과 연관되어 있어서 제목이 형식을 제약하지 않지만 사의 제목은 노래로 부를 때의 곡조, 즉 악보와 연관되어 있기 때문에 제목이 다르면 곡이 달라진다. 다시 말하면 시의 제목은 내용이 무엇인가를 알려주는 것인 반면에 사의 제목은 노래로 부를 때의 멜로디가 무엇인가를 알려주는 것이다.

따라서 시는 기본적으로 하나의 제목 아래 하나의 작품만이 존재하지만 사는 하나의 제목 아래 여러 개의 작품이 존재한다(사의 제목이 멜로디의 타이틀이므로 하나의 멜로디 아래 여러 개의 가사가 존재할 수 있다는 뜻이다). 예를 들어 시에서 '춘망春望'이라는 제목을 주면 우리는 자연스럽게 "국파산하재國破山河在, 성춘초목심城春草木深"으로 시작되는 두보杜甫의 〈춘망〉 시를 떠올릴 수 있지만, 사에서는 '소년유少年遊'라는 제목을 주면 우리는 이것이 어떤 멜로디를 지니고 있는지만 알 수 있을 뿐 누구의 작품인지, 구체적으로 어떤 가사를 갖고 있는 작품인지는 전혀 알 수 없다. 왜냐하면 〈소년유〉라는 제목의 사를 쓴 작가가 수백 명에 달하고, 북송의 유명한 사인詞人 유영柳永만 해도 여러 수의 〈소년유〉 사를 썼기 때문이다.

사는 일반적으로 먼저 곡을 지어 놓고 그 곡에 제목을 붙인 다음에(이렇게 창작된 곡조를 사조詞調라고 하고, 사조에 붙인 제목을 사패詞牌라고 한다) 그 사조에 따라 가사를 채워 넣는 방식으로 창작되었으므로(물론 하나의 사조가 등장하는 초기에는 가사를 먼저 짓고 나서 곡을 붙인 경우도 있었다) 사를 짓는 작가들은 멜로디의 분위기에 따라 가사를 써서 노래가 훌륭해지는 데 주의력을 집중하고, 시처럼 자구의 절묘한 배합 등에는 상대적으로 크게 신경을 쓰지 않았다. 오늘날 대중가요에서 한 박자를 하나의 음절로 노래해도 되고 둘 이상의 음절로 노래해도 되듯이, 사 작가는 기본적으로 악보에 따라 가사를 짓지만 노래의 필요에 따라 글자 수를 약간 가감할 수도 있고, 평측平仄의 운율도 조정할 수 있었다. 초기의 사가 종종 한 사조에 여러 변체가 있었던 것은 바로 이 때문이다.

송宋 이후 악보가 점점 없어지게 되고 또 사의 음악을 이해하는 사람들도 줄어들게 되어 점차 사의 창작은 가사의 내용에 중점을 두고 가창 부분은 소홀히 하게 되었다. 이로 말미암아 후인들은 악보를 완전히 도외시한 채 옛사람들이 지어놓은 가사를 참작하여 그 형식에 따라 글자를 채워 넣는 방식으로 사를 짓게 되었다(이것을 사보詞譜에 의거하여 전사塡詞한다고 한다). 이렇게 되어 사는 격식이 엄격하게 고정된 순수문학 양식으로 변모하게 되었다.

당대唐代에 싹을 틔우고 송대宋代에 만개한 사詞는 민간가요로부터 변화 발전했다. 돈황 문건 속에서 발견된 수많은 민간사는 사가 원래 민간가요에서 시작되었다는 사실을 알려준다.

돈황 사곡詞曲의 가장 주요한 초권抄卷은 《운요집잡곡자雲謠集雜曲子》로 모두 30수의 사가 수록되어 있는데 10세기 초에 초록된 것으로 추정된다. 따라서 이 초권은, 문인사 최초의 사詞 총집總集인 《화간집花間集》보다 대략 30년 이전의 것으로서 사실상 중국 최초의 사집詞集이라 할 수 있을 것이다.

돈황에서 발견된 사는 민간사가 다수를 차지하는데, 이 민간사는 기본적으로 옛 악부가사와 풍격을 같이하여 표현이 진실하면서 통속적이다. 내용상 인간의 다양한 정서가 표현되었고 그 시대의 사회상도 잘 반영하여 문학적 가치가 아주 높다. 그 격률을 보면, 친자襯字를 많이 사용하고 자수가 일정하지 않으며 평측 규칙이 엄격하지 않다. 협운協韻도 비교적 관대하게 이루어져 있어서 이를 통해 사의 격률이 아직 정형화되기 이전의 추형雛形이 어떠하였는지를 알 수 있다.

민간에 유행하던 사의 형식을 본떠서 문인이 사를 지은 것은 수대隋代부터라 할 수 있으니, 이 시기의 악부 중에 사와 유사한 작품이 전해지기 때문이다. 그러나 제대로 된 사는 당대에 이르러 출현하였는데, 특히 성당 시기 이백은, 그가 지었다는 사의 진위에 대하여 논란이 있음에도 불구하고 사사詞史에서 중요한 자리를 차지하였다. 송본宋本인 이백의 시문집에는 사가 수록되지 않았는데, 오대五代 사람 여붕呂鵬의 《알운집遏雲集》에 이백의 사 4수가 수록되었고, 송宋 초에 편찬된 《준전집尊前集》에 이백의 사 12수가 수록된 이후로 여러 평자들이 고금의 사인詞人 중에 이백을 최초의 작가로 간주하였고, 이백의 〈보살만菩薩蠻〉과 〈억진아憶秦娥〉 2수를 '백대百代 사곡詞曲의 비조鼻祖'로 평가하였다.

중당中唐에 이르러서는 백거이白居易와 유우석劉禹錫 등이 민간사의 형식에 관심을 갖고 이를 본떠 사를 지었으니, 중국의 문인사는 바로 이들에 의해 본격적으로 등장하게 되었다고 할 수 있을 것이다.

문인이 사를 짓는 풍조는 만당晩唐과 오대五代에 이르러 더욱 가열되는데 그 선봉은 온정균溫庭筠(812-870?)이 맡았다. 그는 이상은과 '온리溫李'라고 병칭될 정도로 뛰어난 시인이었는데, 그가 사를 본격적으로 창작하여 뛰어난 성과를 보여주었기 때문에 사가 급속하게 발전하게 되었다.

후촉後蜀의 조숭조趙崇祚가 편찬한 《화간집》은 중국 최초의 문인사 총집總集으로 만당과 오대의 사 작가 18명의 사 500수가 수록되어 있다. 이 사집에 수록된 사는 기녀와의 사랑 같은 염정적艶情的 내용을 많이 다루었고, 대다수 사의 풍격이 염려艶麗하고 완약婉約하여, 이러한 사풍을 흔히 '화간풍花間風'이라 한다. 이 《화간집》의 첫머리에 온정균의 사가 66수나 실려 있으니 그가 화간풍을 대표하는 작가임을 알 수 있다.

위장韋莊(836-910)도 《화간집》에 많은 작품이 수록되었는데, 그의 작품 다수도 《화간집》의 다른 작가와 마찬가지로 남녀의 연정을 다루었다. 그는 온정균과 이름을 나란히 하였는데, 온정균이 연정이나 그리움 같은 여성적 주제를 정감이 농후한 필치를 사용하여 함축적으로 그려낸 것에 비하여 위장은 비교적 산뜻하고 담박한 필치를 사용하여 말하고자 하는 바를 분명하게 표현하였고, 이로 인해 풍격이 청려淸麗하다는 평을 받았다.

오대의 사는 남당南唐의 후주後主인 이욱李煜(937-978)과 풍연사馮延巳(903-960) 등이 좋은 작품을 많이 남겼다. 풍연사는 남당에서 재상까지 지낸 고급 관료 신분으로 시도 잘 지었다. 그의 사는 송초宋初 진세수陳世修가 편찬한 《양춘집陽春集》에 100여 수가 수록되어 있는데 사풍은 화간풍을 크게 벗어나지 않는다. 단 왕국유王國維가 《인간사화人間詞話》에서 지적했듯이 '작품의 스케일이 커서 북송의 사풍에 길을 열어 주었으니[堂廡特大, 開北宋一代風氣]', 이 점은 높은 평가를 받아야 할 것이다.

이욱은 남당의 마지막 황제로 나라가 망한 뒤 송나라에 잡혀가 만년을 유폐幽閉되어 살았다. 이로 인해 그는 지난날 호화롭게 살던 시절을 추억하고 만년의 비참한 생활을 한탄하는 내용의 사를 짓게 되었는데, 이런 사는 그의 불우한 일생을 떠올리게 하여 독자에게 진한 감동을 주었고 많은 사람의 입에 회자되었다.

돈황곡자사敎煌曲子詞

청淸 광서光緖 26년(1900)에 감숙성甘肅省 돈황敎煌 막고굴莫高窟에서 당唐, 오대五代에 필사된 문권이 대량으로 발견되었다. 이 돈황문권 속에는 적지 않은 수의 사詞가 있었는데 그 중 6수만 작자를 밝혔을 뿐 나머지는 모두 무명씨無名氏의 작이었다. 저작 시기를 보면 대략 성당 시기부터 오대에 이르기까지 긴 기간의 작품이 섞여 있었다. 제재도 광범하고 내용도 다양하여 그 시대 사회생활의 갖가지 모습을 반영하였다.

鵲踏枝

叵耐靈鵲多瞞語. 送喜何曾有憑據.
幾度飛來活捉取, 鎖上金籠休共語.

比擬好心來送喜. 誰知鎖我在金籠裏.
欲他征夫早歸來, 騰身卻放我向靑雲裏.

작답지

까치가 거짓말 많이 하는 것 참을 수 없으니
기쁜 소식 전하는 게 언제 근거 있었던가.
몇 번이나 날아드니 확 잡아다가
황금 새장에 가두고는 말을 걸지 말아야지.

본래 호의로 기쁜 소식 전하려 했는데
새장 속에 날 가둘 줄 그 누가 알았는가.

길 떠난 남편이 빨리 돌아오기 바라니
벌떡 일어나서 나를 푸른 구름 속에 풀어줄 텐데.

■ 주 석

叵(파) : ~할 수 없다. '불가不可'의 뜻.

耐(내) : 참다.

瞞(만) : 속이다. 원본에는 '만滿'으로 되어 있지만 왕중민王重民은《돈황곡자사집敦煌曲子詞集》에서 '만謾'으로 교정하였고, 임이북任二北은《돈황곡교록敦煌曲校錄》에서 '만瞞'으로 교정하였다.

憑據(빙거) : 근거.

活捉(활착) : 잽싸게 붙잡다.

比(비) : 본래. 당대唐代의 속어이다.

擬(의) : ~하려고 하다.

騰身(등신) : 벌떡 일어나다.

■ 해 제

이 사는 남편을 그리워하는 여인과 까치와의 대화를 노래한 작품이다. 상편은 여성 화자가 직접 말하는 방식으로 전개된다. 즉 까치가 전하는 소식을 믿을 만하지 못하다면서 돌아오지 않는 남편에 대한 원망을 까치에게 돌리고 있다. 하편은 조롱 속에 갇힌 까치가 하는 말이다. 까치의 조롱하는 말투 속에는 남편이 빨리 돌아오길 바라는 여인의 속마음이 담겨 있다.

望江南

莫攀我, 攀我太心偏.
我是曲江臨池柳, 者人折了那人攀.
恩愛一時間.

망강남

나를 잡아당기지 마세요.
나를 잡아당기려고 너무 마음 쏟네요.
저는 곡강 연못가의 버들
이 사람도 꺾고 저 사람도 잡아당기지만
사랑은 한순간이지요.

▩ 주 석

曲江(곡강) : 섬서성陝西省 서안西安 동남쪽에 있다. 당나라 때 명승지였다.
者(자) : 이. '저這'와 같다.

▩ 해 제

이 사는 기녀의 노래로서 기녀가 처한 서글픈 현실을 사실적으로 말하고 있다.

搗練子

孟姜女, 杞梁妻.
一去燕山更不歸.
造得寒衣無人送, 不免自家送寒衣.

도련자

맹강녀는
기량의 아내.
"한번 연산으로 가서 다시는 돌아오지 않으니,
겨울 옷을 지었으나 전해줄 사람이 없어,
할 수 없이 직접 겨울옷을 보내야겠습니다."

■ 주 석

燕山(연산) : 동한의 두헌竇憲 장군이 흉노를 크게 물리치고 공적비를 세운 연연산燕然山을 가리킨다. 여기서는 북방의 변방 지역을 가리킨다.

■ 해 제

맹강은 춘추春秋 시기 제齊나라 대부 기량杞梁의 처로 성이 강姜씨이고 자字가 맹孟이다. 제나라 장공莊公 4년(B.C. 550)에 기량이 장공을 따라 거莒를 공격하다가 포로로 잡혀 죽자, 그녀가 교외에 나가 상여를 맞이하니 장공이 사람을 시켜 조문하게 하였다. 그녀는 교외에서 조문을 받는 것이 예의에 어긋난 일이라고 하여 거절하자 장공이 직접 집으로 가서 조문하였다. 전해지는 말에 의하면 그녀가 남편을 위해 10일을 우니 성이 허물어졌다고 한다.
이 사는 표면적으로는 맹강녀의 고사를 읊고 있지만 그 속에는 당시 부역과 수자리로 인해 고통 받는 인민 대중의 고통이 반영되었다.

菩薩蠻

枕前發盡千般願. 要休且待靑山爛.
水面上秤錘浮. 直待黃河徹底枯.

白日參辰現. 北斗回南面.
休即未能休. 且待三更見日頭.

보살만

베갯머리에서 온갖 맹세를 다하나니,
버리려면 청산이 문드러지길 기다려야 하고,
물 위에 저울추가 떠야 하고,
황하가 바닥까지 마르기를 기다려야 하리.

한낮에 별이 뜨고
북두성이 남쪽을 가리켜야 하리.
버리려 해도 그리는 못할 것이니
삼경에 해 뜨는 그날을 기다려야 하리.

■ 주 석

參辰(심신) : '심'과 '신'은 모두 별 이름이다.

■ 해제

이 사는 자연에서 일어날 수 없는 여섯 가지 현상을 사랑이 끝나는 전제조건으로 삼아 사랑하는 사람 사이에 맹세하는 내용이다.

浣溪沙

五量竿頭風欲平. 長風擧棹覺船行.
柔櫓不施停卻棹, 是船行.

滿眼風波多閃灼, 看山恰似走來迎.
子細看山山不動, 是船行.

완계사

오량 돛대 위에 바람이 거의 잦아,
순풍에 노를 드니 배가 절로 가는 듯.
삿대를 젓지 않고 노도 멈췄으니
이는 배가 흘러간 것이라.

반짝이는 바람 물결 온 눈에 가득한데
산을 보니 달려와 맞아주기라도 하는 듯.
자세히 보니 산이 움직이질 않았으니
이는 배가 흘러간 것이라.

■ 주 석

五量竿(오량간) : 원문은 '오리간五里竿'으로 되어 있으나 '이里'가 '양量'의 잘못으로 추정된다. '오량五量'은 '오량五兩'으로 배의 돛대 위에 매달아 바람을 측정하는 기구이다.

柔櫓(유로) : 노를 가볍게 흔들다. '노櫓'는 '장槳'과 외형이 비슷하나 좀 더 크다.

棹(도) : 노.

■ 해 제

이 사는 순풍에 돛을 달고 가는 배를 탄 즐거움을 경쾌한 필치로 그렸다.

이백李白(701–762)

자가 태백太白이고 호는 청련거사靑蓮居士이다. 모친이 꿈에 태백성을 보고 낳았다고 한다. 출생한 곳과 조상에 대해서는 이설異說이 많다. 일반적인 설에 의하면, 조적祖籍은 농서隴西 성기成紀(지금의 감숙성甘肅省 천수현天水縣)인데 수隋 말엽에 그의 선대가 서역으로 옮겨가 살아 그는 거기서 출생하였고 어렸을 때 다시 부친을 따라 금주錦州(지금의 사천성四川省 면양현綿陽縣)로 이주했다고 한다. 소년 시절부터 호협하여 방랑생활을 즐겼던 그는 42세 때 현종의 인정을 받아 잠시 한림학사翰林學士가 되었으나 자유분방한 성격 등이 화근이 되어 장안에서 쫓겨나 다시 천하를 떠돌아 다녔고, 영왕永王의 일에 연루되어 유배생활을 하기도 하였다. 그 뒤 사면되어 금릉金陵(강소성江蘇省 남경南京), 선성宣城(안휘성安徽省 선성현宣城縣) 등지를 왕래하다가 당도當塗(안휘성 당도현當塗縣)로 가서 현령으로 있던 친척 이양빙李陽氷에 의지해 살다가 62세로 병사하였다. 그는 당대 낭만파 시인의 제일인자로 시는 안사의 난 이전의 당대 시정신을 집대성한 것이라고 할 수 있다. 작품은 호방豪放하고 표일飄逸한 풍격을 최대의 특색으로 하나, 그것에만 그치지 않고 다양한 풍격을 두루 갖추었다. 시체상詩體上에서도 다방면에 뛰어나, 자유로운 시상을 표현할 수 있는 악부가행체에서 그의 장점을 가장 잘 발휘하였지만, 다른 시체에서도 우수한 작품을 많이 남겼다.

송본宋本인 이백의 시문집에는 사가 수록되지 않았는데, 오대五代 때 여붕呂鵬의 《알운집遏雲集》에 이백의 사 4수가 수록되었고 송宋 초에 편찬된 《준전집尊前集》에 이백의 사 12수가 수록된 이후로 여러 평자들이 고금의 사인詞人 중에 이백을 최초의 작가로 간주하였고 이백의 〈보살만菩薩蠻〉과 〈억진아憶秦娥〉 2수를 "백대百代 사곡詞曲의 시조"로 평가하기도 했지만, 이백이 지은 것이라고 전해지는 사의 진위에 대해서는 아직도 정론定論이 없다. 작품집으로는 《이태백집李太白集》이 있다.

菩薩蠻

平林漠漠烟如織. 寒山一帶傷心碧.
暝色入高樓. 有人樓上愁.

玉階空佇立. 宿鳥歸飛急.
何處是歸程. 長亭更短亭.

보살만

숲은 아득하고 안개는 베로 짠 듯한데
쓸쓸한 산 일대는 가슴 아프도록 푸르다.
어스름 빛이 높은 누대에 드는데
한 사람이 누대에서 근심하누나.

옥 계단에 부질없이 우두커니 섰는데
자려는 새는 둥지로 돌아가느라 바쁘다.
어디가 돌아가는 길인가
장정에 다시 단정이로다.

■ 주 석

平林(평림) : 평원平原 위의 숲.
漠漠(막막) : 숲이 아득한 모습. 또는 펼쳐진 모습으로 볼 수도 있다.
烟如織(연여직) : 안개가 베를 짠 듯이 자욱하다.
傷心碧(상심벽) : 마음을 아프게 할 정도로 푸르다. 숲이 푸른 것을 극단적으로 표현한 것이다.
暝色(명색) : 날이 저물어가는 어스레한 빛.
佇立(저립) : 오래도록 서있다.
宿鳥(숙조) : 자려고 둥지에 깃들이려는 새.
歸程(귀정) : 돌아오는 길. 또는 돌아가는 길.
長亭(장정) : 십 리마다 설치한 역참.
短亭(단정) : 오 리마다 설치한 역참.

■ **해 제**

이백이 25세 이후 양양襄陽과 한수漢水 일대를 유랑할 때 지은 작품으로, 나그네가 역루驛樓에 올라 아득히 바라다본 정경을 노래하였다.
송대宋代 《상산야록湘山野錄》 상권에 "이 사는 정주鼎州(지금의 호남성湖南省 상덕常德) 창수滄水 역루驛樓에 있었는데, 누가 지었는지, 또 누가 편찬했는지 알 수 없었다. 위태魏泰가 보고 좋아하였는데 후에 장사長沙에 이르러 증포曾布의 집에서 옛 문집을 얻고서야 비로소 이백이 지었다는 사실을 알았다."라고 하였다.
청淸나라 이조원李調元이 《우촌사화雨村詞話》에서 "작품의 '직織' 자가 가장 뛰어나다. 이백의 이 구로 인해 손광헌孫光憲의 '야당여직野棠如織'과 안수晏殊의 '심사직心似織'의 사구詞句가 있게 되었다."라고 하였다.

憶秦娥

簫聲咽. 秦娥夢斷秦樓月.
秦樓月. 年年柳色, 灞陵傷別.

樂遊原上清秋節. 咸陽古道音塵絕.
音塵絕. 西風殘照, 漢家陵闕.

억진아

통소 소리 흐느끼니
진나라 여인이 꿈에서 깨어나고 진 땅의 누대에는 달이 비친다.
진 땅의 누대에는 달이 비치고,
해마다 버들은 푸른색을 띠는데
파릉의 다리에서 이별을 아파하네.

낙유원에 맑은 가을이 되었는데
함양의 옛길에는 소식이 끊어졌네.
소식이 끊어지고,
서풍이 불고 해가 지는데
한나라의 능묘가 보이네.

■ **주 석**

咽(열) : 목이 메다.

夢斷(몽단) : 꿈을 이루지 못하다. 꿈에서 깨다.

灞陵(파릉) : 한 무제의 능으로 장안 동쪽에 있다. 그 근처에 파교灞橋가 있는데 당나라 사람들이 버들을 꺾어 이별하는 곳이었다.

樂遊原(낙유원) : 장안 남쪽 교외에 있는 언덕. 당나라 때는 이곳에서 남녀들이 모여 놀았다.

音塵(음진) : 소식.

殘照(잔조) : 석양.

陵闕(능궐) : 제왕의 무덤. 한나라 고조高祖의 장릉長陵, 혜제惠帝의 안릉安陵, 경제景帝의 양릉陽陵, 무제武帝의 무릉茂陵, 소제昭帝의 평릉平陵이 장안 남쪽에 있었다.

■ 해 제

'억진아'는 사패詞牌 즉 사의 곡조 이름이다. 《악부기문樂府紀聞》에 "문종文宗의 궁녀였던 심교교沈翹翹가 금오위 장사인 진성秦城에게 시집을 갔는데 그가 일본으로 사신으로 떠나자 그를 그리워하면서 〈억진랑憶秦郎〉이라는 곡을 지었는데 이것이 바로 〈억진아憶秦娥〉이다."라고 하였다. 하지만 이 사의 내용은 한 여인이 사랑하는 사람을 그리워하는 것이어서 제목의 뜻과는 맞지 않다. 이 사는 북송 소박邵博의 《소씨문견후록邵氏聞見後錄》에 처음 보인다. 이 사는 송나라 촉본蜀本 《이태백문집》에는 수록되어 있지 않았는데, 함순본咸淳本 《이한림집李翰林集》에 앞에 나오는 〈보살만菩薩蠻〉과 함께 덧붙여 수록되었다.

이 사의 앞부분은 이별을 아파하며 떠나간 임을 그리워하는 여인의 모습을 묘사하였고, 뒷부분은 임과의 소식이 끊어진 장안의 경물을 묘사하여 쓸쓸한 여인의 마음을 나타내었다.

장지화張志和(?–774)

초명初名은 귀령龜齡이고 자는 자동子同이다. 현진자玄眞子라 자호自號하였으며, 무주婺州(지금의 절강성 금화金華) 사람이다. 16세에 태학太學에 유학하였고 명경과明經科에 급제하였다. 숙종肅宗의 인정을 받아 좌금오위녹사참군左金吾衛錄事參軍에 제수되었고 '지화'라는 이름을 하사받았다. 일에 연루되어 남포위南浦尉(남포는 지금의 사천성 만현萬縣)로 좌천되었다가 사면되었는데 이후로 다시 출사하지 않고 강호에 은거하며 연파조도烟波釣徒라 자칭하였다. 육우陸羽와 더불어 안진경顔眞卿의 식객으로 있은 적이 있고, 음악과 서화에 조예가 깊었다. 사는 현재 5수가 전해진다.

漁歌子

西塞山前白鷺飛. 桃花流水鱖魚肥.
青箬笠, 綠蓑衣. 斜風細雨不須歸.

어가자

서새산 앞에는 백로가 날아가고
복사꽃 떠가는 강물에는 쏘가리가 살져있다.
푸른 삿갓에
초록 도롱이 걸쳤으니
바람에 비낀 가랑비에 돌아가지 않아도 된다네.

■ 주 석

西塞山(서새산) : 산 이름. 지금의 절강성浙江省 호주시湖州市 오흥구吳興區에 있다.

鱖魚(궐어) : 쏘가리.

箬笠(약립) : 대나무 살로 만든 삿갓.

蓑衣(사의) : 도롱이. 도롱이는 볏과 식물의 짚으로 만든 비옷으로 머리에는 삿갓을 쓴다.

斜風(사풍) : 비스듬히 부는 바람.

細雨(세우) : 가랑비.

■ 해 제

장지화의 〈어가자〉 5수는 호주湖州에 살 때 지은 것으로 강호에서 낚시하며 지내는 즐거움을 읊었다.

이 사는 인구에 회자하여 해외에까지 알려졌으니, 일본의 차아천황嵯峨天皇(사가천황)이 홍인弘引 14년(823)에 장지화의 사를 본 따 〈어가자〉 5수를 지었고, 신하들이 이에 화작한 것이 현재 전해지고 있다.

유우석劉禹錫(772–842)

자가 몽득夢得이며 낙양洛陽 사람이다. 정원貞元 9년(793)에 진사가 되었으며 감찰어사監察御史를 지냈다. 왕숙문王叔文의 정치집단에 유종원柳宗元 등과 함께 참여하여 '영정혁신永貞革新'이라 불리는 정치 혁신운동에 적극 참여하였지만, 혁신운동이 실패하자 연루되어 낭주朗州(지금의 호남성湖南省 상덕현常德縣) 사마司馬로 폄적되었다. 후에 연주連州, 기주夔州, 화주和州 등지의 자사를 거쳐 검교예부상서겸태자빈객檢校禮部尙書兼太子賓客에 올랐다. 시가는 정치색이 짙으며 백성의 고통스러운 생활상을 잘 반영하였다. 시사에 뛰어나 '시호詩豪'라 불렸다. 민가를 채용하여 〈죽지사竹枝詞〉를 지어 후대 죽지사의 선구가 되었다. 한유韓愈, 백거이白居易 등과 교유하였는데, 특히 백거이와 수창한 작품이 많다. 문집에 《유몽득문집劉夢得文集》이 있다.

竹枝詞

山桃紅花滿上頭. 蜀江春水拍山流.
花紅易衰似郎意, 水流無限似儂愁.

죽지사

산복사 붉은 꽃은 산 위에 가득 피고
촉강 봄물은 산을 치며 흐르네.
붉은 꽃 쉬이 지니 임 마음 같고
흐르는 물 끝없으니 이 내 시름 같다네.

■ 주 석

上頭(상두) : 산 위를 뜻한다.

蜀江(촉강) : 여기서는 삼협三峽을 흐르는 장강을 가리킨다.

儂(농) : 나. 여자 자신을 가리키는 말.

■ 해 제

〈죽지사〉는 일명 파유사巴渝詞라 하는데, 본래 파유巴渝(지금의 사천성 동부 지역) 일대의 민가였던 죽지가竹枝歌의 가사이다. 장경長慶 원년(821) 겨울, 유우석이 기주자사夔州刺史에 임용된 후, 죽지가 곡조에 따라 죽지사를 지었는데 민가풍과 지방색이 농후하다. 유우석이 지은 죽지사는 9수 연작의 것과 2수 연작의 것이 있는데 위의 사는 〈죽지사 9수〉 중 하나이다. 촉산의 복사꽃과 촉강의 봄물은 변심한 남자와 정 많은 여자를 비유한다. 아름다운 풍경과 진한 정감이 융합되어 의경意境이 아름답고 운미韻味가 길고 깊다.

백거이白居易(772-846)

자가 낙천樂天이고, 호가 향산거사香山居士, 취음선생醉吟先生이며, 하규下邽(지금의 섬서성 위남渭南) 사람이다. 정원貞元 16년(800)에 진사가 된 뒤 원화元和 연간에 좌습유左拾遺, 좌찬선대부左贊善大夫 등을 역임하였는데 권력자의 미움을 사서 강주사마江州司馬로 폄적되었다. 장경長慶, 보력寶曆 연간에 항주자사杭州刺史, 소주자사蘇州刺史 등의 외직을 맡은 뒤 벼슬이 형부상서刑部尙書에 이르렀다. 시는 제재가 광범하고 형식이 다양하며, 언어는 평이하고 통속적이다. 〈진중음秦中吟〉과 〈신악부新樂府〉 등을 지어 신악부운동新樂府運動을 주도하였으며, 시를 통해 당시의 비정秕政을 비판하고 백성의 질고를 반영하여 현실주의 시인으로 평가 받는다.
《준전집尊前集》에 사 26수가 수록되었는데, 그의 사는 중당 시인들이 곡에 따라 전사塡詞하는 풍조를 열었다는 평가를 받는다. 문집으로 《백씨장경집白氏長慶集》이 있다.

憶江南

江南好, 風景舊曾諳.
日出江花紅勝火, 春來江水綠如藍.
能不憶江南.

억강남

강남 땅이 좋으니
그 풍경 예전에 알고 있었지.
해 뜨면 강가 꽃은 불보다 붉었고

봄 오면 강물은 쪽보다 푸르렀지.
강남을 그리워하지 않을 수 있겠는가?

■ 주 석

諳(암) : 기억하다, 알다.
勝(승) : ~보다 낫다.
藍(남) : 쪽풀.

■ 해 제

백거이의 〈억강남〉은 모두 3수인데 이것은 그 중 하나이다. 백거이는 자주自主에서 "이 곡은 일명 〈사추낭〉이라고 하며 매 수가 5구이다(此曲亦名謝秋娘, 每首五句)"고 하였다.
백거이는 소년 시절 강남 땅으로 피난가 소주, 항주 지역에서 산 적이 있었다. 그리고 장경長慶 2년(822) 7월 항주자사杭州刺史로 임명되고, 장경 5년 소주자사蘇州刺史로 옮겨 갔다가 보력寶曆 2년(826) 병으로 면직하고 낙양洛陽으로 돌아올 때까지 도합 5년 동안 소주, 항주에서 벼슬한 적이 있어서 이 지역의 풍물을 잘 알고 있었다. 이 사는 만년에 낙양에 살 때 강남의 풍광과 생활상을 추억하며 지은 것인데, 제1수는 강남을 포괄적으로 읊었고, 제2수는 항주를 읊었고, 제3수는 소주를 읊었다.

長相思

汴水流, 泗水流.
流到瓜洲古渡頭. 吳山點點愁.

思悠悠. 恨悠悠.

恨到歸時方始休. 月明人倚樓.

장상사

변수 흐르고
사수 흐르네.
흘러서 과주의 옛 나루에 이르리니
오산은 점점이 시름겨워라.

그리움 아득하고
한도 아득하네.
이 한은 돌아와야만 비로소 그칠 터,
달 밝은 밤 사람이 누대에 기대었네.

■ 주 석

汴水(변수) : 강 이름. 변하汴河 또는 변거汴渠라고도 한다. 당나라 때 서쪽으로 하락河洛, 남쪽으로 강회江淮와 통하였다.

泗水(사수) : 산동성山東省에서 발원하여 남쪽으로 회하淮河에 흘러들어간다.

瓜洲(과주) : 나루 이름. 지금의 강소성江蘇省 한강현邗江縣 남쪽, 장강의 북쪽 강안에 위치한다. 장강을 사이에 두고 진강鎭江과 마주하고 있다.

吳山(오산) : 산 이름. 지금의 절강성浙江省 항주杭州 서호西湖 동남쪽에 있다. 강남江南의 여러 산을 범칭하는 말이라는 설도 있다.

■ 해 제

'장상사'는 원래 당唐나라 교방敎坊의 곡 이름이다.

이 사는 규원閨怨을 그린 것으로 상편上片은 사경을 주로 하고, 하편下片은 서정을 주로 하여 시상을 전개하였다. 사 속에 언급된 변수, 사수, 과주, 오산 등은 낙양洛陽에서 배를 타고 남쪽 강남을 갈 때 경유하는 곳인데, 여인이 그리워하는 임은 이 노선을 따라 이동해 갔을 것이다.

온정균溫庭筠(812?–866)

본명은 기岐이고 자字는 비경飛卿으로 태원太原 기祁(지금의 산서성山西省 기현祁縣) 사람이다. 오랫동안 관직에 나아가지 못하다가 만년에 이르러서야 방성위方城尉, 국자조교國子助教 등의 낮은 관직을 지냈는데, 이는 그가 글로 당시의 권문귀족들을 즐겨 조롱하여 그들에게 배척받았기 때문이다. 글재주가 뛰어나 단숨에 일만一萬 자를 써내려갈 정도였다고 한다. 시를 잘 짓고 풍격도 이상은李商隱과 비슷하여 '온리溫李'라고 병칭되었지만 실상 시의 성취는 이상은에 크게 못 미친다. 또 단성식段成式과는 변문駢文으로 이름을 날렸는데, 온정균, 이상은, 단성식이 모두 집안 형제 중 열여섯째였기에 당시 이들의 화려하고 수식적인 문체를 '삼십육체三十六體'라 불렀다. 온정균이 시에 있어서는 일류라 할 수 없지만 사詞의 영역에서는 독자적인 영역을 구축하고 높은 수준을 이루었으며, 이른바 '화간풍花間風'을 대표하여 '화간비조花間鼻祖'라는 평가를 받는다. 현재 사는 《화간집花間集》, 《준전집尊前集》 등에 전해진다.

菩薩蠻

小山重疊金明滅. 鬢雲欲度香腮雪.
懶起畫蛾眉. 弄妝梳洗遲.

照花前後鏡. 花面交相映.

新貼繡羅襦. 雙雙金鷓鴣.

보살만

산 모양 눈썹은 겹치고 액황의 금빛은 명멸하며
구름 같은 살쩍머리는 눈빛의 향긋한 뺨을 스치려 하네.
느릿느릿 일어나 눈썹 그리고
더디게 단장하고 빗질하네.

앞뒤 거울에 꽂은 꽃 비추니
꽃과 얼굴이 서로 비친다.
새로 도안을 붙인 비단 저고리에는
쌍쌍의 금빛 자고새.

▩ 주 석

小山重疊(소산중첩) : 소산은 소산미小山眉를 두고 한 말로 보인다. 당대唐代 여인의 눈썹 그리는 방식 중에 열 가지 유행한 것을 '십종미十種眉'라 하는데 그중 두 번째가 소산미小山眉이다. 일명 원산미遠山眉라고도 한다. 밤에 마음이 심란하여 전전반측하다 보니 눈썹먹이 어지럽게 번져 진한 데도 있고 옅은 데도 있어 그 모양이 산이 중첩된 것처럼 보인다는 뜻이다. '소산'을 쪽 모양을 형용한 것으로 보는 설도 있고, '병산屛山' 즉 병풍을 가리키는 것으로 보는 설도 있다.

金明滅(금명멸) : 당대唐代 여인들은 이마를 노란 염료로 칠하여 꾸몄는데 이를 액황額黃이라고 한다. 여기의 '금'은 그것을 두고 한 말일 것이다.

하룻밤이 지났기 때문에 그 빛이 진한 데도 있고 옅은 데도 있기에 '밝았다 어두웠다 한다'고 말한 것이다. '금'을 햇빛으로 보는 설도 있다.

鬢雲(빈운) : 운빈雲鬢. 구름같이 풍성한 살쩍.

度(도) : 머리카락이 흩어져 내려 뺨에 닿은 것을 말한다.

蛾眉(아미) : 원래는 누에나방의 더듬이처럼 가늘고 긴 여인의 눈썹을 뜻하는 말이었지만, 원화元和 연간 이후에 유행한 넓게 그린 눈썹도 아미라고 하였다.

弄妝(농장) : 단장하다.

照花(조화) : 거울을 보고 꽃을 꽂다. 당시 여인은 머리에 꽃을 꽂는 것을 좋아하였는데, 생화를 쓰기도 하고 모조품을 쓰기도 하였다.

貼(첩) : 자수. 도안을 만들어 붙이다.

金鷓鴣(금자고) : 금실로 수놓은 자고새. 자고새는 원앙과 마찬가지로 암수가 쌍으로 지내는 것을 비유한다.

■ **해 제**

이 사는 〈보살만〉 14수 가운데 하나이다. 〈보살만〉은 선종宣宗 대중大中 연간에 지은 것으로 추정되는데 화려한 시어를 사용하고 풍격이 염려艷麗하여 온정균의 사풍을 잘 보여준다.

작품 속의 여인은 임 생각에 밤새 전전하다가 다음날 아침 일어나 다시 정성스레 화장하고 거울에 자기의 모습을 비추어 본다. 임을 그리는 고독한 심사가 그러한 행위에서 진하게 느껴진다.

菩薩蠻

水精簾裏頗黎枕. 暖香惹夢鴛鴦錦.

江上柳如烟. 雁飛殘月天.

藕絲秋色淺, 人勝參差剪.
雙鬢隔香紅, 玉釵頭上風.

보살만

수정 주렴 속에서 파려 베개 베니
따뜻한 향이 원앙 이불에서 꿈꾸게 하네.
강가의 버들빛이 안개 같은데
기러기는 달 지는 하늘에 날아가네.

연뿌리 실은 가을빛이 맑고
인형 머리장식은 들쭉날쭉.
양쪽 살쩍의 꽃이 아름답고
옥비녀 머리에는 바람이 이네.

▩ 주 석

水精(수정), 頗黎(파려) : 당나라 때 서역에서 전래된 보석. '파려'는 천연 수정석의 일종이다.

藕絲(우사) : 연뿌리를 잘랐을 때 길게 이어지는 투명하고 가는 실. 여기서는 흰색 실로 된 옷감을 비유한다.

人勝(인승) : 중국의 풍속에 인일人日, 즉 정월 초이레에 채색 종이를 사람 모양으로 잘라내어 부녀들의 머리장식으로 삼았는데 이를 가리킨다.

雙鬢(쌍빈) : 꽃을 꽂은 양쪽 살쩍.

香紅(향홍) : 꽃. 여인의 얼굴을 가리키는 것으로 볼 수도 있다.

■ 해제

〈보살만〉 14수 가운데 하나로, 이 역시 규원閨怨을 읊었다. 상편上片은 화려한 규방에서 꿈을 꾸었음을 말하였다. 상편의 마지막 두 구는 꿈속에서 본 경물일 수도 있고, 꿈 깬 뒤에 본 경물일 수도 있다.

菩薩蠻

南園滿地堆輕絮. 愁聞一霎淸明雨.
雨後却斜陽. 杏花零落香.

無言勻睡臉. 枕上屛山掩.
時節欲黃昏. 無憀獨倚門.

보살만

남쪽 뜰 가득히 가벼운 버들솜 쌓였는데
청명 날 한바탕 빗소리를 근심 속에 듣네.
비 그치자 도리어 석양
살구꽃 떨어져 향기롭네.

잠 깬 얼굴에 말없이 분을 펴 바를 때
베개 위를 병풍이 가렸네.
날은 저물려는데
무료하게 홀로 문에 기대었네.

■ 주 석

輕絮(경서) : 버들솜.

一霎(일삽) : 짧은 시간. 경각. 또는 '일진一陣'의 뜻.

匀(균) : 얼굴에 손으로 분을 펴 고루 바르는 것을 뜻한다.

屏山(병산) : 병풍屛風.

無憀(무료) : '무료無聊'와 같다.

■ 해 제

〈보살만〉 14수 중 하나로, 청명 날 비 내린 뒤에 봄이 져서 적막한 풍경을 보고 느낀 정서를 표현하였다.

夢江南

梳洗罷, 獨倚望江樓.
過盡千帆皆不是, 斜暉脈脈水悠悠.
腸斷白蘋洲.

몽강남

얼굴 씻고 머리 빗은 뒤
홀로 망강루에 기대었네.
수많은 돛이 지나가도 모두 아닌데
석양은 말이 없고 강물은 유유하여
애간장 끊게 하는 저 흰 마름 핀 물 섬.

■ 주 석

不是(불시) : 기다리는 배, 즉 임이 탄 배가 아니라는 뜻이다.
脈脈(맥맥) : 마음속의 정을 묵묵히 눈빛으로 전하는 모습.
白蘋洲(백빈주) : 흰 마름이 나있는 물가의 작은 섬.

■ 해 제

강가 누각에 기대어 임이 탄 배를 기다리지만 배가 오지 않아 애달파하는 여인의 심사가 잘 그려졌다. 가벼운 필치와 담박한 색채로 그려냈지만 여운이 자못 길어, 당시唐詩 절구絶句의 풍격과 정취가 느껴진다.

更漏子

柳絲長, 春雨細.
花外漏聲迢遞.
驚塞雁, 起城烏.
畫屏金鷓鴣.

香霧薄. 透簾幕.
惆悵謝家池閣.
紅燭背, 繡簾垂.
夢長君不知.

경루자

길게 늘어진 버들가지에
봄비 가늘게 내릴 때
꽃 너머로 물시계 소리 아득하여,
변방의 기러기를 놀라게 하고
성 위의 까마귀를 날아오르게 하는데
그림 병풍에는 금빛 자고새.

향기로운 옅은 안개가
스며드는 휘장 안
아씨 집 연못 누각에서 슬퍼하네.
붉은 촛불 다하고
수놓은 휘장 드리운 채
꿈이 길지만 임은 모르시네.

■ 주 석

迢遞(초체) : 먼 모양.

塞雁(새안) : 북방 변새의 기러기.

城烏(성오) : 성 위의 까마귀. 이 구는 날이 밝았음을 암시한다.

謝家(사가) : 아름다운 여인이 사는 규방을 뜻한다. 남조南朝 진晉나라 왕응지王凝之의 처인 사도온謝道韞은 문재文才가 있어서 사낭謝娘이라 칭해졌다. 또 당唐나라 이덕유李德裕에게는 사추낭謝秋娘이란 유명한 첩이 있었다. 이로 인해 사낭謝娘, 사녀謝女는 아름다운 여인, 특히 가기歌妓를 가리키게 되었다.

背(패) : 초가 다 탄 것을 뜻한다.

■ **해 제**

《화간집花間集》에 온정균의 〈경루자〉가 모두 6수 수록되었는데, 이 사는 그 중의 하나로 독수공방하는 여인이 잠에서 깬 뒤에 느낀 서글픈 정을 읊었다. 밤새 꿈속에서 임을 그리워하며 찾아다녔지만 임은 이 사실을 모를 것이라는 말에서 여인의 허망해하는 심사가 느껴진다.

更漏子

玉爐香, 紅燭淚.
偏照畫堂秋思.
眉翠薄, 鬢雲殘.
夜長衾枕寒.

梧桐樹, 三更雨.
不道離情正苦.
一葉葉, 一聲聲.
空階滴到明.

경루자

옥 향로 향내 품을 때
붉은 초 눈물 흘리며
채색 집에서의 가을 상념을 유독 비추네.

눈썹 화장 옅고
구름 같은 머리 헝클어졌는데
밤은 길고 이불 베개는 차네.

오동나무에
삼경의 비
이별의 정이 참으로 고통스러운 것을 아랑곳 않고,
한 잎 한 잎에
한 소리 한 소리 내며
빈 섬돌에 날 밝을 때까지 떨어지네.

■ 주 석

鬢雲殘(빈운잔) : 머리카락이 산란散亂한 것을 말한다.
不道(부도) : 아랑곳하지 않다. 상관하지 않다.

■ 해 제

〈경루자〉 6수 중 하나이다. 이 사가 《준전집尊前集》에는 풍연사馮延巳가 지은 것으로 되어 있는데 이는 잘못이다. 가을밤에 여인은 촛불 밝힌 방에서 화장이 지워지고 머리카락이 헝클어진 채로 잠 못 드는데, 무정하게도 오동잎에 듣는 빗방울 소리는 밤새 계속되었으니 그 심사가 어떠했겠는가?

위장韋莊(836~910)

자字는 단기端己이고 경조京兆 두릉杜陵(지금의 섬서성 서안) 사람이다. 희종僖宗 광명廣明 원년(880) 45세 때 장안長安에서 과거에 응시하였으나 마침 황소黃巢의 반군이 입경入京하여 장안이 전란戰亂에 휩싸이자 장안을 떠나 남방의 여러 곳을 오랫동안 전전하였다. 건녕建寧 원년(894)에 진사進士에 급제하여 교서랑校書郞 등의 관직을 역임하였고 나중에 촉蜀에 들어가서 왕건王建의 장서기掌書記가 되었다. 천우天祐 4년(907) 당나라가 망한 뒤 왕건에게 권하여 황제가 되게 하고, 국호를 대촉大蜀이라 하였으며 자신은 재상이 되었다. 〈진부음秦婦吟〉을 지어 황소 반군의 만행과 이로 인한 백성들의 비참한 생활 등 당시의 갖가지 혼란한 사회상을 사실적으로 묘사하였는데, 이 시가 많은 사람의 입에 널리 회자되어 '진부음수재秦婦吟秀才'라는 칭호를 얻었다. 시보다는 사詞에 더욱 뛰어나 온정균溫庭筠과 더불어 '온위溫韋'라고 병칭되었는데 온정균의 사풍이 농염濃艶한 것에 비하여 그의 사는 청려淸麗하여 독자적인 경지에 이르렀다는 평가를 받았다. 문집으로 《완화집浣花集》이 있고 《화간집花間集》에 사 48수가 수록되어 있다.

菩薩蠻

人人盡說江南好, 遊人只合江南老.
春水碧於天, 畫船聽雨眠.

壚邊人似月, 皓腕凝雙雪.
未老莫還鄉, 還鄉須斷腸.

보살만

사람들이 다들 강남이 좋다고 하니
나그네는 강남에서 늙어야만 하리.
봄 강물은 하늘보다 푸른데,
아름다운 배에서 빗소리 들으며 잠자네.

술집의 달덩이 같은 여인
하얀 두 팔은 눈빛이 맺힌 듯.
늙기 전엔 고향에 돌아가지 말 것이니
돌아가면 필시 애간장이 끊어지리.

▒ 주 석

江南(강남) : 위장韋莊은 난을 피해 월 지방으로 집을 옮긴 적이 있었고 가솔을 금릉金陵(지금의 강소성江蘇省 남경시南京市)에 둔 적도 있었다. 그러므로 《완화집浣花集》에 강남에서 지은 시와 강남을 그리워하는 시가 많이 수록되어 있다. 일설에는 이 시에서의 강남은 실제로 촉蜀을 가리키는 것이라고 한다.

合(합) : 적합하다.

壚(노) : 술집에서 흙을 쌓아올려 술항아리를 두는 곳이다. 탁문군卓文君의 고사를 활용한 것이다.

▒ 해 제

이 사는 위장의 〈보살만〉 5수 중 하나이다. 한편으로는 강남에서 객지 생활을 할 때 본 그곳의 아름다운 풍광과 사람을 묘사하여 그곳에 대한 애착을 표현하면서, 또 한편으로는 돌아가지 못하는 고향에 대한 그리움을 표출하였다. 늙기 전에는 고향에 돌아가지 말아야 한다는 다짐에는 역설적으로 늙은 뒤에는 반드시 고향으로 돌아가고 싶다는 희망이 읽혀진다.

菩薩蠻

勸君今夜須沈醉. 尊前莫話明朝事.
尊重主人心. 酒深亦情深.

須愁春漏短. 莫訴金杯滿.
遇酒且呵呵. 人生能幾時.

보살만

그대에게 권하노니 오늘밤 모름지기 잔뜩 취할 뿐
술잔 앞에서 내일 일을 말하지 마시게.
주인의 마음 중히 여겨야 하리니
술도 진하고 정도 진하다네.

봄의 물시계 짧다 근심해야 할 것이니
금 술잔에 가득한 술 거절하지 마시게.
술을 만나면 그저 껄껄 웃어야 하리니
사람 사는 시간이 얼마나 되겠는가?

■ 주 석

尊重(존중) : '진중珍重'으로 된 판본도 있다.

春漏(춘루) : 봄날의 시간. '누'는 물시계를 뜻한다.

訴(소) : 술을 사양하는 것을 말한다.

呵呵(가가) : 웃는 소리.

■ 해 제

〈보살만〉 5수 중 하나이다. 봄밤이니 반드시 술을 마시며 즐겨야만 한다, 이른바 '급시행락'해야 한다는 말 속에 어려운 현실을 살아가는 시인의 침통한 심사가 배어 있다. 어투가 직설적이고 표현이 천근하지만 도리어 그로 인해 시인의 정서가 독자에게 진하게 전달되는 것 같다.

菩薩蠻

洛陽城裏春光好, 洛陽才子他鄕老.
柳暗魏王堤. 此時心轉迷.

桃花春水淥, 水上鴛鴦浴.
凝恨對殘暉. 憶君君不知.

보살만

낙양성에 봄빛이 좋은데
낙양의 재자는 타향에서 늙어가네.

위왕의 제방에 버드나무빛 짙으니
이때에 마음은 더욱 갈피를 잡을 수 없네.

복사꽃 떠가는 봄 강물은 푸르고
물 위에는 원앙이 목욕하네.
한 맺힌 채 석양을 바라보며
그대를 그리건만 그대는 알지 못하네.

■ 주 석

洛陽才子(낙양재자) : 서한西漢 시기 가의賈誼는 낙양 출신이었는데, 반악潘岳이 〈서정부西征賦〉에서 "가의는 낙양의 재자(賈生洛陽之才子)"라고 하였다. 여기서는 위장 자신을 가리키는 것으로 볼 수도 있다.

魏王堤(위왕제) : 낙양의 명승지 중 하나. 당나라 때 낙수洛水가 낙양성 안에 유입되어 상선방尙善坊과 정선방旌善坊 두 지역을 지나 남쪽으로 흘러넘쳐 못이 되었는데 경관이 빼어났다. 정관貞觀 연간에 위왕魏王 태泰에게 그 못을 하사하였기에 그것을 '위왕지魏王池'라 하였다. 못가에 제방이 있고 거기에 버드나무를 많이 심었다.

■ 해 제

〈보살만〉 5수 가운데 하나로, 낙양에 사는 여인을 시적 화자로 삼아 그녀가 낙양을 떠나 있는 임을 그리워하는 마음을 표현하였다. 낙양의 봄 경치는 아름다운데 임은 타향에 있어 만날 수 없으니 그 아름다운 경치가 도리어 여인의 심사를 어지럽힌다. 봄강에 짝지어 노는 원앙을 보고 석양에 임을 생각하지만 임은 여인의 마음을 알지 못한다.
봄 경치와 여인의 비애가 배합되어 시는 한 폭의 아름다우면서도 슬픈 그림이 되었다. 시적 화자를 위장 자신으로 볼 수도 있는데, 그럴 경우 이 사의 전문은 달리 해석해야 한다.

思帝鄉

春日游, 杏花吹滿頭.
陌上誰家年少, 足風流.
妾擬將身嫁與, 一生休.
縱被無情棄, 不能羞.

사제향

봄날에 노니니
살구꽃 흩날려 머리에 가득하네.
논두렁 위에는 뉘 집 젊은이인지
풍류가 넘치는구나.
이 몸 그에게 시집가서
한평생 보냈으면.
설사 무정하게 버려져도
부끄러워하지 않으리.

■ 주 석

足風流(족풍류) : 풍류가 십분 있음을 말한다.

■ 해 제

《화간집花間集》에 위장의 〈사제향〉이 2수 수록되었는데 이는 그 중 하나이다. 봄날에 춘정이 발동한 아가씨 이야기이다. 이 남자에게 시집가면 설령 나중에 버려진다 하더라도 후회가 없을 거라는 발언은 대담하다 할 정도로 솔직한데, 이런 발언으로 이 사에는 민간가요의 풍격이 진하게 느껴진다.

女冠子

四月十七, 正是去年今日.
別君時.
忍淚佯低面, 含羞半斂眉.

不知魂已斷, 空有夢相隨.
除却天邊月, 沒人知.

여관자

사월 열이레
바로 작년 오늘.
그대와 이별할 때
눈물 참으며 고개 숙인 척
부끄러워 눈썹을 반쯤 찌푸렸네.

혼이 이미 끊긴 지도 모르고
부질없이 꿈속에서 따라가는데,
하늘가 저 달말고는
아는 이 없네.

■ 주 석

佯(양) : 거짓으로.

斂眉(염미) : 눈썹을 찌푸리다.

除却(제각) : 제외하다.

■ 해 제

〈여관자〉는 두 수의 연작聯作으로 남녀 둘이 꿈속에서 만난 일을 그렸는데, 그 중 이 사는 여자가 시적 화자이다. 4월 17일은 작년에 이별한 날짜인데, 작품 속에 정확한 날짜를 제시함으로써 사의 내용에 사실감을 부여하였다.

女冠子

昨夜夜半, 枕上分明夢見.
語多時.
依舊桃花面, 頻低柳葉眉.

半羞還半喜, 欲去又依依.
覺來知是夢, 不勝悲.

여관자

어젯밤 야밤에
베갯머리의 꿈속에서 분명 보았으니,
많은 말을 할 때

도화꽃 얼굴 여전한 채
자주 버들잎 눈썹 숙였네.

부끄러워도 하고 기뻐하기도 하다가
떠나려니 또 아쉬운 듯.
깨고 나서 꿈인 것을 알고
슬픔을 이길 수 없네.

■ **주 석**

桃花面(도화면) : 여인의 아름다운 얼굴을 뜻한다.
柳葉眉(유엽미) : 여인의 가늘고 긴 눈썹을 뜻한다.
覺來(교래) : 깨어나다.

■ **해 제**

이 사는 남자가 시적 화자이다.

풍연사馮延巳(903-960)

이름을 연사延嗣라고도 하며 자는 정중正中이다. 광릉廣陵(지금의 강소성江蘇省 양주揚州) 사람이다. 남당南唐 중주中主 이경李璟을 섬겨 간의대부諫議大夫, 호부시랑戶部侍郞, 중서시랑中書侍郞 등의 요직을 역임하였다. 시도 잘 지었고 여러 가지 기예에도 능했으나 특히 사를 잘 지어 남당사南唐詞를 대표한다. 사는 《양춘집陽春集》에 100여 수가 수록되어 있는데 대다수가 관료생활의 향락과 규정閨情을 읊어 내용상 화간풍花間風을 크게 벗어나지 않는다. 단 화간파花間派 사인이 여인의 용모나 복식을 묘사한 데 치중한 것에 비해 인물의 내심 세계를 표현하는 데 공을 들여 표현상 진일보한 면모를 보였다. 그리고 왕국유王國維가 《인간사화人間詞話》에서 지적했듯이 "작품의 스케일이 커서 북송 한 시대의 기풍을 열어 주었으니(堂廡特大, 開北宋一代風氣)", 이 점도 높이 평가해야 할 것이다.

鵲踏枝

梅落繁枝千萬片.
猶自多情, 學雪隨風轉.
昨夜笙歌容易散. 酒醒添得愁無限.

樓上春寒山四面.
過盡征鴻, 暮景煙深淺.
一晌憑闌人不見. 鮫綃掩淚思量遍.

작답지

무성한 가지에서 떨어진 매화꽃 천만 조각
여전히 정이 많아
눈송이처럼 바람 따라 뒹구네.
어젯밤 생황 노래 쉽게도 흩어지더니
술 깨자 한없는 시름을 더하네.

누대 위는 쌀쌀한 봄, 사방은 모두 산
먼 길 가는 기러기 떼 다 날아간 뒤에
저녁 풍경 속 안개가 짙네.
한동안 난간에 기대어도 그 사람이 보이지 않아
인어가 짠 비단으로 눈물 훔치니 그리움이 가득하네.

■ 주 석

征鴻(정홍) : 여기서는 봄에 북녘으로 돌아가는 기러기를 뜻한다.
深淺(심천) : 짙다. 이 경우 '천'자는 의미가 없다.
一晌(일상) : 짧은 시간을 뜻하기도 하는데 여기서는 긴 시간을 뜻한다.
鮫綃(교초) : 교인鮫人이 짠 비단. 교인은 전설에 의하면 남해 바다 밑에 사는데, 비단을 잘 짰다고 한다.

■ 해 제

풍연사의 〈작답지〉는 모두 14수인데 이 사는 그 중 하나이다. 술에서 깨어난 봄날 아침에 느낀 이별의 시름을 읊었다.

鵲踏枝

誰道閑情抛擲久.
每到春來, 惆悵還依舊.
日日花前常病酒. 不辭鏡裏朱顔瘦.

河畔靑蕪堤上柳.
爲問新愁, 何事年年有.
獨上小樓風滿袖. 平林新月人歸後.

작답지

누가 한가한 정을 버린 지 오래라 하는가.
해마다 봄이 오면
슬픔이 여전히 전과 같은데.
날마다 꽃 앞에서 늘 술에 골병들며
거울 속 젊은 얼굴이 수척해지는 것 마다않네.

강가의 푸른 풀과 제방의 버들에게
새로운 시름은
무슨 일로 해마다 생기는가 하고 물어보네.
홀로 작은 누대에 오르니 바람이 소매에 가득하고
사람들 돌아간 후 넓은 숲에 초승달이 떠 있네.

■ 주 석

道(도) : 말하다.

閑情(한정) : 한가한 정, 또는 유한幽閑한 정. 구체적으로 무엇이라고 명명하기 어려운 감정을 뜻하는데, 사랑이나 이별의 정을 지칭하는 경우가 많다.

抛擲(포척) : 던지다. 버리는 것을 뜻한다.

病酒(병주) : 술을 많이 마셔 힘들어하다.

不辭(불사) : 마다하지 않다. 사양하지 않다.

朱顔(주안) : 붉은 얼굴. 젊고 아름다운 모습을 뜻한다.

青蕪(청무) : 무더기로 나 있는 푸른 풀.

平林(평림) : 드넓게 펼쳐진 숲.

■ 해 제

〈작답지〉 14수 중 하나이다. 봄이면 느끼게 되는 시름을 읊었다. 이 사가 북송北宋의 문인인 구양수歐陽脩의 《근체악부近體樂府》에도 수록되어 있는데, 근인들의 연구에 의하면 풍연사가 지은 것이 확실하다.

鵲踏枝

幾日行雲何處去.
忘却歸來, 不道春將暮.
百草千花寒食路. 香車繫在誰家樹.

淚眼倚樓頻獨語.

雙燕來時, 陌上相逢否.

撩亂春愁如柳絮, 悠悠夢裏無尋處.

작답지

며칠 동안 흘러간 구름 어디로 갔을까
돌아오길 잊어버려
봄이 저물려고 하는 것 알지 못하네.
갖가지 풀과 갖가지 꽃의 한식 날 길에서
향기로운 수레는 뉘 집 나무에 매셨을까?

눈물어린 눈으로 누대에 기대 자주 혼잣말하니
제비 한 쌍 날아올 때
길가에서 만나지 않았을까.
봄 시름은 버들솜 같아 어지러운데
아득한 꿈속에서 찾을 길 없네.

■ 주 석

行雲(행운) : 여기서는 방탕하게 놀며 다니느라 행적이 묘연한 정인情人을 비유한다.

不道(부도) : '불고不顧', '불관不管' 즉 '상관하지 않다'의 뜻이다. '불각不覺', '불료不料' 즉 '알지 못하다'의 뜻으로 풀이할 수도 있다.

百草千花(백초천화) : 온갖 풀과 꽃. 나비와 벌을 불러들이는 존재로, 여기서는 자신의 정인을 유혹하는 여자를 암시한다.

撩亂(요란) : 어지럽다. 혼란하다.

■ 해제

〈작답지〉 14수 중 하나로 규원閨怨을 읊었다. 집을 떠난 뒤 향락생활에 빠져 돌아올 생각을 않는 남정네 때문에 속을 끓이는 규방 여인의 심사를 여러 각도에서 표현하였는데, 상편上片은 원망과 질투의 마음이 주를 이루고, 후편은 미련과 바람의 마음이 주를 이루었다.

비유의 수법을 구사하여 여러 사물에 정을 담았기에 시의가 풍부하고 함축적이다.

采桑子

馬嘶人語春風岸, 芳草綿綿.
楊柳橋邊. 落日高樓酒旆懸.

舊愁新恨知多少, 目斷遙天.
獨立花前. 更聽笙歌滿畫船.

채상자

말 울고 사람소리 나는 봄바람 부는 강 언덕에
봄풀은 끝없이 이어졌네.
버드나무 늘어선 다리 주변
해 지는 높은 누대에 술집 깃발 걸려 있네.

오래된 근심과 새로운 한 얼마일까
눈길은 먼 하늘에 끊기네.

홀로 꽃 앞에 서서
다시 그림 같은 배에 가득한 생황 노래 듣네.

■ 주 석

嘶(시) : 울다.
綿綿(면면) : 끊임없이 이어진 모습.
畫船(화선) : 화려하게 꾸민 배.

■ 해 제

풍연사의 〈채상자〉는 모두 13수인데 이 사는 그 중 하나이다. 봄날의 시름을 읊었다.

淸平樂

雨晴烟晚. 綠水新池滿.
雙燕飛來垂柳院, 小閣畫簾高捲.

黃昏獨倚朱闌. 西南新月眉彎.
砌下落花風起, 羅衣特地春寒.

청평악

비 개고 안개 낀 저녁

푸른 물이 새 연못에 가득하네.
버들 드리운 뜰로 제비 한 쌍 날아들 때
작은 누각에는 아름다운 발이 높이 말려 있네.

황혼에 홀로 붉은 난간에 기대 보니
서남쪽의 초승달은 곡선의 눈썹 같네.
섬돌 아래로 꽃을 떨어뜨리며 바람이 부니
비단옷에 유달리 봄추위 느껴지네.

■ 주 석

特地(특지) : 특별히.

■ 해 제

늦봄 저녁의 경물을 그린 사이다. 황혼에 초승달을 보며 봄추위를 느낀다는 말에서 시인의 아련한 시름이 느껴진다. 그 시름이 무어라고 집어서 말할 수는 없지만.

謁金門

風乍起. 吹皺一池春水.
閑引鴛鴦香徑裏. 手挼紅杏蕊.

鬪鴨闌干獨倚. 碧玉搔頭斜墜.
終日望君君不至. 擧頭聞鵲喜.

알금문

바람 갑자기 불어
못 가득한 봄물에 주름이 생기네.
한가로이 원앙을 향기로운 길로 끌어내어
손으로 붉은 살구 꽃술을 만지작거리네.

오리 싸움 구경하는 난간에 홀로 기대니
푸른 옥비녀 비스듬히 떨어지네.
종일 임 있는 곳을 바라보아도 임은 오지 않는데
고개 들어 까치 소리 듣고 기뻐하네.

▩ 주 석

皺(추) : 주름. 여기서는 물 위의 파문을 비유한다.
挼(뇌) : 손으로 비비다. 문지르다.
鬪鴨闌干(투압란간) : 고대에는 싸움하는 오리를 못 속에서 키워 서로 싸우는 것을 구경하며 즐겼다. 그리고 그곳은 난간으로 둘러막았다.
搔頭(소두) : 비녀.

▩ 해 제

오지 않는 임을 그리워하는 여인의 심사를 그렸다. 머리에 꽂은 옥비녀가 떨어진다는 말은 그녀가 비녀를 제대로 꼽지 않았음을 알려준다. 난간에 혼자 기대는 신세이다 보니 머리 단장에 신경을 쓰지 않았던 것이다. 임을 기다려도 임은 오지 않는데 까치 소리를 듣고 그녀는 기뻐한다. 그녀는 정말로 까치가 반가운 임이 오고 있음을 알린다고 확신했을까? 심리묘사가 돋보이는 대목이다.

南鄉子

細雨濕流光. 芳草年年與恨長.
烟鎖鳳樓無限事, 茫茫.
鸞鏡鴛衾兩斷腸.

魂夢任悠揚. 睡起楊花滿繡床.
薄倖不來門半掩, 斜陽.
負你殘春淚幾行.

남향자

이슬비에 젖어 반짝이는
향기로운 봄풀은 해마다 나의 한과 더불어 자라네.
안개 속에 갇힌 봉루의 무한한 일
아득해지니
난새 거울과 원앙 이불이 모두 애를 끊게 하네.

꿈속 혼이 마음대로 날아가게 두었지만
깨고 보니 수놓은 침상에는 버들꽃만 가득.
박정한 임 오질 않아 문을 반쯤 닫아두었는데
석양 지니
가는 봄을 저버려 몇 줄기 눈물 흐르네.

■ 주 석

流光(유광) : 풀 위에 내린 비가 햇빛에 반사되어 반짝거리는 빛을 말한다.
任(임) : 내버려두다.
薄倖(박행) : 박정한 사람을 뜻한다.

■ 해 제

독수공방하는 젊은 아낙이 저물어가는 봄의 경물을 보고 느낀 시름을 표현하였다. 규원閨怨을 주제로 한 작품의 전형에 속한다.

長命女

春日宴, 綠酒一杯歌一遍.
再拜陳三願.
一願郎君千歲, 二願妾身常健, 三願如同梁上燕,
歲歲長相見.

장명녀

봄날 잔치자리에서
좋은 술 한 잔에 노래 한 곡.
재배하며 세 가지 소원을 말하니
첫째는 낭군님 천수를 누리는 것
둘째는 이 몸이 늘 건강한 것

셋째는 들보 위의 제비처럼
해마다 늘 서로 보는 것이네.

■ 주 석

綠酒(녹주) : 좋은 술.

■ 해 제

'장명녀'는 당唐나라 교방敎坊의 악곡 이름으로, 일명 '박명녀薄命女'라 한다.
이 사는 내용상 세 가지 소원을 통해 임과의 사랑을 기원하는 것이어서 '삼원사三願詞'라 불리운다.

이욱李煜(937–978)

남당南唐의 마지막 황제로 흔히 후주後主라고 불린다. 초명初名은 종가從嘉이고 자는 중광重光이다. 호는 종은鍾隱, 연봉거사蓮峰居士이다. 중주中主 이경李璟의 여섯째 아들로 태어나 25세에 즉위하였다. 재위 15년이 되는 개보開寶 8년(975)에 송宋나라 장수 조빈曹彬의 군대에 의해 수도 금릉金陵이 함락되어 나라가 망한 뒤 송의 수도인 변경汴京에 포로로 끌려가 위명후違命侯로 봉해지는 굴욕을 당했다. 이후 유폐幽閉되어 살다가 42세에 독살되었다. 사는 망국을 기점으로 하여 두 시기로 나누어 볼 수 있는데 궁중에서의 향락을 소재로 한 전기의 사보다는, 지난날 호화롭게 살던 시절을 추억하고 만년의 비참한 생활을 한탄하는 내용의 후기 사가 그의 불우한 일생을 떠올리게 하여 독자에게 진한 감동을 주었고, 많은 사람의 입에 회자되었다. 사는 현재 약 30수가 《남당이주사南唐二主詞》 등에 전해진다.

一斛珠

曉妝初過. 沈檀輕注些兒個.
向人微露丁香顆.
一曲清歌, 暫引櫻桃破.

羅袖裛殘殷色可. 杯深旋被香醪涴.
繡牀斜憑嬌無那.
爛嚼紅茸, 笑向檀郎唾.

일곡주

새벽 단장 막 마치고
붉은 연지 몇 번 가볍게 찍고는
임에게 살짝 정향 봉오리 보이며,
한 곡의 맑은 노랫소리가
잠시 앵두를 당겨서 깨네.

비단 소매 젖어 진홍빛 흔적 남는 것 상관 않으니
깊은 술잔의 향기 좋은 술에 또 더럽혀지네.
수놓은 침상에 비스듬히 기대니 애교를 어찌하나.
붉은 수실을 잘근 씹어
웃으면서 임에게 뱉네.

■ 주 석

沈檀(침단) : 고대에 부녀자가 쓰던 연지의 일종으로 붉은색이다.
注(주) : 여기서는 '찍다'의 뜻.
些兒個(사아개) : 당송唐宋 때의 구어口語로, 조금이란 뜻.
丁香顆(정향과) : 흔히 미인의 혀의 대칭代稱으로 쓰인다. 정향은 일명 '계설향鷄舌香'으로 옛날에는 사람들이 이를 입에 물고서 구취口臭를 제거하였다.
櫻桃破(앵도파) : '앵도'는 앵두. 앵두가 깨졌다는 것은 앵두 같은 입을 노래하느라 벌렸다는 뜻이다.
羅袖(나수) : 비단 옷소매.
裛(읍) : 젖다.
殷色(은색) : 짙은 붉은색.

香醪(향료) : 향기로운 술.
涴(완) : 더럽히다. 적시다.
嬌(교) : 애교. 아양 떠는 마음.
無那(무나) : 어쩔 수 없다.
爛嚼(난작) : 문드러질 정도로 잘근잘근 씹는 것을 뜻한다.
紅茸(홍용) : 여기서는 붉은색 실을 뜻한다.
檀郎(단랑) : 여자가 지아비나 정인을 부를 때 쓰는 애칭愛稱. 미남으로 여인에게 인기가 있었던 진晉나라 반악潘岳은 어릴 적 이름이 단노檀奴여서 여인들이 그를 '단랑'이라 불렀는데, 이로 인해 '단랑'이 후대에는 일반 남자의 애칭으로 쓰인 것이다.

▩ 해 제

이 사는 미인이 잔치자리에서 노래 부르며 주흥을 돋우는 광경과, 그녀의 모습을 그린 작품이다.

浣溪沙

紅日已高三丈透. 金鑪次第添香獸.
紅錦地衣隨步皺.

佳人舞點金釵溜. 酒惡時拈花蕊嗅.
別殿遙聞簫鼓奏.

완계사

붉은 해 이미 떠올라 세 길을 넘었건만
동 화로에는 차례차례 향숯이 더 넣어지고
붉은 비단 깔개는 춤 걸음 따라 주름지네.

미녀는 박자 맞춰 춤추느라 금비녀를 떨어뜨리고
술 취하면 때로 꽃술 들고 향기 맡는데
별전 멀리서 피리와 북소리가 들려오네.

■ 주 석

丈(장) : 길. 한 길은 열 자이다.
透(투) : 초과하다. 넘어서다.
次第(차제) : 순서대로. 차례차례.
香獸(향수) : 향료를 섞어서 짐승 모양으로 만든 숯.
地衣(지의) : 바닥에 깐 모포. 여기서는 춤추는 장소에 깔아 놓은 모직毛織의 깔개를 말한다.
皺(추) : 주름지다.
舞點(무점) : 박자에 따라 춤을 추는 것을 말한다. 박자는 주로 작은 북을 두드려 맞춘다.
溜(유) : 머리에서 미끄러져 떨어지는 것을 뜻한다. 비녀가 떨어졌다는 것은 춤사위가 격렬하고 경쾌하였음을 암시한다.
酒惡(주악) : 술에 취해 몸이 부대끼는 것을 뜻한다.
拈花蕊嗅(염화예후) : 꽃을 쥐고 냄새를 맡다. 술이 취하자 술기운을 다스리려고 꽃냄새를 맡았던 것이다.
簫鼓(소고) : 퉁소와 북. 악기를 총칭한다.

■ **해 제**

궁중 연회에서 무용하는 것을 보고 지은 것으로 궁중의 향락생활을 보여준다. 잔치하며 즐기다 보니 아침 해가 이미 세 길이나 솟았다. 밤을 샌 것이다. 또 멀리 떨어진 별전에서도 악기 소리가 들려온다. 잔치자리가 여기저기서 벌어진 것이다. 당시 궁중의 생활이 매우 사치하고 방탕했음을 짐작할 수 있다.

淸平樂

別來春半. 觸目愁腸斷.
砌下落梅如雪亂, 拂了一身還滿.

雁來音信無憑. 路遙歸夢難成.
離恨恰如春草, 更行更遠還生.

청평악

떠나고 보니 한봄이라
눈에 닿는 것마다 시름겨운 사람의 애를 끊네.
섬돌 아래 떨어지는 매화가 눈처럼 흩날려
온몸을 털어내도 다시 가득해지네.

기러기가 돌아오니 소식 전할 길 없고
길은 멀어 돌아가는 꿈을 꾸기 어렵네.
이별의 한은 꼭 봄풀 같아
더 가서 더 멀어져도 여전히 생겨나네.

■ 주 석

砌(체) : 섬돌.

憑(빙) : 맡기다.

■ 해 제

이별의 한을 읊은 작품이다. 봄풀로 비유하여, 시도 때도 없이, 그리고 이곳저곳 할 것 없이 끊임없이 생겨나는 이별의 한을 잘 형상화하였다.

搗練子

深院靜, 小庭空.
斷續寒砧斷續風.
無奈夜長人不寐, 數聲和月到簾櫳.

도련자

깊숙한 안채 고요하고
작은 뜰 텅 비었는데,
끊길 듯 이어지는 가을 다듬이 소리에 끊길 듯 이어지는 바람소리.
어찌하나, 긴 밤에 사람은 잠 못 이루는데
그 소리가 수차 달빛과 어우러져 발 친 창에 이르네.

■ 주 석

寒砧(한침) : 차가운 다듬이. 가을에 두드리는 다듬이 소리를 뜻한다.

簾櫳(염롱) : 발을 친 창.

■ **해 제**

다듬이 소리를 들으며 깊은 밤 잠 못 이루는 여인의 심사를 읊었다.
'도련자'는 당唐나라 교방의 곡 이름으로, 겨울옷을 준비하느라 다듬이를 두드리면서 변방에 수자리 간 지아비를 그리워하는 여인의 정이 주된 내용이다. 이욱의 이 사 첫구와 끝구에 각기 '심원정深院靜', '수성화월도렴롱數聲和月到簾櫳'이라는 표현이 있어서, 이 사의 사패를 일명 '심원월深院月'이라고도 한다.

虞美人

春花秋月何時了. 往事知多少.
小樓昨夜又東風. 故國不堪回首月明中.

雕闌玉砌依然在. 只是朱顏改.
問君能有幾多愁. 恰似一江春水向東流.

우미인

봄꽃과 가을 달은 언제나 없어질까?
지난 일을 많이도 알겠지.
작은 누대에는 어젯밤에도 또 동풍
달 밝을 때는 고국을 머리 돌려 보지 못하겠네.

조각한 난간과 옥 섬돌은 여전한데
오직 아름다운 얼굴만 바뀌었을 터.
그대에게 묻노니 시름을 얼마나 가질 수 있을까?
가득한 봄 강물이 동으로 흐르는 것과 꼭 같다네.

■ **주 석**

秋月(추월) : 추엽秋葉으로 된 판본도 있다.
何時了(하시료) : 언제 끝나나. 언제 없어지냐는 뜻이다. 자신의 화려했던 지난 시절을 알고 있을 봄꽃과 가을 달을 더는 보고 싶지 않은 심사를 표현한 것이다.
知多少(지다소) : 많이 알다. 많이 기억하다.
東風(동풍) : 봄바람. 이 구는 원치 않는 봄이 또 왔음을 말한다.
雕闌玉砌(조란옥체) : 조각한 난간과 옥으로 만든 섬돌. 금릉金陵(지금의 강소성江蘇省 남경南京)에 있는 남당南唐의 화려한 궁전을 말한다.
朱顔改(주안개) : 붉은 얼굴이 바뀌다. 젊고 아름답던 얼굴이 늙어버렸음을 뜻한다.
幾多(기다) : 얼마.

■ **해 제**

이욱의 사 중에서 인구에 회자한 절창이다. 강물로써 사람의 시름을 비유한 '일강춘수향동류一江春水向東流' 구는 특히 가구佳句로 꼽힌다.
한때 일국의 왕으로 호사하게 살다가 이제는 포로의 신세가 되어 비참한 나날을 보내고 있으니, 당시 이욱은 무한한 금석지감今昔之感에 힘들었을 것이다. 이욱의 인생사가 한 편의 사 속에 온전히 녹아 있는 것 같아 독자의 마음을 아프게 한다.

破陣子

四十年來家國, 三千里地山河.
鳳閣龍樓連霄漢, 玉樹瓊枝作烟蘿.
幾曾識干戈.

一旦歸爲臣虜, 沈腰潘鬢銷磨.
最是倉皇辭廟日, 教坊猶奏別離歌.
垂淚對宮娥.

파진자

사십 년 이어온 나라,
삼천 리 되는 강산.
봉황과 용을 그린 많은 누각이 은하수에 닿았고
옥 같은 나뭇가지는 자욱한 덩굴처럼 무성하였는데
언제 전쟁을 알기나 했던가?

하루아침에 포로가 되어 갈 때
심약의 허리와 반악의 살쩍으로 몸이 시들었는데,
특히나 황망히 종묘를 떠나던 날
교방에선 여전히 이별가를 연주하여
눈물 흘리며 궁녀들을 대하였지.

■ 주 석

四十年(사십년) : 남당은 선주先主 이변李昪 승원升元 원년(937) 개국한 이래 송宋 개보開寶 8년(975) 후주 이욱李煜이 송에 투항하기까지 선주先主, 중주中主, 후주後主의 세 왕을 거쳤는데, 그 기간이 도합 39년이다.

三千里(삼천리) : 국토의 면적이 광활함을 말한다. 남당의 국토는 지금의 강소江蘇, 안휘安徽, 강서江西, 복건福建 일대를 포괄하였다.

鳳閣龍樓(봉각용루) : 황궁 내의 누각을 미화한 말이다.

連霄漢(연소한) : 누각이 아주 높음을 뜻한다. '소한霄漢'은 은하수 또는 하늘을 뜻한다.

玉樹瓊枝(옥수경지) : 궁원宮苑의 화목花木을 미화한 말이다.

烟蘿(연라) : 꽃과 나무가 무성해서 마치 안개가 모이고 덩굴이 감긴 것 같다는 표현이다.

幾曾(기증) : '하증何曾'과 같다. '어찌 …한 적이 있었던가'의 뜻이다.

干戈(간과) : 방패와 창. 전쟁을 의미한다.

臣虜(신로) : 포로. 투항하여 신하라 일컬은 것을 뜻한다.

沈腰(심요) : 《남사南史 심약전沈約傳》에 의하면, 심약은 평소 사이가 좋았던 서면徐勉에게 자신이 늙고 병들어 허리띠의 구멍을 옮기고 한 손으로 팔뚝을 잡을 정도로 말랐으니 은퇴하고 싶다고 하였다. 이 고사로 인해 심요沈腰는 몸이 수척해져 허리가 가늘어진 것을 뜻한다.

潘鬢(반빈) : 진晉나라 반악潘岳이 〈추흥부秋興賦〉를 지었는데, 서문에서 "내 나이 32세에 처음 흰머리를 보게 되었다"라고 하였고 본문에서 자신의 흰머리에 관해 이야기하였다. 이로 인해 반빈은 중년에 머리가 하얗게 세는 것을 뜻하게 되었다.

教坊(교방) : 궁정의 음악을 관장하는 기구.

宮娥(궁아) : 궁녀.

■ 해 제

이 사는 이욱이 일생을 돌이켜보며 자신의 삶을 처절하게 반성한 작품이면서 동시에 남당의 흥망을 개괄한 역사이다. 전대를 이어받아 넓은 강토를 차지하고 화려한 궁궐 안에서 향락을 누리며 전쟁이 일어나리라고는 생각조차 않고 살았는데, 하루아침에 나라는 망하고 자신은 포로의 신세가 되고 말았다. 항복한 날 보니 평소 주위에서 아첨하던 신하들은 온데간데없고 악공과 궁녀만 남아 그를 전송하였으니, 돌이켜보면 이것이 가장 마음 아픈 기억이다.

전편前片에서 읊은 '환락'과 후편後片의 '비애'가 극도의 대비를 이루어 이욱이 당시 느꼈을 진한 감개가 잘 표현되었고 이로 인해 독자의 심금을 크게 울리니, 이 사는 이욱 사의 대표작이라는 평을 받을 만하다.

望江南

多少恨, 昨夜夢魂中.
還似舊時游上苑, 車如流水馬如龍.
花月正春風.

망강남

얼마나 한스러운가,
어젯밤 꿈속 일이.
또 옛날 상원에 놀던 것과 같았으니
수레는 흐르는 물 같고 말은 용 같았고,
꽃핀 달밤에 한창 봄바람 불었네.

■ 주 석

多少恨(다소한) : 한이 많다는 뜻이다.

上苑(상원) : 황제의 원림園林.

車如(거여) 구 : 《후한서後漢書 명덕마황후기明德馬皇后紀》에 '거여류수車如流水, 마여유룡馬如游龍(수레는 흐르는 물 같고 말은 노니는 용과 같다)'이라는 말이 있는데 이를 빌려 쓴 것이다.

■ 해 제

이욱이 송나라에 포로로 잡혀간 뒤에 쓴 것으로 꿈 이야기를 빌어 지난날을 돌이켜 볼 때 느끼는 회한을 읊었다.

望江南

多少淚, 斷臉復橫頤.
心事莫將和淚說, 鳳笙休向淚時吹.
腸斷更無疑.

망강남

눈물이 얼마일까.
얼굴에 흘러내리고 또 턱에 흘러내리네.
마음의 일을 눈물 흘리며 말하지 말고
봉황 피리를 눈물 날 때는 불지 말 것이니
애끊길 것은 너무나 당연한 일.

■ 주 석

斷臉(단검) 구 : 눈물이 얼굴에 이리저리 흘러내리는 모습이다.

■ 해 제

이 사를 앞의 〈망강남〉과 묶어서 한 수로 엮은 사집도 있으나 옳지 않다.

浪淘沙

往事只堪哀. 對景難排.
秋風庭院蘚侵階.
一任珠簾閒不捲, 終日誰來.

金鎖已沈埋. 壯氣蒿萊.
晚涼天靜月華開.
想得玉樓瑤殿影, 空照秦淮.

낭도사

지난 일은 오직 슬프기만 한 것
풍경을 대하니 떨치기가 어렵네.
가을바람 부는 뜰은 이끼가 섬돌에 침범하였고
구슬발은 내버려두고 한가하게 걷지 않았으니
종일도록 누가 오겠는가?

쇠사슬은 이미 가라앉아 묻혔고
장한 기운은 잡초처럼 되었네.
시원한 저녁에 하늘은 고요하고 달빛 비치니
아름다운 궁전 그림자가
부질없이 진회하에 비치겠지.

■ 주 석

排(배) : 시름 등을 풀어버리는 것을 뜻한다.

蘚(선) : 이끼.

一任(일임) : '일형一桁'으로 된 판본도 있다.

金鎖(금쇄) : 쇠사슬. 삼국시대三國時代 오吳나라가 쇠사슬을 장강에 설치하여 진晋나라 수군水軍의 공격을 저지하려 했다가 실패하였는데, 이 사실을 두고 한 말이다.

壯氣(장기) : 장한 기운. 왕기王氣를 뜻하는 것으로 볼 수 있다.

蒿萊(호래) : 잡초를 뜻한다.

玉樓瑤殿(옥루요전) : 궁궐을 미화한 말이다.

秦淮(진회) : 강 이름. 진회하秦淮河. 금릉金陵(지금의 남경南京)을 흐르는 강.

■ 해 제

이욱이 송나라에 포로로 잡혀간 뒤에 쓴 것으로 지난날에 대한 회한, 현재의 고독감, 고국에 대한 상념 등을 슬픈 필치로 그렸다.

浪淘沙

簾外雨潺潺. 春意將闌.
羅衾不耐五更寒.
夢裏不知身是客, 一餉貪歡.

獨自莫憑欄. 無限關山.
別时容易見時難.
流水落花春去也, 天上人間.

낭도사

주렴 너머 비가 주룩주룩
봄기운이 다하려 할 적,
비단 이불도 오경 추위를 견디지 못하네.
꿈속에서 이 몸 나그네 신세인지 모르고
잠시 환락을 탐했네.

혼자 난간에 기대지 말 것이니
무한한 강산
헤어지긴 쉬워도 만나긴 어렵네.
흐르는 물에 꽃이 떨어져 봄이 가네.
하늘 위에도 인간 세상에도.

■ 주 석

潺潺(잔잔) : 비 내리는 소리.

闌(난) : 다하다.

一餉(일향) : 잠시.

莫(막) : '저녁'의 뜻으로 풀이하는 설도 있다.

天上人間(천상인간) : '즐거웠던 지난날은 봄처럼 가버렸으니 지금과 예전을 비교해보면 하늘과 인간세상 사이처럼 차이가 크다'의 뜻으로 풀이하는 설 등 다양한 해석이 있다.

■ 해 제

봄이 가는 것을 아쉬워하는 마음과, 제왕으로 살던 지난날을 연연해하며 포로가 된 현재의 신세를 슬퍼하는 심사가 교직交織된 작품으로, 이욱 후기의 대표작으로 꼽힌다.

2. 북송北宋 사詞

북송의 사는 두 시기로 나눌 수 있다. 전기는 송 태조 조광윤趙匡胤이 개국했을 때부터 인종仁宗 말년까지(960-1063)이고, 후기는 영종英宗 초년부터 금나라 군대가 변경汴京을 함락했을 때까지(1064-1126)이다.
북송은 지방의 병권을 해제시키고 권력을 중앙에 집중시키는 한편, 숭문억무崇文抑武 정책을 써서 문약한 정권이기는 했지만 금군이 침략해 들어올 때까지 160여 년 동안 그럭저럭 안정을 누릴 수 있었다. 또한 수공업과 상업이 발달하여 도시가 번영하고 민간 기예가 풍부해져서 통치계층과 도시 부유층의 향락생활을 부추겼다. 이에 따라 수隋 · 당唐 이래의 연악燕樂이 더욱 발달하여 사대부 문인을 중심으로 대량의 사가 창작되었다.
북송 전기 사의 전개 방향을 살펴보면 형식면에서는 소령小令과 만사慢詞가 대략 같은 시기에 흥성하였고, 제재면에서는 오대五代 사에 비해 크게 확장되었으며, 대표 작가로는 안수晏殊, 구양수歐陽脩, 안기도晏幾道, 유영柳永 등을 들 수 있다.
안수와 구양수의 사는 주로 소령小令이며, 예술 풍격면에서는 오대 사의 전통을 계승했는데 풍연사馮延巳의 영향을 많이 받았다. 사의 내용면에서 그들은 남녀간의 애정에서 벗어나지 못했던 오대 사와는 달리 적지 않게 사대부 문인의 한적생활을 표현했다. 구양수는 또한 산수와 관련된 작품을 써서 신선한 느낌을 주기도 했다. 안수와 구양수는 모두 조정의 고관이었고 시인이요 산문가이기도 했지만 음률에 정통하지는 않아서 이청조李淸照 같은 사람으로부터 "구두가 가지런하지 않은 시"일 뿐이라는 비판을 받았다. 그러나 그들은 오대 소령의 격조를 지키며 상층 문인의 한

아한 정조를 표현하여 완약파婉約派 사인 중에서 북송 초기를 대표할 만하다.

안기도는 기존 소령의 장점인 분위기의 부각 및 의경의 함축 등 정태靜態에 치우친 미감을 갖춘 외에도, 일종의 동태적 미감을 표현해내었을 뿐만 아니라 시의 기법과 당시에 이미 유행하고 있었던 만사慢詞 장조長調의 묘사법을 흡수하여 사세詞勢와 장법章法 상에 개선이 있었다. 이것이 그의 소령이 전대前代의 소령과 다른 점이 되게 하였다.

유영은 사회적 지위가 낮은 불우한 문인이었지만 북송 사의 전개 과정에서 적지 않은 혁신의 공이 있다. 오대가 끝나고 북송이 들어선 이후 사단詞壇에는 소령과 만사가 양립하는 새로운 국면이 출현하였다. 그리고 유영은 만사를 대량으로 창작했다는 측면에서 새로운 개척자였다. 그의 성과에 힘입어 만사가 크게 성행하여 마침내 송사의 신천지가 열렸다. 또한 그는 전통 사풍의 확대와 속화를 통해 사를 귀족 문인의 살롱으로부터 시정의 거리로 끌어내어 사를 대중화 하는 데 공헌하였다.

북송 후기의 사는 내용과 풍격면에서 큰 변화가 일어났는데, 이를 창도하고 촉진하여 '사의 사대부화'를 이룩한 사람이 바로 소식蘇軾이다. 사사詞史 상에서 그가 이룩한 공적을 정리해보면 먼저 사의 제재와 내용을 개척하고 확장하여 사로 하여금 새로운 생명력을 얻게 했다. 다음으로 굳세고 호방한 풍격風格과 미감을 제공하여 새롭게 호방사豪放詞의 길을 열었다. 또한 소식은 사품詞品과 사체詞體를 제고하여 사대부 문인들로 하여금 사 창작에 더욱 많은 관심을 갖게 하였고, 후대의 사가 아정화雅正化의 길을 걷게 하는 데 큰 영향을 끼쳤다. 이렇듯 소식은 여러 방면에서 후대의 사인들에게 광범한 영향과 계도작용을 일으켜 사의 위상을 높이고 굳건히 하였다.

소식의 문하에는 소문사학사蘇門四學士로 불리는 일군의 사인이 있는데, 황정견黃庭堅과 조보지晁補之는 소식 사의 직접적인 후계자로 꼽히고, 하주賀鑄는 완약과 호방豪放 풍격을 겸비한 작가이고, 진관秦觀은 완약사婉約

詞에서 성취가 큰 사인으로 평가된다. 황정견과 조보지는 적지 않은 사람들이 소식 사가 본색이 아니라고 비판하는 상황에서 그의 작풍을 계승하여 소식의 영향력을 확대시켰고, 하주는 소식 사의 개방형 풍격의 작품을 적지 않게 썼을 뿐만 아니라 감정이 풍부하여 자신의 신세지감을 곁들인 정사情詞를 여러 편 남겼다. 진관은 완약사의 단조와 장조에 모두 뛰어나고 정과 운치가 동시에 뛰어나며 우아한 사람과 통속적인 사람이 함께 즐기는 사를 써낼 수 있었다.

소문사학사 이후 주방언周邦彦이 등장하여 완약사를 집대성했다는 평가를 받았는데, 그의 공헌을 구체적으로 살펴보면 첫째 사악詞樂을 발전시키고 사조詞調를 창제하여 사의 격률화를 심화시켰고, 둘째 만사慢詞의 기교를 발전시켜 만사로 하여금 엄정화의 경향을 띠게 했고, 셋째 전인前人의 시어를 잘 융화하여 일종의 부염富艶하고 전려典麗한 언어적 풍격을 개척했다. 그러나 그의 공헌은 대체로 예술 기교 방면에 집중되어 있어서 작품의 사상과 내용면에서는 이렇다 할만한 진전과 개척을 이루지 못했다.

구준寇準(961–1023)

화주華州 하규下邽(지금의 섬서성陝西省 위남현渭南縣) 사람으로, 자가 평중平仲이다. 진종眞宗 때 관직이 재상에 이르렀고 내국공萊國公에 봉해졌다. 그 후 모함을 받아 뇌주雷州(지금의 광동성廣東省 해강현海康縣) 등지로 좌천되었다. 사는 4수가 전해지는데, 모두가 시절에 상심하고 이별을 애석해하는 작품이다. 《파동집巴東集》이 있다.

踏莎行

春色將闌, 鶯聲漸老.
紅英落盡青梅小.
畫堂人靜雨濛濛, 屛山半掩餘香裊.

密約沉沉, 離情杳杳.
菱花塵滿慵將照.
倚樓無語欲銷魂, 長空黯淡連芳草.

답사행

봄빛이 사라져가니
꾀꼬리 소리에 힘이 빠져가고
붉은 꽃 다 지고 푸른 매실 작게 자리 잡았다.
방안의 여인 고요한데 비는 부슬부슬 내리고

반쯤 가린 병풍 사이로 여향이 하늘거린다.

남몰래 나눈 언약 속절없이 세월만 가고
이별 후의 그리움은 깊어만 가는데
거울은 보고 싶지 않아 먼지 가득하다.
말없이 누대에 기대서니 슬프기 그지없어
봄풀만 아득히 하늘 끝까지 펼쳐져 있다.

■ **주 석**

將闌(장란) : 사라져가다. '난闌'은 '진盡'과 같다.
畵堂(화당) : 화려한 집. 여기서는 여인의 거처를 가리킨다.
沉沉(침침) : 멀어져 가다. 실현될 가능성이 멀어져 간다는 말이다.
杳杳(묘묘) : 깊어지다. 깊어가다.
菱花(능화) : 뒷면에 마름꽃 무늬를 새긴 거울.
將照(장조) : (거울을 들고) 비추어보다.

■ **해 제**

이 작품은 꽃이 지는 늦은 봄날, 방안에서 부슬부슬 내리는 봄비를 바라보며 오랜 그리움에 애태우는 여인의 심정을 묘사했는데, 주변의 경물과 여인의 심정을 절묘하게 배합하여 그리움으로 인한 여인의 아픔을 배가시켰다.

범중엄范仲淹(989-1052)

오현吳縣(지금의 강소성江蘇省 소주蘇州) 사람으로, 자字가 희문希文이다. 참지정사參知政事, 하동섬서선무사河東陝西宣撫使 등을 역임했다. 인종仁宗 때 섬서경략부사陝西經略副使의 직책을 맡아 서북 변경에서 서하西夏의 침공을 방어하는 공적을 세웠고, 정치 혁신을 주장하여 경력慶曆 개혁을 주도한 정치가이기도 하다.

사는 변새의 풍광을 묘사하고 변방 생활의 심정을 서술하여 풍격이 호방하다. 후대의 왕안석王安石과 소식蘇軾에게 어느 정도 영향을 끼쳤다. 《범문정공문집范文正公文集》이 있고, 사 5수가 전해진다.

漁家傲

塞下秋來風景異, 衡陽雁去無留意.
四面邊聲連角起.
千嶂裏, 長煙落日孤城閉.

濁酒一杯家萬里, 燕然未勒歸無計.
羌管悠悠霜滿地,
人不寐, 將軍白髮征夫淚.

어가오

변방에 가을 오니 유달리 쓸쓸하여
기러기도 무정하게 형양으로 떠난다.

뿔피리 소리에 이어지는 사방의 소음.
끝없이 펼쳐진 첩첩산중에
석양은 안개에 묻히고 성문이 닫힌다.

술 한잔 들며 그리는 머나먼 고향집
연연산에 공 못 새겨 돌아갈 날 기약없다.
서리 내린 땅에 피리 소리 처량하여
사람은 잠 못 이루는데
백발의 장군, 눈물짓는 사나이들.

■ 주 석

塞下(새하) : 변방의 요새. 송宋이 서하西夏와 대치하고 있는 서북의 변방 요새를 가리킨다.

衡陽(형양) : 호남성湖南省에 있는 지명으로, 가을이 되면 북방에 있던 기러기가 남쪽으로 날아와 형양의 회안봉回雁峰에서 멈춘다는 전설이 있다.

邊聲(변성) : 변방에서 일어나는 여러 가지 소리.

長煙(장연) : 공중에 가득히 낀 안개.

燕然(연연) : 연연산. 지금의 몽고인민공화국에 있는 항애산杭愛山을 가리킨다. 《후한서後漢書 두헌전竇憲傳》에 의하면 89년에 동한의 장군 두헌이 흉노의 침입을 물리치고 연연산에 올라가 전공을 새긴 기념비를 세웠다고 한다.

羌管(강관) : 강족羌族이 만든 피리. 후에는 피리를 지칭하는 말로 두루 쓰였다.

悠悠(유유) : 피리 소리가 처량하게 이어지는 것을 형용한 말.

■ **해 제**

범중엄은 1040년부터 1043년까지 서북 변방에서 군대를 통솔하여 서하西夏의 침입을 막고 있었다. 이 작품은 당시 가을의 변방 풍광과, 멀리 고향을 떠나와 변방에서 장기간 수자리하는 자신과 병사들의 심정을 묘사한 것이다.

반랑潘閬(?–1009)

광릉廣陵(지금의 강소성江蘇省 양주시揚州市) 사람으로, 자가 소요逍遙이다. 송 태종太宗 지도至道 원년(995)에 시를 잘 짓는다는 명목으로 추천을 받아 진사 급제를 하사받고 사문국자박사四門國子博士에 임명되었으나 어떤 사건에 연루되어 도피생활을 하다가 진종眞宗 때 사면되어 저주滁州(안휘성安徽省 저현滁縣) 참군參軍을 지냈다. 《소요집逍遙集》이 있고, 사는 〈주천자酒泉子〉 5수가 가장 유명하다. 사 10수가 전해진다.

酒泉子

長憶觀潮, 滿郭人爭江上望.
來疑滄海盡成空, 萬面鼓聲中.

弄潮兒向濤頭立, 手把紅旗旗不濕.
別來幾向夢中看, 夢覺尚心寒.

주천자

잊을 수 없는 전당강 밀물 구경
모두 달려 나가 강가에서 바라보았다.
푸른 바닷물이 남김없이 밀려온 듯
만 개의 북이 일제히 울리는 듯하다.

밀물 속을 헤엄치는 용감한 젊은이들
치켜든 붉은 깃발은 물에 젖지 않았다.
그 후 꿈속에서 여러 번 보았는데
깨어나서도 여전히 가슴 떨렸다.

■ 주 석

觀潮(관조) : 밀물을 바라보다. 매년 음력 8월 18일경 전당강 어귀에 바닷물이 산더미처럼 밀려드는 장관이 연출되어 큰 구경거리를 제공했다.

滿郭人(만곽인) : 온 성 사람들. '만성인滿城人'과 같다.

盡成空(진성공) : 모두 텅 비게 되다. 바닷물이 남김없이 밀려와 정작 바다는 텅 비게 되었다는 말.

弄潮兒(농조아) : 밀물을 희롱하듯 헤엄치는 젊은이들.

心寒(심한) : 가슴 떨리다. 놀라서 전율하다.

■ 해 제

매년 음력 8월 18일경에 들이닥치는 전당강의 밀물은 산더미가 밀려오듯 엄청나서 장관을 연출한다. 이 작품은 그 밀물의 기세와, 그 속에서 헤엄치면서도 들고 있는 깃발이 물에 젖지 않게 하는 묘기를 펼치는 용감한 젊은이들의 기개를 묘사했는데, 미지막 두 구절로 인해 밀물의 장관과 아찔함이 배가된다.

유영柳永(987?-1053?)

자가 기경耆卿이고 초명初名은 삼변三變으로, 숭안崇安(지금의 복건성福建省 숭안) 사람이다. 북송北宋의 저명한 사 작가이나 일생은 불우하였다. 인종仁宗 경우景祐 연간에 진사에 급제하였고 둔전원외랑屯田員外郞의 벼슬을 지냈기에 세칭 유둔전柳屯田이라 한다. 사는 통속적이어서 '우물이 있는 곳이면 어디든 유영의 사를 노래했다'는 말이 있을 정도로 당시에 매우 유행하였다. 나그네의 여정旅情을 표현하는 데 능하였고, 가기歌妓의 생활이나 성시城市의 풍광도 잘 묘사하였는데, 때로는 퇴폐적이라 할 만한 내용도 작품 속에 담았다. 사는 서민 계층의 정서를 잘 반영하고 음악성이 뛰어나다는 평을 받는다. 표현이 평이하고 언어가 유창한 점도 특징이다. 만사慢詞를 많이 창작하여 송대宋代 만사의 발전에 크게 기여하였다. 작품집에 《악장집樂章集》이 있다.

雨林鈴

寒蟬凄切. 對長亭晚, 驟雨初歇.
都門帳飲無緒, 方留戀處, 蘭舟催發.
執手相看淚眼, 竟無語凝噎.
念去去 · 千里烟波, 暮靄沈沈楚天闊.

多情自古傷離別. 更哪堪 · 冷落淸秋節.
今宵酒醒何處, 楊柳岸 · 曉風殘月.
此去經年, 應是良辰好景虛設.

便縱有 · 千種風情, 更與何人說.

우림령

가을 매미 우는 소리 처절한데
날 저무는 장정을 마주하니
소낙비가 막 그쳤네.
성문 밖에서 이별주 마시니 마음 어수선하여
머뭇거리는 때에
배가 떠나길 재촉하네.
손잡고 서로 눈물 어린 눈으로 보다
끝내 말없이 목이 메네.
천리 안개 물결을 가고 갈 것 생각해보니
저녁놀 자욱한 저 초나라 하늘은 광활하겠네.

다정한 이들은 예로부터 이별을 마음 아파했거늘
더욱이 쓸쓸한 가을인 경우 어이 견디랴.
오늘 밤 술은 어디에서 깰까?
버드나무 언덕 새벽바람에 달 지는 곳이겠지.
이제 떠나가서 해가 지나면
좋은 시절 좋은 경치도 분명 헛된 것이리라.
설령 천 가지 정취가 있다 한들
또 누구에게 말을 하겠는가?

■ 주 석

寒蟬(한선) : 늦가을 매미.

長亭(장정) : 길가에 세워진 역참驛站. 10리마다 장정을, 5리마다 단정短亭을 설치했다. 흔히 송별의 장소로 사용되었다.

都門(도문) : 성문.

帳飮(장음) : 장막을 치고 술을 마시다.

無緖(무서) : 마음이 어수선함을 뜻한다.

留戀(유련) : 머뭇거리다. 아쉬움 때문에 차마 떠나지 못하는 것을 뜻한다.

蘭舟(난주) : 배를 미화한 말이다.

凝噎(응열) : 목이 메다.

楚天(초천) : 초나라 하늘. 길 떠나는 이가 갈 남쪽 지역을 가리킨다.

風情(풍정) : 풍류와 정취. 또는 애정.

■ 해 제

이 사는 이별의 한을 노래하였는데 가을의 처량한 풍경과 결합시켜 더욱 처연한 느낌을 조성하였다. 상편上片은 이별할 때 본 장면과 느낀 정이고, 후편後片은 이별 후에 있을 상황과 정을 가설한 것이다. 이별의 대상이 누구인지 명료하지는 않지만, 손잡고 눈물 흘리는 등 여러 정황 묘사에 보이는 진한 정서를 통해 볼 때 연인이라 짐작된다.

이 사는 유영의 대표작일 뿐만 아니라 송사宋詞 중에서도 수작으로 꼽히는데, 특히 이별 후의 상황을 상상하여 읊은 '오늘 밤 술은 어디에서 깰까? 버드나무 언덕 새벽바람에 달 지는 곳이겠지(今宵酒醒何處. 楊柳岸 · 曉風殘月)'는 정情과 경景이 잘 융화되어 듣는 이에게 진한 감동을 불러일으키니, 실로 절창이라 칭할 만하다.

定風波

自春來 · 慘綠愁紅, 芳心是事可可.
日上花梢, 鶯穿柳帶, 猶壓香衾臥.
暖酥消 · 膩雲嚲. 終日厭厭倦梳裹.
無那. 恨薄情一去, 音書無箇.

早知恁麼. 悔當初 · 不把雕鞍鎖.
向雞窗, 只與蠻箋象管, 拘束教吟課.
鎮相隨 · 莫拋躲. 針線閒拈伴伊坐.
和我. 免使年少, 光陰虛過.

정풍파

봄이 와도 푸른 잎 붉은 꽃이 수심에 잠긴 듯하고
내 마음은 모든 일에 심드렁하여,
해가 꽃가지 위에 떠오르고
꾀꼬리가 버들가지 사이를 날건만
여전히 이불에 누워 있네.
고운 피부 시들고
윤기 나는 머리칼 흐트러져도
온종일 늘어져서 비 빗고 머리 싸매는 일 귀찮기만 하네.
어쩌겠는가?

한스럽게도 박정한 임은 한 번 떠나가선
소식 한 번 없으니.

진작 이럴 줄 알았어야 했는데
후회하네, 애초에 말안장 채워두지 않은 것을
공부방에
좋은 종이와 상아 붓만 주고는
공부하라고 붙잡아 둘 것을.
온종일 따라다니며 떠나지 못하게 하고는
한가로이 침선을 들고 그이 곁에 앉았을 것을.
나와 함께하여
젊은 시절
그 세월을 헛되이 보내는 일 없었을 텐데.

■ 주 석

是事可可(시사가가) : 모든 일에 흥미가 없는 것을 뜻한다.

花梢(화초) : 꽃나무 가지 끝.

暖酥(난소) : 부드럽고 매끄러운 피부. 여인의 젊은 피부를 가리킨다.

膩雲嚲(이운타) : 윤기 나고 풍성한 머리카락이 흐트러지다.

無那(무나) : 어찌할 수 없다. '무가내하無可奈何'와 같다.

恁麼(임마) : 이처럼. 이와 같이.

雞窗(계창) : 《유명록幽明錄》에서 나온 말로 공부방을 뜻한다.

蠻箋象管(만전상관) : 만전蠻箋은 촉蜀 지방에서 나는 채색 종이, 상관象管은 상아로 만든 붓. 좋은 문방 도구를 가리킨다.

鎮(진) : 늘. 항상.

抛躲(포타) : 버리다. 회피하다.

■ **해 제**

젊은 아낙이 지아비를 외지에 보낸 뒤 느낀 독수공방의 시름을 읊은 사로, 여인의 심리를 핍진하게 그려내었다. 시어가 통속적이고 묘사가 진솔하여 민간사의 풍격이 농후하다.

夜半樂

凍雲黯淡天氣, 扁舟一葉, 乘興離江渚.
渡萬壑千巖, 越溪深處.
怒濤漸息, 樵風乍起, 更聞商旅相呼.
片帆高舉. 泛畫鷁 · 翩翩過南浦.

望中酒旆閃閃, 一簇煙村, 數行霜樹.
殘日下 · 漁人鳴榔歸去.
敗荷零落, 衰楊掩映, 岸邊兩兩三三,
浣沙遊女, 避行客 · 含羞笑相語.

到此因念, 繡閣輕抛, 浪萍難駐.
歎後約 · 丁寧竟何據.
慘離懷 · 空恨歲晚歸期阻.

凝淚眼·杳杳神京路. 斷鴻聲遠長天暮.

야반악

얼어붙은 구름 음산한 날씨
한 잎 조각배로
흥이 나서 강가를 떠났네.
만 골짝 천 바위를 지나가니
월계 깊숙한 곳.
성난 파도 점차 잦아들고
순풍이 건듯 일어
또 장사치와 나그네 서로 부르는 소리가 들리는데,
조각 돛 높이 달고
그림 같은 배를 띄워 가벼이 남쪽 물가를 지나네.

시야에는 번쩍이는 술집 깃발
모여 있는 안개 속 마을
몇 줄로 늘어선 서리 내린 나무.
석양 아래 어부는 뱃전을 두드리며 돌아가네.
꺾인 연은 시들고
시든 버들가지 어른대며
강가 언덕엔 둘씩 셋씩
빨래하는 여인네가
길손 피해 수줍은 듯 웃고 떠드네.
이제와 생각해 보니

규방을 가벼이 버려
물결 위로 떠도는 부평초 신세 되었구나.
훗날의 기약 몇 번이고 다짐했지만 결국 무슨 소용이랴?
이별의 심사 참담한 채 세밀에 돌아갈 길 막혔음을 공연히 한탄할 뿐.
눈물 맺힌 눈에 아득한 서울 길.
외기러기 소리 멀고 긴 하늘엔 날 저무네.

■ 주 석

越溪(월계) : 지금의 강소성江蘇省 소흥紹興에 있는 약야계若耶溪. 춘추시대春秋時代 월越나라 미녀 서시西施가 이곳에서 빨래를 한 것으로 유명하다.

樵風(초풍) : 순풍. 좋은 바람. 후한後漢 정홍鄭弘의 고사에서 유래한 말이다.

商旅(상려) : 행상行商과 길손.

畫鷁(화익) : 배. 고대에는 뱃머리에 익조鷁鳥 장식을 하였다.

酒旆(주패) : 술집 문에 내건 깃발.

閃閃(섬섬) : 깃발이 펄럭이는 것을 두고 한 말이다.

鳴榔(명랑) : 막대기로 뱃전을 두드리다. '낭榔'은 어부가 뱃전을 두드려 물고기를 놀라게 하는 어구漁具이다.

丁寧(정녕) : 간절한 모습. 재삼 당부하는 모습.

神京(신경) : 수도. 여기서는 송대宋代의 수도인 변경汴京을 가리킨다.

■ 해 제

이 사는 세 편片으로 된 만사慢詞로 유영이 구곡舊曲을 이용하여 새로 만든 것이다. 나그네의 여정旅情을 읊었는데, 여행 중에 본 경물을 묘사하는 데에 많은 편폭을 썼고 그 묘사도 아주 구체적이면서 생동적인 점이 주목된다.

望海潮

東南形勝, 三吳都會, 錢塘自古繁華.
烟柳畫橋, 風簾翠幕, 參差十萬人家.
雲樹繞堤沙, 怒濤卷霜雪, 天塹無涯.
市列珠璣, 戶盈羅綺競豪奢.

重湖叠巘淸嘉. 有三秋桂子, 十里荷花.
羌管弄晴, 菱歌泛夜, 嬉嬉釣叟蓮娃.
千騎擁高牙, 乘醉聽簫鼓, 吟賞烟霞.
異日圖將好景, 歸去鳳池誇.

망해조

동남 지역의 명승
삼오 땅의 도회지
전당은 예로부터 번화했네.
안개 속 버들과 그림 같은 다리
바람에 날리는 발과 푸른 장막
들쑥날쑥한 십만 인가.
구름 위 나무가 둘러싼 제방의 백사장엔
성난 파도가 눈서리 말면서
천연의 참호가 가없고,

저자엔 주옥이 줄지었으며
집집마다 비단이 가득하여 호사로움 다투네.

겹겹의 호수와 첩첩의 산 아름다워
가을 계화도 있고
십리 연꽃도 있네.
오랑캐 피리 소리 개인 햇빛을 장난치고
마름 따는 노랫소리 밤중에 떠가며
낚시하는 노인네와 연밥 따는 아가씨 희희낙락하네.
천 기병이 상아 깃발 호위하며
취흥에 겨워 퉁소와 북소리 들으며
안개 노을 음미하고 감상하니
뒷날 이 아름다운 경치 그려 가지고서
봉황지에 돌아가 자랑하려네.

■ 주 석

東南(동남) 세 구 : 예부터 전당錢塘(지금의 항주시杭州市)은 중국 동남 지역의 요충지이자 삼오三吳 땅의 큰 도시였다. 삼오는 오흥吳興 · 오군吳郡 · 회계會稽.

重湖(중호) : 항주 서호西湖는 내호內湖와 외호外湖로 나뉜다.

羌管(강관) : 강족의 피리. 관악을 말한다.

菱歌(능가) : 마름 따며 부르는 노래.

高牙(고아) : 상아로 장식한 깃발로 주장主將을 상징한다. 여기서는 당시 항주 지역의 군사 또는 행정 책임자를 가리킬 것인데, 구체적으로 손하孫何라는 설이 있지만 확실하지 않다.

鳳池(봉지) : 궁궐에 있는 연못 봉황지鳳凰池. 여기서는 조정을 대칭代稱한다.

■ 해 제

이 사는 항주의 번화한 풍광을 노래한 작품이다. 유영 이전에는 성시城市의 경물을 이처럼 자세하게 표현한 사가 별로 없었으니, 이 사는 유영이 사의 영역을 확장하였음을 알려준다.

八聲甘州

對瀟瀟暮雨灑江天, 一番洗淸秋.
漸霜風凄緊, 關河冷落, 殘照當樓.
是處紅衰翠減, 冉冉物華休.
唯有長江水, 無語東流.

不忍登高臨遠, 望故鄉渺邈, 歸思難收.
嘆年來蹤迹, 何事苦淹留.
想佳人 · 妝樓顒望,
誤幾回 · 天際識歸舟.
爭知我 · 倚欄干處, 正恁凝愁.

팔성감주

강 하늘에 세차게 뿌리는 저녁 비 마주하여 보니
한 차례 맑은 가을을 씻어 주네.
점차 서릿바람 세차고

산하山河가 썰렁한데
석양이 누각에 비치네.
곳곳에 붉은 꽃 시들고 푸른 잎 줄어들어
차츰차츰 아름다운 풍경이 끝나 가는데
오직 장강의 강물만이
말없이 동으로 흐르네.

차마 높은 데 올라 먼 곳 보지 못하니
아득히 먼 고향 바라보면
돌아가고픈 생각 거두기 어려워서라네.
몇 년간의 행적을 탄식하니
무슨 일로 굳이 타향 땅에 오래 머물렀던가.
상상건대 아름다운 그녀는 누각에서 물끄러미 바라보며
몇 번이나 하늘가 배를 잘못 알아보았겠지.
어찌 알랴, 나 또한 난간에 기대
바로 이처럼 시름에 잠겨 있다는 것을.

■ 주 석

是處(시처) : 도처.
冉冉(염염) : 점점. 점차.
物華(물화) : 아름다운 경물.
渺邈(묘막) : 멀다. 아득하다.
淹留(엄류) : 오래 머물다. 여기서는 타향에 체류한 것을 말한다.
妝樓(장루) : 여인이 사는 누각.
顒望(옹망) : 고개 들고 물끄러미 바라보다.

爭(쟁) : 어찌.
恁(임) : 이와 같이.

■ **해 제**

이 사는 나그네가 타향에서 고향을 그리워하고, 또 그곳에서 자신을 기다리고 있는 여인을 생각하는 마음을 노래한 작품이다. 상편上片은 경물 묘사가 위주인데, 그 속에 시인의 정이 잘 녹아 있다. 하편은 감정 표현이 위주인데, 상상을 통하여 연인 사이의 정을 그려낸 수법이 묘하다.

장선張先(990-1078)

오정烏程(지금의 절강성浙江省 호주시湖州市) 사람으로, 자가 자야子野이다. 인종仁宗 천성天聖 8년(1030)에 진사에 급제하고 투주지주渝州知州, 도관낭중都官郎中 등을 역임했다. 만년에는 오흥吳興·항주杭州 일대에서 은거하며 소식蘇軾 등과 교유했다. 초기에 소령小令으로 안수晏殊·구양수歐陽脩와 병칭되었고, 나중에는 만사慢詞를 써서 유영柳永과 이름을 나란히 했다. 그러나 성취면에서 만사는 소령만 못했다. 사 180여 수가 전해진다.

天仙子 - 時爲嘉禾小倅, 以病眠不赴府會

水調數聲持酒聽. 午醉醒來愁未醒.
送春春去幾時回, 臨晩鏡. 傷流景.
往事後期空記省.

沙上並禽池上暝. 雲破月來花弄影.
重重簾幕密遮燈, 風不定. 人初靜.
明日落紅應滿徑.

천선자 – 당시 가화통판으로 있었는데, 병으로 누워 자다가 관부의 모임에 참석하지 못했다

〈수조〉 노랫가락을 술을 들며 들으니
낮술은 깼지만 시름은 가시지 않는다.
가는 봄 보내지만 언제 다시 돌아올까?
저녁나절 거울을 마주하고
흐르는 세월에 상심하며
지난 일과 만날 기약 생각해야 헛된 일.

해 저문 연못가에 물새가 쌍쌍이 깃들고
구름 헤치고 달 나오니 꽃 그림자 뚜렷하다.
겹겹이 휘장을 둘러쳐 등불을 가리나니
바람은 자지 않고
인적은 끊겼으니
내일은 온 길에 낙화가 가득하겠지.

■ **주 석**

嘉禾(가화) : 수주秀州의 별칭. 행정청이 지금의 절강성 가흥嘉興에 있었다.
小倅(소쉬) : 부관. 소리小吏. 장선은 당시 가화의 통판通判으로 있었다.
水調(수조) : 〈수조가두水調歌頭〉. 수隋 양제煬帝가 지었다고 하는 곡조 이름.

流景(유경) : 흐르는 세월.
往事後期(왕사후기) : 지난 일과 후에 만나기로 한 기약.
記省(기성) : 분명히 기억하다.
花弄影(화롱영) : 달빛이 환하여 꽃이 흔들림에 따라, 그림자가 따라서 흔들리는 것이 마치 꽃이 그림자를 데리고 노는 것 같다는 말이다.
落紅(낙홍) : 낙화.

■ 해 제

이 작품은 장선이 50여 세에 수주통판秀州通判으로 재직할 때 지은 것이다. 작자는 늘그막에 봄이 가는 것을 아쉬워하며 석별의 정을 노래하였다. 작품 중의 "雲破月來花弄影" 구는 세간에 전송되던 명구로 많은 사람들의 찬사를 받았다.

靑門引

乍暖還輕冷. 風雨晚來方定.
庭軒寂寞近淸明, 殘花中酒, 又是去年病.

樓頭畫角風吹醒. 入夜重門靜.
那堪更被明月, 隔牆送過鞦韆影.

청문인

날씨 따뜻하더니 갑자기 쌀쌀해지고
비바람은 저녁에야 겨우 멎었다.

정원은 적막한데 청명절 다가와
지는 꽃 아쉬워 술에 흠뻑 취하니
지난해의 병이 다시 도진다.

바람 불어 술 깨니 성루엔 뿔피리 울리고
밤이 들자 겹겹의 문 고요하다.
어찌 견디나 밝은 달빛에
담장 너머 그네 그림자 비쳐드는 것을.

■ 주 석

乍(사)~還(환)~ : 방금 ~하다가 다시 ~하다.
晩來(만래) : 저녁 무렵. '내來'는 뜻이 없는 조사.
方定(방정) : 비로소 멈추다.
重門(중문) : 겹겹이 세운 문.
那堪(나감) : 어찌 견디랴. 어찌 감당하랴.

■ 해 제

이 작품도 저물어가는 봄에 사대부가 느끼는 고독과 슬픔을 읊은 것인데, 그리움의 대상을 직접 언급하는 대신 달빛 아래 비쳐드는 그네 그림자를 보며 그네는 그대로 있지만 그네를 타던 그리운 그 사람은 없다고 함으로써 여운을 짙게 남겼다. 이로부터 작자가 '영影'자를 이용해 함축미를 잘 구축했음을 알 수 있다.

안수晏殊(991–1055)

무주撫州 임천臨川(지금의 강서성江西省 무주시) 사람으로, 자가 동숙同叔이다. 14세에 신동으로서 시험을 치르고 황제의 총애를 얻어 동진사출신同進士出身을 하사받았다. 그 후 동중서문하평장사겸추밀사同中書門下平章事(재상)兼樞密使, 예부상서禮部尙書, 형부상서刑部尙書 등의 고위직을 역임하였다. 죽은 뒤 '원헌元獻'이라는 시호가 내려져 세상에서는 안원헌晏元獻이라고 칭한다. 문학 재능은 매우 높아서 시문집 240권이 있었는데 아깝게도 전해지지 않는다. 사집은 《주옥사珠玉詞》로서 약 130여 수가 전해지는데, 그 중의 몇몇 작품은 풍연사馮延巳·구양수歐陽脩와 안기도晏幾道의 사집에도 보인다. 사는 그의 사회적 지위와 심미 취미에 의해 결정되었는데, 부귀하고 고상하며 온화하고 점잖은 귀족적 색채를 띠고 있으며, 의경意境이 심후하고 감정 속에 사색이 깃들어 있다.

浣溪沙

一曲新詞酒一杯, 去年天氣舊亭臺,
夕陽西下幾時回.

無可奈何花落去, 似曾相識燕歸來,
小園香徑獨徘徊.

완계사

한 곡의 새 사와 술 한 잔

지난 해 날씨의 옛 정자
석양이 서쪽으로 지면 언제 다시 돌아오나?

어쩔 수 없구나 꽃이 지는 것을
전에 본 듯한 제비 다시 돌아와
작은 정원 향긋한 길을 홀로 배회한다.

■ 주 석

香徑(향경) : 향기를 머금은 꽃잎이 흩날리는 오솔길.

■ 해 제

작자는 계속되는 연회에 싫증이 났는지 혼자서 한 곡의 새 사를 흥얼거리며 한 잔의 술을 들고 후원으로 가 꽃 사이를 산보한다. 눈을 들어 바라보니 정자는 여전한데 날씨는 어느새 바뀌었다. 저물어가는 봄빛과 속절없이 흘러가는 세월을 느끼며 작자는 '어찌할 수 없는' 담담한 슬픔이 솟는다. 그러한 슬픔이 "그 사람"이 보이지 않는 데 대한 감회일까? 그렇지 않으면 세월의 흐름에 대한 감회일까?
작자는 분명히 밝히지 않았고, 또 분명히 말할 필요도 없었을 것이다. 그는 그저 독자들이 그의 "홀로 배회하는" 동작을 통해 사색하도록 했을 뿐이다. 여기에는 벼슬 높은 귀인이 향락의 뒤에 느끼는 생활에 대한 보다 깊은 '되새겨봄'과, 기본적으로 부족할 것 없는 자도 어쩔 수 없이 느끼는 담담한 서글픔이 있을 뿐이다.

浣溪沙

一向年光有限身, 等閒離別易銷魂,
酒宴歌席莫辭頻.

滿目山河空念遠, 落花風雨更傷春,
不如憐取眼前人.

완계사

덧없는 세월에 유한한 몸인지라
흔한 이별에도 쉽게 넋이 나가니
술자리 잦다고 사양치 말자꾸나.

강산만 눈에 보여 그리움은 보답이 없고
비바람에 꽃 지니 가는 봄이 더욱 슬프다.
차라리 눈앞의 사람을 사랑해주리라.

■ 주 석

一向(일향) : 잠시. '일상一晌'과 같다.
等閒(등한) : 보통이다. 예사롭다.
銷魂(소혼) : 너무나 슬퍼 넋이 나가다.
憐取(연취) : 사랑하다. 여기서 '취取'는 어조사.

■ 해 제

이 작품도 염정생활을 묘사하는 외에 인생무상과 관련된 느낌을 토로하였다. 작자는 덧없는 세월과 인생무상을 달래기 위해 지금 이 순간을 즐기라고 말하고 있지만, 이 점이 감정의 표현 속에 사색이 녹아 있는 특색을 나타내게끔 하였다. 이와 같이 사경寫景과 서정抒情으로부터 사색의 영역으로 승화시키거나 확장시키는 수완이 독자로 하여금 안수의 사경詞境을 계속 음미하게끔 하였다.

구양수歐陽脩(1007–1072)

여릉廬陵(지금의 강서성江西省 길안吉安) 사람으로, 자가 영숙永叔이고 호가 취옹醉翁인데 만년에는 호를 육일거사六一居士라고 했다. 어려서 아버지를 여의어 가난했지만 면학에 힘써 인종仁宗 천성天聖 8년(1039)에 진사가 되었고, 한림학사 · 추밀부사樞密副使 · 참지정사參知政事 등을 역임했다. 북송의 시문 혁신을 주도했으며, 사에서도 성취가 뛰어났다. 주로 남녀간의 염정艷情과 흘러가는 세월, 이별의 한 등을 제재로 하여 심원하면서도 청려淸麗한 풍격의 사를 써서 안수晏殊와 가까운 편이며, 풍연사馮延巳의 영향을 받았다. 《육일사六一詞》와 《취옹금취외편醉翁琴趣外篇》 등에 200여 수의 사가 수록되어 있다.

踏莎行

候館梅殘, 溪橋柳細, 草薰風暖搖征轡.
離愁漸遠漸無窮, 迢迢不斷如春水.

寸寸柔腸, 盈盈粉淚, 樓高莫近危欄倚.
平蕪盡處是春山, 行人更在春山外.

답사행

객사의 매화 시들고
시내 다리의 버들잎 가늘게 돋아나
풀 향기롭고 바람 따뜻한데 말고삐 흔들며 간다.

이별의 슬픔은 집에서 멀어질수록 끝이 없어
흐르는 봄물처럼 아득히 끊임이 없다.

슬픔에 장은 마디마디 끊어지고
방울방울 흘러내리는 여인의 눈물
높다란 누대에 올라 난간에 기대서지 말지니
초원이 다한 곳에 봄 산이 있는데
멀리 떠난 임은 더욱이 봄 산 밖에 있다오.

■ **주 석**

候館(후관) : 객사. 여관.
征轡(정비) : 멀리 가는 나그네의 말고삐.
迢迢(초초) : 멀고 아득한 모양.
寸寸柔腸(촌촌유장) : 마디마디 끊긴 애간장. 갈기갈기 찢어진 마음.
盈盈(영영) : 그렁그렁 넘쳐흐르는 모양.
粉淚(분루) : 여인의 눈물.
危欄(위란) : 높은 누대의 난간.
平蕪(평무) : 잡초가 무성한 평평한 들판.

■ **해 제**

이 사는 이별의 슬픔을 읊은 작품이다. 상편上片은 떠나가는 나그네가 보고 느낀 여로의 봄 경치와 이별의 슬픔을 적은 것이고, 하편下片은 나그네를 떠나보내는 여인의 입장에서 이별의 슬픔을 묘사한 것인데, 마지막의 "초원이 다한 곳에 봄 산이 있는데, 멀리 떠난 임은 더욱이 봄 산 밖에 있다오"라고 한 표현이 여인의 심정을 함축적으로 대변하여 독자의 심금을 울린다.

蝶戀花

庭院深深深幾許.
楊柳堆煙, 簾幕無重數.
玉勒雕鞍遊冶處. 樓高不見章臺路.

雨橫風狂三月暮.
門掩黃昏, 無計留春住.
淚眼問花花不語. 亂紅飛過鞦韆去.

접련화

정원은 깊고깊어 얼마나 될까?
버드나무엔 안개 자욱이 끼었고
규방엔 휘장을 겹겹이 드리웠다.
멋진 말을 타고 가 방탕하게 노는 곳
누각은 높건만 환락가는 보이지 않는다.

비바람이 몰아치고 봄은 저무는데
황혼에 문을 닫으니
봄을 머물게 할 수 없어서라.
눈물 머금고 꽃에 물어봐도 아무 말 없고
어지러이 꽃잎만 그네를 스치며 날아간다.

■ 주 석

幾許(기허) : 얼마나 될까?

無重數(무중수) : 겹겹이 무수하다. 겹겹이 무수히 드리워져 있다.

玉勒雕鞍(옥륵조안) : 옥 굴레와 화려하게 꾸민 안장. 호화롭게 장식한 말.

遊冶(유야) : 주색에 빠져 방탕하게 놀다.

章臺路(장대로) : 한대漢代 장안長安의 거리 이름. 그곳에 기루妓樓가 많았기 때문에 후대에는 환락가를 칭하는 말로 쓰였다.

雨橫風狂(우횡풍광) : 비바람이 몰아치다. 여기서는 여인의 심리상태를 암시하는 말로 사용되었다.

■ 해 제

이 사는 여인의 원망과 한을 읊은 작품이다. 규방에 갇혀 지내는 여인의 한은 아랑곳하지 않고 환락가에서 방탕하게 노는 남자에 대한 원망과, 봄이 가듯이 젊음이 사라져가는 안타까움을 주변의 경물을 빌려 묘사하고 있어서 표현기교가 볼만하다. 일설에는 이 사가 풍연사馮延巳의 작품이라고 한다.

生查子

去年元夜時, 花市燈如晝.
月上柳梢頭, 人約黃昏後.

今年元夜時, 月與燈依舊.
不見去年人, 淚滿春衫袖.

생사자

지난해 대보름날에는
꽃시장과 등불로 대낮 같았지.
달이 버들가지 위로 떠오를 때면
그 사람과 황혼 후를 기약했다네.

올해 대보름날에는
달과 등불 예전과 다름없는데
작년의 그 사람 보이지 않아
눈물이 봄 적삼을 흠뻑 적신다.

■ 주 석

元夜(원야) : 대보름날 밤. 음력 정월 15일 밤으로, 원소절元宵節이라고도 한다. 당대唐代부터 대보름날 밤에 관등觀燈의 풍속이 있었다.

■ 해 제

이 사는 대보름날 밤을 맞아 1년 전 애인과 만나 함께 즐거웠던 한때를 보냈던 추억을 회상하며, 그 사람이 없는 지금의 고독과 쓸쓸함을 토로한 작품이다. 작년과 올해를 대비시킨 구상이 교묘하고, 언어가 통속적이면서도 분명하여 민가의 풍미가 있다.

采桑子

春深雨過西湖好, 百卉爭妍.
蝶亂蜂喧, 晴日催花暖欲然.

蘭橈畫舸悠悠去, 疑是神仙.
返照波間, 水闊風高颺管弦.

채상자

깊은 봄에 비 지나가니 서호가 좋구나.
온갖 꽃 아름다움을 다투고
나비들 분주히 날고 벌들 앵앵거리고
따뜻한 햇볕에 꽃들은 불타는 듯 곱다.

목란 노로 채색 배 저으며 유유히 떠가니
신선인 듯한데
석양이 물결에 반사되고
바람은 드넓은 수면에서 음악을 연주한다.

■ 주 석

欲然(욕연) : 불타는 듯하다. '연然'은 '연燃'과 같다.
返照(반조) : 석양. 석양빛.

■ 해 제

이 사는 구양수가 쓴 〈채상자〉 10수 중 제2수이다. 작자는 서호西湖의 아름다운 경치를 읊으며 태평시대의 가뿐하고 유쾌한 심리적 분위기를 드러내었다. 이 작품에 나타난 경쾌하고 아름답고 떠들썩하고 즐거운 정조는 참으로 오랜만의 것으로, 새로운 시대가 사단詞壇에 가져다준 새로운 기상이라고 말할 수 있다. 또한 여기서 우리는 구양수 사의 필치가 청신하고 소박하며 자연스러우면서 정교하다는 예술 풍격상의 한 특징을 엿볼 수 있다.

왕안석王安石(1021-1086)

무주撫州 임천臨川(지금의 강서성江西省 임천) 사람으로, 자가 개보介甫이고 호는 반산半山이다. 인종仁宗 가우嘉祐 3년(1058)에 만언서萬言書를 올려 변법變法의 필요성을 제기하였다. 신종神宗 희령熙寧 2년(1069)에 참지정사를 맡고 다음해에 재상이 되어 변법을 시행했지만 성공하지 못했다. 후에 조정에서 물러나 금릉金陵(지금의 강소성江蘇省 남경南京)에 은거했다. 형국공荊國公으로 봉해져 세상에서는 왕형공王荊公이라 칭한다. 북송의 유명한 정치가인 동시에 문학가로 당송팔대가 중의 하나이며 시에서도 뛰어난 성과를 거두었다. 사를 많이 남기지 않았지만 감개가 깊고 의경意境이 넓어 오대五代 이래의 구습에서 벗어나 독특한 풍격을 갖추었다.

桂枝香 – 金陵懷古

登臨送目. 正故國晚秋.
天氣初肅.
千里澄江似練, 翠峰如簇.
歸帆去棹斜陽裏, 背西風 · 酒旗斜矗.
彩舟雲淡, 星河鷺起, 畫圖難足.

念往昔 · 繁華競逐.
歎門外樓頭, 悲恨相續.
千古憑高, 對此漫嗟榮辱.
六朝舊事如流水, 但寒煙衰草凝綠.

至今商女，時時猶唱，後庭遺曲.

계지향 - 금릉 회고

높이 올라 멀리 바라보니
옛 도읍 금릉은 어느덧 늦가을.
날씨는 이제 맑고 상쾌하다.
천리 맑은 강은 한 줄기 비단 같고
푸른 산봉우리는 마치 화살촉 같다.
오가는 돛배는 석양빛에 물드는데
서풍 등지고 주기는 높이 펄럭인다.
배들은 멀리 구름 속에 희미하고
은하수에서 백로가 날아오르니
그림으로도 그려내지 못하리라.

옛날 번화함을 다투었던 때를 생각하니
망국의 사건에 한탄하고
슬픔과 한이 꼬리를 문다.
오랜 세월 후 높은 곳에 올라
이를 대하고 부질없이 영욕에 탄식한다.
육조의 옛일은 강물처럼 흘러갔고
찬 안개 짙고 시든 풀만 무성하다.
지금도 노래를 파는 여인들은
아직도 수시로 부르는구나
〈후정화〉 옛 노래를.

■ 주 석

送目(송목) : 눈길을 보내다. 멀리 바라보다.

故國(고국) : 옛 도읍. 금릉金陵(남경南京)을 가리킨다.

斜矗(사촉) : 비스듬히 우뚝 솟아 있다. 높이 걸려 펄럭인다는 말.

彩舟(채주) : 채색한 배. 일반적으로 배의 미칭美稱이다. 이 구절은 멀리 바라보니 강물이 하늘과 맞닿아 있어서 배들이 마치 옅은 운무에 덮여 구름 속을 항해하는 것처럼 보인다는 말이다.

星河(성하) : 은하. 멀리 바라보이는 장강이 은하처럼 보인다는 말.

門外樓頭(문외루두) : 망국의 사건을 뜻하는 전고이다. 두목杜牧의 〈대성곡臺城曲〉 "성문 밖에는 한금호 장군, 누각 위에는 미인 장려화(門外韓擒虎, 樓頭張麗華)"에서 나왔다. 589년 진陳 후주後主 진숙보陳叔寶와 총비寵妃 장려화가 누각 위에서 연회를 즐기고 있을 때, 수隋의 장군 한금호가 금릉의 주작문朱雀門 밖에서 공격하여 진을 멸망시킨 사건을 가리킨다.

六朝(육조) : 오吳, 동진東晋, 송宋, 제齊, 양梁, 진陳의 여섯 왕조를 통칭하는 말.

凝綠(응록) : 짙푸르다. 이 구절은 그 옛날 번화했던 곳이 지금은 저녁 무렵의 찬 안개가 짙게 깔리고 가을의 시든 풀만이 무성하다는 말이다.

商女(상녀) : 노래를 파는 여인. 가기歌妓.

後庭遺曲(후정유곡) : 〈후정화〉 옛 노래. 두목杜牧의 〈박진회泊秦淮〉 "가기는 망국의 한을 알지 못한 채, 강 건너에서 아직도 〈후정화〉를 부른다(商女不知亡國恨, 隔江猶唱後庭花)"를 인용했다. 진 후주가 지은 〈후원의 꽃나무(玉樹後庭花)〉에 "후원의 아름다운 꽃나무, 꽃이 피어도 오래가지 못하리(玉樹後庭花, 花開不復久)"가 있어서 당시 사람들은 망국의 노래라고 했다.

■ **해제**

이 사는 왕안석이 영종英宗 치평治平 4년(1067) 지강녕부知江寧府로 있을 때 지었을 것이다. 상편에서는 금릉의 아름답고 장엄한 경관을 묘사했고, 하편에서는 육조의 역사 사실을 빌려 왕조 흥망성쇠의 감개를 표현했는데, 그 속에는 북송 왕조에 대한 염려의 뜻이 담겨 있다고 하겠다. 〈계지향〉 사패詞牌로 금릉회고를 읊은 작가가 30여 명 되는데, 평자들은 왕안석의 이 작품을 으뜸으로 꼽는다.

안기도晏幾道(1030?-1106?)

자가 숙원叔原이고 호는 소산小山이다. 안수晏殊의 일곱 번째 아들이었으므로 사람들은 그를 '소안小晏'이라고 불렀다. 일생동안 관운이 좋지 않아서 영창부潁昌府 허전진許田鎭(지금의 하남성河南省 허창許昌 서남西南)감監 등의 말단 관직을 지냈을 뿐이다. 귀공자로 성장했지만 만년에는 곤궁하게 지냈다. 그러나 권문세가의 집에는 발을 들여놓지 않았다고 한다. 지난날에는 화려했지만 지금은 영락한 처지와, 자존심이 높고 세상을 업신여기는 성격 특징과 이성과의 애정에 빠진 다정다감한 기질 등이 그의 사로 하여금 열애의 정서와 감상의 정서가 하나로 짜이고, 부귀의 기상과 쓸쓸한 정경이 한데 뒤섞인 복잡하고 다채로운 색채가 나타나도록 하였다. 소령小令에 뛰어났으며, 《소산사小山詞》에 260수의 사가 수록되어 있다.

臨江仙

夢後樓臺高鎖, 酒醒簾幕低垂.
去年春恨却來時.
落花人獨立, 微雨燕雙飛.

記得小蘋初見, 兩重心字羅衣.
琵琶弦上說相思.
當時明月在, 曾照彩雲歸.

임강선

꿈에서 깨니 누대는 높이 잠겨 있고
술에서 깨니 휘장은 낮게 드리워 있다.
지난 봄의 한이 다시 밀려올 때
지는 꽃 속에 사람은 홀로 서있고
가랑비 속에 제비는 짝지어 난다.

생각하면 소빈을 처음 보았을 때
마음 심자 겹쳐 놓은 비단옷 입고
비파 현으로 그리움을 말했었지.
당시의 밝은 달 그대로 있어
채운되어 돌아갔던 길을 비추고 있다.

■ 주 석

春恨(춘한) : 봄의 한. 여기서는 이별 후 그리움으로 인한 고통을 말한다.
却(각) : 다시. '재再'와 같다.
微雨(미우) : 가랑비. '落花人獨立, 微雨燕雙飛' 이 두 구절은 오대 옹굉翁宏의 성구成句를 차용한 것이지만, 여기에 사용되어 드러날 듯 말 듯하게 그의 지난날에 대한 추억과 지금의 끝없는 애달픔을 표현했다.
小蘋(소빈) : 당시의 한 가기歌妓 이름.

兩重心字羅衣(양중심자라의) : 소전체小篆體의 '심心'자를 중첩해서 수놓은 비단옷. 당시 유행한 것으로, 두 마음이 합쳐진 '심심상인心心相印'을 뜻한다. 이것을 옷고름을 맨 모양으로 보는 설도 있다.

彩雲(채운) : 꽃구름. 여기서는 소빈을 비유한 말이다.

■ 해 제

이 사는 이별한 가기를 회상하며 그리움을 표현한 작품이다. 작품 전체가 추억에서 시작하여 추억으로 끝마쳤고, 추억의 창구를 통해 잊을 수 없는 옛일을 전개하고 전전반측하는 마음상태를 표현하여 사람으로 하여금 억제할 수 없는 애틋함을 느끼게 한다. 안기도 사에 표현된 애정은 바로 그와 같이 아름답지만 깨지기 쉬워서 깨져버린 애정이다.

蝶戀花

醉別西樓醒不記.
春夢秋雲, 聚散眞容易.
斜月半窓還少睡. 畫屛閑展吳山翠.

衣上酒痕詩裏字.
點點行行, 總是凄凉意.
紅燭自憐無好計. 夜寒空替人垂淚.

자련화

취중에 서루에서 이별하니 깨어나도 기억에 없다.
봄꿈 가을 구름처럼
만나고 헤어지는 것이 참으로 무상하구나.
달빛이 창틈으로 비쳐들어 잠 못 이뤄 하는데
병풍엔 푸른 오산이 한가롭게 펼쳐 있다.

옷에 묻은 술자국과 시를 적은 글자들
점과 행마다
온통 슬픈 뜻으로 가득 찼다.
붉은 촛불도 방법 없음이 안타까워
추운 밤 공연히 내 대신 눈물 흘린다.

▩ 주 석

春夢秋雲(춘몽추운) : 봄꿈과 가을 구름. 덧없이 사라지는 것을 비유한 말. 백거이白居易 〈화비화花非花〉 : "봄꿈처럼 잠시 왔다가, 떠나가면 가을 구름처럼 찾을 길 없다(來如春夢不多時, 去似秋雲無覓處)"

吳山(오산) : 오吳 지역의 산. 병풍에 그려진 강남의 산수를 가리킨다.

自憐(자련) : 자신을 가엾이 여기다. '자自'는 의미상 타동사의 목적어일 때도 동사 앞에 놓인다.

▩ 해 제

안기도에게 인생 최대의 고통은 '달콤한 꿈'이 깨어진 후 지난날을 추억하는 것이었다. 그는 처음 세 구에서 '춘春'과 '추秋', '취聚'와 '산散'으로 지금과 지난날을 대비시켜 사람의 혼을 불러일으키는 강렬한 예술 매력을 갖추었다. 다음 두 구의 '소

少'와 '한閑'도 그의 추억이 깊고 고통스러우며 현재가 무료하고 적막하다는 것을 잘 나타내준다.

鷓鴣天

彩袖殷勤捧玉鍾. 當年拚却醉顔紅.
舞低楊柳樓心月, 歌盡桃花扇底風.

從別後, 憶相逢. 幾回夢魂與君同.
今宵剩把銀釭照, 猶恐相逢是夢中.

자고천

아름다운 그녀가 은근히 술을 권하던 그때
아낌없이 얼굴이 붉어지도록 흠뻑 마셨다.
누각 위의 달이 버들 아래로 질 때까지 춤추었고
도화선 밑의 바람이 다 없어지도록 노래 불렀다.

이별한 후로
우리 만났던 일 잊지 못해
몇 차례나 꿈속에서 그대와 함께 있었던가!
오늘 밤 재삼 은 등잔 들어 비춰 보아도
이렇게 만난 것 꿈속일까 봐 두렵다.

■ 주 석

彩袖(채수) : 아름다운 옷소매. 이것으로 아름다운 여인을 지칭하였다.

捧玉鍾(봉옥종) : 옥 술잔을 받쳐 올리다. 술을 권한다는 말.

拚却(반각) : 서슴없이 ~하다. 기꺼이 ~하다. '각却'은 여기서 어조사로 쓰였다.

舞低(무저) 구 : 누각 위를 비추던 달이 버들 아래로 질 때까지 춤을 추다. 밤새도록 춤을 추었다는 말.

歌盡(가진) 구 : 도화선 밑의 바람이 다 없어지도록 노래 부르다. 쉬지 않고 계속 노래를 부르며 춤을 추어 부채에 의해 바람이 다 없어졌다는 말로, 일종의 과장 수법이다.

剩(잉) : 줄곧. 내내. 재삼. '今宵剩把銀釭照, 猶恐相逢是夢中' 이 두 구절은 두보杜甫의 〈강촌삼수羌村三首〉 (1) : "밤 깊어 다시 촛불 잡고서, 마주 대하고 있으니 꿈만 같다(夜闌更秉燭, 相對如夢寐)"의 의미를 취한 것이다.

■ 해 제

이 사의 맥락은 만남 · 이별 · 그리움 · 재회의 네 부분으로 나뉜다. 앞의 세 부분은 모두 오늘 밤 재회 때의 추억 속에서 전개된 것이고, 작품의 진정한 절정은 재회 후 다시 찾아들 이별에 있다. 상편의 4구는 당시 그녀와 처음 만났을 때의 정황을 추억한 것이고, 하편은 앞 세 구에서 꿈속의 상봉을 빌려 실제의 이별을 묘사했고, 마지막 두 구에 가서야 오늘 밤의 재회를 정식으로 밝혔는데, 그와 동시에 오히려 다시금 재차 닥칠 이별의 고통을 배태해내었다. 따라서 마지막 두 구는 이 사의 표면적인 절정이면서 동시에 생략된 진정한 절정(오늘 밤의 재회가 어찌 다시 앞으로의 꿈속에 나타나는 추억의 장면이 되지 않겠는가)을 위한 유력한 복선이다.
그러므로 이 사는 오늘 밤의 짧은 재회를 서정 맥락상의 중점으로 삼았으면서도 사실상 대부분의 편폭을 지난날의 추억에 할애하였고, 작품 뒤에 상상 속의 편폭을 남겨둠으로써 독자들이 연상을 계속하게 하였다. 따라서 이 사가 사용한 것은 상봉으로써 이별의 한을 서술하고, 즐거운 성경을 통해 슬픈 감정을 두드러지게 하는 묘사법이며, 추억을 통해 갖가지 정경을 써낸 것이 특징이다.

阮郎歸

天邊金掌露成霜. 雲隨雁字長.
綠杯紅袖趁重陽. 人情似故鄉.

蘭佩紫, 菊簪黃. 殷勤理舊狂.
欲將沉醉換悲凉. 淸歌莫斷腸.

완랑귀

하늘가 승로반의 이슬도 서리가 되었고
구름도 기러기 대열 따라 길게 뻗어 있다.
중양절 틈타 술잔 기울이며 여인들 노래 들으니
이곳의 인정은 마치 고향 같구나.

보랏빛 난초를 몸에 차고
노란 국화를 머리에 꽂고서
한껏 지난날의 광태를 드러내본다.
흠뻑 취하여 슬픔을 잊고자 하니
슬픈 노래로 나의 애를 끊지 말아다오.

■ 주 석

金掌(금장) : 승로반承露盤. 한漢 무제武帝는 거대한 구리 기둥 위에 쟁반을 들고 있는 신선 동상을 세워 놓고 쟁반에 이슬을 받아 장생불로의 단약을 만들게 했다고 전한다.

雁字(안자) : 기러기 떼가 '일一'자나 '인人'자 모양으로 대열지어 날아가는 것을 말한다.

綠杯紅袖(녹배홍수) : 푸른 술잔과 붉은 소매. 좋은 술과 아름다운 여인을 비유한 말.

人情(인정) : 사람 사는 풍토와 인정미.

舊狂(구광) : 예전의 광태. 자신이 세상과 맞지 않아 세상을 업신여기고 세상에 불만을 품는 분방함.

淸歌(청가) : 악기의 반주 없이 부르는 노래.

■ 해 제

이 사는 안기도가 타향에서 중양절을 맞아 자신의 회포를 서술한 작품이다. 여기서 가장 주의를 기울여야 할 구절은 '殷勤理舊狂'이다. 독자들이 알고 있듯이 '광狂'자는 만당晩唐 · 오대五代의 소령小令에서 자주 나왔던 글자이지만 그 내용은 일종의 '염정 방면의 무절제한' 정서를 가리키는 데 지나지 않았다. 그러나 안기도의 '구광舊狂' 속에는 염정 방면의 무절제한 정서도 포함되어 있지만 그보다 더 세상을 업신여기고 세상에 불만을 품는 '분방'함이 포함되어 있다.

이와 같이 정치 방면에 관련된 자신의 신세에 대한 개탄은 그 깊이와 넓이에 있어서 안수가 부귀의 끝에 일으킨 담담한 인생 감촉을 뛰어넘은 것이다. 안기도의 사를 세심히 살펴보면 그 속에 우환의식이 상당히 짙게 깔려 있음을 알 수 있다.

蝶戀花

夢入江南煙水路.
行盡江南, 不與離人遇.
睡裏銷魂無說處. 覺來惆悵銷魂誤.

欲盡此情書尺素.
浮雁沉魚, 終了無憑據.
却倚緩弦歌別緒. 斷腸移破秦箏柱.

접련화

꿈속에서 강남의 안개 서린 물길에 들어
온 강남을 헤매었건만
헤어진 사람과 만날 수 없었다.
꿈속에서 애끊는 마음 호소할 데 없었는데
깨어나니 슬픔만 커져 고통에 속이 상한다.

이 마음 모두 편지에 담아
기러기와 물고기 편에 부치고 싶지만
끝내 맡길 수가 없구나.
낮은 가락으로 이별의 정을 노래하니
어떻게 연주해도 애끊는 소리만 난다.

■ 주 석

銷魂(소혼) : 너무 슬퍼 넋이 나가다. 몹시 슬프다.

尺素(척소) : 소폭의 흰 비단. 편지를 가리킨다.

浮雁沉魚(부안침어) : 물 위에 떠있는 기러기와 물속에 가라앉은 물고기. 기러기와 물고기는 편지를 전해준다는 전설이 있다.

緩弦(완현) : 줄이 느슨해서 저음을 내는 현.

斷腸(단장) 구 : 기러기발을 이리저리 옮겨도 모두 단장의 슬픈 소리가 난다는 말이다. '파破'는 '진盡'과 같다. '진쟁秦箏'은 거문고와 비슷한 13현의 악기.

■ 해 제

이 사는 짧지만 변화가 매우 많다. 이와 같은 굴곡과 변화가 사정詞情으로 하여금 한 층 한 층 깊이 들어가고, 마디마디 변화 있는 형세를 나타내게 하였다. 소령의 기교는 안수 · 구양수의 단계에 이르러 매우 높은 수준이 되었지만 그 묘사법은 기본적으로 일관되게 글자의 조직 · 분위기의 부각 및 정경情景의 융합과 의경意境의 함축 등에 머물러 있었다.

안기도의 소령은 한편으로 상술한 장점들을 훌륭히 계승하였고, 다른 한편으로 시의 기법과 당시에 이미 광범하게 흥기한 만사 장조의 묘사법을 흡수하여 사세詞勢와 장법章法 상의 개선이 있었다. 안기도에 이르러 사는 일종의 동태적 미감을 상당히 표현해낼 수 있게 된 것이다.

소식蘇軾(1036–1101)

미산眉山(지금의 사천성 미산) 사람으로 자字가 화중和仲 또는 자첨子瞻이고 호號가 동파거사東坡居士이다. 아버지 소순蘇洵(1009–1066) 및 동생 소철蘇轍(1039–1112)과 더불어 당송팔대가唐宋八大家로 꼽힐 만큼 뛰어난 문장가였을 뿐만 아니라, 황정견黃庭堅(1045–1105)과 더불어 '소황蘇黃'으로 병칭될 만큼 송대 시단의 영수이기도 했고, 사詞에 있어서도 호방사풍豪放詞風의 개척자요 대표자라는 위상을 지니고 있으며, 서예에 있어서도 북송사대가로 꼽히는 등, 각종 문예 분야에서 두루 중추적인 역할을 한 희대의 천재 예술가였다. 그러나 정치적으로는 불의를 용납하지 못하고 바른 말을 너무 잘한 관계로 정적들의 미움을 받아, 중간에 잠깐잠깐 중서사인中書舍人 · 한림학사지제고翰林學士知制誥 · 한림학사승지翰林學士承旨 · 병부상서兵部尙書 · 예부상서禮部尙書 등의 중앙관직을 지내기도 했지만, 일생의 대부분을 지방관으로 전전했으며 황주黃州(지금의 호북성 황강시黃岡市 황주구黃州區) · 혜주惠州(지금의 광동성 혜주) · 담주儋州(지금의 해남성 담주시 중화진中和鎭) 등지에서 폄적생활을 한 기간만 해도 10년이 넘는다. 이처럼 불우한 정치 생애를 지닌 그의 사는 음률에 얽매이지 않고 자신의 감정을 거리낌없이 토로하여 남송 호방파의 앞길을 열었다. 그러나 《동파악부東坡樂府》·《동파사東坡詞》 등 여러 종류의 판본을 통해 현전하는 사 약 350수 가운데 호방한 풍격을 지닌 작품은 별로 많지 않고, 오히려 청려광달淸麗曠達한 작품이 주류를 이룬다.

江城子 – 乙卯正月二十日夜記夢

十年生死兩茫茫.
不思量. 自難忘.

千里孤墳·無處話凄凉.
縱使相逢應不識,
塵滿面, 鬢如霜.

夜來幽夢忽還鄉.
小軒窗. 正梳妝.
相顧無言·惟有千行.
料得年年斷腸處,
明月夜, 短松岡.

강성자 – 을묘년 정월 스무날 밤의 꿈

이승과 저승으로 멀어진 지 십 년 세월
생각하지 않으려 해도
워낙 잊기 어렵지만
천 리 밖에 무덤이 있어 처량함을 호소할 데 없었다오.
비록 서로 만난다 해도 알아보지 못할 게요
얼굴에 먼지가 가득히 앉고
살쩍이 서리처럼 하야니까요.

밤들어 꿈속에서 문득 찾은 고향집
작은 방의 창가에서
그대는 마침 머리 빗고 화장하고 있다가

나를 보곤 말없이 천 줄기 눈물만 흘렸다오.
해마다 애간장을 끊은 곳을 알겠나니
달 밝은 밤
키 작은 소나무가 늘어선 거기로군요.

■ **주 석**

乙卯(을묘) : 희령 8년(1075)을 가리킨다.

生死(생사) : 살아 있는 자신과 이미 죽은 부인을 가리킨다. 소식의 첫 번째 부인 왕불王弗(1039-1065)은 10년 전인 치평 2년(1065) 5월 28일에 죽어 고향에 묻혀 있었다.

茫茫(망망) : 아득히 멀리 떨어져 있는 모양.

料得(요득) : 짐작하다.

■ **해 제**

희령 8년(1075) 1월 20일, 밀주密州에서 10년 전에 죽은 본처 왕불을 꿈에 보고 그녀에 대한 절절한 그리움을 숨김없이 과감하게 드러내 보인 도망사悼亡詞이다. 시에 있어서는 죽은 아내를 애도하는 도망시가 진晋나라 반악潘岳(247-300) 이래로 줄곧 유지되어 온 전통이지만, 사에 있어서는 그 전례를 찾을 수 없었는데 소식이 처음으로 길을 열었다.

江城子 — 密州出獵

老夫聊發少年狂.
左牽黃. 右擎蒼.
錦帽貂裘 · 千騎卷平岡.

爲報傾城隨太守,

親射虎, 看孫郎.

酒酣胸膽尙開張.

鬢微霜. 又何妨.

持節雲中 · 何日遣馮唐.

會挽雕弓如滿月,

西北望, 射天狼.

강성자 - 밀주에서 사냥하며

늙은이가 잠시 동안 젊음이 발동하여

왼손에는 노란색 사냥개 끌고

오른손엔 파란색 매를 쳐드니

비단 모자에 가죽옷 입은 기마병 천 명이 언덕을 에웠다.

태수를 따라온 온 성 사람들에게 보답키 위해

내 손수 화살로 호랑이를 쏘아서

손랑의 기개를 보여주리라.

술기운이 얼큰하니 가슴이 툭 트거늘

살쩍이야 서리가 좀 내린다 한들

또 무슨 상관이 있단 말이냐?

부절을 들고 운중으로 언제나 풍당을 보내려나?

만월처럼 둥그렇게 활시위를 힘껏 당겨
서북쪽을 바라보며
천랑성을 쏘리라.

■ 주 석

老夫(노부) : 소식 자신을 가리킨다.

平岡(평강) : 평평한 산등성이.

傾城(경성) : 성 안에 사는 모든 사람.

太守(태수) : 밀주지주密州知州 신분인 소식 자신을 가리킨다.

孫郎(손랑) : 삼국시대 오나라의 장수 손권孫權을 가리킨다. 그는 건안 23년(218) 10월, 오 지방으로 가는 도중 능정庱亭이라는 곳에서 말을 탄 채 호랑이에게 활을 쏘았다. 그러다가 말이 호랑이에게 상처를 입고 비틀거리자 창을 던져서 호랑이를 잡았다.(《삼국지 오주전吳主傳》 참조)

雲中(운중) : 지금의 내몽고자치구 탁극탁托克托 동북쪽에 있던 고을. 한나라 문제 때 운중태수 위상魏尙이 흉노와의 전쟁에서 상당히 큰 전공을 세웠는데도 불구하고 조그만 과실로 면직당했다. 이때 풍당馮唐이 조정의 결정이 부당하다고 간하자 문제가 마침내 그의 뜻을 받아들여 그를 운중으로 보내 위상의 죄를 사면하고 운중태수에 복직케 했다.(《한서 풍당전》 참조)

馮唐(풍당) : 조정이 다시 소식을 신임하고 그에게 우국충정을 마음껏 펼쳐볼 기회를 준다는 어명을 전할 사람을 가리킨다.

會(회) : 마땅히 ~해야 한다.

雕弓(조궁) : 아름다운 무늬를 조각한 활.

天狼(천랑) : 천랑성. 옛날 중국 사람들이 침략을 주관한다고 믿었던 별이다. 여기서는 당시 송나라를 자주 침략한 서하西夏를 가리킨다.

■ **해 제**

희령 8년(1075) 10월, 밀주 교외에 있는 상산常山에 가서 제사를 지내고 돌아오는 길에 사냥을 하다가 갑자기 호기로운 애국심이 발동하여 지은 것이다. 조국을 위하여 기꺼이 한 몸을 바치겠다는 굳은 의지와, 신법파로 인하여 그것이 여의치 않게 된 현실에 대한 불만을 토로했다.

水調歌頭 – 丙辰中秋, 歡飮達旦, 大醉, 作此篇, 兼懷子由

明月幾時有, 把酒問靑天.
不知天上宮闕, 今夕是何年.
我欲乘風歸去, 又恐瓊樓玉宇, 高處不勝寒.
起舞弄淸影, 何似在人間.

轉朱閣, 低綺戶, 照無眠.
不應有恨, 何事長向別時圓.
人有悲歡離合, 月有陰晴圓缺, 此事古難全.
但願人長久, 千里共嬋娟.

수조가두 – 병진년 중추절에 새벽까지 흔쾌히 마시고 크게 취하여 이것을 짓고 아울러 자유를 그린다

명월이 하늘에 떠 있는 것 그 얼마인지
술잔 잡고 저 푸른 하늘에 물어본다.

천상의 궁궐은 오늘 이 밤이
어느 해쯤 되었는지 잘 모르겠다.
바람을 잡아타고 돌아가고 싶건만
한편으론 구슬로 지은 멋진 그 집이
너무 높아 추위를 못 이길까 두렵다.
일어나서 춤추며 그림자를 희롱하니
이게 어찌 속세에 사는 것과 같겠나?

달은 붉은 누각을 살며시 돌아
비단문에 내려와
잠 못 드는 사람을 비추어 준다.
달은 한을 품고 있을 턱이 없는데
어째서 늘 헤어져 있을 때 둥글어지나?
사람은 슬프다가 기쁘고 헤어졌다가 만나는 것
달은 찼다가 기울고 흐려졌다가 개는 것
이 일은 예로부터 늘 좋을 수 없었으니
다만 하나 바라는 건 우리 오래 살아서
천 리 밖에서나마 고운 달 함께 보는 것.

■ **주 석**

丙辰(병진) : 희령 9년(1076)을 가리킨다.

達旦(달단) : 새벽까지 줄곧.

子由(자유) : 동생 소철蘇轍의 자字. 당시 그는 제주장서기齊州掌書記로서 제남濟南에 있었다.

明月幾時有(명월기시유) : 두 가지 해석이 가능하다. 금방 죽어 없어지는 사람과 달리 달은 하나의 자연물로서 영구적으로 존재한다는 해석과, 달은 금방 찼다 이지러졌다 하므로 명월의 상태가 오래가지 못한다는 해석이 그것이다.

歸去(귀거) : 이 구절은 자신이 원래 천상의 궁궐, 즉 달나라에 살던 사람이라는 뜻으로 자신을 신선시한 셈이다.

瓊樓玉宇(경루옥우) : 월궁에 있는 화려한 전각을 가리킨다.

人間(인간) : 사람이 사는 사회. 이 세상. 속세. 이 구절도 '하何'를 '어찌'로 보느냐 '무엇'으로 보느냐에 따라서 두 가지 해석이 가능하다.

無眠(무면) : 동생에 대한 그리움으로 잠을 이루지 못하는 자기 자신을 가리킨다.

嬋娟(선연) : 아름다운 것, 즉 달을 가리킨다.

■ **해 제**

희령 9년(1076) 중추절 날, 혼자 술을 마시며 동생을 그린 것이다. 소식은 동생 소철과 우애가 매우 깊었거니와 이번에 밀주지주로 부임해 간 것도 동생이 제주장서기로서 밀주에서 가까운 제남에 있다는 이유로 자청했던 것이다. 그러나 막상 명절이 되고 보니 가깝다고 해서 함께 명절을 쇨 수 있는 것은 아니었다. 그리하여 그는 이 사로써 동생에 대한 그리움을 토로함과 동시에 스스로를 위로했다. 이 사의 '天上宮闕'은 표면적으로는 선계를 뜻하는 것 같지만 비유적으로는 황궁을 뜻하는 것으로 볼 수도 있는바, 실제로 신종神宗이 이 사를 읽고 소식의 애군정신愛君精神에 감동했다는 기록이 있다.

陽關曲 - 中秋作

暮雲收盡溢清寒. 銀漢無聲轉玉盤.
此生此夜不長好, 明月明年何處看.

양관곡 - 중추절

저녁 구름 활짝 개고 서늘한 기운이 넘치는데
은하수에 소리 없이 옥쟁반이 굴러간다.
우리 삶에 이날 밤이 늘 좋지는 않을 터
명월을 명년에는 어디서 보게 될까?

■ 주 석

玉盤(옥반) : 옥 쟁반. 보름달을 가리킨다.
此夜(차야) : 중추절 밤을 가리킨다.

■ 해 제

희령 10년(1077) 4월, 소식이 서주지주徐州知州로 부임해 갈 때 동생 소철이 따라가서 100여 일 동안 머물며 모처럼 형제애를 나누다가 중추절이 지난 뒤에 자기 임지로 돌아갔다. 이 사는 그해 중추절 저녁에 동생과 함께 중추절을 쇠면서 기쁨과 불안이 교차하는 착잡한 심경을 노래한 것이다.

定風波 - 三月七日, 沙湖道中遇雨. 雨具先去, 同行皆狼狽, 余獨不覺. 已而遂晴, 故作此詞

莫聽穿林打葉聲. 何妨吟嘯且徐行.
竹杖芒鞋輕勝馬. 誰怕.
一蓑煙雨任平生.

料峭春風吹酒醒. 微冷. 山頭斜照却相迎.
回首向來蕭瑟處. 歸去.
也無風雨也無晴.

정풍파 - 3월 7일 사호로 가는 도중에 비를 만났는데 우비를 가진 사람이 앞서 간지라 함께 간 사람들이 모두 낭패감을 느꼈으나 나만 유독 느끼지 못했다. 얼마 안 있어서 마침내 날이 개었기에 이 사를 짓는다

숲을 뚫고 잎 때리는 빗소리를 듣지 말라.
웅얼웅얼 읊조리며 천천히 걸은들 어떠랴!
대지팡이에 짚신이 말 탄 것보다 경쾌한데
무엇을 두려워하랴?
도롱이 쓰고 이슬비에 한평생을 맡기리라.

서늘한 봄바람이 술기운을 날려 보내
몸이 약간 선득한데
산꼭대기 석양이 나를 맞는다.
여태껏 서늘했던 곳을 되돌아보니
돌아갔도다.
비바람만 있지도 않고 갠 날만 있지도 않도다.

■ 주 석

沙湖(사호) : 소식의 《동파지림東坡志林》 〈사호에 노닐고(遊沙湖)〉에 "황주에서 동남쪽으로 30리 되는 곳에 사호라고도 하고 나사점이라고도

하는 곳이 있는데, 내가 거기에 농토를 좀 사두려고 땅을 보러 갔다가 병에 걸렸다(黃州東南三十里, 爲沙湖, 亦曰螺師店, 予買田其間, 因往相田, 得疾)"라고 했다.

狼狽(낭패) : 심한 곤경에 빠지다.

已而(이이) : 이윽고. 오래지 않아.

任平生(임평생) : 한평생을 맡기다. 한평생을 산다는 뜻이다.

料峭(요초) : 서늘하다.

却(각) : 마침내. 결국.

蕭瑟(소슬) : 서늘하다. 처량하다.

歸去(귀거) : 비가 흔적 없이 사라졌다는 뜻이다.

■ **해 제**

원풍 5년(1082) 3월 7일, 황주 교외의 사호沙湖라는 곳에 농토를 좀 사두기 위하여 땅을 보러 가는 도중 갑자기 소나기가 내리다가 금방 그친 것을 계기로, 인생에 항상 나쁜 일만 있지도 않고 항상 좋은 일만 있지도 않다는 자신의 초연한 인생관을 노래한 것이다.

漁父　其一

漁父飮, 誰家去.

魚蟹一時分付.

酒無多少醉爲期, 彼此不論錢數.

어부 1

어부는 술 마시러
누구네 집에 가나?
잡아 온 고기와 게를 한꺼번에 맡겨 놓고
술이야 얼마가 됐든 취할 때까지 마시고
피차간에 가격은 따지지 않네.

■ 주 석

分付(분부) : 주다.

醉爲期(취위기) : 취할 때가 기한이다. 취할 때가 술을 그만 마시는 때라는 뜻이다.

不論(불론) : 따지지 않다. 이 구절은 어부는 고기와 게의 값이 얼마나 되는지 따지지 않고, 주모는 술값이 얼마나 되는지 따지지 않는다는 뜻이다.

■ 해 제

총 4수로 이루어진 〈어부〉는 원풍 5년(1082) 3월 황주에서 지은 것으로 4수가 일관성 있는 내용으로 구성된 연장사聯章詞이다. 이것은 그 가운데 첫 번째 사로 손님과 주인 사이에 피차 금전을 따지지 않는 순박한 어촌 인심을 실감나게 묘사했다.

念奴嬌 – 赤壁懷古

大江東去, 浪淘盡, 千古風流人物.
故壘西邊, 人道是 · 三國周郎赤壁.
亂石穿空, 驚濤拍岸, 捲起千堆雪.
江山如畫, 一時多少豪傑.

遙想公瑾當年, 小喬初嫁了, 雄姿英發.
羽扇綸巾, 談笑間 · 强虜灰飛煙滅.
故國神遊, 多情應笑我, 早生華髮.
人間如夢, 一尊還酹江月.

염노교 – 적벽에서의 옛날 생각

장강은 도도하게 동으로 흘러가며
그 물결이 깡그리
천고의 풍운아들을 쓸어갔도다.
옛날 보루 서쪽은
삼국시대 주랑의 적벽이라고 한다.
삐죽한 바윗돌은 하늘을 찌르고
깜짝 놀란 파도는 강 언덕을 두들기며
천 무더기 눈더미를 말아 올린다.
그림 같은 이 강산에

한때에 호걸들이 얼마나 많았을까?

아득히 떠오르는 주공근의 그때 모습
아리따운 소교가 막 시집오고
웅장한 자태에서 영기를 뿜었겠지.
손에는 깃부채 들고 머리엔 관건 쓰고
담소하는 사이에 강인한 적은 재가 되어 사라졌겠지.
옛날 나라로 내 마음은 달려가나니
정이 많아 흰 머리가 일찍 났다고
틀림없이 나를 보고 웃어대겠지.
이 세상은 꿈 같은 것
강 속의 달에게 술이나 따르는 게 낫겠지.

■ 주 석

赤壁(적벽) : 호북성에는 삼국적벽三國赤壁과 동파적벽東坡赤壁이라는 두 개의 적벽이 있다. 호북성 적벽시에 있는 삼국적벽은 삼국시대에 오촉吳蜀 연합군이 위나라 군사를 격파한 적벽대전의 현장으로서 화공으로 인하여 장강長江 가에 있는 절벽이 벌겋게 달아 있었기 때문에 적벽이라고 하며, 호북성 황강시黃岡市 황주구黃州區에 있는 동파적벽은 절벽의 바위가 붉은색이기 때문에 적벽이라고 한다.

大江(대강) : 장강長江.

風流人物(풍류인물) : 주유周瑜 · 제갈량諸葛亮 · 조조曹操 등의 영웅호걸들을 가리킨다.

人道是(인도시) : 사람들이 ~라고 말하다. 공식적으로는 적벽시에 있는 것이 적벽대전의 현장이고, 황주에 있는 것은 적벽대전의 현장이 아닌 것으로 알려져 있어서 중국의 각종 지도에 각각 '삼국적벽'과 '동파적벽'으로 표기되어 있지만 황주 사람들은 지금도 황주의 적벽이 적벽대전의 현장이라고 주장하고 있다. 이러한 논쟁은 송나라 때에도 이미 있었던 듯, 소식의 《동파지림東坡志林》〈적벽동혈赤壁洞穴〉에 "황주지주의 거처에서 수백 보 떨어진 곳이 적벽으로, 어떤 사람은 주유가 조조를 격파한 곳이라고 하는데 과연 그런지 어떤지는 모르겠다(黃州守居之數百步爲赤壁, 或言卽周瑜破曹公處, 不知果是否)"라고 했고, 그의 〈범자풍에게 보내는 편지(與范子豊書)〉에 "황주에서 조금 서쪽으로 가면 산기슭이 장강 안으로 쑥 들어가고 석실이 단사처럼 붉은 곳이 있는데, 전하는 말에 의하면 조조가 패배한 곳, 즉 이른바 적벽이라고 하고 또 어떤 사람은 아니라고도 합니다(黃州少西, 山麓斗入江中, 石室如丹. 傳云曹公敗所, 所謂赤壁者, 或曰非也)"라고 했다. 그가 이 사에서 '인도시人道是'라고 한 것도 그곳이 적벽대전의 현장이라고 확신하지 않았기 때문일 것으로 보인다.

周郎(주랑) : 삼국시대의 오나라 장수 주유를 가리킨다. 《삼국지 주유전》에 "이 해는 건안 3년(198)이었는데 손책이 친히 주유를 맞이하여 건위중랑장을 제수하고 즉시 병사 2천 명과 기마 50필을 주었다. 주유는 당시 스물네 살이었기 때문에 오중에서는 다들 주랑이라고 불렀다(是歲建安三年也, 策親自迎瑜, 授建威中郎將, 即與兵二千人 · 騎五十匹. 瑜時年二十四, 吳中皆呼爲周郎)"라고 했다.

公瑾(공근) : 주유의 자字.

小喬(소교) : 주유의 부인. '소교小橋'라고도 쓴다. 《삼국지 주유전》에 "당시 교공의 두 딸을 얻었는데 둘 다 전국에서 으뜸가는 미인이라 손책이 스스로 대교를 아내로 맞이하고, 주유는 소교를 아내로 맞이했다(時得橋公兩女, 皆國色也. 策自納大橋, 瑜納小橋)"라고 했다.

羽扇(우선) : 새의 깃털을 여러 개 엮어서 만든 부채.

綸巾(관건) : 청색 실로 짠 두건. 제갈량이 군중에서 즐겨 썼기 때문에 제갈건이라고도 했다.

灰飛煙滅(회비연멸) : 재가 되어 날아가고 연기가 되어 사라지다.

故國(고국) : 삼국시대를 가리킬 수도 있고, 소식의 고향을 가리킬 수도 있다.

神遊(신유) : 마음이 달려가다.

多情(다정) : 세속적인 인정이 많다는 뜻, 즉 세속적인 일에 필요 이상으로 신경을 많이 쓴다는 뜻이다. 이백李白은 〈달 아래서 홀로 술 마시며(月下獨酌)〉에서 "정이 없는 교유를 영원히 맺어, 머나먼 은하에서 다시 만나자(永結無情遊, 相期邈雲漢)"라고 했거니와, 소식의 이 '다정多情'은 이백의 '무정無情'과 상반되는 말이다. 이 구절은 '應笑我多情'이 도치된 형태이다.

酹(뇌) : 옛날에는 제사를 지내고 난 뒤 술과 음식을 나눠 먹기 전에 반드시 땅이나 하천에 술을 뿌리며 복을 빌었는바, 여기서 유래하여 나중에는 평상시에도 먼저 술을 조금 뿌리고 나서 마시기 시작하는 풍습이 생겼다. 이 구절은 먼저 강 속의 달에게 한 잔 따라주어 고수레를 한 뒤 술이나 마시겠다는 현실도피적 사고를 드러낸 것이다.

■ 해 제

원풍 5년(1082) 7월, 황주에 있는 적벽에서 삼국시대에 있었던 적벽대전을 생각하면서 지은 것이다. '사람들이 ~라고 말한다(人道是)'라는 말이 암시하는 바와 같이 소식은 황주에 있는 적벽이 적벽대전의 현장이라고 확신하지 않았는데, 그러면서도 이 사에서 적벽대전의 역사적 사실을 노래한 것은 외적을 무찔러 나라를 위해 헌신하고 싶은데도 불구하고 오히려 하릴없이 폄적생활이나 하고 있는 자신의 신세가 한탄스러웠기 때문일 것이다. 그러므로 하편 앞부분에서 주유가 조조의 군사를 무찌른 통쾌한 일을 생각하다가, 뒷부분에서는 다시 의기소침해지고 말았을 것이다.

臨江仙 – 夜歸臨皐

夜飮東坡醒復醉, 歸來髣髴三更.
家童鼻息已雷鳴.
敲門都不應, 依杖聽江聲.

長恨此身非我有, 何時忘却營營.
夜闌風靜縠紋平.
小舟從此逝, 江海寄餘生.

임강선 – 밤에 임고정으로 돌아가

동파에서 술을 마셔 깰 만하면 또 취하다가
돌아오니 아마도 삼경은 된 듯한데
아이는 벌써 우레같이 코를 골며 자고 있다.
대문을 두드려도 도통 대꾸가 없는지라
지팡이에 기대어 강물 소리 듣는다.

이 몸이 내 것 아님을 항상 한탄하거니와
안달복달하는 생활 언제 벗어나려나?
밤 깊어 바람 자니 비단 무늬 잠잠하다.
작은 배를 잡아 타고 이곳을 떠나
강해에다 여생을 맡겨 보련다.

■ 주 석

臨皐(임고) : 임고정臨皐亭. 소식 일가가 거주하던 집이다.

東坡(동파) : 소식이 황주성黃州城 동쪽에 있는 황무지를 개간하여 만든 농장.

髣髴(방불) : 마치 ~인 것 같다.

家童(가동) : 심부름 하는 아이.

此身非我有(차신비아유) : 《장자莊子 지북유知北遊》에 "순임금이 승에게 '도는 터득하여 몸에 지니고 있을 수 있는 것이오?'하고 묻자 '임금님의 몸이 임금님의 소유가 아닌데 임금님께서 어떻게 도를 지니고 있을 수 있겠습니까?'라고 대답했다. 순임금이 다시 '내 몸이 나의 소유가 아니라면 누가 그것을 소유하오?'하고 묻자 '천지가 형체를 부여한 것입니다'라고 대답했다(舜問乎丞曰 : '道可得而有乎?' 曰 : '汝身非汝有也, 汝何得有夫道?' 舜曰 : '吾身非吾有也, 孰有之哉?' 曰 : '是天地之委形也')"라는 순임금과 승의 대화가 있다. 이 구절은 정치적 부침과 그로 인한 관직의 이동에 따라 자신의 의지와 무관하게 여기저기로 떠돌아다녀야 하는 자신의 신세를 한탄한 것이다.

營營(영영) : 마음이 조급하고 불안한 모양. 쉬지 않고 애쓰는 모양.

縠紋(곡문) : 주름진 비단의 무늬. 잔잔한 무늬를 이룬 물결을 가리킨다.

■ 해 제

이 사는 원풍 6년(1083) 4월, 황주에서 지은 것으로 보인다. 자신이 손수 개간한 농장 동파東坡의 가장 높은 곳에 있는 설당雪堂에서 술을 마시다가, 밤늦게 가족이 있는 임고정으로 돌아가 자신의 신세를 돌아보면서 귀은歸隱의 의지를 노래했다.

황정견黃庭堅(1045-1105)

홍주洪州 분녕分寧(지금의 강서성江西省 수수修水) 사람으로, 자가 노직魯直이고 호는 산곡도인山谷道人 또는 부옹涪翁이다. 《신종실록神宗實錄》 검토관檢討官, 국사편수관國史編修官 등을 역임했다. 강서시파江西詩派의 창시자로 소식蘇軾과 명성을 나란히 했다. 사는 유영柳永과 마찬가지로 통속적인 언어를 즐겨 썼으며, 구속 받기를 싫어하여 호방한 것은 소식과 비슷하다. 내용은 음주, 자연풍경, 남녀간의 애정을 주로 다루었다. 저서로 《산곡내외집山谷內外集》이 있고, 180여 수의 사가 전해진다.

淸平樂

春歸何處. 寂寞無行路.
若有人知春去處. 喚取歸來同住.

春無踪迹誰知. 除非問取黃鸝.
百囀無人能解, 因風飛過薔薇.

청평악

봄이여 어디로 갔는가?
흔적조차 없어 쓸쓸하기 그지없다.
봄이 간 곳을 아는 사람 있으면
불러와 우리 곁에 머물게 하세.

봄의 종적을 누가 알려나?
꾀꼬리에게 물어나 볼까?
아무리 지저귀어도 알아듣는 이 없어
바람 타고 장미꽃 지나 날아가누나.

■ 주 석

喚取(환취) : 불러오다. '환래喚來'와 같다.
百囀(백전) : 수없이 지저귀다.
因風(인풍) : 바람 따라. 바람 타고.

■ 해 제

이 사는 봄을 사랑하여 봄이 가버린 것을 안타까워하는 심정을 노래한 것이다. 주제는 단순하지만 작품의 구성에 굴곡이 많고, 언어가 유창하고 생동적이다.

念奴嬌 – 八月十七日, 同諸甥步自永安城樓, 過張寬夫園待月. 偶有名酒, 因以金荷酌衆客. 客有孫彦立, 善吹笛. 援筆作樂府長短句, 文不加點

斷虹霽雨, 淨秋空 · 山染修眉新綠.
桂影扶疏, 誰便道 · 今夕淸輝不足.
萬里靑天, 姮娥何處, 駕此一輪玉.
寒光零亂, 爲誰偏照醽醁.

年少隨我追游, 晩凉幽徑, 繞張園森木.
共倒金荷家萬里, 難得尊前相屬.
老子平生, 江南江北, 最愛臨風笛.
孫郎微笑, 坐來聲噴霜竹.

염노교 - 8월 17일에 조카들과 함께 영안성루에서부터 걸어서 장관부의 정원에 들러 달을 기다렸다. 마침 이름난 술이 있어서 금빛 연꽃 술잔으로 여러 손님들과 술을 마셨다. 손님 중에 손언립이라는 사람이 피리를 잘 불었다. 붓을 들고 일필휘지하여 방점도 찍지 않고 사 한 수를 지었다

비 그치고 맑게 개어 무지개 뜨니
가을하늘 깨끗하고 신록으로 물든 산은 여인의 눈썹 같구나.
달에 계수나무 무성하여 그림자 짙다지만
누가 말하리오! 오늘밤에 맑은 달빛 부족하다고.
아득히 높은 푸른 하늘
항아는 어디서
이 옥 바퀴를 모는 것일까?
차가운 달빛 어지러운데
누굴 위해 기어코 맛좋은 술을 비추는가?

젊은 조카들이 나를 따라 나들이 나와
시원한 밤 그윽한 길을
장관부 정원의 빽빽한 나무 사이로 거닐었다.

함께 금빛 술잔을 기울이세, 고향은 만 리 밖에 있으니
참으로 얻기 힘든 술자리가 아닌가!
이 늙은이 평생 동안
장강 남북을 떠돌면서
바람 앞에서 피리 듣는 것을 제일 좋아했어라.
손언립 옹이 빙그레 웃으며
즉시 달빛 아래 피리를 부는구나.

■ 주 석

永安(영안) : 백제성白帝城(사천성四川省 봉절현奉節縣 서쪽)을 가리킨다.
張寬夫(장관부) : 황정견의 친구.
金荷(금하) : 연꽃무늬의 금빛 술잔.
樂府長短句(악부장단구) : 사詞를 가리킨다.
文不加點(문불가점) : 글을 쓰면서 방점을 찍지 않고 일필휘지하다.
修眉(수미) : 긴 눈썹. 이 구절은 비가 갠 뒤의 산이 신록에 물든 것이 미인의 긴 눈썹 같다는 말이다.
桂影扶疏(계영부소) : 달 속의 계수나무가 무성하여 그림자가 짙다.
姮娥(항아) : 월궁에 산다는 선녀.
一輪玉(일륜옥) : 하나의 옥 바퀴. 둥근 달을 가리킨다.
醽醁(영록) : 맛좋은 술. '미주美酒'와 같다.
張園(장원) : 장관부張寬夫의 정원.
尊前相屬(준전상촉) : 술잔을 앞에 놓고 서로 술을 권하다.
臨風笛(임풍적) : 바람 앞에서 피리 부는 소리를 듣다. 이것을 '임풍곡臨風曲'이라고 한 판본도 있다.
孫郎(손랑) : 손언립孫彥立을 가리킨다.
坐來(좌래) : 당송唐宋 때의 구어로, '즉시'의 뜻.

霜竹(상죽) : 서리 맺힌 피리. 즉 달빛을 받아 하얗게 빛나는 피리를 가리킨다.

■ **해 제**

이 사는 황정견이 검주黔州(사천성四川省 팽수현彭水縣)에서 융주戎州(사천성 의빈현宜賓縣)로 재차 좌천되었을 때의 흉금을 묘사한 것이다. 필력이 웅건하고 기개가 있어서 소식蘇軾 사의 풍격에 접근해 있다.

진관秦觀(1049~1100)

양주揚州 고우高郵(지금의 강소성江蘇省 고우) 사람으로, 자는 소유少游 또는 태허太虛이고 호는 회해거사淮海居士이다. 비서성정자秘書省正字, 국사원편수관國史院編修官 등을 역임했다. 소문사학사蘇門四學士 중의 한 사람으로 신법당이 집권한 후에는 침주郴州(호남성湖南省 침현郴縣), 뇌주雷州(광동성廣東省 뇌주반도) 등지로 좌천되었다. 휘종徽宗이 즉위하자 사면을 받아 돌아오는 도중에 등주藤州(광서성廣西省 등현藤縣)에서 죽었다. 사는 남녀간의 애정과 개인의 슬픔과 한을 서사한 것이 대부분이지만, 감정이 풍부하고 깊으며 표현이 섬세하고 아름다워서 완약파婉約派의 대표적 사인詞人으로 평가된다. 《회해거사장단구淮海居士長短句》에 사 80여 수가 수록되어 있다.

滿庭芳

山抹微雲, 天黏衰草, 畫角聲斷譙門.
暫停征棹, 聊共引離罇.
多少蓬萊舊事, 空回首 · 煙靄紛紛.

斜陽外, 寒鴉萬點, 流水遶孤村.

銷魂, 當此際, 香囊暗解, 羅帶輕分.
謾贏得青樓, 薄倖名存.
此去何時見也. 襟袖上 · 空惹啼痕.
傷情處, 高城望斷, 燈火已黃昏.

만정방

산은 옅은 구름을 바르고
하늘은 시든 풀과 붙어 있는데
망루의 뿔피리 소리 멈추었다.
잠시 떠나가는 배를 멈추고
함께 이별의 술잔을 든다.
수많았던 봉래각의 옛일
부질없이 돌아보니 안개만 자욱하다.
지는 해 너머로
겨울 까마귀 점찍은 듯 아득히 날아가고
흐르는 물이 외로운 마을을 감돈다.

애간장 끊어진다.
작별할 때를 당하여
향주머니 몰래 풀고

비단 띠 살며시 끌러내었다.
헛되이 얻은 건
청루에서의 무정하다는 명성뿐.
이번에 떠나면 언제나 다시 볼까?
옷깃과 소매엔 부질없이 얼룩진 눈물 자국.
이별에 마음 아파하며
높다란 성 아득히 바라보지만
등불만 황혼 속에 희미하다.

■ 주 석

畵角(화각) : 고대 군대에서 쓰던 취주악기로서 서강西羌에서 나왔다. 입에 대는 쪽이 가늘고 끝으로 갈수록 굵은 죽통竹筒처럼 생겼는데, 대나무 또는 피혁으로 만들었으며 동銅으로 만든 것도 있다. 바깥에 채색을 했으므로 화각이라 하였다. 그 소리가 구슬프고 높아 군대에서 아침저녁을 알리는 데 쓰였다.

譙門(초문) : 아래에는 사람이 다닐 수 있도록 문을 설치하고, 위에는 적정敵情을 살필 수 있도록 누대를 세워놓은 성의 망루望樓를 가리킨다.

征棹(정도) : 여기서는 떠나가는 배를 비유한 말이다.

共引離罇(공인리준) : '인引'은 '지持'의 뜻이다. 두보杜甫 〈야연좌씨장夜宴左氏莊〉 시 : "검을 바라보며 오래도록 술을 마신다(看劍引杯長)"

寒鴉(한아) 두 구 : 송宋 섭몽득葉夢得 《피서록화避暑錄話》(권2)에 인용된 수隋 양제煬帝 시 : "겨울 까마귀 천 점 만 점, 흐르는 물에 둘러싸인 외로운 마을(寒鴉千萬點, 流水繞孤村)"

香囊暗解(향낭암해) : 향낭은 향물香物을 담은 작은 주머니. 고대 남자들은 향낭을 매는 습관이 있었다. 고시古詩 〈공작동남비孔雀東南飛〉 : "붉은 깁 쌍층 방장, 네 귀퉁이엔 향주머니 늘어져 있지요(紅羅複斗帳,

四角垂香囊)" 《세설신어世說新語 가휼假譎》 : "사현謝玄이 어렸을 때 자색 비단으로 된 향주머니를 차기 좋아하여 그것이 늘어져 손을 덮었다. 태부太傅가 이를 싫어했지만 그의 마음을 상하게 하고 싶지 않아 꾀를 내어 내기를 해서 얻어 가지고는 바로 태워버렸다."

羅帶輕分(나대경분) : '나대'는 '향라대香羅帶'라고도 하며 옛날에 여인이 띠던 것이다. 위장韋莊 〈청평악淸平樂〉사(제2수) : "비단 띠에 지어놓은 동심결同心結을 원망하며, 홀로 붉은 난간에 기대어 그리움에 젖는다(羅帶悔結同心, 獨凭朱欄思深)" '암해暗解'와 '경분輕分'은 모두 사랑하는 사람과의 이별을 가리킨다.

謾(만) : 《시사곡어사회석詩詞曲語辭匯釋》(권2) '만漫(一)' 조 : "본래 '아무렇게나 하다, 마음에 두지 않다(漫不經意)'의 '만漫'으로서 '잠시도' 또는 '멋대로'의 뜻인데, 전변하여 '헛되이'의 뜻이 되었다. '謾' 또는 '慢'으로도 쓴다."

高城(고성) 구 : 구양첨歐陽詹 〈태원을 출발하여 가는 도중에 태원의 그리운 이에게(初發太原途中寄太原所思)〉 시 : "높은 성 이미 보이지 않거늘, 하물며 성 안의 사람임에랴(高城已不見, 況復城中人)"

▩ 해 제

진관의 대표작 가운데 하나로 손꼽히는 이 작품은 이별의 고통을 묘사한 것이다. 《초계어은총화苕溪漁隱叢話 후집後集》(권33)에 《예원자황藝苑雌黃》을 인용하여 "정공벽程公闢이 회계수會稽守로 있을 때 진관이 그의 손님으로서 봉래각蓬萊閣에 머물렀다. 하루는 술자리에서 마음에 드는 사람이 있어 사모하는 마음에 잊을 수가 없었으므로 장단구長短句를 지었는데, 이른바 '多少蓬萊舊事, 空回首, 烟靄紛紛'이 그것이다"라고 기재하였다.

진관은 원풍元豊 2년(1079) 5월, 월주越州로 가서 조부 승의공承議公과 숙부 진정秦定을 찾아뵙고 군수 정공벽과 매우 사이좋게 지냈다. 따라서 그와의 이별에 즈음하여 자연 슬픔이 짙게 일었을 것이다. 또한 이때 진관은 아직 출사하지 못한 상태여서 정서도 매우 우울했을 것이다.

그의 〈별정공벽급사別程公闢給事〉 시에 "뜻은 이루지 못하고 서릿발 세찬데, 서신을 전한다는 황이견黃耳犬은 보이지 않고 해는 저문다(裘弊黑貂霜正急, 書傳黃犬歲將窮)"라고 하여 그가 회계를 떠날 때 이미 세모로서 작품 중의 '쇠초衰草', '한아寒鴉' 등의 경상景象과 서로 부합된다. 위의 시는 다시 "달빛 아래 맑은 노래 부르던 성소총(月下淸歌盛小叢)", "꿈에도 그리던 봉래각을 돌아본다(迴首蓬萊夢寐中)"라고 하여 작품 중의 '봉래구사蓬萊舊事'가 한 가녀歌女와의 연정임을 알 수 있다.

踏莎行

霧失樓臺, 月迷津渡.
桃源望斷無尋處.
可堪孤館閉春寒, 杜鵑聲裏斜陽暮.

驛寄梅花, 魚傳尺素.
砌成此恨無重數.
郴江幸自繞郴山, 爲誰流下瀟湘去.

답사행

안개 자욱하여 누대는 사라지고
달빛 희미하여 나루터 보이지 않아
도원을 바라보아도 찾을 길 없구나.
외로운 객사에 갇혀 봄추위를 어찌 견딜까?
두견새 소리에 석양은 저문다.

역말에 매화를 부쳐 왔고
물고기에 글월을 전해 왔건만
쌓여지는 이 한 수도 없이 겹쳐진다.
침강은 본래 침산을 끼고 흘렀거늘
누구 때문에 소상으로 흘러가는가?

■ 주 석

桃源(도원) : 도연명陶淵明의 〈도화원기桃花源記〉에서 묘사한 속세와 단절되어 있는 이상향을 가리킨다. 도원은 원래 무릉군武陵郡(호남성湖南省 무릉현武陵縣) 소속이었으나 송宋 건덕乾德(963-967) 중에 따로 도화현桃花縣을 설치하여 그 소속이 되었다. 여기서는 물론 '세상을 피할 선경仙境'을 구할 수 없음을 말한 것이지 실제의 지명을 가리킨 것이 아니다.

驛寄梅花(역기매화) : 《형주기荊州記》: "오吳의 육개陸凱는 범엽范曄과 친한 사이여서 강남에서 장안長安의 범엽에게 매화를 보내며 다음과 같은 시를 써주었다. '매화 꺾어 배달부를 만나, 장안長安의 그대에게 부친다. 강남엔 아무것도 없어, 우선 가지 하나에 봄을 실어 보낸다오(折梅逢驛使, 寄與隴頭人. 江南無所有, 聊贈一枝春)'" 여기서는 벗의 기증寄贈과 위안을 가리킨다.

魚傳尺素(어전척소) : 고악부古樂府 〈음마장성굴행飮馬長城窟行〉: "멀리서 온 손님이, 잉어 한 쌍을 주었다. 아이를 불러 잉어를 가르니, 그 속에 편지가 들어 있었다(客從遠方來, 遺我雙鯉魚. 呼兒烹鯉魚, 中有尺素書)" 여기서는 벗의 서신을 가리킨다.

郴江(침강) : 침수郴水. 《독사방여기요讀史方輿紀要》에 의하면 침수는 침주郴州 동쪽의 황잠산黃岑山에서 발원하여 북으로 흘러 하류에서 뇌수耒水 및 백표수白豹水와 만나 상강湘江으로 들어간다.

幸自(행자) : 《시사곡어사회석》(권2) '행幸' 조 : "'행幸'은 '본本' 또는 '정正'과 같다. …… '행자幸自'는 '본래(本自)'이다."

瀟湘(소상) : 상수湘水는 호남성 영릉현零陵縣 서쪽에서 소수瀟水와 합류하므로 소상이라 칭한다.

■ 해 제

소성紹聖 4년(1097) 봄, 진관은 침주郴州에서 이 사를 지어 유배 후의 심정을 토로했다. 그는 처완한 필조로 유배지의 황량함과 고독한 생활을 묘사하는 한편 유배에 대한 원망을 나타내었다. 마지막 두 구절에 대해 소식蘇軾은 "진관은 절정에 이르렀다. 비록 만 사람이 있다 한들 누가 그 뒤를 잇겠는가?"라고 칭찬했고, 왕국유王國維는 《인간사화人間詞話》에서 "진관의 사에 나타난 경계가 가장 처완한데, '可堪孤館閉春寒, 杜鵑聲裏斜陽暮.'에 이르면 일변하여 처려凄厲하기까지 하다. 소식이 이 사의 마지막 두 구절만을 칭찬한 것은 오히려 피상적이다"(권상)라고 하여 견해를 달리했는데, 이 두 구절의 의미가 '너는 본래 고향에서 잘 지냈는데 무엇 하러 굳이 혼탁해빠진 벼슬세계에 나가서 고생을 자초했는가?'이므로 소식이야말로 진관의 지음知音으로서, 진관의 '정치적 풍랑에 기초하여 발생한 철리적 감개'에 동병상련同病相憐의 공명을 느낀 것이다.

鵲橋仙

纖雲弄巧, 飛星傳恨,
銀漢迢迢暗度.
金風玉露一相逢, 便勝却人間無數.
柔情似水, 佳期如夢,
忍顧鵲橋歸路.

兩情若是久長時, 又豈在朝朝暮暮.

작교선

고운 구름 교묘한 무늬를 짜내고
나르는 유성은 한을 전하러
아득한 은하수를 남몰래 건넌다.
가을바람 이슬 맺힐 때의 한 차례 상봉은
속세의 무수한 만남보다 낫다오.

애틋한 정은 흐르는 물과 같고
우리의 만남은 꿈만 같아서
오작교의 귀로를 차마 돌아볼 수 없다.
두 사람의 사랑이 영원하다면
어찌 조석으로 만나야만 하리.

■ 주 석

纖雲弄巧(섬운롱교) : 가을 구름은 모양의 변화가 심하여 속칭 교운巧雲이라고 하며, 작자는 이를 빌려 칠석이 되었음을 암시하였다(옛날에는 칠석에 걸교乞巧의 풍속이 있었음).

飛星傳恨(비성전한) : 유성이 은하를 가로질러 나는 모양이 견우와 직녀를 위해 이별의 한을 전달해주는 것 같다는 말이다.

銀漢(은한) 구 : 은한은 은하銀河. 전설에 의하면 매년 칠석에 한 번 견우와 직녀가 은하를 건너 서로 만난다고 한다. 《시詩 소아小雅 대동大東》 : "하늘엔 은하가 있어 희미하게 빛나고 있는데, 직녀를 바라보니 하루 종일 일곱 번이나 자리를 바꾸네. 일곱 번이나 자리를 바꾸면서도 천은 짜내지 못하고, 반짝이는 저 견우성은 수레를 끌지 않네." 이로부터 《시경》에서 이미 견우와 직녀 두 별을 의인화하였음을 알 수 있고, 《문선文選》 이선李善 주에 조식曹植의 〈구영九咏〉을 인용하여 "견우는 남편이고 직녀는 아내이다. 직녀성과 견우성은 각기 떨어져 있다가 7월 7일에 한 번 만난다"라고 하였으며, 남조南朝 양梁 오균吳均 《속제해기續齊諧記》에 "계양桂陽의 성무정成武丁은 선도仙道를 지니고 있으면서 늘 인간 세상에 있었는데 갑자기 동생에게 '7월 7일 직녀가 은하를 건널 때 신선들은 모두 궁으로 돌아가야 한다. 나도 이미 소환을 받아 지체할 수가 없으니 너와는 이별이다'라고 하였다. 동생이 '직녀는 무슨 일로 은하를 건넙니까? 형은 언제 돌아오십니까?'라고 묻자, 형이 '직녀는 잠시 견우를 만나러 가며 나는 삼천 년 후에야 돌아온다'라고 대답하였다. 다음날 아침 과연 무정이 있는 곳을 알 수가 없었다. 세인들은 지금 7월 7일 직녀가 견우에게 시집간다고 하고 있다"라고 하여, 이로부터 한漢·위魏간에 이미 견우 직녀 고사의 골격이 형성되었음을 알 수 있다.

金風(금풍) 구 : 칠석 날의 만남을 가리킨다. 금풍은 추풍秋風, 옥로玉露는 백로白露로 금풍옥로는 가을이 되었음을 뜻한다. 구양수歐陽脩 〈칠석七夕〉 시 : "하늘에서 만나는 일 드물다고 하지 마시오. 떠나고는 돌아올 줄 모르는 인간 세상보다 낫다오(莫云天上稀相見, 猶勝人間去不回)"

柔情似水(유정사수) : 구준寇準 〈야도랑夜度娘〉 시 : "해질녘 모래섬을 바라보노라니, 부드러운 정 봄물처럼 끊임이 없다(日暮汀洲一望時, 柔情不斷如春水)"

忍顧(인고) 구 : 한악韓鄂 《세화기려歲華紀麗》(권3) 인용 《풍속통風俗通》 : "직녀가 칠석날 은하를 건널 때 까치들을 다리로 삼는다. 전하는 바로는 7일에 까치들이 까닭없이 모두 머리를 깎는데, 다리가 되어 직녀가 건너도록 하기 때문이다."

朝朝暮暮(조조모모) : 송옥宋玉 〈고당부高唐賦〉 : "저는 무산巫山의 남쪽 높은 언덕 험한 곳에 있사온데, 아침에는 구름이 되고 저녁에는 비가 되어 내려 아침저녁으로 양대陽臺의 아래에 있습니다." 여기서는 수시로 만남을 뜻한다.

■ **해 제**

이 작품은 견우牽牛 직녀織女의 칠석고사七夕故事를 통해 영원히 시들지 않는 애정을 찬미한 것이다. 이 작품에 대해 명대明代의 심제비沈際飛가 "세인이 칠석을 노래할 때는 왕왕 두 별이 만남은 잠깐이고 이별은 장구함을 한탄하는 내용이었는데, 이 사는 유독 깊은 정은 조석으로 만나는 데 있는 것이 아니라고 하였으니 진부한 제재를 갖고 독특하고 교묘한 말을 만들어냈다고 하겠다."(《초당시여草堂詩餘》(정집正集 권2)라고 평했듯이, 진관은 칠석고사라는 평범한 제재를 가지고 진정한 사랑이 어떤 것인가를 감동적으로 표현해 내었다.

浣溪沙

漠漠輕寒上小樓. 曉陰無賴似窮秋.
澹煙流水畫屏幽.

自在飛花輕似夢. 無邊絲雨細如愁.
寶簾閑掛小銀鉤.

완계사

으스스한 추위 소리 없이 소루로 스며들고
새벽의 음침하고 무료함이 늦가을 같다.
옅은 안개 물 흐르는 병풍도 침침하구나.

유유히 흩날리는 꽃잎은 꿈처럼 가볍고
끝없이 내리는 가랑비는 슬픔처럼 가는데
주렴은 고요히 작은 은고리에 걸려 있다.

■ 주 석

漠漠(막막) : 조용하고 적막한 모양. 매우 넓어 끝이 없는 모양.

無賴(무뢰) : 무료하다. 흥미 없다. '무료無聊' 또는 '무취無趣'와 같다. 서릉徐陵 〈오서곡烏栖曲〉 : "오직 여남 닭 무료함을 못 견뎌, 은하가 지기도 전에 다투어 운다(唯憎無賴汝南鷄, 天河未落猶爭啼)"

窮秋(궁추) : '만추晩秋' 또는 '심추深秋'와 같다. 포조鮑照 〈대백저곡代白紵曲〉 : "연잎 누렇게 시든 만추의 9월, 북풍은 기러기 몰아내고 하늘은 서리를 내린다(窮秋九月荷葉黃, 北風驅雁天雨霜)"

自在(자재) : 한가롭고 편안하다. 두보杜甫 〈방선放船〉 시 : "유유히 흐르는 강물을 바라보며, 편안히 앉아 있으니 그윽한 흥이 인다(江流大自在, 坐穩興悠哉)"

■ 해 제

이 사는 음침하고 으스스한 봄날 아침에 느낀 적막감과 우수를 쓴 것이다. 작가는 가볍고 담담한 묘사수법으로 경물 속에 감정을 이입시켰다. 표면적으로는 봄날의 날씨와 작은 누각 안팎의 경치를 묘사하고 있지만, 이를 통해 작가의 우수가 잘 전달되고 있다. 진관의 자연스러우면서도 빈틈없는 표현기교를 엿볼 수 있는 작품이다.

望海潮

星分牛斗.
疆連淮海, 揚州萬井提封.
花發路香, 鶯啼人起,
珠簾十里東風.
豪俊氣如虹.
曳照春金紫, 飛蓋相從.
巷入垂楊, 畫橋南北翠烟中.

追思故國繁雄.
有迷樓掛斗, 月觀橫空.
紋錦制帆, 明珠濺雨, 寧論爵馬魚龍.
往事逐孤鴻.
但亂雲流水, 縈帶離宮.
最好揮毫萬字, 一飮拚千鍾.

망해조

별 하늘의 구역은 우수牛宿와 두수斗宿 사이.
강역이 회하淮河와 바다를 잇고 있는
양주에는 드넓은 수리 전답이 있다오.

꽃 피어 길 향기롭고
꾀꼬리 지저귀는 소리에 사람 일어나고
십 리 길 주렴에 봄바람 불었지.
호걸들의 기개는 무지개 같았고
허리에 찬 황금 인장과 자줏빛 인끈이 봄빛에 빛나며
화려하고 날렵한 수레가 꼬리를 물었다.
골목은 드리워진 버들에 가려지고
채색 다리의 남북은 푸른 안개에 뒤덮였지.

번화하고 웅장했던 옛 고향 돌이켜 보면
미루迷樓는 두성斗星을 걸어 놓았고
월관月觀은 하늘을 가로질렀다.
채색 비단으로 돛을 만들고
반짝이는 구슬로 비를 뿌리니
진기한 노리개를 논하여 무엇 하리?
지난 일은 외로운 기러기 따라 사라지고
어지러운 구름 흐르는 물만이
예전의 별궁을 두르고 있다.
가장 좋기는 붓 휘둘러 글씨를 쓰며
단번에 천 잔 술을 마셔 버림이리.

■ 주 석

星分牛斗(성분우두) : 양주揚州가 두수斗宿와 우수牛宿의 성공분야星空分野임을 말한다. 《사기史記 천관서天官書》 장수절張守節 정의正義에 《역경易經》을 인용하여 "남두와 견우는 오 · 월의 분야로서 양주가 속한다

(南斗 · 牽牛, 吳越之分野, 揚州)"라고 하였다.

揚州(양주) : 주州 이름. 《회해집淮海集》(권39) 〈양주집서揚州集序〉에 "오국吳國 · 강도江都 · 광릉廣陵 · 남연南兗 · 동광東廣 · 오주吳州 · 한주邗州라 일컫던 곳이 모두 지금의 양주이다"라고 하였다. 이 작품 속의 양주는 광릉을 지방 행정청 소재지로 하던 각대의 주군州郡을 가리킨다.

萬井提封(만정제봉) : '만정'은 지역이 넓고 인구가 많음을 뜻한다. 《설문說文》에 "팔가일정八家一井"이라 하였고, 《석명釋名 석주국釋州國》에 "주周의 제도에서는 성년 남자 9명을 정井이라 하였다"라고 기록하였다. 《한서漢書 형법지刑法志》 : "사방 백리의 토지면 모두 만정萬井이다(一同百里, 提封萬井)" 구의 주에 이기李奇의 "提, 擧也, 擧四封之內也"가 인용되어 있고, 왕선겸王先謙의 보주補注에 왕염손王念孫의 설을 인용하여 "《광아廣雅》에 '提封, 都凡也'라고 하였는데, '都凡'은 금인今人의 '大凡' · '諸凡'이란 말과 같다. ……'都凡'과 '提封'은 일성지전一聲之轉으로 모두 어림수를 뜻한다. 그러므로 '제봉만정提封萬井'은 '모두 만정이다'라는 말이다"라고 하였다.

珠簾十里東風(주렴십리동풍) : 두목杜牧 〈증별贈別〉 시 "봄바람 가득 찬 십 리 길 양주로에, 주렴 걷어 올려보아도 모두 너만 같지 않구나(春風十里揚州路, 捲上珠簾總不如)"의 뜻을 함축하고 있다.

氣如虹(기여홍) : 《사기史記 노중련魯仲連 추양鄒陽 열전列傳》의 "옛날 형가가 연나라 태자 단丹의 의기를 사모하였는데, 흰 무지개가 해를 꿰뚫는 형상이 나타나자, 태자는 그것을 보고 두려워했다(昔者荊軻慕燕丹之義, 白虹貫日, 太子畏之)"에서 비롯된 말로서, 원래는 흰 무지개가 무기를 비유한 말이었는데, 여기서는 호쾌하고 고매한 기상을 형용하였다. 조식曹植 〈칠계七啓〉 시 "의분에 북받치면 그 기상이 무지개를 이룬다(慷慨則氣成虹霓)"와 이하李賀 〈고헌과高軒過〉 시 "문 안에 들어서 말에서 내리니 그 기상이 무지개 같았다(入門下馬氣如虹)"가 있다.

迷樓(미루) : 수隋 양제煬帝가 세운 누각으로 옛터는 지금의 양주시 서북쪽에 있다. 《대업습유기大業拾遺記》에 "양제의 황음이 더욱 심해져서 미루를 짓고 향리의 소녀를 간택하여 그곳에 거주하게 했다(帝色荒愈熾, 乃建迷樓, 擇下俚稚女居之)"라고 하였다. 한악韓偓의 《미루기迷樓記》 : "일꾼 수만이 여러 해에 걸쳐 완성한 것이다. 높고 낮은 누각들은 처마와 창문이 대조를 이루며 빛나고 있고, 그윽하고 깊숙한 방들과 희고 붉은 난간이 서로 이어져 사방이 빙 둘러 연결되어 있어서 깊숙한 방들이 서로 통하며 수천 수만의 문들은 위아래로 누렇고 푸르다. …… 사람이 그곳에 잘못 들어가면 종일토록 나올 수가 없다. 황제께서 친히 와 보시고는 크게 기뻐하며 좌우의 신하들에게 '신선에게 이곳을 돌아다니게 하여도 마찬가지로 길을 잃을 것이다. 이곳을 미루라고 일컬을 만하다'라고 하였다."

月觀(월관) : 누각의 명칭. 《남사南史 서담지전徐湛之傳》 : "옛날 광릉廣陵에 높은 누각이 있었는데 서담지가 그것을 다시 수리하였다. 남쪽으로 종산鍾山이 바라보이며 성곽 북쪽으로 못이 있어 수산물이 풍성하다. 서담지는 그곳에 다시 풍정風亭 · 월관月觀 · 취대吹臺 · 금실琴室을 세웠다"라고 하였다. 《대업습유기》 : "양제煬帝가 월관月觀에 행차하니 안개 어린 경치가 고요하고 맑아 한밤중에 홀로 소비蕭妃와 함께 일어나 전헌前軒에 나갔다."

紋錦制帆(문금제범) : 《대업습유기》에 "양제가 강도江都에 행차하여 변汴에 이르러서 황제는 용주龍舟를 타고 소비蕭妃는 봉선鳳船을 탔는데, 비단 돛대와 채색 닻줄 등 화려함과 아름다움이 극도에 달했다"라고 하였다.

明珠濺雨(명주천우) : 《수유록隋遺錄》에 "양제가 궁녀에게 용주龍舟 위에서 반짝이는 구슬을 뿌리게 하여 우박 소리처럼 들리게 했다"라고 하였다.

爵馬魚龍(작마어룡) : 진기한 노리개를 가리킨다. 남조南朝 송宋 포조鮑照

의 〈무성부蕪城賦〉 : "오 · 채 · 제 · 진의 음악, 어 · 룡과 작 · 마의 노리개(吳 · 蔡 · 齊 · 秦之聲, 魚龍 · 爵馬之玩)"

一飮拚千鍾(일음반천종) : 구양수歐陽脩 〈조중조朝中措〉(平山闌檻倚晴空) 사詞 : "뛰어난 글솜씨의 태수, 붓을 들면 일만 자, 술을 들면 일천 배(文章太守, 揮毫萬字, 一飮千鍾) "

■ **해 제**

양주 일대의 수려한 경관과 번영의 모습을 한 폭의 그림을 보듯이 묘사해놓은 작품이다. 《회해집淮海集》(권30)의 〈이낙천李樂天에게 주는 편지〉에 "집에 돌아온 뒤로는 회계會稽에 있을 때와 상황이 약간 달라져서 집안에 들어앉아 외부와의 접촉을 끊고 날마다 문예와 역사서를 벗 삼아 지냈습니다. 그러다가 다시 작은 배를 타고 한구邗溝를 따라 남하하여 광릉廣陵으로 갔습니다. 구곡지九曲池에 배를 띄워 수隨 왕조의 유적을 찾아보고 대명사大明寺로 들어가 촉정蜀井에서 물을 마시고 평산당平山堂에 올라가 구양수歐陽脩가 심은 버드나무 가지를 꺾고서 그가 지은 시를 암송하며 '후'하고 탄식을 했습니다. 마침내 적성사摘星寺에 올랐습니다. 이 절은 미루迷樓의 옛 터입니다. 그곳이 가장 높아 금릉金陵 · 해문海門의 여러 산들이 분명히 모두 발 아래 있었습니다. 그곳에서 바라본 경치는 그 훌륭함이 회계의 망해정望海亭보다 떨어지지 않는데 다만 규모가 약간 작을 뿐이었습니다. 저는 매번 이곳에 오를 때마다 마음이 슬프면서도 이곳을 좋아했습니다. 인생에 어찌 정해진 곳이 따로 있겠습니까? 우연히 만났어도 자적自適할 수 있다면 오랫동안 뜻을 얻을 수 있는 것이겠지요."라고 하였다.

이로부터 이 작품이 원풍元豊 3년(1080), 작가가 광릉에 갔을 때 지은 작품임을 알 수 있다. 광릉은 옛 현 이름으로, 지금의 강소성江蘇省 양주시揚州市이다.

조보지|晁補之(1053–1110)

제주濟州 거야鉅野(지금의 산동성山東省 거야) 사람으로, 자는 무구無咎이고 만년의 호가 귀래자歸來子이다. 이부원외랑吏部員外郞, 예부낭중禮部郎中 등을 역임했다. 소문사학사蘇門四學士 중의 한 사람이다. 사는 소식蘇軾의 영향을 받아서 호방하고 침울한 편이다. 한적한 생활을 묘사한 작품이 많지만 현실에 대한 불만을 쓴 것도 있다. 《금취외편琴趣外篇》에 170여 수의 사가 수록되어 있다.

憶少年 – 別歷下

無窮官柳, 無情畫舸, 無根行客.
南山尚相送, 只高城人隔.

罨畫園林溪紺碧.
算重來 · 盡成陳迹.
劉郎鬢如此, 況桃花顔色.

억소년 – 역하를 떠나며

끝없이 늘어선 수양버들
무정한 채색 배
뿌리 없이 떠도는 나그네
남산은 그래도 나를 전송하는데

높은 성이 사람 사이를 가로막는다.

그림 같은 원림과 푸른 개울물
훗날 다시 오면 모두 옛 자취 되겠지.
내 살쩍 이리 하얗게 세었거늘
하물며 복사꽃 같은 얼굴이랴!

■ 주 석

歷下(역하) : 산동성山東省 역하현歷下縣. 지금의 제남濟南.

官柳(관류) : 옛날 관가에서 대로변이나 강 언덕에 심은 버드나무.

高城人隔(고성인격) : 높은 성이 사람 사이를 가로막는다. 구양첨歐陽詹 〈태원을 출발하여 가는 도중에 태원의 그리운 이에게(初發太原途中寄太原所思)〉 시 : "높은 성 이미 보이지 않거늘, 하물며 성 안의 사람임에랴(高城已不見, 況復城中人)"의 뜻을 인용하였다.

罨畫(엄화) : 여러 가지 색으로 채색한 그림. 여기서는 원림의 아름다운 경치를 형용하였다.

算(산) : 헤아리다. 곰곰이 생각하다.

劉郞(유랑) : 유우석劉禹錫인데, 후에는 작자 자신을 가리키는 말로 사용되었다.

■ 해 제

이 사는 조보지가 역하 성을 떠나면서 지은 작품이다. 상편에서는 이별의 안타까움과 나그네 신세를 서술하였고, 하편에서는 훗날 다시 돌아오더라도 사람과 경치는 지금 같지 않으리라고 하여 인생무상의 감정을 토로하였다.

洞仙歌 – 泗州中秋作

青煙冪處, 碧海飛金鏡.
永夜閒階臥桂影.
露凉時 · 零亂多少寒螿,
神京遠, 惟有藍橋路近.

水晶簾不下, 雲母屛開,
冷浸佳人淡脂粉.
待都將許多明, 付與金尊,
投曉共流霞傾盡.
更攜取胡牀上南樓,
看玉做人間, 素秋千頃.

동선가 – 사주에서 추석에 짓다

푸르스름한 안개가 서렸더니
푸른 밤하늘에 금빛 거울이 날아올라
긴긴 밤 섬돌엔 계수나무 그림자 비친다.
이슬은 차고 가을 매미 스산하게 우니
서울은 멀건만
월궁은 오히려 가깝게 있구나.

수정 주렴 내리지 않고
운모 병풍 펼쳐졌는데
맑은 달빛이 담장淡粧의 여인을 비춘다.
저 밝은 달빛을 모두 가져다가
금 술잔에 부어
밤새도록 유하주를 함께 비우세.
또한 의자를 들고 남루에 올라
달빛 받아 백옥 같은 세상
드넓은 가을 경치 구경하세.

■ 주 석

泗州(사주) : 강소성江蘇省 사홍현泗洪縣 동남 일대.

冪(멱) : 덮다.

金鏡(금경) : 금빛 거울. 달을 가리킨다.

臥桂影(와계영) : 계수나무 그림자가 누워 있다. 달에 있는 계수나무의 그림자가 섬돌에 누워 있다는 말은 그만큼 달빛이 밝다는 말이다.

寒螿(한장) : 쓰르라미. 가을 매미.

神京(신경) : 서울. 북송의 수도 변경汴京을 가리킨다.

藍橋(남교) : 섬서성陝西省 남전현藍田縣의 남계藍溪에 있는 다리 이름. 당唐의 배항裴航이 이곳에서 선녀 운영雲英을 만나 옥토끼가 찧은 약을 얻고 부부가 되었다는 이야기가 〈배항전〉에 있다. 여기서는 월궁月宮을 가리킨다.

冷浸(냉침) : 맑아서 차게 느껴지는 달빛이 ~에 스며들다.

待(대) : ~하려고 하다. ~할 작정이다.

投曉(투효) : 새벽. 동이 틀 때.

流霞(유하) : 유하주. 신선이 마신다는 미주美酒.

胡牀(호상) : 접을 수 있는 작은 의자. '교의交椅'와 같다.

南樓(남루) : 동진東晉의 유량庾亮이 무창武昌의 남루에서 사람들과 유쾌하게 달을 완상했다는 전고가 《세설신어世說新語 용지容止》에 보인다.

素秋(소추) : 가을. 오행설에서 흰빛은 가을에 해당한다.

千頃(천경) : 천 이랑. 대단히 넓다는 말이다.

■ **해 제**

이 사는 조보지가 사주태수로 있을 때 추석을 맞아 달을 바라보며 지은 작품이다. 안개가 걷히며 달이 떠올라 드넓은 시야가 은빛 세상이 되는 과정과, 여럿이 함께 술을 마시며 추석에 달이 제공하는 아름다운 경치를 완상하는 모습을 운치 있게 묘사했다.

이지의李之儀(1038–1117)

창주滄州 무체無棣(지금의 산동성山東省 무체) 사람으로, 자가 단숙端叔이고 호는 고계거사姑溪居士이다. 소식蘇軾이 정주지주定州知州로 있을 때 막료로 있었고, 후에 추밀원편수관樞密院編修官, 제거하동상평提擧河東常平 등을 역임했다. 사는 소령小令 위주의 완약한 특징을 지니고 있으면서도 구상이 뛰어나고 언어의 구사에 재기발랄하고 예리하다. 《고계사姑溪詞》에 80여 수의 사가 수록되어 있다.

蝶戀花

簾外飛花湖上語.
不恨花飛, 只恨人難住.

多謝雨來留得住. 看看却恐晴催去.

寸寸離腸須會取.
今日寧寧, 明日從誰訴.
怎得此身如去路. 迢迢長在君行處.

접련화

주렴 밖에선 흩날리는 꽃이 호수 위에서 이야기 나눈다.
꽃 날리는 것을 원망하는 것이 아니라
사람이 머물기 어려움을 원망할 뿐이다.
비가 와 머물게 해준 것을 고마워했는데
금방 다시 개어 떠나기를 재촉할까 두렵다.

이별의 슬픔에 마디마디 끊긴 장을 모아야 하는데
오늘은 어찌어찌 버틴다 해도
내일은 또 누구에게 호소하나?
어찌하면 이 몸이 임 가시는 길이 되어
멀어도 언제나 임 가시는 곳에 있을까?

■ 주 석

看看(간간) : 눈 깜짝할 사이에. 순식간에. 금방.
寸寸離腸(촌촌리장) : 이별의 슬픔으로 인해 마디마디 끊긴 장.
寧寧(영녕) : 그럭저럭 버티다. 어찌어찌 버티다.

迢迢(초초) : 아득히 멀다.

■ **해 제**

이 사는 이별에 앞서 떠나보내기 어려움과, 이별 후 겪게 된 슬픔과 그리움을 노래한 것이다. 자신을 임 가시는 길로 변화시켜 아득히 멀어도 언제나 임 가시는 곳에 있고 싶다고 한 마지막 두 구절만으로도 구상이 새롭고 작가 정신을 갖춘 훌륭한 어구라고 일컫기에 충분하다.

卜算子

我住長江頭, 君住長江尾.
日日思君不見君, 共飮長江水.

此水幾時休, 此恨何時已.
只願君心似我心, 定不負相思意.

복산자

나는 장강의 상류에 살고
임은 장강의 하류에 살지요.
날마다 임 그려도 임은 보이지 않네요.
함께 장강의 물을 마시건만.

이 강물은 언제나 멈출까요?

> 내 한은 언제나 끝나려나요?
> 다만 원컨대 임의 마음 내 마음과 같아서
> 정녕 임 그리는 뜻 저버리지 마시기를.

■ 주 석

江尾(강미) : 강의 하류.

休(휴) : 멈추다. 끝나다.

已(이) : 그치다. 끝나다. '지止'와 같다.

■ 해 제

이 사는 이별의 슬픔과 그리움을 노래한 민가풍의 작품이다. 상편을 살펴보면 반복해서 기나긴 장강의 물을 등장시켜 '나'와 '임'을 동일한 강가에 놓아둠으로써 지역의 인연을 통해 그리움의 정을 강화시키고 있을 뿐만 아니라, 장강의 상류와 하류로 떨어뜨려 놓음으로써 유장한 그리움을 표현해내었다. 하편에서는 거듭 강물로부터 출발하여 강물의 끊임없는 흐름을 가지고 '끝없는 한'의 심장함을 비유하고 상징하였다. 전체적으로 민가풍의 소박한 치정미가 돋보인다.

주방언周邦彦(1057-1121)

전당錢塘(지금의 절강성浙江省 항주시杭州市) 사람으로, 자가 미성美成이고 호는 청진淸眞이다. 신종神宗 원풍元豊(1078-1085) 초에 〈변도부汴都賦〉를 지어 바쳐 태학생太學生에서 태학정太學正으로 발탁되었다. 음악을 관장하는 대성부大晟府의 제거提擧를 맡을 정도로 음률에 정통하여 사는 음악과 잘 조화되고 언어가 정교했으며, 당송唐宋의 유명한 시구와 전고를 작품 속에 구사하는 데 능숙하고 함축적인 표현에 뛰어났다. 그로 인해 예술기교 방면에서 북송의 완약사를 집대성했다는 평가를 받고 있다. 《편옥집片玉集》에 182수의 사가 수록되어 있다.

蘭陵王 – 柳

柳陰直. 煙裏絲絲弄碧.
隋隄上, 曾見幾番, 拂水飄緜行色.
登臨望故國. 誰識. 京華倦客.
長亭路 · 年去歲來, 應折柔條過千尺.

閒尋舊蹤迹.
又酒趁哀絃, 燈照離席.
梨花榆火催寒食.
愁一箭風快, 半篙波暖,
回頭迢遞便數驛. 望人在天北.

悽惻. 恨堆積.

漸別浦縈回, 津堠岑寂.

斜陽冉冉春無極.

念月榭攜手, 露橋聞笛.

沈思前事, 似夢裏, 淚暗滴.

난릉왕 - 버들

버드나무 그늘 곧게 뻗어있고
안개 속에서 실가지마다 파릇파릇 하늘거린다.
강둑 위에서
몇 번이나 보았던가!
수면 스치고 버들개지 날리며 길손 보내는 광경을.
높이 올라 고향 향해 바라보지만
누가 알아보리?
서울의 지친 나그네를.
장정로에서 세월을 보내고 맞으며
버들가지 꺾은 것이 천 자도 넘으리라.

한가로이 옛 자취를 더듬었는데
다시 이별의 애틋한 곡 들으며 술잔을 들었다.
등불이 이별의 자리를 비추는 가운데
배꽃과 느릅나무 불은 한식을 재촉한다.
슬픔 속에 배는 순풍 받아 화살처럼 달리고

상앗대 반쯤 잠긴 물결은 따뜻한데
머리 돌려 바라보니 멀리 여러 역을 지나와
그 사람 바라보니 이미 하늘 북쪽에 있구나.

마음은 참담하고
한이 쌓여 간다.
어느덧 이별의 포구에 물결이 감돌고
나루터의 돈대는 적막한데
석양은 뉘엿뉘엿 봄빛은 끝이 없구나.
그리워라 달빛 아래 정자에서 손잡고 거닐었고
이슬 내린 다리에서 피리 소리 듣던 일들.
지난 일을 곰곰이 생각하면
꿈만 같아서
남몰래 눈물이 흐른다.

■ 주 석

柳陰直(유음직) : 긴 강둑이 곧게 뻗어 있어서 그 위에 늘어선 버드나무 그림자도 곧게 일직선으로 이어져 있다는 말이다.

弄碧(농벽) : 푸름을 희롱하다. 파릇파릇한 버들가지가 바람에 하늘거림을 표현한 것이다.

隋隄(수제) : 수 양제煬帝가 건설한 운하의 둑. 여기서는 변경汴京 부근 변하汴河의 둑을 가리킨다.

京華倦客(경화권객) : 고향을 떠나 서울에서 오래 있어 지친 나그네.

折柔條(절유조) : 부드러운 버들가지를 꺾다. 옛날에는 물가에서 이별할 때 정표로 버들가지를 꺾어주는 풍속이 있었다. ('유柳'가 '유留'와 발음이 같은 것을 이용하여 "우리 비록 이별하지만 마음은 항상 당신 곁에 머무를 것이다"는 뜻을 상대방에게 전달하는 것이다.) 그렇게 꺾어준 버들가지를 길게 늘어놓으면 그 길이가 천 자를 넘을 것이라는 말은 이별의 횟수가 매우 많았다는 말.

梨花(이화) 구 : 배꽃이 피고 조정에서 느릅나무 불을 백관에게 나누어 주는 한식이 다가온다는 말.

漸(점) : 지금 바로. 어느덧. '정正'과 같다.

津堠(진후) : 돈대. 나루터에 멀리 바라볼 수 있도록 흙으로 쌓은 대. 경계가 거리를 표시한 흙으로 쌓은 단.

冉冉(염염) : 천천히 움직이는 모양. 뉘엿뉘엿.

月榭(월사) : 달빛 아래의 정자.

■ 해 제

이 사는 영류詠柳 형식을 빌려 이별의 정을 묘사한 것이다. 이 작품의 장점은 자신도 나그네이면서 다른 사람을 전송하는 것과, 전송 받는 사람이 도리어 전송하는 사람을 생각하는 독특한 구성에 있다. 이런 구성을 통하여 작자는 독자에게 감정 묘사인지 경물 묘사인지 구별할 수 없는 미적 경지를 펼쳐 보였다. 이런 경지에서는 사람은 이별의 정으로 인해 고통 받고, 사물은 이별의 정을 위해 늘어서 있어서 아름다움 속에 비장한 맛을 지니고 있다.

瑞龍吟

章臺路. 還見褪粉梅梢, 試花桃樹.
愔愔坊陌人家, 定巢燕子, 歸來舊處.
黯凝竚. 因念箇人癡小, 乍窺門戶.
侵晨淺約宮黃, 障風映袖, 盈盈笑語.

前度劉郎重到, 訪鄰尋里, 同時歌舞.
惟有舊家秋娘, 聲價如故.
吟箋賦筆, 猶記燕臺句.
知誰伴 · 名園露飮, 東城閒步.
事與孤鴻去.
探春盡是, 傷離意緖.
官柳低金縷. 歸騎晩 · 纖纖池塘飛雨.
斷腸院落, 一簾風絮.

서룡음

장대로에는
아직도 가지 끝의 빛바랜 매화와
갓 꽃을 피운 복숭아나무가 보이고
적막한 길가의 인가에는
둥지를 틀려는 제비가
옛집을 찾아 돌아왔다.
암담한 심경으로 우두커니 서서
천진난만하고 어린 그녀가
때마침 문밖을 엿보던 모습을 떠올린다.
새벽이면 이마에 노란 분을 엷게 바르고
고운 옷소매로 바람 가리며
고운 자태로 웃고 얘기했었지.

지난날의 유랑이 다시 돌아와
이웃과 동네를 두루 찾아봤건만
그때 함께 노래하고 춤추던 여인은
오직 예전의 추낭만이 있어서
명성이 예전과 같구나.
시를 짓고 읊조렸던 종이와 붓은
아직도 〈연대시〉를 기억하련만
지금은 누가 그녀의 짝이 되어 아름다운 정원에서 술 마시고
성 동쪽 교외를 한가로이 거닐까?
지난 일은 외로운 기러기 따라 가버렸구나.
봄을 찾아 나섰으나 온통
이별을 슬퍼하는 마음뿐이다.
길가의 버들은 황금빛 실가지를 드리웠고
말 타고 돌아오는 저녁나절 연못엔 부슬부슬 가랑비 날리고
애끊는 뜨락에는
바람에 흩날리는 버들가지가 발에 가득하다.

■ 주 석

章臺路(장대로) : 한대漢代 장안의 거리 이름으로, 기루妓樓가 많이 있었다고 한다. 여기서는 변경汴京의 유흥가를 가리킨다.

試花(시화) : 갓 피어난 꽃.

愔愔(음음) : 조용한 모양. 쓸쓸한 모양.

乍窺門戶(사규문호) : 때마침 문밖을 엿보다. 송대에는 기녀들이 문 앞에서 호객행위를 했기 때문에 기루를 '문호인가門戶人家'라고 부르기도 했다.

淺約宮黃(천약궁황) : 엷게 노란 지분脂粉을 바르다. '약황約黃'은 부녀자들이 이마에 동그랗게 노란 지분을 발라 화장하는 것을 말하고, '궁황宮黃'은 옛날에 궁녀가 이마에 발랐던 노란색의 분화장을 가리킨다. 후에는 민간에서도 궁녀의 화장법을 모방했다.

盈盈(영영) : 자태가 아름다운 모양.

劉郎(유랑) : 당대唐代의 시인 유우석劉禹錫을 가리키는데, 여기서는 이것으로 작자 자신을 지칭하였다.

舊家(구가) : 예전의. 옛날의.

秋娘(추낭) : 당대唐代의 명기 이름인데, 후에는 기녀의 범칭으로 사용되었다.

燕臺句(연대구) : 당대唐代 시인 이상은李商隱의 〈유지에게 주는 시 5수와 서문(贈柳枝五首並序)〉에 따르면 유지柳枝라는 여인이 이상은의 〈연대시燕臺詩〉를 읽고 그를 사모하여 만나기로 약속했지만, 만나지 못하고 후에 다른 사람에게 시집갔다는 고사가 있다.

露飮(노음) : 노천(밖)에서 술을 마시다.

事與孤鴻去(사여고홍거) : 지난 일은 외로운 기러기 따라 가버렸다. 두목杜牧의 〈안주 부운사의 누각을 읊어 호주의 장낭중에게 보내다(題安州浮雲寺樓寄湖州張郎中)〉에 "한은 봄풀처럼 많고, 지난 일은 외로운 기러기와 함께 가버렸다(恨如春草多, 事與孤鴻去)"가 있다.

■ **해 제**

이 사는 주방언이 10여 년 동안 지방관으로 있다가 서울로 돌아와 옛날에 놀던 곳을 다시 찾은 감회를 읊은 것이다. 구성이 치밀하고 변화무쌍해서 의경이 혼후하면서도 여운이 감도는 것이 이 작품의 특색이다. 주제周濟가 "윤곽을 절묘하게 그리기로는 주방언만 한 사람이 없다. 다른 사람들은 윤곽을 그리기만 하면 각박해지는데 주방언은 윤곽을 그릴수록 더욱 혼후해진다."(《개존재논사잡저介存齋論詞雜著》)라고 한 말을 참고할 만하다.

西河 – 金陵懷古

佳麗地. 南朝盛事誰記.
山圍故國繞淸江, 髻鬟對起.
怒濤寂寞打孤城, 風檣遙度天際.

斷崖樹, 猶倒倚.
莫愁艇子曾繫.
空餘舊迹鬱蒼蒼, 霧沈半壘.
夜深月過女牆來, 傷心東望淮水.

酒旗戲鼓甚處市.
想依稀 · 王謝鄰里.
燕子不知何世.
向尋常 · 巷陌人家,
相對如說興亡, 斜陽裏.

서하 – 금릉 회고

아름다운 이 땅
남조의 성대했던 옛일을 누가 기억하리?
산은 옛 도읍지를 둘렀고 맑은 강 감돌아 흐르는데

트레머리 같은 산봉우리가 마주 보고 솟아 있다.
성난 파도는 적막 속에 외로운 성벽을 치고
돛단배는 멀리 수평선을 넘어간다.

깎아지른 절벽 위에는 나무가
아직도 거꾸로 매달려 있으니
막수의 거룻배는 이곳에 매어 있었으리.
부질없이 옛 자취만 남아 숲이 울창하고
허물어진 보루는 안개 속에 잠겨 있다.
밤이 깊어 달은 성가퀴를 넘어와
상심하며 동쪽으로 회수를 바라본다.

주기와 북소리 요란한 장터는 어디였던가?
아마도 옛날 왕씨와 사씨가 살았던 동네였으리.
제비는 지금이 어느 시대인지 모르고
평범한 백성들의 거리와 집으로 날아들어
마주 보고 흥망을 이야기하는 듯하다
저녁 햇살 속에서.

■ 주 석

佳麗地(가려지) : 아름다운 땅. 여기서는 금릉金陵(남경南京)을 가리킨다.
故國(고국) : 옛 도읍. 금릉을 가리킨다. '국國'은 '국도國都'와 같다.
髻鬟(계환) : 여인이 머리 위로 틀어 올린 머리. 트레머리. 여기서는 수려한 산봉우리를 가리킨다.
莫愁(막수) : 전설 속 여인의 이름. 고악부古樂府 〈막수악莫愁樂〉 : "막수

아가씨는 어디에 있나? 막수 아가씨는 석성의 서쪽에 있네. 거룻배 두 노를 저어서, 막수 아가씨를 빨리 보내오기를(莫愁在何處, 莫愁石城西. 艇子打兩槳, 催送莫愁來)"

女牆(여장) : 성 위에 낮게 쌓은 담. 성가퀴.

淮水(회수) : 금릉을 관통하여 흐르는 진회하秦淮河를 말한다.

依稀(의희) : ~인 듯하다. 방불하다.

王謝鄰里(왕사린리) : 동진東晉의 호족 왕씨王氏와 사씨謝氏는 금릉 오의항烏衣巷 일대에 이웃하여 살았다고 한다.

燕子(연자) 두 구 : 유우석劉禹錫 〈오의항烏衣巷〉 시 : "주작교 근처엔 들풀과 꽃이 곱고, 오의항 어귀에는 석양이 비스듬하다. 그 옛날 왕씨와 사씨 댁 앞에서 날던 제비, 지금은 평범한 여염집으로 날아든다(朱雀橋邊野草花, 烏衣巷口夕陽斜. 舊時王謝堂前燕, 飛入尋常百姓家)"

■ **해 제**

이 사는 인간사의 흥망성쇠와 유구하고 아름다운 강산을 대비시켜 회고의 정을 읊었다. 기본적으로 유우석劉禹錫의 〈금릉오제金陵五題〉 중의 〈석두성石頭城〉과 〈오의항烏衣巷〉 시를 원용하였고, 고악부 중의 〈막수악莫愁樂〉과 사조謝朓의 〈입조곡入朝曲〉에 있는 구절을 변형하여 지은 것이지만, 마치 자신의 입에서 나온 것처럼 자연스럽게 이루어졌다.

六醜 – 薔薇謝後作

正單衣試酒, 悵客裏·光陰虛擲.
願春暫留, 春歸如過翼.
一去無迹.

爲問花何在,
夜來風雨, 葬楚宮傾國.
釵鈿墮處遺香澤.
亂點桃蹊, 輕翻柳陌.
多情爲誰追惜.
但蜂媒蝶使, 時叩窓格.

東園岑寂. 漸蒙籠暗碧.
靜繞珍叢底, 成歎息.
長條故惹行客.
似牽衣待話, 別情無極.
殘英小 · 强簪巾幘.
終不似 · 一朶釵頭顫裊.
向人攲側.
漂流處 · 莫趁潮汐.
恐斷紅尙有相思字, 何由見得.

육추 – 장미꽃이 진 후에 짓다

홑옷 차림으로 새 술을 맛보며
객지에서 헛되이 보낸 세월을 한탄한다.

봄이 좀 더 머물면 좋으련만
봄은 날아가는 새처럼
일단 가버리니 흔적조차 없다.
묻나니 꽃은 어디에 있는가?
간밤에 비바람이
초나라 궁중의 미녀들을 장사 지냈으니
비녀 떨어진 곳에 향기만 남았다.
복사나무 밑 오솔길엔 낙화가 어지럽고
버들 늘어선 길엔 버들가지 가볍게 날린다.
그 누가 정이 많아 낙화를 애석해하랴?
다만 중매쟁이 벌과 심부름꾼 나비만이
때때로 창문을 두드릴 뿐이다.

동쪽 정원은 적막하고
한창 초목이 우거져 녹음이 짙다.
조용히 장미 주위를 맴돌며
길게 탄식하노라.
긴 가지가 일부러 지나가는 사람을 끌어당기며
옷깃을 잡고 말을 걸려는 듯하니
봄과 이별하는 슬픔이 그지없구나.
남아있는 작은 꽃을 억지로 두건에 꽂아보지만
싱싱한 꽃 한 송이가 비녀 끝에 꽂혀 한들거리며
사람에게 기댄 것만 아무래도 못하다.
꽃잎아 떨어져 흘러갈 때 조수를 따라가지 말지니

혹시 낙화에 상사의 시구가 있다면
무슨 수로 읽어볼 수 있으랴?

■ 주 석

試酒(시주) : 새로 거른 술을 맛보다.

虛擲(허척) : 헛되이 보내다. 허비하다.

楚宮傾國(초궁경국) : 초나라 궁정의 경국지색傾國之色. 여기서는 장미꽃을 비유하였다.

釵鈿(차전) : 비녀 등 여인 머리 장식의 총칭. 여기서는 떨어진 꽃잎을 가리킨다.

蜂媒蝶使(봉매접사) : 중매쟁이 벌과 심부름꾼 나비. 벌과 나비가 꽃 사이를 날아다니는 것이 중매쟁이나 심부름꾼 같다는 말이다.

窓格(창격) : 꽃무늬가 조각된 창살. 창문.

蒙籠暗碧(몽롱암벽) : 초목이 무성하여 짙푸르다.

珍叢(진총) : 진귀한 떨기. 떨기 진 장미를 가리킨다.

故惹(고야) : 일부러 끌어당기다.

强簪巾幘(강잠건책) : 억지로 두건에 꽂다.

一朶釵頭顫裊(일타차두전뇨) : (싱싱한 장미꽃) 한 송이가 비녀 끝에 꽂혀 가볍게 흔들리다.

攲側(기측) : 한쪽으로 기울다. 기대다.

斷紅(단홍) : 낙화. 당대唐代의 노악盧渥이 궁중에서 흘러나오는 냇물에서 단풍잎을 주웠는데, 거기에 "시냇물은 어찌 그리 빠르게 흘러가는가, 깊은 궁중은 온종일 한가하다. 정성스레 단풍잎을 띄워 보내니, 바깥세상으로 잘 가거라(流水何太急, 深宮竟日閑. 慇懃辭紅葉, 好去到人間)"라는 시가 적혀 있었다고 한다.

■ 해 제

이 사는 꽃이 시듦을 아쉬워하고 사람이 늙어감을 안타까워한 작품이다. 작자는 여기서 만사慢詞가 지닌 "늘어놓듯이 서술하는" 특징을 충분히 이용하여 반복적으로 묘사하는 수법을 씀으로써 얼마 남지 않은 장미꽃이 더욱 사랑스럽고 더욱 감동스럽게 보이도록 했으며, 아울러 꽃을 애석해하면서 자신의 신세를 안타까워하는 감정을 섬세하고 아름답게 표현하였다.

蝶戀花 – 早行

月皎驚烏棲不定.
更漏將闌, 轣轆牽金井.
喚起兩眸淸炯炯. 淚花落枕紅綿冷.

執手霜風吹鬢影.
去意徊徨, 別語愁難聽.
樓上闌干橫斗柄. 露寒人遠雞相應.

접련화 – 새벽길

달빛에 놀란 까마귀 잠 못 이루는데
밤은 어느덧 지새어
우물에선 물 긷는 소리 들려온다.
자리에서 일어난 눈망울은 말똥말똥

밤새 흘린 눈물로 베개가 다 젖었다.

손잡고 서릿바람에 머리카락 날리며
석별의 정 금치 못해 서성거리니
작별의 말 서러워 차마 말 못한다.
누각 위로 북두칠성 기울어
이슬 찬 새벽에 닭 울음소리 처량하다.

■ **주 석**

棲不定(서부정) : 깃드는 것이 편안하지 않다. 잠 못 이루다.

更漏將闌(경루장란) : 물시계의 물이 다 떨어져가다. 밤이 다해 새벽이 되려고 하다.

轣轆(역록) : 물을 긷기 위해 우물 위에 장착된 고패.

淸炯炯(청형형) : 맑게 빛나는 모양. (잠을 자지 않아 두 눈이) 말똥말똥한 모양.

紅綿(홍면) : 목면의 별칭. 여기서는 베개 속에 넣은 솜을 가리킨다.

鬢影(빈영) : 살쩍의 그림자. 여기서는 머리칼을 말한다.

橫斗柄(횡두병) : 북두칠성의 자루 부분이 가로 걸려 있다. 새벽이 되어 북두칠성이 기울었음을 말한다.

■ **해 제**

이 사는 이른 아침에 집을 나서서 먼 길을 떠나는 정경을 묘사한 작품이다. 상편은 이별 전야의 분위기와 시간을 말하면서 다가올 이별 때문에 뜬눈으로 밤을 지샌 것을 말하였고, 하편은 새벽에 집을 떠나 작별할 때의 정경을 그린 것인데, 선명한 경물 묘사로 인해 이별의 심정이 더욱 애틋하게 전달되고 있다.

하주賀鑄(1052–1125)

위주衛州(지금의 하남성河南省 급현汲縣) 사람으로, 자가 방회方回이고 호는 경호유로慶湖遺老이다. 원래 무관 출신이지만 40세에 문관으로 관직을 바꾸어 사주통판泗州通判, 승의랑承議郞 등의 관직을 역임했다. 사는 풍격이 기려綺麗하고 자구의 단련에 뛰어났으며, 서정에 능하였다. 그런 한편 〈소매화小梅花〉 〈육주가두六州歌頭〉와 같은 웅장하고 호방한 작품도 일부 있어서 문무를 겸비한 사람임을 짐작하게 해준다. 《동산우성악부東山寓聲樂府》에 그의 사 280여 수가 수록되어 있다.

青玉案

凌波不過橫塘路. 但目送 · 芳塵去.
錦瑟華年誰與度.
月橋花院, 瑣窗朱戶.
只有春知處.

碧雲冉冉蘅皐暮. 彩筆新題斷腸句.
試問閒愁都幾許.
一川煙草, 滿城風絮.
梅子黃時雨.

청옥안

사뿐 걷는 발걸음이 횡당 길로 오지 않아
다만 걸어가는 뒷모습을 바라볼 뿐이었네.
꽃다운 젊은 시절을 누구와 보내려나?
달빛 비치는 다리와 꽃 활짝 핀 정원
꽃무늬 창문에 붉은 대문이 있는 집
봄만이 그녀가 있는 곳을 알 테지.

구름 유유히 떠가고 향초 돋은 물가 저녁
붓을 들어 새로이 단장의 시를 짓는다.
묻나니 이 내 근심 얼마나 될까?
온 들판의 안개 서린 풀만큼
성안 가득 흩날리는 버들개지만큼
매실 노랗게 익을 때의 장맛비만큼.

■ 주 석

凌波(능파) : 물결 위를 건너가다. 미인의 걸음걸이가 가볍고 우아함을 비유하는 말로 쓰인다.

不過(불과) : 오지 않다. 들르지 않다.

橫塘(횡당) : 소주蘇州 서남쪽 교외의 지명. 하주가 이곳에 작은 집을 짓고 살았다.

芳塵(방진) : 미인이 걸어갈 때 살포시 일어나는 먼지. 여기서는 걸어가는 여인의 뒷모습을 형용하였다.

錦瑟華年(금슬화년) : 꽃다운 젊은 시절. 이상은李商隱 〈금슬錦瑟〉 시 : "금슬은 웬일인지 오십 줄로 되어 있어, 한 줄 탈 때마다 꽃다운 시절 생각난다(錦瑟無端五十絃, 一絃一柱思華年)”

瑣窗(쇄창) : 무늬를 아로새긴 창.

冉冉(염염) : 구름이 천천히 움직이는 모양.

蘅皐(형고) : 향초가 자라난 물가 언덕.

彩筆(채필) : 아름답게 채색한 붓. 전하는 바에 의하면 강엄江淹이 꿈에서 '채필彩筆'을 얻은 후 좋은 시를 많이 써낼 수 있었다고 한다.

一川(일천) : 온 들판. '천川'은 '야野'와 같다.

梅子黃時雨(매자황시우) : 매실이 노랗게 익을 때의 비. 장맛비. '매우梅雨'라고도 한다.

■ **해 제**

이 사는 하주가 57세를 넘어 소주에 거주할 때 지은 작품이다. 작자는 여인을 사모하는 연정시戀情詩의 형식을 빌려 자신의 신세에 대한 상심의 정과, 젊은 시절 품었던 이상을 상실한 데서 오는 비관적 태도를 우회적으로 표현하였다. 마지막 네 구절은 사람들이 매우 애호하는 구절로, 늦봄의 경물을 빌려 수심을 절묘하게 형상화했다.

六州歌頭

少年俠氣, 交結五都雄.
肝膽洞, 毛髮聳,
立談中. 死生同. 一諾千金重.
推翹勇, 矜豪縱,
輕蓋擁, 聯飛鞚, 斗城東.
轟飮酒壚, 春色浮寒瓮, 吸海垂虹.

閑呼鷹嗾犬, 白羽摘雕弓.
狡穴俄空. 樂悤悤.

似黃粱夢, 辭丹鳳,
明月共, 漾孤篷.
官冗從, 懷倥傯,
落塵籠. 簿書叢.
鶡弁如雲衆, 供粗用, 忽奇功.
笳鼓動, 漁陽弄, 思悲翁.
不請長纓, 繫取天驕種, 劍吼西風.
恨登山臨水, 手寄七弦桐.
目送歸鴻.

육주가두

젊은 시절에는 의협심이 넘쳐서
다섯 도회지의 영웅들과 교유했다.
서로 마음을 터놓고 지내며
정의감으로 모발이 곤두서곤 했다.
서서 이야기하는 사이에도
생사를 함께하고
우리들의 한마디는 중천금이었다.

가장 용감한 자로 뽑히기도 하고
호탕하고 거침없다 자랑도 했다.
가벼운 수레가 길을 메우고
말들은 줄지어 날듯이 달렸다
경성의 동쪽에서.
술집에서 벌컥벌컥 술을 마실 땐
봄빛이 우러나오는 항아리에서
바닷물을 들이키는 고래처럼 마셔댔다.
한가할 땐 매 부르고 사냥개도 불러서
흰 깃털 화살을 활에 꽂으면
꾀 많은 토끼굴이 금방 비고 말았는데
옛날의 즐겁던 일 총총히 가버렸다.

좋았던 그 시절은 꿈처럼 사라지고
나는 이제 경성을 떠나와
밝은 저 달을 길동무 삼아
외로운 배 물결 따라 출렁인다.
시골의 말단 관리가 되어
온종일 초조하고 불안하다.
먼지투성이의 벼슬길에 빠져서
공문서 쪼가리나 만지고 있다.
무관이 구름처럼 많다고 하지만
자질구레한 일을 맡겼으니
놀랄 만한 무공을 세울 수 없다.

호드기와 북소리가 천지에 울리고
〈어양롱漁陽弄〉 소리와
〈사비옹思悲翁〉 소리도 들린다.
기다란 새끼줄을 얻어
오랑캐 왕의 목을 묶어 올 수 없으니
가을바람에 칼이 윙윙거린다.
그저 산수를 유람하며
거문고나 타야 하는 신세를 한탄하며
돌아가는 기러기를 물끄러미 바라본다.

■ 주 석

五都(오도) : 한대漢代의 수도 장안長安을 제외한 5개의 대도시 낙양洛陽 · 한단邯鄲 · 임치臨菑 · 완宛 · 성도成都를 가리킨다. 여기서는 이것으로 송대의 대도시를 지칭하였다.

肝膽洞(간담동) : 간담이 맑고 깨끗하다. 상대방에게 진정성이 있다는 말이다.

翹勇(교용) : 특히 용감하다. 가장 용감하다.

豪縱(호종) : 호탕하고 거침없다.

輕蓋(경개) : 가벼운 수레. '경거輕車'와 같다.

飛鞚(비공) : 날듯이 빨리 달리는 말.

斗城(두성) : 한대漢代 장안성長安城의 별칭. 여기서는 북송의 수도 변경汴京을 가리킨다.

吸海垂虹(흡해수홍) : 바닷물을 들이켜 무지개를 드리우다. 고래가 바닷물을 들이키듯이 술을 마신다는 말.

嗾犬(수견) : 개를 부르다.

白羽(백우) : 흰 깃털. 화살 이름.

狡穴(교혈) : 꾀 많은 토끼의 굴. 여기서는 짐승의 굴을 두루 가리킨다.

黃粱夢(황량몽) : 노란 기장밥의 꿈. 덧없는 꿈. 당唐 심기제沈旣濟의 전기소설 〈침중기枕中記〉에서 노생盧生이 한단邯鄲의 객점에서 낮잠을 잤는데 꿈속에서 부귀영화를 다 누렸다. 그러다 꿈에서 깨니 자신이 주문한 기장밥이 아직 다 익지 않았다는 이야기다.

丹鳳(단봉) : 당대唐代 장안성의 성문 이름. 이것으로 경성京城을 가리킨다.

冗從(용종) : 별로 할 일이 없는 말단 관리. 작자가 변경을 떠난 후 시골에서 시시한 직책을 맡았다는 말.

懷倥傯(회공총) : 마음이 초조하고 불안하다.

落塵籠(낙진롱) : 먼지투성이의 새장에 떨어지다. 작자가 시골에서 세속적인 사무에 얽매어 지낸다는 말.

簿書叢(부서총) : 공문서 무더기에 빠져 있다는 말이다.

鶡弁(할변) : 할새의 꽁지깃으로 장식한 고깔. 무사들이 썼던 관으로, 여기서는 무관을 가리킨다.

漁陽弄(어양롱) : 북으로 연주하는 곡 이름. 이 두 구는 백거이白居易 〈장한가長恨歌〉의 "어양의 북소리가 천지를 뒤흔드니, 예상우의곡 추던 춤판 놀라 깨어졌다(漁陽鼙鼓動地來, 驚破霓裳羽衣曲)"를 원용하여 송나라가 외적의 침입을 당한 것을 말하였다.

思悲翁(사비옹) : 한 악부 〈요가鐃歌〉 중에 〈사비옹〉 곡이 있다. 여기서는 이 세 글자가 지닌 의미를 취하여 작자가 우국충정을 지닌 사람임을 말하였다.

長纓(장영) : 기다란 새끼줄. 《한서漢書 종군전終軍傳》의 기재에 의하면 한무제 때 종군이 남월南越로 출정하기에 앞서 무제에게 긴 새끼줄을 달라고 하면서 반드시 그것으로 남월 왕의 목을 묶어 오겠다고 말했다고 한다.

天驕種(천교종) : 원래 흉노 왕을 지칭하는 말이었는데, 여기서는 송나라 북방의 오랑캐 왕을 가리킨다.

七弦桐(칠현동) : 칠현금七絃琴.

目送歸鴻(목송귀홍) : 돌아가는 기러기를 눈으로 전송하다. 기러기는 자신이 가고 싶은 곳으로 돌아가건만, 자신은 그러지 못해 안타깝다는 말이다.

■ 해 제

이 사는 하주가 원우元祐 3년(1088)에 지은 것이다. 당시 서하西夏가 여러 차례 국경을 침범해 왔는데 하주는 시위무관侍衛武官으로 화주관계순검和州管界巡檢 직을 맡고 있으면서 대신들이 서하에게 취한 굴욕적 태도를 목도하고, 이를 매우 불만스럽게 생각했기 때문에 비분강개의 심정을 곡조가 비장하고 음조가 우렁찬 〈육주가두〉 사를 빌려 털어놓은 것이다. 이와 같은 호방한 풍격은 소식蘇軾을 계승한 것이다.

3. 남송南宋 사詞

남송 사의 전개는 세 단계로 나눌 수 있다. 전기(1127-1161)는 '정강靖康의 변變'이라는 대동란으로부터 강남이라는 제한된 지역에서의 분단된 안일생활로 넘어가는 과도적 시기이다. 이때의 사단詞壇에는 시운을 타고 감상사感傷詞, 분개사憤慨詞, 은일사隱逸詞 등이 발생했다. 중후기(1162-1268)는 두 차례의 북벌 및 송과 몽고가 연합하여 금나라를 멸망시킨 것과, 원나라 군대가 남침한 것 등을 제외하고는 기본적으로 안일시기였다. 이 시기에는 신기질辛棄疾과 그의 계승자들이 애국사를 많이 썼고, 강기姜夔와 오문영吳文英 등이 아사雅詞를 썼다. 말기(1269-1279)는 남송이 멸망하는 단계이다. 이 시기에 사인들은 《시경》의 변풍變風, 변아變雅와 유사한 작품을 써내었다.

나이 44세에 '정강의 변'을 당한 이청조李淸照는 남편과 고향을 잃고, 불행과 고통 속에서 자신의 생활감정을 사에 담으며 고국의 흥망과 개인의 성쇠를 결합시켜 높은 의경意境을 창출할 수 있었다. 특히 그녀는 전대前代의 완약사에서 종종 찾아볼 수 있었던 병폐, 즉 문사가 감정을 앞지르는 병폐를 극복하여 진관秦觀을 발전적으로 계승했다. 이는 완약사가 부단히 추구해왔던 하나의 가능성인 감정과 문사의 자연스런 융합을 이룩해놓은 것이다.

이청조의 사가 일종의 감상사라면 악비岳飛, 이강李綱, 장원간張元幹, 장효상張孝祥 등의 사는 분개사라고 할 수 있다. 분개는 무엇보다도 침입자에 대한 강렬한 분노와 원망에서 비롯되었는데, 주로 혈기 있는 애국적인 장군과 관리 및 항금지사抗金志士들이 비분강개하여 우국충정을 사로 표현하였다.

우국의 표현은 분개사와 함께 은일사로도 나타났다. 그 대표자로는 주돈유朱敦儒와 상자인向子諲 등을 들 수 있는데, 그들의 은일사를 종합적으로 살펴보면 그들이 처한 시대, 신세, 인생관 등의 여러 가지 요인에 의한 복합적인 산물임을 알 수 있다. 겉보기에 광방曠放한 것 같아 보이는 이 사들의 풍격 속에도 여전히 시대의 비애가 감추어져 있다. 다만 그 음조가 저음으로부터 청음淸音으로 방향이 바뀌었을 뿐이다.

이들에 이어 남송 사단에 거대한 용처럼 나타난 사인이 바로 신기질辛棄疾이다. 600여 수에 달하는 그의 사에는 조국 회복의 대계로부터 신변잡사에 이르기까지 내용이 다양할 뿐만 아니라, 큰일과 작은 일을 가리지 않고 굳센 감정과 부드러운 감정을 구분하지 않고 모두 표현하고 묘사했다. 또한 그의 사는 수많은 송대 사인들 가운데 가장 개성이 풍부하다고 할 수 있는데, 그의 개성적 특징은 현실 환경에 굴복하지 않으려는 광방정신狂放精神과 기세를 사에 불어넣는[以氣入詞] 표현형식에 주로 나타난다.

이러한 개성적 특징으로 인해 그의 사는 문장을 짓는 태도로 사를 짓는[以文爲詞] 형식상의 해방과, 언어에 있어서의 '백가百家의 용해'라는 새로운 면모를 지녀 사의 세계를 크게 확장시켰다. 한 가지 더 언급할 것은 그의 사가 지니는 풍격의 다양성인데, 요약하면 '강건과 온유의 겸비'와 '장중과 해학의 겸비'라고 할 수 있다.

신기질과 함께 당시의 애국사인愛國詞人으로 육유陸游, 진량陳亮, 유과劉過, 유극장劉克壯, 진인걸陳人傑 등을 들 수 있다. 육유는 주로 시에 주력하고 작사 방면에는 크게 힘을 기울이지 않아서 자신만의 독특한 풍격을 형성하지는 않았지만 애국으로 인한 상심의 눈물 같은 작품이 여러 편 있고, 〈차두봉釵頭鳳〉 사 같은 유명한 정사情詞도 있다. 진량의 사는 정치성이 강하고 예술성은 상대적으로 조악한 결점을 지니고 있지만 진솔하고 분방하다는 평가를 받고 있다. 유과의 사는 진량과 달리 신기질을 배우기는 했어도 거칠고 분방한 기상이 비교적 적고, 그 대신 일종의 빼어난 운치를 지니고 있다. 유극장의 사는 사상과 내용을 중시하는 자신의 이론적 주장을 실천한 작품이 많아서 그의 사풍 또한 '의론화'와 '산문화'의 경향이 있다. 진인걸의 사는 특이하게도 모든 작품이(31수) 〈심원춘沁園春〉이라는 하나의 사조로 쓰였고, 내용을 보면 재주와 운명의 충돌로 인해 분노의 불꽃과 비판의 섬광을 발하고 있다.

남송 후기는 여러 겹의 상흔을 지닌 시대여서 강기姜夔와 오문영吳文英의 사를 살펴볼 필요가 있다. 강기는 자신의 생활정취와 예술정취로부터 출발해서 전통적인 완약사풍을 창조적으로 발전시켜 새로운 시대적 특색과 개성적 특색을 드러냈다. 그는 자신의 심리적 상흔을 소아騷雅하고 청공淸空한 필치로 표출했고, 버들처럼 부드러운 감정을 매화 같은 사품으로 표출하여 그의 사는 독특한 격조와 여유 있는 풍모를 지닐 수 있었다. 오문영은 주로 깨어진 단꿈으로 인해 상심하는 마음을 사로 표현했다. 그리고 그 특색은 농염하고 향기롭고 화려하다는 점이어서 그는 수사에 각별히 공을 들였다. 그 결과 그의 사는 특수한 색과 향을 가진 풍격과 미감을 제공할 수 있었지만, 동시에 장염張炎이 말한 바와 같이 칠보 누대가 산산조각이 나서 단락을 이루지 못하는 병폐를 지니기도 했다.

남송 아사雅詞의 발전과정을 전체적으로 조망해보면 먼저 강기가 청공하고 소아한 사풍으로써 북송 이래로 성행한 주방언의 부드럽고 아리따움이 지나친 사풍을 수정하였고, 나중에는 주방언의 사보다 훨씬 농염하고 화려한 오문영의 사가 당시 사회의 향락적인 분위기와 감상적인 심리에 힘입어 유행할 수 있었다. 그 후로는 대개 강기를 종주로 하거나 오문영을 종주로 하는 소疏, 밀密의 두 가지 사풍이 형성되었다.

남송 말기의 사단은 국가가 패망한 비통한 현실 앞에서 사인들은 애달픈 소리로 하소연하는 것 같은 망국지음亡國之音을 내거나 최후의 부르짖음과 울부짖음을 토해냈다. 유진옹劉辰翁은 송말원초宋末元初의 사인인데, 송이 망하기 전에는 부패한 정치를 폭로하고 비판하는 작품을 썼고, 망국 후에는 망국의 슬픔과 한을 토로하였다. 문천상文天祥은 사로 이름이 나지는 않았지만 그의 애국사는 자신의 생명과 선혈을 연료로 송말의 사단을 밝혀주어 송사에 대한 장렬하고 숭고한 마지막 인상을 사람들에게 남겨주었다. 장염張炎은 주방언과 강기의 사를 배워 남송 말기의 특수한 시대 상황 속에서 주로 개인의 애원哀怨을 묘사하고 서술했지만 음률은 청아하고 조화로웠다. 왕기손王沂孫과 마찬가지로 영물사詠物詞에 뛰어났으며, 언어가 세련되고 깊이가 있지만 외롭고 삭막한 심정과 몰락과 쇠퇴의 정조를 느낄 수 있다.

주돈유朱敦儒(1081~1159)

낙양洛陽(지금의 하남성 낙양) 사람으로 자가 희진希眞이고 호가 암학岩壑인데, 세상에서 흔히 낙천선생洛川先生이라고 불렀다. 어릴 때부터 뜻이 크고 행실이 바른 것으로 소문이 나서 조정에서 학관學官에 임명하겠다고 했으나 끝내 응하지 않다가 남도南渡 이후에 비서성정자秘書省正字·병부낭관兵部郎官·양절동로제점형옥兩浙東路提點刑獄 등의 관직을 잠시 역임했다. 젊은 시절에는 오랫동안 고향에서 은거했고, 남도 이후에는 강서 지방과 광동·광서 지방을 유랑했다. 사는 기이한 표현을 추구하지 않아 평이한 것이 특징이며, 내용상 한적한 은거생활의 즐거움과 나라 잃은 슬픔을 노래한 것이 많다. 사집으로 《초가樵歌》가 있다.

鷓鴣天 — 西都作

我是淸都山水郎. 天敎懶慢帶疏狂.
曾批給露支風勅, 累奏留雲借月章.

詩萬首, 酒千觴. 幾曾着眼看侯王.
玉樓金闕慵歸去, 且揷梅花醉洛陽.

자고천 — 서경에서

나는야 청도의 산수 관리관
하느님이 게으름 피우며 마음대로 살라 했네.
이슬과 바람을 나눠 주라는 칙명을 내리셨고

구름을 붙잡고 달빛을 빌리는 상소문을 여러 번 올렸다네.

시를 만 수 지으며
술을 천 잔 마시거늘
임금이나 제후에게 눈길 준 적 있으랴?
옥누각과 금대궐엔 돌아가기 귀찮으니
머리에 매화 꽂고 낙양에서 취하려네.

■ 주 석

西都(서도) : 지금의 하남성 낙양洛陽을 가리킨다. 북송의 서경西京으로 주돈유의 고향이기도 했다.

淸都山水郞(청도산수랑) : 천제天帝 즉 하느님의 거처인 청도의 산수를 관리하는 낭관郎官이라는 뜻이다. 주돈유는 젊은 시절에 자신을 청도산수랑이라고 부르며 산림 속에 은거했다.

敎(교) : ~로 하여금 ~하게 하다.

懶慢(나만) : 게으르다.

疏狂(소광) : 예법의 구속을 받지 않고 멋대로 행동하다.

批(비) : 비준하다.

給露支風敕(급로지풍칙) : 이슬과 바람을 지급하라는 칙명. 사람들에게 이슬과 바람을 나누어 주라고 천제가 주돈유에게 칙명을 내렸다는 말이다.

累奏(누주) : 누차 상주上奏하다.

留雲借月章(유운차월장) : 구름을 붙잡아두고 달빛을 빌려 오게 해달라는 상소문.

幾曾(기증) : 어찌 ~한 적이 있겠는가.

着眼(착안) : 눈길을 주다. 시선을 돌리다.

玉樓金闕(옥루금궐) : 옥누각과 황금 궁궐. 조정을 가리킨다.

■ 해제

벼슬을 백안시하고 '청도산수랑'을 자처하며 낙양에서 은거하던 젊은 시절에 지은 사이다. 청풍명월을 벗 삼아 술 마시고 시 지으며 산림 속에서 은거하는 자유로운 생활을 노래하는 가운데 그의 초탈하고 고결한 인품이 드러나 있다.

相見歡

金陵城上西樓. 倚淸秋.
萬里夕陽垂地 · 大江流.

中原亂. 簪纓散. 幾時收.
試倩悲風吹淚 · 過揚州.

상견환

금릉성 위에 있는 서쪽 누각에 올라와
맑은 가을하늘 아래 난간에 기대서니
석양은 만 리에 드리웠고 장강은 도도히 흐른다.

중원 땅이 몹시도 어지러운데
나리들은 모두 다 도망가고 없으니

언제나 수복할꼬?

슬픈 바람에 눈물을 실어 양주로 보내고 싶다.

■ 주 석

金陵(금릉) : 지금의 강소성 남경南京.

大江(대강) : 장강長江.

中原亂(중원란) : 중원 땅이 금나라의 수중에 떨어진 것을 가리킨다.

簪纓(잠영) : 관모에 비녀를 꽂고 끈을 맨 고관들을 가리킨다. 당시 고관들이 모두 남쪽으로 도망가 버린 상태였다.

試倩(시천) : 부탁하여 ~하게 하다.

揚州(양주) : 지금의 강소성 양주. 장강 바로 북쪽에 있는 고을로 남경에서 멀지 않다. 금나라와의 국경에서 멀지 않은 항금抗金 투쟁의 요충지로서 자주 금나라의 침략을 받았다. 이 구절은 금나라의 침략에 시달리는 양주 백성들에게 자신의 위로를 전하고 싶다는 말이다.

■ 해 제

남도南渡 이후 장강 바로 남쪽에 있는 금릉성에 올라가서 금나라에 빼앗긴 중원 땅을 바라보며 나라 잃은 슬픔을 토로하고, 아울러 금나라 치하에서 고통 받는 그곳 백성들에 대한 관심과 동정을 표시한 사이다.

이청조李清照(1084–1145)

제남濟南(지금의 산동성 제남) 사람으로 호가 이안거사易安居士이다. 어릴 때부터 사대부 집안에서 다복하게 살았으며 18세 때 금석학자金石學者 조명성趙明誠과 결혼하여 금실이 매우 좋았으나 정강지변靖康之變(1126–1127) 이후 남편도 병사하고 나라도 망한 이중의 고통 속에서 지금의 강소성 및 절강성 일대를 전전하며 고독하고 울적한 피난생활을 했다. 중국 문학사상 가장 걸출한 여류작가로 특히 사를 잘 지었는데, 사는 섬세한 관찰과 깜찍한 표현이 남다르다. 사집으로 《수옥사漱玉詞》가 있고, 사학이론에 관한 최초의 문장인 〈사론詞論〉이 있다.

如夢令

昨夜雨疏風驟. 濃睡不消殘酒.
試問捲簾人, 却道海棠依舊.
知否. 知否.
應是綠肥紅瘦.

여몽령

성긴 비에 세찬 바람 불던 어젯밤
깊은 잠 자고 나도 술이 아직 덜 깼네.
발 걷는 아이에게 물어봤더니
해당화가 여전히 있을 거라 대답하네.
아는가 모르는가?

아는가 모르는가?
푸른 잎은 살찌고 붉은 꽃은 말랐을 것이네.

■ 주 석

捲簾人(권렴인) : 시녀를 가리킨다.

却道(각도) : 도리어 ~라고 말하다. 이 구절은 꽃이 다 졌을 것으로 생각하고 걱정스러운 마음으로 조심스럽게 물어봤는데 시녀가 생각 없이 뜻밖의 대답을 한다는 말이다.

■ 해 제

폭풍우가 지나간 어느 늦봄 아침에 꽃이 다 져버렸을 줄 알고 안타까워하는 심정을 노래한 감상적인 사이다. "밤 사이에 바람소리 빗소리가 들렸으니, 고운 꽃이 얼마나 떨어졌을까?(夜來風雨聲, 花落知多少?)"라고 한 당나라 시인 맹호연孟浩然의 시 〈봄 새벽(春曉)〉과 작품세계가 비슷하지만 표현과 상황설정이 보다 형상적이고 자연스러워서 친근감을 준다.

醉花陰 - 九日

薄霧濃雲愁永晝. 瑞腦消金獸.
佳節又重陽,
玉枕紗廚, 半夜涼初透.

東籬把酒黃昏後. 有暗香盈袖.
莫道不消魂,

簾捲西風, 人比黃花瘦.

취화음 - 중양절

근심 속에 안개 엷고 구름 짙은 낮이 가고
짐승 모양 향로에 서뇌향이 다 탔다.
다시 맞은 중양 가절
옥 베개와 깁 모기장
밤중이 되어서야 시원한 기운이 스며든다.

황혼 든 뒤 울타리 옆에서 술잔 잡으니
그윽한 향기가 소매에 가득 밴다.
넋이 나가지 않았다고 말하지 마라
서풍이 불어와 발을 말아올리면
사람이 국화보다 수척할 테니.

■ 주 석

九日(구일) : 음력 9월 9일, 즉 중양절을 가리킨다.

永晝(영주) : 긴 낮. 온 낮을 가리킨다.

瑞腦(서뇌) : 서뇌향. 향의 일종으로 용뇌龍腦라고도 한다.

金獸(금수) : 짐승 머리 모양을 조각한 금빛 나는 구리 향로.

紗廚(사주) : 얇은 비단으로 만든 휘장 또는 모기장. '사주紗幮'와 같다.

東籬(동리) : 동쪽 울타리. 도연명陶淵明의 시 〈술을 마시고(飮酒)〉 제5수의 "동쪽 울타리 밑에서 국화를 따노라니, 저 멀리 아득히 남산이 보인다(採菊東籬下, 悠然見南山)"라는 표현을 인용함으로써 국화 감상의 운치를 더한 것이다.

莫道(막도) : 말하지 마라.
消魂(소혼) : 극도의 근심으로 인하여 넋이 나가다.

■ **해 제**

이 사는 남편 조명성趙明誠이 내주萊州(지금의 산동성 내주)에 갔을 때 청주靑州(지금의 산동성 청주)에 머물던 이청조가 혼자 중양절을 쇠는 쓸쓸한 심정을 노래한 작품으로 알려져 있다. 원나라 이세진伊世珍의 《낭현기瑯嬛記》에 의하면, 이청조가 이 사를 남편에게 보내자 남편이 감탄하며 이것을 능가하는 작품을 지어 보려고 사흘 밤낮에 걸쳐 식사도 거르고 잠도 설쳐 가며 50수를 지어서 이청조의 이 사와 한데 섞어 놓고 친구 육덕부陸德夫에게 가장 잘된 작품을 골라보라고 했더니 육덕부가 이청조의 이 사를 골랐다고 한다. 그는 그 중에서도 마지막 세 구절을 특히 뛰어난 구절로 절찬했다고 한다. 이청조의 표현이 남달리 참신함을 알 수 있는 일화이다.

武陵春

風住塵香花已盡, 日晩倦梳頭.
物是人非事事休. 欲語淚先流.

聞說雙溪春尙好, 也擬泛輕舟.
只恐雙溪舴艋舟. 載不動 · 許多愁.

무릉춘

꽃 이미 져 바람 멎자 먼지가 향긋한데
해가 다 저물도록 머리 빗기 귀찮아라.
자연은 그대로인데 사람은 만사가 잘못되어
무어라고 말하자니 눈물이 먼저 흐른다.

쌍계에는 아직도 봄빛이 좋다 하니
가벼운 배 띄워놓고 놀고 싶건만
단지 하나 두려운 건 쌍계의 거룻배가
하고많은 이내 시름 다 싣지 못할세라.

■ 주 석

塵香(진향) : 꽃이 떨어져서 흙에 꽃향기가 배었다는 말이다.
事事休(사사휴) : 만사가 다 잘못되다.
聞說(문설) : 듣자하니.
雙溪(쌍계) : 절강성浙江省 금화金華에 있는 강.
舴艋舟(책맹주) : 거룻배. 돛을 달지 않은 조그만 배.
載不動(재부동) : 싣고 움직이지 못하다.

■ 해 제

이 사는 남송 소흥 5년(1135) 절강성 금화에서 피난생활을 할 때 지은 것이다. 당시 그는 남편을 잃은 데다 전쟁통에 그토록 애지중지하던 금석록金石錄과 고서古書 및 여러 가지 소중한 물건들을 대부분 잃어버린 채 전쟁을 피해 여기저기 떠돌아다녀야 하는 신세였다. 마지막 두 구절에서 견디기 힘들 정도로 많은 자신의 시름을 재치 있는 말로 익살스럽게 표현함으로써 독특한 맛을 냈다.

聲聲慢

尋尋覓覓. 冷冷淸淸, 悽悽慘慘戚戚.
乍暖還寒, 時候最難將息.
三杯兩盞淡酒, 怎敵他 · 晩來風急.
雁過也, 正傷心 · 却是舊時相識.

滿地黃花堆積. 憔悴損 · 如今有誰堪摘.
守着窓兒, 獨自怎生得黑.
梧桐更兼細雨, 到黃昏 · 點點滴滴.
這次第, 怎一個 · 愁字了得.

성성만

찾고찾고 또 찾아도
차디차고 차디찰 뿐
이 마음은 슬프고 또 슬프구나.
잠시 따뜻해졌다가 금방 다시 추워지니
이럴 땐 몸을 보중하기 가장 힘이 드는구나.
묽은 술 두어 잔을 마셔 보건만
어찌 견디리 저녁녘의 거센 바람을?
기러기 지나가매
한참 상심하다 보니 원래 알던 기러기로구나.

대지에 누런 국화 잔뜩 쌓이고
초췌해져 버렸으니 지금은 딸 게 뭐 있으리?
창문을 지키고 앉아
나 혼자서 어떻게 어둠을 맞이하리?
오동잎엔 더구나 가랑비마저 내려
황혼녘이 되도록 방울방울 떨어지니
이러한 내 심정을
근심 '수愁' 자 한 글자로 어찌 다 표현하리?

■ 주 석

乍暖(사난) : 잠시 동안 따뜻하다.
將息(장식) : 몸을 보중保重하다.
雁(안) : 편지를 전해 주는 수단을 가리킨다. 그러나 남편이 이미 죽었기 때문에 편지를 부칠 상대가 없다.
却是舊時相識(각시구시상식) : 원래 남편이 살아 있을 때 함께 보았던 안면 있는 기러기라는 말이다.
黃花(황화) : 국화를 가리킨다.
有誰堪摘(유수감적) : 딸 만한 것이 무엇이 있는가?
怎生(즘생) : 어떻게.
得黑(득흑) : 어두운 밤을 맞다.
這次第(저차제) : 이 처지. 이 모습.
一個愁字(일개수자) : '근심스럽다'는 뜻을 지닌 '수愁'라는 글자 하나.
了得(요득) : 다 처리하다. 완전히 표현한다는 뜻이다. 이 구절은 '근심스럽다'는 평범한 말 한마디로는 도저히 자신의 근심을 다 표현할 수 없다는 말이다.

■ 해제

강남에서 피난생활을 할 때 지은 것으로, 남편이 죽은 뒤의 처량한 심정을 애절하게 노래했다. 대범하고도 적절하게 첩자와 구두어를 잘 사용하여 더욱 맛깔스럽다.

장원간張元幹(1091-1170)

영복永福(지금의 복건성 영태永泰) 사람으로 자가 중종仲宗이고 호가 노천거사蘆川居士 또는 진은산인眞隱山人이다. 선화 7년(1125)에 진류현승陳留縣丞을 지냈으며 금나라 군사가 남침하자 이강李綱의 진영에서 속료로 있다가 진회秦檜와 같은 간신배들이 득실거리는 조정이 싫어 소흥 원년(1131)에 관직을 버리고 고향으로 돌아갔다. 만년에는 강남 지방을 떠돌아다니다가 타향에서 객사했다. 사집으로 《노천사蘆川詞》가 있다.

賀新郎 - 送胡邦衡待制赴新州

夢繞神州路.
悵秋風 · 連營畫角, 故宮離黍.
底事崑崙傾砥柱. 九地黃流亂注.
聚萬落 · 千村狐兎.
天意從來高難問, 況人情 · 老易悲難訴.
更南浦. 送君去.

凉生岸柳催殘暑.

耿斜河 · 疏星淡月, 斷雲微度.
萬里江山知何處. 回首對牀夜語.
雁不到 · 書成誰與.
目盡青天懷今古. 肯兒曹 · 恩怨相爾汝.
擧大白, 聽金縷.

하신랑 – 신주로 가는 호방형 대제를 전송하며

꿈속에 중원 길을 돌아봤더니
아아 구슬픈 가을바람에 병영마다 호각 소리
옛날의 궁궐에는 기장이 무성했네.
무슨 일로 곤륜산에 기둥이 기울어져
온 천지에 누런 물이 어지러이 흐르고
만 부락 천 마을에 여우와 토끼가 득실대나?
하늘의 뜻은 너무 높아 물어보기 어렵거늘
하물며 늙으면 쉬 슬퍼지는데 그것을 호소하긴 어려움에랴!
게다가 또 남포에서
그대를 떠나보내네.

버들에선 시원한 바람이 생겨 남은 더위를 씻어내고
반짝이는 은하수엔 듬성듬성한 별과 해맑은 달
조각구름 유유히 떠다니는데.
만 리 밖 어느 곳에 그대 가려나?
마주 누워 밤 깊도록 얘기하던 일 생각나련만

기러기도 안 가니 편지를 쓴들 누구에게 부탁하리?
푸른 하늘 바라보며 고금의 일들을 생각하나니
애들처럼 은원을 가지고 함부로 말하는 것이리?
큰 술잔을 높이 들고
나의 이 〈금루곡〉을 들어보게나.

■ **주 석**

邦衡(방형) : 남송 초기 주전파의 대표적 인물 가운데 한 사람인 호전胡銓(1102-1180)의 자字. 소흥 8년(1138) 11월에 금나라와의 화의를 반대하는 상소문을 올려 주화파主和派의 대표자인 진회秦檜 등의 참수를 주청했다가 도리어 진회 일파에게 보복을 당하여 외지로 쫓겨났으며, 소흥 12년(1142)에는 신주新州(지금의 광동성 신흥新興)로 유배되었다.

待制(대제) : 관직 이름.

新州(신주) : 지금의 광동성 신흥.

神州(신주) : 금나라에게 빼앗긴 회하淮河 이북 지역을 가리킨다.

畫角(화각) : 표면에 그림을 그려 놓은 호각號角.

故宮(고궁) : 북송의 도성 개봉開封(지금의 하남성 개봉)에 있던 황궁을 가리킨다.

離黍(이서) : 황궁 터에 무성하게 자란 기장이라는 뜻으로 황궁이 폐허화했음을 뜻한다. 《시경 왕풍 서리黍離》에 "저 기장이 더북더북, 저 피도 싹이 났네(彼黍離離, 彼稷之苗)"라는 구절이 있다. 이 시는 주나라가 동쪽으로 쫓겨간 뒤 한 대부가 옛날 서주의 도성인 호경鎬京(지금의 섬서성 서안 서남쪽)에 갔다가 궁궐 터에 기장과 피가 무성하게 자라 있는 것을 보고 비감에 젖어서 지은 것이다.

底事(저사) : 무슨 일로. 왜.

崑崙(곤륜) : 곤륜산. 옛날 사람들이 천하에서 가장 높은 산으로 알았던 산이다. 여기서는 북송 조정을 가리킨다.

砥柱(지주) : 지주산. 하남성 섬주陝州에서 동쪽으로 약 40리 떨어진 곳의 황하 가운데에 있는 기둥 모양의 산. 위가 평평하여 숫돌 같은데 격류 속에 우뚝 솟아 있으면서도 흔들리지 않으므로 흔히 선비의 절개를 비유한다. 《열자列子 탕문湯問》에 "공공씨가 전욱씨와 제위를 다투다가 화가 나서 부주산을 들이받는 바람에 하늘을 받치고 있는 기둥이 부러지고 땅을 묶고 있는 밧줄이 끊어졌다(共工氏與顓頊爭爲帝, 怒而觸不周之山, 折天柱, 絕地維)"라고 했고, 《회남자淮南子 본경훈本經訓》에 "순임금 때 공공씨가 홍수를 일으켰다(舜之時, 共工氏振滔洪水)"라고 한바, 이 '지주砥柱'는 '천주天柱'의 심상을 많이 지니고 있다.

九地(구지) : 온 천지.

黃流亂注(황류난주) : 황하가 범람한 일로써 금나라의 침략을 비유한 것이다.

天意(천의) : 표면적으로 하늘의 뜻을 가리키면서 비유적으로 천자의 뜻을 가리키는 중의적 표현이다. 이 구절은 한사코 항금투쟁을 거부하는 천자의 마음을 이해할 수 없다는 뜻을 내포하고 있다.

難訴(난소) : 자신들의 항금투쟁 주장이 받아들여지지 않음으로 인하여 생긴 슬픔을 호소하기 어렵다는 말이다.

南浦(남포) : "고운 임 보내노라 남포에서(送美人兮南浦)"라는 〈초사 구가九歌 하백河伯〉의 구절에서 비롯되어 송별의 장소를 가리킨다.

雁不到(안부도) : 편지를 전해 줄 기러기가 가지 않다. 겨울이 되어 남쪽으로 날아가던 기러기도 호남성 형양衡陽에 있는 회안봉回雁峰 이남으로는 가지 않는 것으로 알려져 있는데, 호전이 유배 가는 신주는 회안봉보다 더 남쪽에 있다.

肯(긍) : 어찌 ~하려고 하겠는가.

兒曹(아조) : 아이들.

爾汝(이여) : 너나들이하다. 이 구절은 자신들의 주장이 국가의 운명을 걱정하여 심사숙고 끝에 하는 말이지, 결코 아이들처럼 개인적인 은혜나 원한을 두고 스스럼없이 함부로 말하는 것이 아니라는 뜻이다.

大白(대백) : 큰 술잔.

金縷(금루) : 금루곡. 이 사의 사조명詞調名인 〈하신랑〉의 별칭이다.

■ **해 제**

이 사는 호전胡銓이 신주新州로의 유배령을 받아 복주福州(지금의 복건성 복주)를 지나갈 때 그를 송별하면서 지은 것이다. 당시 호전과 친하게 지내던 사람들이 자신에게 화가 미칠 것을 우려하여 다들 전송하기를 꺼리고 있었는데, 장원간은 이토록 장쾌한 사를 지어서 대담하게 그를 전송했다. 금나라에 대한 적개심과 애국지사의 유배에 대한 통분을 여과없이 드러낸 이 사는 필경 주화파主和派 인사들의 심기를 불편하게 했고, 그 결과 장원간은 진회에 의해 삭탈관직되기에 이르렀다.

악비岳飛(1103–1142)

탕음湯陰(지금의 하남성 탕음) 사람으로 자가 붕거鵬擧이다. 농민 출신으로 여러 차례 금金나라와의 항전에 참가하여 공을 많이 세웠다. 남송 고종 때 도통제都統制 · 청원군절도사淸遠軍節度使 등의 무관을 역임하며 금나라의 침략을 물리쳤으나 나중에 진회秦檜 등 주화파主和派의 저지로 인하여 조정으로 소환되어 추밀부사樞密副使가 되었다. 그 뒤 얼마 안 되어서 주화파의 모함으로 억울하게 사형에 처해졌다. 남송 효종 때 무목武穆이라는 시호가 추증되고 영종 때 악왕鄂王에 추봉追封되었다. 사는 겨우 3수가 전해올 뿐이지만 모두 금나라에 중원 땅을 빼앗긴 비분강개한 심정을 토로한 것이다.

滿江紅

怒髮衝冠, 憑欄處 · 瀟瀟雨歇.
擡望眼 · 仰天長嘯, 壯懷激烈.
三十功名塵與土, 八千里路雲和月.
莫等閑 · 白了少年頭, 空悲切.

靖康恥, 猶未雪.
臣子恨, 何時滅.
駕長車踏破, 賀蘭山缺.
壯志飢餐胡虜肉, 笑談渴飲匈奴血.
待從頭 · 收拾舊山河, 朝天闕.

만강홍

성난 머리카락이 갓을 찌른 채
난간에 기대니 우수수 내리던 비가 멎는다.
고개 들어 멀리 보며 하늘을 향해 휘파람 부니
장렬한 감회가 용솟음친다.
삼십 년 쌓은 공명 티끌에 불과한데
팔천 리 원정길에 구름과 달을 짝했도다.
멍청하게 검은 머리 희게 해놓고
부질없이 슬픔에 빠지지 말지어다.

정강 시절 국치를
아직도 설욕하지 못하였으니
이 신하의 원한이
언제나 없어지랴?
기다란 전차를 몰아
하란산의 어귀를 짓밟아 버리리라.
장렬한 마음 배고프면 오랑캐의 살을 먹고
담소하다 목마르면 흉노의 피를 마시리라.
옛 산하를 완전히 수복하는 날
대궐로 가 임금님을 찾아뵈리라.

■ 주 석

處(처) : 때.
瀟瀟(소소) : 비바람이 세차게 치는 소리.

望眼(망안) : 멀리 바라보는 눈.

三十功名(삼십공명) : 자신이 평생 동안 이룬 공명을 가리킨다. 당시 악비는 서른 살이 조금 넘은 나이였다.

雲和月(운화월) : 비가 올 때나 어두운 밤에도 전투를 치렀다는 말이다.

等閑(등한) : 등한히. 아무렇게나.

少年頭(소년두) : 젊은 시절의 머리카락. 이 구절은 젊은 시절을 생각없이 아무렇게나 보내고, 한 일도 없이 백발을 맞는다는 뜻이다.

靖康恥(정강치) : 북송 흠종欽宗 정강 2년(1127)에 금나라 군사가 쳐내려와서 각종 보물을 약탈해 감은 물론, 휘종 · 흠종 · 태자 · 공주 · 비빈 등 황실 인사 3천여 명까지 끌고 간 이른바 정강지변靖康之變을 가리킨다.

長車(장거) : 전차戰車를 가리킨다.

賀蘭山(하란산) : 지금의 영하회족자치구와 내몽고자치구 사이에 있는 산. 원래 북송과 금나라의 국경지대인데 당시 금나라에 점령당해 있었다.

缺(결) : 산과 산 사이의 낮은 곳.

匈奴(흉노) : 흉노족. 금나라를 가리킨다.

從頭(종두) : 처음부터 끝까지. 전부.

天闕(천궐) : 천자의 궁궐.

▩ 해 제

누구보다 애국심이 강하여 민족적 영웅으로 추앙받는 악비가 조국의 절반을 금나라에게 빼앗긴 비분강개한 심정을 토로한 사이다. 중국인의 항적 의지를 드날린 작품이기 때문에 거칠고 투박한 표현이 많음에도 불구하고 오늘날까지 널리 중국인들의 사랑을 받고 있는 작품이다.

육유陸游(1125–1210)

산음山陰(지금의 절강성 소흥紹興) 사람으로 자가 무관務觀이고 호가 방옹放翁이다. 누구보다도 강력하게 금나라에 빼앗긴 중원 땅의 수복을 주장했기 때문에 주화파主和派의 미움을 사서 남송 고종 소흥 23년(1153)의 과거에서 주화파에 의해 제명되기도 하고, 소흥 27년 복주영덕현주부福州寧德縣主簿에 기용되어 관직에 첫발을 내디딘 이후에도 평생에 걸쳐 다섯 차례나 면직당하는 등 정치 생애에 있어서 수많은 파란을 겪었다. 중국의 역대 시인들 가운데 가장 많은 9,000여 수의 시를 남기고 있는데, 시와 마찬가지로 사도 금나라에 대한 적개심이나 우국충정을 토로한 것과 한적한 전원생활의 정취를 노래한 것이 많다. 사집으로 《방옹사放翁詞》가 있다.

釵頭鳳

紅酥手. 黃縢酒.
滿城春色宮牆柳.
東風惡. 歡情薄.
一懷愁緒, 幾年離索.
錯. 錯. 錯.

春如舊. 人空瘦.
淚痕紅浥鮫綃透.
桃花落. 閒池閣.

山盟雖在, 錦書難託.

莫. 莫. 莫.

차두봉

불그레 고운 손이
노랗게 포장한 좋은 술을 따를 제
봄을 맞아 버들이 생기를 찾았구나.
동풍이 몹시도 모질게 불어
뜨거운 사랑에 찬물을 끼얹으매
가슴에 근심 걱정 가득 안은 채
몇 해 동안 이렇게 떨어져 살았구나.
이건 아냐!
이건 아냐!
이것은 아냐!

봄빛은 예전처럼 따스하건만
그 사람만 이토록 수척해진 채
눈물이 손수건을 흠뻑 적시네.
복숭아꽃 떨어지는
한적한 연못가의 외로운 누각
산이 닳도록 변치 말자 맹세했건만
지금은 편지조차 부칠 수 없게 됐네.
이건 안 돼!

이건 안 돼!

이것은 안 돼!

■ **주 석**

黃縢酒(황등주) : 주둥이를 노란 종이로 봉한 술병에 담긴 술.

宮牆(궁장) : 궁궐의 담장. 소흥紹興에는 남송 황제의 행궁行宮이 있었다.

東風(동풍) : 자신의 사랑에 금이 가게 한 존재를 가리킨다.

離索(이삭) : 떨어져 지내다. '이군삭거離群索居'의 준말이다.

紅浥(홍읍) : 붉게 적시다. 눈물에 연지가 녹아 있음을 뜻한다.

鮫綃(교초) : 교인鮫人이 생사로 짠 명주. 남해 바다에 교인이 사는데 그들은 명주를 잘 짰다는 전설이 있다. 여기서는 손수건을 가리킨다.

山盟(산맹) : 산이 닳아 없어질 때까지 변치 말자는 굳은 맹세.

錦書(금서) : 비단에 수놓은 편지. 전진前秦 사람 두도竇滔는 진주자사秦州刺史로 있다가 서북쪽 변방인 유사流沙로 좌천되었다. 그의 아내 소씨蘇氏가 그리움을 못이겨 비단에 840자나 되는 장편의 회문시回文詩를 수놓아서 두도에게 보냈는데 그 내용이 몹시 애달팠다고 한다.(《진서 두도처소씨전》 참조) 일반적으로 연애편지를 가리킨다.

■ **해 제**

육유는 20세 되던 해인 소흥 14년(1144)에 외사촌 누이인 당완唐琬과 결혼했는데 두 사람은 지나칠 정도로 금실이 좋았다고 한다. 그러나 어머니가 당완을 미워하기 시작하여 소흥 16년에 마침내 그녀를 쫓아내고 말았다. 두 사람은 헤어진 뒤에도 서로를 잊지 못해 시름 속에 세월을 보내다가 헤어진 지 약 10년 뒤인 소흥 25년(1155) 봄날, 소흥에 있는 심원沈園이라는 정원에서 우연히 다시 만나게 되어 당완이 육유에게 술을 대접하며 자신의 애절한 심정을 전했다.

그때 육유는 이 사를 지어서 그토록 사랑하면서도 10년 동안 얼굴 한 번 볼 수 없었던, 그리고 다음의 만남을 기약할 수도 없었던, 가슴 미어지는 이산의 한을 담아

심원의 담에 써두었다. 이것을 본 당완은 자기도 이 사에 화답하는 〈차두봉〉 사를 한 수 지었다. 그 뒤 얼마 안 되어 당완은 울적한 마음을 달랠 길 없어 끝내 병사하고 말았다.

육유의 고향인 절강성 소흥의 심원에 가면 지금도 두 사람의 〈차두봉〉 사가 나란히 담에 새겨진 채 관광객의 발길을 붙잡고 있다.

水調歌頭 – 多景樓

江左占形勝, 最數古徐州.
連山如畫, 佳處縹渺着危樓.
鼓角臨風悲壯,
烽火連空明滅, 往事憶孫劉.
千里曜戈甲, 萬竈宿貔貅.

露沾草, 風落木, 歲方秋.
使君宏放, 談笑洗盡古今愁.
不見襄陽登覽,
磨滅游人無數, 遺恨黯難收.
叔子獨千載, 名與漢江流.

수조가두 - 다경루에서

장강의 동쪽은 형세 좋은 곳
옛날의 서주 땅은 특히 첫손꼽는다.
그림인 듯 산들이 연이어진 곳
아름다운 이곳에 아련히 솟은 누각
북소리 호각 소리 비장하게 들려온다.
먼 하늘에 명멸하는 봉화를 바라보며
손권과 유비의 지난 일을 생각하나니
천 리에 창과 갑옷 번쩍거리고
부뚜막을 만 개 짓고 비휴가 묵었겠지.

풀잎이 이슬에 젖고
나뭇잎 바람에 지니
때는 바야흐로 가을이로다.
태수님이 호탕하여
담소로 고금의 근심을 다 씻어준다.
양양의 산에 올라 놀던 모습 안 보이고
무수한 유람객의 발자취가 없어져
대를 잇는 그 한을 씻지 못해 슬픈데
오로지 숙자만은 천년이 지나도록
한수와 더불어 그 이름이 영원하다.

■ 주 석

多景樓(다경루) : 강소성 진강鎭江의 북고산北固山 꼭대기에 있는 누각.

江左(강좌) : 장강長江의 왼쪽이라는 뜻으로 장강의 동쪽 지역, 즉 진강을 비롯한 장강 하류지역을 가리킨다.

古徐州(고서주) : 옛날 구주九州의 하나로 진강을 가리킨다.

縹渺(표묘) : 아득한 모양. 멀어서 분명하지 않은 모양.

孫劉(손류) : 삼국시대 오나라의 손권孫權과 촉나라의 유비劉備를 가리킨다.

萬竈(만조) : 행군할 때 밥을 짓는 부뚜막이 매우 많다는 뜻이다.

貔貅(비휴) : 맹수의 이름. 이 구절은 손권과 유비에게 용맹스러운 군사가 많았다는 뜻이다.

使君(사군) : 태수. 당시의 진강지부鎭江知府 방자方滋를 가리킨다.

襄陽(양양) : 지금의 호북성 양양.

遺恨(유한) : 끝내 풀리지 않아 대대로 전해지는 한. 현산峴山에 오른 사람들의 자취가 흔적없이 사라져 이름조차 남아 있지 않음을 가리킨다.

叔子(숙자) : 서진西晉 명장 양호羊祜의 자字. 그는 양양을 다스리는 10여 년 동안 군량미를 충분히 비축함으로써 서진 무제의 오나라 정벌을 성사시켰으며, 양양 백성들에게도 선정을 베풀어 그곳 백성들의 추앙을 한몸에 받았다. 그는 산수를 사랑하여 풍경이 아름다울 때면 매번 주위 사람들을 데리고 현산에 올라 술을 마시면서 시도 짓고 담소도 나누느라 하루 종일 지칠 줄을 몰랐다. 한번은 주위 사람을 돌아보며 말하기를 "우주가 생기자마자 바로 이 산이 있었을 것이고, 옛날부터 지금까지 나와 그대들처럼 이곳에 올라 먼 곳을 바라본 훌륭한 인사들이 많았을 터인데, 그 사람들 모두 흔적없이 사라져 이름조차 없으니 이러한 사실이 사람을 슬프게 만드는구려. 만약 백 년 뒤에 나를 아는 사람이 있다면 혼백이라도 틀림없이 이곳에 오를 것이오"라고 했다. 양호가 죽은 뒤 양양 백성들이 그를 추모하여 현산의 그가 평소 즐겨 오르던 곳에 비석을 세우고 사당을 지어 제사를 지냈는데, 비석을 보는 사람들이 모두 눈물을 흘렸기 때문에 후세 사람들이 그 비를 '타루

비墮淚碑'라고 불렀다.(《진서 양호전》 참조)

漢江(한강) : 한수漢水. 섬서성 영강현寧羌縣에서 발원하여 호북성 양양을 지나 한양漢陽 부근에서 장강으로 들어가는 강.

■ **해 제**

육유는 효종 융흥 원년(1163) 39세의 나이로 진강부통판鎭江府通判에 임명되어 이듬해 2월 임지에 도착했다. 이해 10월, 그는 진강지부 방자와 함께 북고산 꼭대기의 감로사甘露寺 안에 있는 다경루에 올랐다. 거기서 얼마 전까지만 해도 자기네 땅이었던 북쪽 땅을 바라보며 그는 자신도 모르게 항적 의지를 불태웠다. 그리하여 한때 그곳을 차지하고 위세를 떨쳤던 손권의 위용과 오촉 연합군이 위나라를 격파한 옛날 일을 생각하며 자신의 항적 의지를 다졌다. 아울러 함께 다경루에 오른 자신의 상관 방자에게도 양양에서 목민관 노릇을 할 때 군량미를 많이 비축하여 무제의 오나라 정벌을 성사시킨 서진의 명장 양호와 같은 인물이 되어주기를 당부하는 이 사를 지었다.

訴衷情

當年萬里覓封侯. 匹馬戍梁州.
關河夢斷何處, 塵暗舊貂裘.

胡未滅, 鬢先秋. 淚空流.
此生誰料, 心在天山, 身老滄洲.

소충정

당시에는 만 리 밖에 공을 세우러 나가
한 필의 말을 타고 양주를 수비했네.
국경에서 꾸던 꿈 어디로 사라졌나?
낡은 담비 가죽옷에 먼지만 자욱하네.

오랑캐는 아직까지 소멸되지 않았는데
살쩍에는 가을 서리 먼저 내리고
눈물은 부질없이 흘러내리네.
이내 인생 이럴 줄을 누가 짐작했으랴?
마음은 지금도 천산에 가 있건만
몸은 이미 늙어서 시골에 있네.

■ 주 석

覓封侯(멱봉후) : 나라에 공을 세워 제후에 봉해지기를 추구하다. 여기서는 항금 전투에 참여한 것을 가리킨다.

梁州(양주) : 남정南鄭(지금의 섬서성 한중漢中)을 가리킨다.

關河夢斷(관하몽단) : 북벌의 꿈이 깨졌다는 말이다. 육유는 48세이던 효종 건도 8년(1172) 3월, 사천선무사四川宣撫使 왕염王炎의 부름을 받아 최전방인 남정南鄭으로 갔다. 거기서 그는 전투복을 입고 중원 수복을 꿈꾸며 왕염 및 그 막부의 장군들과 함께 북벌을 준비했다. 그러나 그해 가을, 왕염이 돌연 항주로 소환되고 막부가 해체되는 바람에 육유는 6개월 만에 북벌의 꿈을 접고 임지를 성도成都로 옮겨야 했다.

貂裘(초구) : 담비 가죽으로 만든 갖옷. 여기서는 군복을 가리킨다. 이 구절은 오랫동안 전장에 나가 공을 세울 기회가 없었다는 뜻이다.

天山(천산) : 지금의 신강위구르자치구에 있는 산. 최전방을 뜻한다.

滄洲(창주) : 물가. 육유가 만년에 은거하던 경호鏡湖(지금의 절강성 소흥紹興 남쪽)를 가리킨다.

■ **해 제**

육유는 65세 되던 해인 순희 16년(1189)에 벼슬을 그만두고 고향인 산음山陰으로 돌아갔다. 이 사는 그가 산음으로 돌아가 은거할 때 지은 것으로 북벌의 꿈을 끝내 이루지 못한 채 고향으로 돌아가 만년을 보내고 있는 울적한 심정을 하소연했다.

卜算子 — 詠梅

驛外斷橋邊, 寂寞開無主.
已是黃昏獨自愁, 更著風和雨.

無意苦爭春, 一任群芳妒.
零落成泥碾作塵, 只有香如故.

복산자 — 매화

역사의 바깥쪽 무너진 다리께에
적막하게 피어서 주인도 없이
황혼 맞아 혼자서 근심에 빠졌는데
더군다나 풍우마저 몰아닥치네.

아등바등 봄빛을 다투고픈 맘이 없어
뭇 꽃들의 시샘을 아랑곳 않네.
떨어져 진흙 되고 바스러져 먼지 되어도
은은한 향기만은 변함이 없네.

▩ 주 석

無主(무주) : 주인이 없다. 관리하고 감상하는 사람이 없다는 뜻이다.
著(착) : 만나다.
零落(영락) : 말라서 떨어지다.
碾(연) : 맷돌에 갈려 바스러지다. 수레바퀴나 사람들의 발에 짓밟혀 부서짐을 뜻한다.

▩ 해 제

인적이 드문 곳에 외로이 피어 있으면서도 고고한 자태와 은은한 향기를 잃지 않는 매화의 품성을 칭송하는 가운데, 주화파가 득세하는 당시의 암울한 정국 속에서도 끝까지 구국의 일념을 버리지 않겠다는 자신의 꿋꿋한 우국충정을 내비친 사이다.

범성대范成大(1126–1193)

오현吳縣(지금의 강소성 소주蘇州) 사람으로 자字가 치능致能이고 호가 석호거사石湖居士이다. 육유陸游 · 양만리楊萬里 · 우무尤袤와 더불어 남송 사대시인으로 꼽힌다. 27세가 될 때까지 과거에 응시할 생각을 하지 않고 고향에 칩거하면서 농민들과 생활을 같이하다가 29세 때에야 과거에 급제했다. 그 뒤 약 30년에 걸쳐 휘주사호참군徽州司戶參軍 · 추밀원편수관樞密院編修官 · 중서사인中書舍人 · 정강지부靜江知府 · 사천제치사四川制置使 · 성도지부成都知府 · 권예부상서權禮部尙書 · 참지정사參知政事 등의 관직을 역임했다. 만년에는 고향에 은거하면서 자주 석호石湖에 나가 심신의 안식을 얻었다. 사집으로 《석호사石湖詞》가 있다.

鵲橋仙 – 七夕

雙星良夜, 耕慵織懶,
應被群仙相妒.
娟娟月姊滿眉顰, 更無奈風姨吹雨.

相逢草草, 爭如休見,
重攪別離心緒.
新歡不抵舊愁多, 倒添了新愁歸去.

작교선 – 칠석

두 별이 반짝이는 이리 좋은 밤

밭갈이와 베짜기에 게으름을 피웠으니
신선들의 질시를 받을 수밖에.
곱디고운 달 언니는 눈썹을 잔뜩 찌푸리고 있고
바람 이모가 비를 뿌리는 건 더욱 어쩔 수 없네.

만나서 저렇게 노심초사할 바엔
차라리 만나지 않는 편이 나을 듯
다시금 이별의 슬픔을 안네.
만나는 기쁨이 묵은 슬픔 못 없애고
도리어 슬픔을 보태어서 돌아가네.

■ 주 석

雙星(쌍성) : 견우성과 직녀성을 가리킨다.
娟娟(연연) : 아름다운 모양.
更無奈(갱무내) : 더욱이나 어찌할 도리가 없다.
草草(초초) : 노심초사하는 모양.
爭如休見(쟁여휴견) : 어찌 안 보는 것과 같겠는가.
新歡(신환) : 새로 만나는 기쁨을 가리킨다.
不抵(부저) : 값이 나가지 않다.
舊愁(구수) : 헤어져서 지낼 때의 근심을 가리킨다.

■ 해 제

천제天帝가 은하수 동쪽에 사는 직녀를 은하수 서쪽에 있는 견우에게 시집보냈는데, 직녀가 시집을 간 뒤 베짜기를 그만두었다. 천제가 화가 나서 그녀를 다시 은하수 동쪽으로 보내고 1년에 한 번씩 칠월 칠석에만 견우를 만나게 해주었다. 그런데 공교롭게도 칠석날은 비가 올 때가 많아 견우와 직녀의 상봉을 보기가 어렵다. 이

것은 해학적인 필치로 칠석날에 자주 비가 오는 현상을 노래한 것이다. 시인의 뛰어난 상상력이 운치를 더해주고, 달과 바람을 견우와 직녀의 친인척 관계로 파악하여 의인화한 표현수법이 감칠맛을 낸다.

장효상張孝祥(1132–1169)

오강烏江(지금의 안휘성 화현和縣 오강진) 사람으로 자가 안국安國이고 호가 우호거사于湖居士이다. 소흥 24년(1154)에 과거에 급제했는데 급제하자마자 상소문을 올려 악비岳飛를 위해 억울함을 호소했으며, 장준張浚의 중원 수복 주장을 적극적으로 지지했다. 비서성정자秘書省正字 · 교서랑校書郞 · 기거사인起居舍人 · 중서사인中書舍人 · 정강지부靜江知府 · 형호북로안무사荊湖北路安撫使 등의 관직을 역임했다. 성격이 강직하여 불의와 타협할 줄 몰랐는바 평소의 우국충정과 울분을 사에다 토로했다. 그의 시와 사는 모두 소식蘇軾의 영향을 많이 받았다. 장원간張元幹과 더불어 신기질辛棄疾 사의 앞길을 열어 주어 '이장二張'으로 병칭된다. 사집으로 《우호거사장단구于湖居士長短句》가 있다.

六州歌頭

長淮望斷, 關塞莽然平.
征塵暗, 霜風勁,
悄邊聲. 黯銷凝.
追想當年事, 殆天數, 非人力,
洙泗上, 弦歌地, 亦羶腥.
隔水氈鄉, 落日牛羊下, 區脫縱橫.

看名王宵獵, 騎火一川明.
笳鼓悲鳴. 遣人驚.

看腰間箭, 匣中劍,
空埃蠹, 竟何成.
時易失, 心徒壯,
歲將零. 渺神京.
干羽方懷遠, 靜烽燧, 且休兵.
冠蓋使, 紛馳騖, 若爲情.
聞道中原遺老, 常南望, 翠葆霓旌.
使行人到此,
忠憤氣塡膺. 有淚如傾.

육주가두

기나긴 회하 쪽을 아득히 바라보니
변새의 평원에 초목이 우거졌다.
전진은 자욱하고
서릿바람 싸늘한데
변경이 소리 없이 적막 속에 싸여 있어
나도 몰래 넋이 나가 멍하니 바라본다.
금나라가 남침하던 그때 일을 생각하면
아마도 천운이지

인력이 미치는 일은 아닐 것이다.
수수와 사수 가의
거문고 타며 낭송하던 교화된 그 땅에도
지금은 누린내가 코를 찌른다.
융단 천막 치고 사는 강 건너 마을에는
석양 맞아 소와 양이 산에서 내려오고
초소가 여기저기 흩어져 있다.
적장이 밤중에 사냥하는 모습 보니
기병들의 횃불로 온 시내가 훤한데
호드기 소리 북소리 구슬프게 울려서
듣는 이의 가슴을 놀라게 한다.

허리춤의 화살과
칼집 속의 칼을 보니
헛되이 먼지 앉고 좀마저 슬었거늘
도대체 무슨 일을 이루어 내리?
세월은 허송하기 쉬운 법인데
쓸데없이 마음만 비장할 따름
또 한 해가 저물어 가고 있는데
서울은 아득히 멀기만 하다.
방패와 깃털로 한참 먼 곳 회유하여
봉화가 잠잠하고
전쟁도 그쳤다.
관을 쓰고 수레를 탄 화의의 사신들이

어지러이 금나라로 달려가거늘
어떻게 평상심을 견지할 수 있으리?
듣자하니 중원에 남아 있는 노인들은
언제나 남쪽을 뚫어져라 바라보며
비취 깃 수레와 오색 기가 돌아오길 기다린단다.
지나가는 나그네가 여기에 이른다면
충의와 분개가 가슴에 북받치어
엎질러진 물처럼 눈물이 쏟아지리.

■ 주 석

長淮(장회) : 회하淮河를 흔히 장회라고 한다.

關塞(관새) : 변새. 변경. 소흥 11년(1141), 남송은 회하를 양국의 국경으로 삼기로 하고 금나라와 굴욕적인 화의를 맺었기 때문에 회하 일대를 변경이라고 한 것이다.

莽然平(망연평) : 무성하게 자란 초목이 울퉁불퉁한 지표를 덮어버려서 평평하게 보인다는 말이다. 왕래하는 사람이 없음을 뜻한다.

征塵(정진) : 전쟁으로 인하여 생기는 먼지. 전진戰塵.

悄邊聲(초변성) : 전쟁하는 소리와 같은 변방의 소리가 없고 고요하기만 하다. 중원을 수복하려는 노력이 없다는 말이다.

銷凝(소응) : 넋이 나가서 멍하다.

當年事(당년사) : 정강 2년(1127)에 금나라 군사가 남침하여 휘종과 흠종을 비롯한 황실 인사 3천여 명을 끌고 간 이른바 정강지변靖康之變을 가리킨다.

洙泗(수사) : 수수洙水와 사수泗水. 두 강이 모두 공자孔子가 제자들에게 학문을 강론하던 산동성 곡부曲阜를 지나간다.

弦歌(현가) : 옛날 사람들은 학문을 강론할 때 거문고를 타면서 책을 낭송

했다.

羶腥(전성) : 누린내가 나다.

氈鄕(전향) : 융단으로 만든 천막 속에서 사는 북방인의 마을. 금나라 점령지구를 가리킨다.

區脫(구탈) : 초소를 뜻하는 흉노어이다.

名王(명왕) : 흉노족의 왕 가운데 명성이 있는 사람. 여기서는 금나라 장수를 가리킨다.

騎火(기화) : 기병이 들고 있는 횃불.

干羽(간우) : 손에 들고 춤추던 방패와 깃털. 문무文舞를 출 때는 깃털을 들고, 무무武舞를 출 때는 방패를 들었다. 순舜임금이 방패와 깃털을 들고 춤을 추자 얼마 안 있어서 묘족苗族이 귀순한 일이 있기 때문에(《상서尙書 대우모大禹謨》 참조) 덕으로 교화하는 것을 가리킨다.

懷遠(회원) : 멀리 있는 사람을 회유하다. 이 구절은 조정이 금나라와 굴욕적인 화의를 맺는 것을 풍자한 것이다.

冠蓋使(관개사) : 화의를 맺기 위해 금나라로 들어가는 사신. '관개'는 관리들의 관모와 수레라는 뜻으로 관리를 가리킨다.

馳騖(치무) : 달리다.

若爲情(약위정) : 어찌 평상시의 심정을 견지할 수 있겠는가.

翠葆霓旌(취보예정) : 비취새의 깃털로 장식한 수레 덮개와 무지개처럼 생긴 오색 깃발. 황제의 행렬을 가리킨다.

傾(경) : 물동이를 기울여서 물을 쏟다.

■ 해 제

이 사는 소흥 32년(1162)경에 당시 건강유수建康留守로 재임 중이던 주전파의 명장 장준張浚이 베푼 연회석에서 지은 것이다. 송대 무명씨의 《조야유기朝野遺記》에 의하면 장준이 이 사를 읽고는 마음이 착잡해져서 술자리를 파했다고 한다. 장효상 분개사의 대표작이라 할 만한 작품이다.

念奴嬌 – 過洞庭

洞庭青草, 近中秋,
更無一點風色.
玉鑒瓊田三萬頃, 着我扁舟一葉.
素月分輝, 明河共影,
表裏具澄澈.
悠然心會, 妙處難與君說.

應念嶺表經年, 孤光自照,
膽肝皆氷雪.
短髮蕭疏襟袖冷, 穩泛滄溟空闊.
盡挹西江, 細斟北斗,
萬象爲賓客.
扣舷獨嘯, 不知今夕何夕.

염노교 – 동정호를 지나며

동정호와 청초호는
중추절이 다가오자
더 이상 한 점의 바람도 없다.
삼만 경의 넓디넓은 옥거울과 구슬밭에
나의 일엽편주가 외로이 붙어 있다.

새하얀 달님이 밝은 빛을 나눠 주고
해맑은 은하수가 함께 빛을 뿌리니
호수의 안과 밖이 두루 다 밝다.
가만히 마음으로 터득할 수 있을 뿐
오묘한 이 경지를 설명하긴 어렵다.

틀림없이 생각날 영남에서 지낸 세월
외로운 저 달빛에 나 자신을 비춰보니
쓸개와 간이 모두 빙설처럼 깨끗하다.
짧은 머리는 듬성듬성하고 옷깃과 소매는 서늘한데
드넓은 호수 위에 평온하게 배가 간다.
서강 물을 다 퍼다가 술을 담가서
북두칠성 가지고 조금씩 따르면서
삼라만상 손님 삼아 함께 마셔 보련다.
혼자 뱃전 두드리며 휘파람 부니
오늘 밤이 얼마나 즐거운지 모르겠다.

■ **주 석**

洞庭(동정) : 동정호. 호남성과 호북성 사이에 있는 호수.

青草(청초) : 호남성 악양岳陽의 서남쪽에 있는 동정호의 동남부를 가리킨다. 호수의 명칭에 대해서는 호수 안에 푸른 풀이 많기 때문이라는 설과, 호수 남쪽에 청초산이 있기 때문이라는 설이 있다.

玉鑒(옥감) : 옥으로 만든 거울. 거울처럼 맑은 호수를 가리킨다.

瓊田(경전) : 구슬이 나는 밭. 구슬처럼 맑은 호수를 가리킨다.

共影(공영) : 함께 비추다.

悠然(유연) : 한적하다.

嶺表(영표) : 대유령大庾嶺을 비롯한 오령五嶺의 바깥이라는 뜻으로 흔히 영남이라고 한다. 대유령 이남 지역, 즉 광동 지역과 광서 지역을 가리킨다.

經年(경년) : 해를 넘기다. 이 사를 짓기 전에 장효상은 정강지부靜江知府로 부임하여 정강(지금의 광서장족자치구 계림桂林)에서 1년가량 지냈다.

膽肝(담간) : 간담. 속마음을 가리킨다.

蕭疏(소소) : 매우 드물고 적은 모양.

襟袖(금수) : 옷깃과 소매.

穩泛(온범) : 배가 흔들리지 않고 평온하게 가는 것을 가리킨다.

滄溟(창명) : 드넓은 바다. 여기서는 동정호를 가리킨다.

空闊(공활) : 막힌 데 없이 툭 트이다.

西江(서강) : 장강長江의 상류를 가리킨다.

北斗(북두) : 북두칠성. 모양이 국자와 비슷하기 때문에 국자에 비유한 것이다.

今夕何夕(금석하석) : 《시경 당풍 주무綢繆》의 "오늘 밤은 무슨 밤이기에, 이 고운 임을 만났나?(今夕何夕, 見此良人?)"라는 구절에서 비롯되어 좋은 때를 만났다고 찬탄하는 말로 쓰인다.

▒ 해 제

이 사는 정강지부로 재임하던 건도 2년(1166), 정적의 모함을 받아 관직을 그만두고 북쪽으로 돌아가는 도중에 동정호를 지나면서 지은 것이다. 관직을 잃고 돌아가는 길임에도 불구하고 조금도 의기소침하지 않고 오히려 세속적인 구속에서 완전히 벗어나 선계에서 유유자적하는 듯한 초탈한 분위기와, 끝이 안 보일 정도로 넓은 동정호와 높이를 알 수 없는 만리장천을 자유로이 오가는 호쾌한 공간이동에 힘입어 매우 호방한 작풍을 지니고 있다. 장효상의 사 가운데 가장 뛰어나다는 평가를 받는 사이다.

주숙진朱淑眞(1135?–1180?)

전당錢塘(지금의 절강성 항주杭州) 사람으로 호가 유서거사幽棲居士이다. 송나라의 대표적 여류시인 가운데 한 사람으로 시와 사는 물론 그림과 음악에도 뛰어났다. 활동 시기는 일반적으로 남송으로 보지만 북송으로 보는 경우도 있다. 평범한 시정배와 결혼하여 생활이 매우 고통스러웠다. 사는 규방 여인들의 비애와 원망을 많이 그려냈으며, 표현이 부드럽고 묘사가 자연스러운 것이 특징이다. 사집으로 《단장사斷腸詞》가 있다.

減字木蘭花 – 春怨

獨行獨坐. 獨唱獨酬還獨臥.
佇立傷神. 無奈輕寒著摸人.

此情誰見. 淚洗殘妝無一半.
愁病相仍. 剔盡孤燈夢不成.

감자목란화 – 봄철의 원망

혼자 걷다 혼자 앉고
혼자 읊고 화답하고 혼자 누워도 본다.
우두커니 선 채로 상심하지만
파고드는 한기를 어쩔 수 없다.

이 마음 누가 알리?
눈물이 화장을 지워 반도 남지 않았다.
근심과 병이 서로 번갈아 찾아오매
등불 심지 다 떨어도 꿈나라로 안 가진다.

■ 주 석

獨唱獨酬(독창독수) : 혼자 시를 읊고 또 그것에 화답하다.
無奈(무내) : 어찌할 수 없다.
著摸(착모) : 어루만지다.
相仍(상잉) : 서로 뒤를 잇다.
剔(척) : 등불을 밝게 하기 위하여 심지 중의 다 타서 재가 된 부분을 떨어내다.

■ 해 제

극도의 고독과 근심을 노래한 이 사는 자신의 불행한 혼인생활을 노래한 것으로 보인다. 사집 이름을 《단장사》로 명명한 이유를 짐작케 한다.

신기질辛棄疾(1140–1207)

역성歷城(지금의 산동성 제남濟南) 사람으로 자가 유안幼安이고 호가 가헌稼軒이다. 북송이 망한 뒤인 22세 때 군사 2천여 명을 이끌고 경경耿京의 의병대에 가담하여 항금투쟁을 벌이다가 실패하고 마침내 남송으로 내려가서 건강통판建康通判 · 저주지주滁州知州 · 호남안무사湖南安撫使 · 절서제점형옥浙西提點刑獄 · 복주지주福州知州 · 진강지부鎭江知府 등의 관직을 역임하기도 했으나 틈이 날 때마다 강력하게 북벌을 주장하다가 주화파主和派의 모함으로 벼슬에서 물러나 상요上饒(지금의 강서성 상요)에서 18년 동안이나 은거했다. 만년에 한탁주韓侂胄의 북벌계획에 참여했으나 오래지 않아 다시 파직되어 연산鉛山(지금의 강서성 연산)에서 은거하다가 세상을 떠났다. 소식蘇軾의 호방사풍을 계승하여 대대적으로 발전시켰기 때문에 소식과 더불어 '소신蘇辛'으로 병칭된다. 사는 애국충정을 토로한 것과 은거생활의 정취를 노래한 것이 주류를 이룬다. 그의 사집《가헌장단구稼軒長短句》에 600여 수나 되는 많은 작품이 수록되어 있다.

靑玉案 – 元夕

東風夜放花千樹. 更吹落 · 星如雨.
寶馬雕車香滿路.
鳳簫聲動, 玉壺光轉,
一夜魚龍舞.

蛾兒雪柳黃金縷. 笑語盈盈暗香去.
衆裏尋他千百度.

驀然回首, 那人却在,
燈火闌珊處.

청옥안 - 정월 대보름

동풍은 밤에 나무마다 꽃을 피우고
다시 불어 비 오듯이 별을 떨어뜨린다.
멋진 말의 조각한 수레로 길에 온통 향기 가득
퉁소 소리 흐느끼고
옥단지는 흔들흔들
밤새도록 물고기와 용이 춤춘다.

금실이 걸려 있는 아아와 설류
간드러지게 담소하며 은은한 향기가 지나가네.
군중 속에서 백 번 천 번 그 사람을 찾다가
무심코 돌아보니
그 사람은 뜻밖에도
등불이 가물대는 그곳에 있네.

■ 주 석

元夕(원석) : 음력 1월 15일. 정월 대보름.
花(화) : 거리 여기저기에 걸려 있는 휘황찬란한 꽃등을 가리킨다.
星(성) : 주민들이 한데 모여 달맞이할 때 주위를 밝게 하기 위해 소나무 가지 따위로 만든 달집을 태움에 따라 하늘 높이 날아올라갔다가 떨어지는 불똥, 또는 폭죽의 불똥을 가리킨다.

寶馬雕車(보마조거) : 보배로운 말과 아로새긴 수레. 이 구절은 관등놀이가 성대하게 거행된다는 말이다.

鳳簫(봉소) : 퉁소의 미칭이다.

玉壺光轉(옥호광전) : 옥단지에서 빛이 흔들리다. 이 구절은 인가에 걸린 단지 모양의 등롱이 흔들흔들하며 빛을 발한다는 말이다.

魚龍(어룡) : 물고기나 용의 형상으로 만든 등을 가리킨다.

蛾兒(아아) : 오색 종이나 채색 비단을 오려서 만든 옛날 여인들의 머리 장식품.

雪柳(설류) : 종이나 비단으로 만든 옛날 여인들의 장식품.

黃金縷(황금루) : 아아와 설류에 꼬아 붙인 금실을 가리킨다.

盈盈(영영) : 자태가 아름다운 모양.

暗香(암향) : 여인들의 몸에서 풍기는 은은한 향내를 가리킨다.

千百度(천백도) : 백 번 천 번. '도度'는 동작의 횟수를 표시하는 단위명사이다. 중국 최대의 검색 사이트인 '백도百度(Bǎidù)'는 그 명칭이 바로 이 구절에서 유래했다고 한다.(백도백과百度百科의 '百度' 참조)

驀然(맥연) : 무심코. 갑자기.

闌珊(난산) : 쇠락하다. 사그라지다.

■ **해 제**

건도 7년(1171)경 도성 임안臨安(지금의 절강성 항주杭州)에서 지은 것으로 보이는 이 사는 자신의 이상형이 결코 세속적인 무리 속에서 다투어 찬란한 광채를 내뿜는 두드러진 여인이 아니라, 다른 사람의 시선이 잘 닿지 않는 곳에 숨어 있으면서도 자신의 가치를 견지하는 고고한 여인임을 표명했다. 그가 추구한 이상형의 여인은 곧 주화파主和派가 득실대는 남송 조정에서 고군분투하며 항금투쟁을 주장한 자신의 모습일 것이다. 이 사는 표면적으로 정월 대보름 밤의 주요 풍속인 성대한 관등놀이를 묘사하면서, 이면에 자신의 고결한 인품과 지향을 깃들여 놓았다.

菩薩蠻 – 書江西造口壁

鬱孤臺下淸江水. 中間多少行人淚.
西北望長安. 可憐無數山.

靑山遮不住. 畢竟東流去.
江晩正愁余. 山深聞鷓鴣.

보살만 – 강서 조구의 벽에

울고대 아래의 저 맑은 강물 속에
행인들의 눈물이 얼마나 섞였을까?
서북쪽 먼 곳으로 장안을 바라보니
아름다운 청산이 수없이 많다.

청산도 저 강물을 막지 못하여
기어이 동쪽으로 흘러가는데
강가의 황혼이 막 근심을 자아낼 제
깊은 산 어딘가에서 자고새가 울어댄다.

■ 주 석

造口(조구) : 지금의 강서성 만안萬安에서 서남쪽으로 60리 되는 곳의 조구계皂口溪와 감강贛江이 합류하는 곳에 있던 고을.

鬱孤臺(울고대) : 지금의 강서성 감주贛州에 있는 누대.

長安(장안) : 당시의 도성 임안臨安(지금의 절강성 항주杭州)을 가리킨다.

遮不住(차부주) : 차단하지 못하다. 이 구절은 청산도 도도한 강물의 흐름을 막지 못한다는 뜻으로, 아무도 잃어버린 조국 땅을 수복하려는 우국지사들의 의지를 막을 수 없을 것이라는 뜻이 깃들어 있다.

鷓鴣(자고) : 자고새. 울음소리가 매우 처량한데 마치 "행부득야가가行不得也哥哥('못 갑니다 오라버니' 또는 '못합니다 오라버니'의 뜻)"라고 하는 것 같다고 한다. 남송 나대경羅大經의 《학림옥로鶴林玉露》에 "자고새 소리가 들린다는 구절은 잃어버린 조국을 회복하는 일을 못한다는 말이다(聞鷓鴣之句, 謂恢復之事行不得也)"라고 했다.

■ 해제

강서제점형옥江西提點刑獄으로 재임 중이던 순희 2년(1175)경에 조구를 지나가다가 46년 전인 건염 3년(1129)에 그 일대가 금나라 군사에게 유린당한 쓰라린 역사를 통탄하고, 아울러 언젠가 반드시 잃어버린 중원 땅을 수복하고야 말겠다는 굳건한 의지를 표명한 사이다.

淸平樂 – 獨宿博山王氏庵

繞床飢鼠. 蝙蝠翻燈舞.
屋上松風吹急雨. 破紙窓間自語.

平生塞北江南. 歸來華髮蒼顔.
布被秋宵夢覺, 眼前萬里江山.

청평악 – 박산 왕씨의 오두막에서 혼자 자며

굶주린 쥐들은 침대를 뱅뱅 돌고
박쥐는 등불을 에워싸고 춤출 제
지붕 위의 솔바람이 소나기를 몰고 와
찢어진 창호지가 창틈에서 중얼댄다.

평생 동안 북방과 강남을 떠돌다가
돌아오니 흰머리에 얼굴이 창백하다.
베이불 덮고 자다 꿈에서 깬 가을밤
눈앞에 만리강산 펼쳐져 있다.

■ 주 석

博山(박산) : 강서성 광풍廣豊 서남쪽에 있는 산. 신기질은 순희 9년(1182)부터 소희 2년(1191)까지 신주信州(지금의 강서성 상요上饒) 박산사 옆에 집을 짓고 은거했다.

塞北(새북) : 북방의 변새 지방.

萬里江山(만리강산) : 수복해야 할 대상으로 꿈에서도 본 중원 땅을 가리킨다.

■ 해 제

각지에서 관직생활을 하며 중원 수복의 꿈을 키우다가 정적들의 모함을 받아 신주에서 은거한 순희 9년(1182)에서 순희 14년 사이에 지은 것이다. 관직에서 쫓겨나 을씨년스러운 산골 집에서 쓸쓸하게 지내면서도 한시도 중원 수복의 꿈을 버리지 못하는 애국사인의 형상이 생생하게 그려져 있다.

醜奴兒 – 書博山道中壁

少年不識愁滋味, 愛上層樓.
愛上層樓. 爲賦新詞强說愁.

而今識盡愁滋味, 欲說還休.
欲說還休. 却道天凉好個秋.

추노아 – 박산 가는 길의 벽에 쓴다

젊을 때는 근심이 무언지 몰라
누각에 즐겨 올라
누각에 즐겨 올라
사 짓느라 억지로 근심스럽다 했네.

지금은 근심을 알대로 알아
말하려다 그만두고
말하려다 그만두고
"날씨 한번 시원한 멋진 가을이로다!" 하네.

■ 주 석

博山(박산) : 위의 〈청평악淸平樂〉 사 주석 참조.
層樓(층루) : 높은 누각.
而今(이금) : 지금.

識盡(식진) : 다 알다.
欲說還休(욕설환휴) : 말하려고 하다가 역시 그만두다.

■ 해제

위의 〈청평악〉 사와 마찬가지로 신주에서 은거한 순희 9년(1182)에서 소희 2년(1191) 사이에 지은 것이다. 젊은 시절에는 세상물정을 잘 몰랐지만 나이가 들어서는 세상물정을 잘 알아서 근심이 많아도 그것을 말로 표현하기가 어려울 뿐만 아니라 말해 보아야 아무런 소용도 없다는 사실을 잘 알기 때문에 역시 말하지 않는 편이 낫다고 생각하는 것은 일견 도통한 사람의 모습인 것 같다.
동진東晉 시인 도연명陶淵明의 시 〈술을 마시고(飮酒)〉 제5수에 "여기에 사람 사는 참 의미가 있나니, 무어라고 말하려다 그만 말을 잊었다(此中有眞意, 欲辨已忘言)"라는 말이 있는바 신기질의 이 사 역시 이것과 상통하는 것으로 읽는 것도 좋을 것이다. 그러나 평생토록 줄기차게 항금투쟁을 주장한 신기질의 우국충정을 고려해 볼 때, 이 사의 이면에 아무리 항금투쟁을 주장해도 도무지 들으려고 하지 않는 주화파主和派 인사들에 대한 불만이 깃들어 있음을 부인할 수 없을 것 같다.

南鄉子 – 登京口北固亭有懷

何處望神州. 滿眼風光北固樓.
千古興亡多少事,
悠悠. 不盡長江滾滾流.

年少萬兜鍪. 坐斷東南戰未休.
天下英雄誰敵手,
曹劉. 生子當如孫仲謀.

남향자 - 경구의 북고정에 오르니 감회가 일어

어디에서 신주를 바라다보나?
온갖 풍광 다 보이는 북고루라네.
천고에 많은 일이 흥하고 또 망하건만
오늘도 유유히
장강은 쉬지 않고 콸콸 흐르네.

젊었을 때 군사를 만 명이나 거느리고
동남쪽을 점거한 채 쉬지 않고 싸웠다지.
천하의 영웅 중에 누가 그의 적수였나?
오로지 조씨와 유씨뿐이었나니
아들을 낳으려면 손중모와 같아야지.

■ 주 석

京口(경구) : 지금의 강소성 진강鎭江.
北固亭(북고정) : 진강의 북고산 정상에 있는 제강정祭江亭의 다른 이름. 이 정자 바로 북쪽에 장강長江이 있다.
神州(신주) : 금나라에게 빼앗긴 북쪽 땅을 가리킨다.
北固樓(북고루) : 북고정을 가리킨다.
兜鍪(두무) : 투구. 무장한 병사를 가리킨다.
坐斷(좌단) : 점거하다. 차지하다.
曹劉(조류) : 삼국시대 위나라의 조조曹操와 촉나라의 유비劉備를 가리킨다.
仲謀(중모) : 삼국시대 오나라 손권孫權의 자字.

■ 해 제

진강지부鎭江知府로 재임 중이던 가태 4년(1204) 무렵, 북고산 꼭대기에 있는 북고정에 올라가서 북쪽으로 중원 땅을 바라보며, 삼국시대에 그 일대를 차지하고 천하를 호령한 손권 같은 장수가 나타나 하루 속히 빼앗긴 중원 땅을 수복했으면 좋겠다는 열망을 토로한 사이다. 진강의 북고산 기슭에 이 사를 새긴 시비가 세워져 있다.

永遇樂 – 京口北固亭懷古

千古江山, 英雄無覓, 孫仲謀處.
舞榭歌臺, 風流總被, 雨打風吹去.
斜陽草樹, 尋常巷陌, 人道寄奴曾住.
想當年 · 金戈鐵馬, 氣呑萬里如虎.

元嘉草草, 封狼居胥, 贏得倉皇北顧.
四十三年, 望中猶記, 烽火揚州路.
可堪回首, 佛狸祠下, 一片神鴉社鼓.
憑誰問 · 廉頗老矣, 尙能飯否.

영우락 – 경구의 북고정에서 옛날 일을 생각하며

천고의 이 강산에
참된 영웅 손중모는
찾을 곳 없고

춤추고 노래하며 놀던 누대에
멋진 일들 깡그리
비바람에 씻기어 다 사라졌네.
석양이 초목을 비추고 있는
예사로운 저 골목이
일찍이 기노가 살던 곳이라 하니
그 당시에 금빛 창과 철갑 입은 전마는
기운이 호랑이처럼 만 리를 삼켰겠네.

송나라 원가 시절에 경솔하게도
낭거서산에서 승전의 감사제를 지내려다
경황없이 북쪽을 바라보는 꼴이 되었지.
사십삼 년 전의 일이
바라보니 아직도 기억이 나거니와
양주 길에 봉화가 활활 타고 있었지.
돌이켜 볼 수 있으리
불리사 밑에
까마귀 소리와 북소리가 한데 섞여 있던 일을?
누구에게 물으시리 염파 비록 늙었어도
아직까지 밥을 잘 먹고 있는지?

■ 주 석

京口(경구) : 위의 〈남향자南鄕子〉 사 참조.
北固亭(북고정) : 위의 〈남향자〉 사 참조.

仲謀(중모) : 위의 〈남향자〉 사 참조.

風流(풍류) : 걸출하고 비범한 일. 손권이 경구를 근거지로 삼아 오나라를 세우고 번영을 누린 멋진 일을 가리킨다.

寄奴(기노) : 남조시대 송나라 무제 유유劉裕의 어릴 적 이름. 경구에서 자란 그는 많은 전공을 이루고 마침내 송나라를 세웠다.

鐵馬(철마) : 무쇠 갑옷을 입은 전마戰馬.

元嘉(원가) : 남조시대 송나라 문제의 연호. 424-453년.

草草(초초) : 경솔한 모양.

封(봉) : 산 위에 제단을 쌓고 천지신명에게 제사 지내는 것을 말한다.

狼居胥(낭거서) : 낭거서산. 내몽고자치구에 있는 산. 한나라 무제 때 곽거병霍去病이 흉노족을 이 산 밖으로 몰아내고 이 산에서 승리를 자축하는 제사를 올렸다.

贏得(영득) : 결과를 초래하다.

倉皇北顧(창황북고) : 경황없이 북쪽을 바라보다. 남조시대 송나라 문제 원가 27년(450)에 문제가 충분한 준비도 하지 않은 채 왕현모王玄謨를 파견하여 무리하게 북벌을 감행하다가 실패한 뒤 "북쪽을 돌아보니 눈물이 번갈아 흐른다(北顧涕交流)"라는 시를 읊었다.(《송서宋書 삭로전索虜傳》 참조)

四十三年(사십삼년) : 신기질이 자신의 군사를 이끌고 남쪽으로 내려온 소흥 32년(1162)부터 이 사가 지어진 가태 4년(1204)까지의 기간을 가리킨다.

揚州(양주) : 지금의 강소성 양주. 이 구절은 금나라 군사가 양주를 침공한 일을 가리킨다.

佛狸祠(불리사) : 강소성 육합六合 동남쪽의 과보산瓜步山에 있는 사당. 원가 27년(450)에 북위北魏 태무제太武帝의 군사가 왕현모 군사를 쫓아낸 후 이곳에 사당을 짓고 태무제의 어릴 적 이름을 따서 불리사라고 명명했다.

神鴉(신아) : 사당 부근에서 제사 음식을 먹고 사는 까마귀를 가리킨다.

社鼓(사고) : 토지신의 사당에서 치는 북. 여기서는 불리사에서 치는 북을 가리킨다.

廉頗(염파) : 전국시대 조趙나라의 명장. 그는 다른 사람의 모함으로 위기에 처하여 위魏나라로 망명했는데 나중에 진秦나라의 공격을 받아 위험에 빠진 조나라의 임금이 사자를 보내 그의 근황을 알아보게 했다. 그는 쌀 한 말로 지은 밥과 고기 열 근을 먹은 뒤 갑옷을 입고 말을 몰아 자신이 아직 건재함을 과시했으나, 염파의 정적인 곽개郭開에게서 많은 황금을 뇌물로 받은 사자가 돌아가서 그가 아직 밥은 잘 먹었지만 자기와 함께 앉아 있는 동안 세 번이나 화장실에 가더라고 보고했다. 이 말을 듣고 조나라 임금은 염파를 부르지 않았다.(《사기 염파열전》 참조) 이하의 두 구절은 신기질 자신이 아직 건재한데도 불구하고 황제에게 이 사실을 이실직고할 조정 대신이 없음을 한탄한 것이다.

■ 해 제

진강지부鎭江知府로 재임 중이던 가태 4년(1204)에 지은 것으로 남조시대 송나라 문제가 준비도 제대로 하지 않고 경솔하게 북벌을 감행하다가 실패한 사실을 빌려 한탁주韓侂冑가 얼른 공을 세우고 싶은 욕심에 섣부르게 금나라를 공격했다가 실패한 일을 통렬하게 비판했다. 이 사는 갖가지 역사적 사실을 인용함으로써 작품의 함축성을 크게 한 장점이 있는 반면, 독자의 이해를 어렵게 한 단점도 있다.

신기질이 일찍이 기녀들로 하여금 자기 사를 번갈아가며 노래하게 하고 스스로 박자를 맞추기도 하면서 좌객들에게 문제점을 지적해 달라고 했을 때, 악가岳珂가 즉시 용전用典이 너무 많다고 했더니 "그대가 실로 나의 고질병을 꼬집어 주었소"라고 했다고 한다.(악가, 《정사桯史》 권3 참조) 이처럼 용전이 많은 것은 신기질 사의 대표적인 특징 가운데 하나이다. 진강의 북고산풍경구 정문 앞에 이 사를 새긴 시비가 세워져 있다.

西江月 – 遣興

醉裏且貪歡笑, 要愁那得工夫.
近來始覺古人書. 信着全無是處.

昨夜松邊醉倒, 問松我醉何如.
只疑松動要來扶. 以手推松曰去.

서강월 – 기분 전환

취중에 또 다시 기뻐 웃나니
근심을 하려 한들 틈이 있으랴?
근래에 비로소 옛사람의 책이란
믿어 봐야 좋은 점이 전무함을 깨달았네.

어젯밤에 소나무 옆에 취해 쓰러져
"내가 얼마나 취했느냐" 소나무에게 물었더니
소나무가 부축하러 오는 것만 같아서
소나무를 떠밀며 "물러가라" 하였네.

■ 주 석

遣興(견흥) : 기분을 풀다.

古人書(고인서) : 귀감이 될 만한 내용이 담겨 있는 옛날 성현의 책을 가리킨다. 이하의 두 구절은 "《상서》를 다 믿는다면 《상서》가 없는 것만 못하다(盡信書則不如無書)"라고 한《맹자孟子 진심장구盡心章句 하下》의 말을 변형시킨 것이다.

■ **해 제**

신기질의 사는 산문적인 작풍이 강하기 때문에 '이문위사以文爲詞'라는 평을 듣거니와 이 짧은 소령小令에서도 그는 전통적인 소령 작법에서 벗어나 산문적인 구법을 구사했다. 세상사가 원칙대로 처리되지 않는 현실에 대한 불만을 술로 풀면서 일부러 근심이 없는 척하는 그의 태도를 통해 고민의 깊이를 가늠해 볼 수 있다.

破陣子 – 爲陳同甫壯詞以寄

醉裏挑燈看劍, 夢回吹角連營.
八百里分麾下炙,
五十弦翻塞外聲. 沙場秋點兵.

馬作的盧飛快, 弓如霹靂弦驚.
了却君王天下事,
贏得生前身後名. 可憐白髮生.

파진자 – 진동보를 위하여 장쾌한 사를 지어 부친다

취중에도 등불 돋우어 칼날을 살펴보다
꿈에서 깨니 진영마다 뿔피리소리 울리는구려.
휘하의 병사들에게 팔백리 구이를 나눠 주고

오십 현 거문고로 변방의 노래를 연주하며
백사장에서 가을철에 병사들을 점호했다오.

전마는 적로 되어 나는 듯이 빠르고
활은 또 그 화살이 벼락같이 울렸다오.
천하를 도모하는 임금님의 일을 완수하여
생전에도 사후에도 이름을 떨치려 했는데
가련케도 어느 사이 백발이 생겼구려.

■ **주 석**

同甫(동보) : 남송 사람 진량陳亮의 자字. 그는 평생 동안 중원 수복의 꿈을 버리지 못하고 황제에게 여러 차례 항금투쟁의 계책을 올렸으나 받아들여지지 않았다.

壯詞(장사) : 작풍이 장쾌한 사.

挑燈(도등) : 등잔의 심지를 돋우다.

八百里(팔백리) : 팔백리박八百里駮. 아주 잘 달리는 소의 이름이다. 진晉나라 사람 왕개王愷에게 팔백리박이라는 멋진 소가 있었는데 발굽과 뿔에서 빛이 났다. 왕제王濟가 그를 찾아가서 둘이 활쏘기 내기를 하여 자기가 이기면 그 소를 갖고, 자기가 지면 천만 전을 주겠다고 했다. 왕개는 활쏘기에 자신도 있고 신령스러운 소가 쉽게 죽을 리도 없다고 생각하여 선뜻 내기에 응했는데 그만 왕제에게 지고 말았다. 왕제는 그 소를 구워 오게 하여 고기 한 점을 베어 먹고는 다른 데로 가버렸다.(《세설신어世說新語 태치汰侈》 참조)

塞外聲(새외성) : 변새의 일을 노래한 음악.

的盧(적로) : 준마의 일종으로 이마에 흰색 반점이 있다. '적로的顱'와 같다.

了却(요각) : 끝내다. 완수하다.

天下事(천하사) : 천하를 도모하는 일이라는 뜻으로 빼앗긴 중원 땅을 수복하여 나라를 통일하는 일을 가리킨다.
贏得(영득) : 얻다.

■ **해 제**

항금전선에서 근무할 때 취중에도 전의를 가다듬고 꿈속에서도 통쾌하게 싸울 만큼 강렬한 자신의 투지를 읊어 친구 진량에게 부침으로써 진량의 전의를 더욱 북돋우어 주었다.

卜算子 – 齒落

剛者不堅牢, 柔底難摧挫.
不信張開口角看, 舌在牙先墮.

已闕兩邊廂, 又豁中間個.
說與兒曹莫笑翁, 狗竇從君過.

복산자 – 이가 빠진 것을 보고

딱딱한 물건은 질기지 않고
부드러운 물건은 꺾기 어렵네.
믿지 못하겠거든 입을 벌려 한번 보라.
혀는 아직 있지만 이는 먼저 빠졌다네.

양쪽 가에 있는 것이 벌써 빠지고
가운데에 있는 것도 휑하게 뚫려 있다.
애들아 이 늙은이 비웃지 마라.
너희들 다니게 할 개구멍이다.

■ 주 석

柔底(유저) : 부드러운 것. 현대 중국어 '유적柔的(róudė)'과 같다.
摧挫(최좌) : 꺾다. 부러뜨리다.
兩邊廂(양변상) : 양쪽.
說與兒曹(설여아조) : 아이들에게 말하다.
狗竇(구두) : 개구멍. 담이나 울타리 또는 대문의 밑에 개가 드나들 정도로 터진 작은 구멍.

■ 해 제

이가 많이 빠져서 보기 흉해진 자신의 입을 보고 우스갯소리를 한 해학사諧謔詞이다. 그러나 단순한 우스갯소리에서 끝나지 않고 딱딱한 이보다 부드러운 혀가 오히려 더 오래간다는 사실을 예로 삼아 이면에 세상 사는 이치를 깃들여 놓은 설리사說理詞이기도 하다.

강기姜夔(1155-1221?)

파양鄱陽(지금의 강서성 파양波陽) 사람으로 자가 요장堯章이고 호가 백석도인白石道人이다. 일찍이 부친을 따라 한양漢陽(지금의 호북성 무한武漢)에 가서 살다가 부친이 죽은 뒤에는 누나에게 의탁하여 살았다. 평생 벼슬에 나아가지 않고 호북·강서·안휘·강소·절강 등지를 돌아다니면서 남의 식객 노릇을 하다가 항주에서 세상을 떠났다. 사를 잘 지어 시인으로서보다 사인으로서 더 유명한데, 사 가운데에는 자신이 직접 곡조를 지은 자작곡이 많다. 사는 아정雅正한 내용과 정련된 표현, 그리고 음률과의 조화를 중시하여 남송 후기 사단의 격률화에 커다란 영향을 미쳤으며, 나아가 청대 절서사파浙西詞派의 귀감이 되었다. 사집으로 《백석도인가곡白石道人歌曲》이 있다.

揚州慢

淮左名都, 竹西佳處,
解鞍少駐初程.
過春風十里, 盡薺麥青青.
自胡馬 · 窺江去後,
廢池喬木, 猶厭言兵.
漸黃昏 · 淸角吹寒, 都在空城.

杜郎俊賞, 算而今 · 重到須驚.
縱豆蔻詞工, 青樓夢好,

難賦深情.
二十四橋仍在, 波心蕩 · 冷月無聲.
念橋邊紅藥, 年年知爲誰生.

양주만

회하 왼쪽 지역의 이름난 도시
죽서정 좋은 곳에
안장을 풀어 놓고 여정을 잠시 멈추었다.
십 리에 춘풍 불던 양주 길을 지나자니
도처에 냉이 보리 시퍼렇게 우거졌다.
오랑캐가 장강을 넘보고 떠난 뒤로
황폐한 연못가의 교목조차도
전쟁 얘기 하는 것 안 좋아한다.
황혼 들자 추위 속에 뿔피리 불어
인적 없는 양주성에 가득 퍼진다.

여기에서 멋지게 논 두씨 도령이
지금 다시 온다면 틀림없이 놀라리라.
육두구를 읊은 시가 참 아름답고
청루에서 단꿈을 꾸었던 그도
처량한 이 심정은 읊어내지 못하리라.
이십사교 옛 다리는 아직 있건만
물결은 출렁대고 찬 달빛은 고요한데

다리 가에 피어 있는 붉은 작약은
누굴 위해 해마다 피고 또 필까?

■ 주 석

淮左(회좌) : 회하의 왼쪽 즉 동쪽.

竹西(죽서) : 죽서정. 강소성 양주揚州에 있는 정자.

春風十里(춘풍십리) : "십 리 길 양주로에 봄바람 불어, 주렴을 다 걷어도 모두 너만 못하구나(春風十里揚州路, 捲上珠簾總不如)"라고 한 두목杜牧의 시 〈헤어지는 사람에게(贈別)〉에서 인용한 것으로 번화한 양주 거리를 가리킨다.

杜郎(두랑) : 만당 시인 두목을 가리킨다.

算(산) : 헤아리다. 추측하다.

豆蔻(두구) : 육두구肉荳蔻. 다년생 초본식물로 키가 열 자가량 되며 여름에 담황색의 꽃이 핀다. 두목의 시 〈헤어지는 사람에게(贈別)〉에 "야들야들 간들간들 이제 겨우 열서너 살, 봄이 오는 이월 초의 육두구 새순 같네(娉娉嫋嫋十三餘, 豆蔻梢頭二月初)"라는 구절이 있다.

靑樓夢(청루몽) : 기루妓樓에서 지낸 꿈 같은 세월을 가리킨다. 두목의 시 〈회포를 풀다(遣懷)〉에 "십 년 만에 양주의 꿈 한 번 깨어나 보니, 청루에서 박정하단 이름만 얻게 됐네(十年一覺揚州夢, 贏得靑樓薄倖名)"라는 구절이 있다.

二十四橋(이십사교) : 양주의 수서호瘦西湖에 있는 다리. 옛날에 미인 스물네 명이 이 다리에서 퉁소를 불었기 때문에 생긴 이름이라는 설이 있다. 다리가 스물네 개 있었기 때문이라는 설도 있지만 지금은 다리가 하나밖에 없다.

■ 해 제

이 사에는 60자가 넘는 서문이 붙어 있는데 서문에 의하면 이 사는 순희 3년(1176)

에 양주를 지나가다 평화롭고 살기 좋은 고장이던 양주가 금나라와의 잦은 전쟁으로 인하여 을씨년스럽기 짝이 없는 폐허로 변해 버린 것을 보고 비감을 견디지 못해 스스로 곡조를 지은 것이라고 한다. 금나라의 침략으로 폐허가 된 양주를 보고 지극히 감상적으로 자신의 감회를 노래하여, 주전파의 애국사인들이 통렬한 어조로 적개심을 토해낸 사와 사뭇 다름을 느낄 수 있다.

暗香

舊時月色.
算幾番照我, 梅邊吹笛.
喚起玉人, 不管淸寒與攀摘.
何遜而今漸老, 都忘却 · 春風詞筆.
但怪得 · 竹外疏花, 香冷入瑤席.

江國. 正寂寂.
歎寄與路遙, 夜雪初積.
翠尊易泣. 紅萼無言耿相憶.
長記曾携手處, 千樹壓 · 西湖寒碧.
又片片 · 吹盡也, 何時見得.

암향

그 옛날의 그 달빛이
몇 번이나 비추었나
매화나무 옆에서 피리 부는 내 모습을?
고운 임을 깨워서
추위도 상관 않고 함께 가지 꺾었는데
이 하손도 이제는 점점 늙어서
춘풍 속에 읊조리던 그 솜씨를 다 잊고
대밭 너머 성긴 꽃의 향기가 서늘하게
자리로 스미는 걸 경이로워할 뿐이다.

강가의 마을이
한창 적막한 지금
부쳐 주고 싶어도 길이 멀어 힘든데
게다가 밤눈마저 쌓이기 시작한다.
비취 술잔 손에 들면 자꾸 울고 싶은데
붉은 꽃이 말없이 그리움을 자아낸다.
늘 기억하거니와 손잡고 놀던 곳에
천 그루가 서호의 푸른 물을 눌렀도다.
한 잎 한 잎 또 바람에 다 져가는데
언제나 다시 한 번 볼 수 있을까?

■ 주 석

何遜(하손) : 남조시대 양나라의 시인으로 양주법조揚州法曹로 재임할 때 지은 〈양주법조 관아에 매화가 만개하여(揚州法曹梅花盛開)〉라는 시가 유명하기 때문에 후세에 그를 영매시詠梅詩의 대표자로 꼽는다. 여기서는 강기 자신을 가리킨다.

怪得(괴득) : 괴이하게 여기다.

寄與(기여) : 멀리 있는 임에게 매화를 꺾어 보낸다는 뜻이다. 북조시대 북위北魏 사람 육개陸凱가 군사를 이끌고 대유령大庾嶺을 넘어갈 때 매화를 꺾어 친구 범엽范曄에게 보내면서 지은 시 〈범엽에게(贈范曄)〉에 "매화 가지 꺾어서 우체부 만나, 농산의 그대에게 부쳐 보내오(折梅逢驛使, 寄與隴頭人)"라는 구절이 있다.

紅萼(홍악) : 붉은 꽃받침. 홍매를 가리킨다.

千樹(천수) : 항주杭州 서호 안에 있는 고산孤山에 매화나무가 아주 많았다는 뜻이다.

西湖(서호) : 절강성 항주의 서호를 가리킨다.

■ 해 제

서문에 의하면 이 사는 소희 2년(1191)에 소주蘇州 교외에 있는 석호石湖로 범성대范成大를 찾아갔다가 범성대의 요청을 받고 스스로 곡조를 지은 것이다. 그는 이때 〈암향暗香〉과 〈소영疏影〉이라는 두 곡을 자작했는데 범성대의 가기歌妓 소홍小紅이 멋들어지게 부르는 것을 보고 강기가 무척이나 좋아하자 범성대가 소홍을 그에게 주었다고 한다. '암향'과 '소영'은 모두 매화를 아내로 삼고 학을 자식으로 삼으며 항주 서호의 고산에서 은거한 임포林逋(967–1028)가 그의 시 〈산속 정원의 작은 매화(山園小梅)〉에서 매화의 향기와 자태를 묘사한 명구 "성긴 모습은 맑고 얕은 호수물에 비껴 있고, 은은한 향은 희미한 달빛 속에 번져온다(疏影橫斜水淸淺, 暗香浮動月黃昏)"에서 따온 것이다.

사달조史達祖(1163-1220?)

개봉開封(지금의 하남성 개봉) 사람으로 자가 방경邦卿이고 호가 매계梅溪이다. 간신 한탁주韓侂胄를 도왔기 때문에 한탁주가 북벌에 실패한 후, 그도 얼굴에 글자를 새기고 원지로 유배하는 묵형墨刑을 받았다. 영물사에 뛰어났던 그의 사는 멋진 표현을 찾으려고 노력하여 자구字句는 잘 다듬어졌지만 내용이 너무 공허하다는 비판을 받는다. 사집으로 《매계사梅溪詞》가 있다.

綺羅香 - 詠春雨

做冷欺花, 將煙困柳,
千里偸催春暮.
盡日冥迷, 愁裏欲飛還住.
驚粉重 · 蝶宿西園,
喜泥潤 · 燕歸南浦.
最妨他 · 佳約風流, 鈿車不到杜陵路.

沈沈江上望極, 還被春潮晚急,
難尋官渡.
隱約遙峰, 和淚謝娘眉嫵.
臨斷岸 · 新綠生時,
是落紅 · 帶愁流處.

記當日 · 門掩梨花, 剪燈深夜語.

기라향 – 봄비

냉기를 빚어서 꽃을 힘들게 하고
안개를 풀어서 버들을 가둬 놓고
천 리에 살금살금 봄 저물길 재촉한다.
온종일 사방이 어둡고 침침하여
근심 속에 날려다 다시 그만두나니
날개가 무거워 놀라며 나비는 정원에서 잠자고
흙이 촉촉해 기뻐하며 제비는 포구에서 돌아온다.
가장 심한 건 사람들의 봄놀이 약속을 방해하여
수레가 두릉 길에 못 가게 하는 것이로다.

깊디깊은 강가에서 끝없이 바라보니
물이 불어 저녁 되자 급류로 변해
나루터가 어디인지 찾기 어렵고
어슴프레 보이는 먼 곳의 봉우리는
눈물 젖은 사냥의 고운 눈썹이로다.
절벽에서 굽어보니 신록이 푸르르고
떨어진 붉은 꽃이 근심 띠고 흘러서
옛날에 배꽃 아래 대문을 닫아 놓고
심지 자르며 밤 깊도록 얘기한 일 기억난다.

■ 주 석

欺花(기화) : 꽃을 기만하다. 꽃을 농락하다. 꽃샘추위가 닥친다는 말이다.

將(장) : 가지다. 잡다.

粉重(분중) : 나비 날개의 가루가 비에 젖어서 무거워졌다는 말이다.

佳約風流(가약풍류) : 야외에서 즐겁게 놀기로 약속한 것을 가리킨다.

鈿車(전거) : 각종 보물로 장식한 수레. 상춘객의 수레를 가리킨다.

杜陵(두릉) : 섬서성 장안현長安縣 동북쪽에 있는 고을.

官渡(관도) : 관아에서 관리하는 나루. 보통의 나루를 가리킨다.

謝娘(사낭) : 당나라 재상 이덕유李德裕의 기녀 사추낭謝秋娘. 그녀가 절색미인이었기 때문에 널리 아리따운 기녀를 가리킨다.

剪燈(전등) : 불꽃을 크게 하기 위하여 다 타서 재가 된 등잔의 심지를 잘라내다.

■ 해 제

봄비가 빚어 놓은 여러 가지 정경을 형상감 있게 묘사한 후, 봄비와 관련된 자신의 옛날 일을 추억한 영물사이다. 비와 관련된 일들을 묘사하면서도 작품 속에 '비'라는 말은 전혀 사용하지 않았으니 이 사가 얼마나 함축적이고 정교한지를 알 수 있다.

유극장劉克莊(1187–1269)

포전蒲田(지금의 복건성 포전) 사람으로 자가 잠부潛夫이고 호가 후촌거사後村居士이다. 이종 순우(1241–1252) 연간에야 동진사출신同進士出身을 하사받았으며 여러 가지 관직을 거쳐 공부상서겸시독工部尙書兼侍讀에 이르렀다. 사는 중원 회복에 대한 갈망과 남송 집권자들의 안일한 태도에 대한 분노를 토로한 것이 많다. 원래 사가 음률에 맞아서 노래부르기에 좋아야지 기백을 중시해서는 안 된다는 생각을 가지고 있었지만 금나라와 대치하고 있는 시대상황이 그의 생각을 바꾸었다. 사집으로 《후촌장단구後村長短句》가 있다.

玉樓春 – 戲呈林節推鄉兄

年年躍馬長安市. 客舍似家家似寄.
青錢換酒日無何, 紅燭呼盧宵不寐.

易挑錦婦機中字. 難得玉人心下事.
男兒西北有神州, 莫滴水西橋畔淚.

옥루춘 – 절도추관인 동향인 임형에게 장난으로

해마다 장안 시가지에서 말 달리느라
여관이 꼭 집 같고 집이 여관 같군요.
술이나 사 마실 뿐 날마다 아무것도 하는 일 없이
붉은 초 켜고 노름하며 밤에도 자지 않는군요.

부인이 비단 자수로 회문시 짜기는 쉬워도
옥 같은 미인의 마음은 얻기가 어렵지요.
남아에겐 서북쪽에 중원 땅이 있으니
강 서쪽의 다리께에서 눈물 흘리지 마셔요.

■ 주 석

戲呈(희정) : 장난 삼아 지어 주다.

節推(절추) : 관직 이름. 절도추관節度推官의 약칭. 절도사의 보좌관으로 형옥刑獄을 관장했다.

長安(장안) : 지금의 섬서성 서안. 여기서는 남송의 도성인 임안臨安(지금의 절강성 항주杭州)을 가리킨다.

青錢(청전) : 구리 · 납 · 주석의 합금으로 만든 푸른색 동전.

盧(노) : 중국의 옛날 주사위 도박에서 주사위의 한 쪽은 검고 한 쪽은 흰데, 검은 쪽에는 송아지가 그려져 있고 흰 쪽에는 꿩이 그려져 있었다. 주사위를 던져서 다섯 개 모두 검은색이 나오는 것을 '노'라고 했다. '호로呼盧'는 '노야!' 하고 외친다는 뜻으로 우리나라의 윷놀이에서 '모야!' 하고 외치는 것과 같다. 이 구절은 밤을 새워가며 도박을 한다는 뜻이다.

挑(도) : 자수刺繡를 놓는 방법의 하나. 자수를 놓는다는 뜻이다.

錦婦(금부) : 비단에 자수를 놓은 여인이라는 뜻으로 소혜蘇蕙를 가리킨다. 십육국시대十六國時代의 전진前秦 사람 소혜는 유사流沙에 가 있는 남편 두도竇滔에 대한 그리움을 담은 840자에 달하는 긴 회문시回文詩를 비단에다 수놓아서 보냈다.(《진서晉書 열녀전列女傳》 참조) 여기서는 절도추관 임씨의 아내를 가리킨다.

機中字(기중자) : 소혜가 수놓은 회문시를 가리킨다.

玉人心下事(옥인심하사) : 기녀의 마음을 가리킨다.

神州(신주) : 수복해야 할 금나라 치하의 국토, 즉 중원을 가리킨다.
水西橋畔(수서교반) : 기루妓樓 소재지를 가리킨다.

■ 해 제

절도추관의 관직을 맡고 있으면서 날마다 행락과 도박을 일삼고, 기녀들의 환심을 사기에 급급한 어느 고향 선배에게 충고하는 형식으로, 당시 집권자들의 안일한 태도를 비판하면서 동시에 중원 회복의 염원을 토로한 사이다.

오문영吳文英(1200?-1260?)

은현鄞縣(지금의 절강성 영파寧波) 사람으로 자가 군특君特이고 호가 몽창夢窓 또는 각옹覺翁이다. 평생 과거에 급제하지 못하고 소주蘇州(지금의 강소성 소주)·항주杭州(지금의 절강성 항주)·월주越州(지금의 절강성 소흥紹興) 등지에서 막료 생활을 했다. 내용이 너무 고답적이지 않고 표현이 우아하고 함축적이며 음률에 잘 맞는 사를 추구했다. 사집으로 《몽창사》가 있다.

風入松

聽風聽雨過淸明. 愁草瘞花銘.
樓前綠暗分携路, 一絲柳 · 一寸柔情.
料峭春寒中酒, 交加曉夢啼鶯.

西園日日掃林亭. 依舊賞新晴.

黃蜂頻撲鞦韆索, 有當時 · 纖手香凝.
惆悵雙鴛不到, 幽階一夜苔生.

풍입송

비바람소리 속에 청명절을 지내며
슬픔 안고 꽃을 위해 묘지명을 써 본다.
헤어지던 누각 앞길 녹음에 덮였는데
수양버들 가지마다 고운 정이 서려 있다.
으슬으슬 봄추위에 취한 채 잠이 드니
꿈인 듯 생시인 듯 꾀꼬리가 자꾸 운다.

서쪽 동산 정자를 날마다 쓸어 놓고
옛날처럼 맑은 날씨 즐겨 보는데
노란 벌이 자꾸만 그넷줄을 두드리니
그때 묻은 고운 손의 향이 남아 있나 보다.
슬프게도 한 쌍의 원앙새는 오지 않고
인적 없는 섬돌에 밤새 이끼 돋는다.

■ 주 석

草(초) : 기초起草하다. 쓰다.
瘞花銘(예화명) : 떨어진 꽃잎을 파묻을 때 쓰는 묘지명墓誌銘이라는 뜻으로 이 사를 가리킨다. 이 구절은 꽃이 지는 것을 슬퍼한다는 말이다.
分携(분휴) : 잡았던 손을 놓고 헤어지다.
料峭(요초) : 서늘하다.

中酒(중주) : 술에 취하다.

交加(교가) : 번갈아 닥치다. 이 구절은 잠결에 꾀꼬리소리가 자꾸 들린다는 말이다.

鞦韆索(추천삭) : 그넷줄.

惆悵(추창) : 슬프다.

雙鴛(쌍원) : 수를 놓아 장식한 여자의 고운 신발을 가리킨다. 이 구절은 떠나간 임이 돌아오지 않는다는 말이다.

▩ 해 제

사랑하는 사람을 떠나보낸 뒤 어찌해 볼 수 없는 상황에서 혼자 그리움에 몸부림치는 안타까운 심경을 토로한 사이다. 이성에 대한 자신의 감정을 단아한 언어와 나직한 말투로 꾸밈없이 진솔하게 표현함으로써 독자들의 가슴속에 잔잔한 파문을 일으킨다.

장염張炎(1248–1320?)

임안臨安(지금의 절강성 항주杭州) 사람으로 자가 숙하叔夏이고 호가 옥전玉田 또는 낙소옹樂笑翁이다. 남송 초 주전파의 명장 장준張浚의 6세손으로 어릴 때부터 관료 집안에서 다복하게 살았으나 남송이 망한 뒤 가산이 몰수되고 대도大都(지금의 북경北京)로 가서 관직을 구해 보려던 노력마저 실패로 끝나 남경南京·소주蘇州·항주 등지를 유랑하며 궁핍하게 살았다. 강기姜夔를 추앙하여 아정雅正하고 청공淸空하고 음률에 잘 맞는 사를 지어야 한다고 주장했다. 사는 개인적인 신세를 노래한 것이 많지만 나라 잃은 비애를 토로한 것도 다소 있다. 사집《산중백운사山中白雲詞》와 사학 이론서《사원詞源》이 있다.

清平樂

采芳人杳. 頓覺遊情少.
客裏看春多草草. 總被詩愁分了.

去年燕子天涯. 今年燕子誰家.
三月休聽夜雨, 如今不是催花.

청평악

꽃을 따던 아가씨들 자취를 감춰
갑자기 놀고 싶은 마음이 없어졌다.
객지에선 봄 구경도 건성건성 하기 일쑤

언제나 시를 지어 근심 읊기 바쁘다.

하늘 멀리 날아갔던 작년 제비들
금년에는 누구 집에 둥지를 틀까?
삼월에는 밤비소리 듣지 말지라
이제는 꽃 피우는 단비가 아니니까.

■ 주 석

采芳人杳(채방인묘) : 봄을 맞아 꽃을 따며 놀던 여인들의 자취가 없어졌다는 뜻으로 꽃 피는 시절이 이미 다 지나갔다는 말이다.

草草(초초) : 정성을 들이지 않고 대충대충 하는 모양.

詩愁(시수) : 시심詩心. 시정詩情. 이 구절은 근심을 토로하고 싶은 시심은 많고 봄 경치를 알뜰하게 구경하고 싶은 마음은 적다는 말이다.

三月(삼월) : 음력 3월은 봄이 끝나가는 시기이다.

■ 해 제

남송이 멸망한 뒤 각지를 유랑할 때의 어느 늦봄에 지은 것으로, 의지가지없는 자신의 처량한 신세를 계절에 따라 이곳저곳으로 옮겨 다니는 제비에 비유하여 감칠맛 나게 묘사했다.

4. 금원명청金元明清 사詞

송나라가 남도한 이후 북반부를 차지한 금나라에도 사의 창작이 명맥은 이어졌지만 남송 사에는 비할 수 없을 정도로 성취가 미미했다. 이 시기의 주요 사인으로는 오격吳激(1090-1142)·채송년蔡松年(1107-1159)·조병문趙秉文(1159-1232)·원호문元好問(1190-1257)·단극기段克己(1196-1254) 등이 있다.

이 가운데 오격과 채송년은 금나라 초기 사단의 대표 사인으로 '오채체'를 형성했다. 오격의 사는 고국에 대한 그리움을 담은 것이 많아 침통하고 비장하며, 채송년의 사는 소식蘇軾의 영향을 받아 사풍이 청려하고 웅건한 편이다. 조병문 역시 소식을 본보기로 삼아 기상이 소식과 유사하며, 원호문은 소식과 신기질을 추앙하여 "동파(소식)의 후신이다"·"가헌(신기질) 삼매에 이르렀다"라는 평을 들을 뿐만 아니라 금나라 사인 중의 으뜸으로 꼽히기도 한다. 단극기의 사는 필치가 아정하고 준일하다는 평을 듣는다.

몽고족의 통치하에 있었던 원나라 때에는 산곡이 흥성하면서 사는 더욱 쇠퇴해지고 말았다. 이 시기의 사인들 중에서는 유병충劉秉忠(1216-1274)·우집虞集(1272-1348)·살도랄薩都剌(1272?-1340?)이 비교적 큰 성취를 이루었다. 유병충의 사는 웅장하고 광활하면서도 함축성이 있다는 평을 들으며, 우집과 살도랄의 사는 모두 소식 사와 진관 사의 장점을 겸비했다는 평가를 받는다.

한 번 쇠퇴한 작사의 기풍은 한족이 통치권을 회복한 명나라 때에도 좀처럼 회복되지 않았다. 비교적 성취가 큰 이 시기의 사인으로는 유기劉基

(1311-1375) · 양기楊基(1326-1378) · 고계高啓(1336-1374) · 구우瞿祐(1341-1427) · 문징명文徵明(1470-1559) · 하언夏言(1482-1548) · 양신楊愼(1488-1539) · 장연張綖(1526 전후) · 이반룡李攀龍(1514-1570) · 왕세정王世貞(1526-1590) · 진자룡陳子龍(1608-1647) 등이 있다.

장연은 사의 창작에도 독창성이 있었지만 사론詞論에 더욱 능하여 사의 풍격을 '완약婉弱'과 '호방豪放'으로 양분하는 전통이 그의 《시여도보詩餘圖譜》에서 비롯되었다. 양신은 소령小令과 장조長調에 다 능했는데 신세 감개를 토로한 작품이 많았다. 왕세정의 사는 남당이주南唐二主 즉 이경李璟(916-961)과 이욱李煜(937-978)의 풍미를 많이 지니고 있다. 그의 소령은 풍격이 표일飄逸하고, 그의 장조는 전개가 시원스럽다는 평가를 받는데 장조보다는 소령이 더욱 뛰어났다. 그도 역시 사론에 뛰어났다. 명나라 말기에 의병을 규합하여 항청운동抗清運動에 힘썼던 진자룡의 사는 경물 묘사 속에 시절을 한탄하는 자신의 감개를 깃들여 놓아 경물과 정감이 잘 융합되어 있으며, 자연스러우면서도 여운이 깊다는 평가를 받는다.

청나라에 이르러 모든 분야에 걸친 복고의 풍조에 힘입어 사 또한 부흥의 시기를 맞이했다. 그러나 이 시기에는 새로운 작품세계를 개척하기보다는 역대 사의 정리와 이에 대한 연구에서 더 많은 성취를 이루었다. 그리하여 현전하는 역대 사의 총집總集과 선집選集은 물론 사화詞話 · 사보詞譜 · 사운詞韻 등의 저작이 대부분 이 시기에 편찬되었다.

청나라 초기에는 오위업吳偉業(1609-1672) · 왕사정王士禎(1634-1711) · 고정관顧貞觀(1637-1714) · 납란성덕納蘭性德(1654-1685) 등이 비교적 큰 성취를 이루었다. 이 가운데 고정관은 진유숭陳維崧(1625-1682) · 주이준朱彝尊(1629-1709)과 더불어 청초淸初 사단의 '삼절三絶'로 칭송될 만큼 중요한 사인이었다. 그러나 사실 사에 있어서 그보다 성취가 더 큰 사람은 납란성덕이었다. 납란성덕의 사는 애상적이고 함축성이 크며, 특히 자연의 눈으로 사물을 보고 자연의 혀로 감정을 서술하여 북송 이래의 역대 사인들 가운데 가장 진실하다는 평가를 받는다.

청나라 때의 사는 양선사파陽羨詞派 · 절서사파浙西詞派 · 상주사파常州詞派 등 세 사파를 중심으로 발전했다. 양선사파는 양선(지금의 강소성 의흥宜興) 사람 진유숭이 주창하고 만수萬樹(1630-1688) · 조정길曹貞吉(1634-1698) · 장경기蔣景祁(1646-1695) 등이 이에 호응하여 한때 청초 사단을 풍미했으며, 청나라 중엽의 장사전蔣士銓(1725-1784) · 홍양길洪亮吉(1746-1809) · 황경인黃景仁(1749-1783) 등도 그 영향을 받았다. 양선사파는 북송 사인 소식蘇軾과 남송 사인 신기질辛棄疾의 사를 본보기로 삼아 격률보다 내용을 중시했고, 사로써 노래할 수 없는 제재가 없다는 관점을 견지했으며, 호방사도 완약사와 마찬가지로 사의 본색이라고 여겨 상대적으로 호방사풍을 중시했다. 그들은 또한 사를 시, 더 나아가 경서經書나 사서史書와 대등하게 취급함으로써 사라는 양식의 위상을 높였다. 이 사파의 주창자인 진유숭은 역대 사인들 가운데 가장 많은 1,600여 수의 사를 남겼고, 만수는 대표적 사보詞譜인 《사율詞律》을 편찬했다.

양선사파는 비슷한 시기에 흥기한 절서사파의 득세로 인하여 오래지 않아 쇠락하고 말았다. 절서사파는 수수秀水(지금의 절강성 가흥嘉興) 사람 주이준이 주창하고 이양년李良年(1635-1694) · 이부李符(1639-1689) · 심호일沈皞日 · 심등안沈登岸 · 공상린龔翔麟(1658-1733) 등이 이에 호응했다. 절서사파는 청나라 중엽에 이르러 여악厲鶚(1692-1752)과 항홍조項鴻祚(1798-1835)의 활약으로 더욱 위세를 떨쳤다. 특히 여악의 영향력이 컸으니 그가 사단의 맹주가 됨으로써 이 시기의 절서사파를 여파厲派라고 부르기도 했다. 절서사파는 남송 사인 강기姜夔와 장염張炎의 사를 본보기로 삼아 '청공淸空'과 '순아醇雅'를 표방하며 아정하고 음률에 잘 맞는 아사雅詞를 추구했다. 양선사파가 항청抗淸의 기류에 기대어 약 40년 정도 활약한 데 반하여, 절서사파는 청나라가 전국을 통일함으로써 정국이 안정된 데에 힘입어 100여 년 동안 사단을 풍미했다.

상주사파는 상주(지금의 강소성 상주) 사람 장혜언張惠言(1761-1802)이 주창하고 장기張琦(1764-1833) · 동사석董士錫(?-?) · 주제周濟(1781-

1839)·운경惲敬(1757-1817)·좌보左輔(1751-1833)·전계중錢季重(?-1821)·이조락李兆洛(1769-1841)·정이항丁履恒(1770-1831)·육계로陸繼輅(1772-1834)·김응규金應珪(?-?)·김식옥金式玉(1774-1802) 등 많은 사인들이 이에 호응했으며, 담헌譚獻(1832-1901)·왕붕운王鵬運(1849-1904)·주효장朱孝臧(1857-1931)·황주이況周頤(1859-1926) 등의 청말 사인들도 그 영향을 받았을 정도로 영향력이 지대했다.

상주사파는 지나치게 격률을 중시하여 무병신음無病呻吟하는 절서사파의 폐단을 바로잡기 위하여 사詞를 '마음속에 정의情意가 들어 있어서 그것이 언어의 형태를 띠고 바깥으로 표출된 것(意內言外)'이라고 정의하고 변풍變風과 초사楚辭에 비견함으로써 사의 지위를 많이 격상시켰다. 이들은 북송 사인 주방언周邦彦의 사를 본보기로 삼아 '심오하고 아름답고 크고 집약적인(深美宏約)' 사풍을 추구하고 비흥比興과 기탁寄託을 중시했다. 그러나 이로 인하여 사에서 지나치게 미언대의微言大義를 찾아 천착하고 견강부회하는 폐단을 빚기도 했다.

원호문元好問(1190–1257)

수용秀容(지금의 산서성 흔현忻縣) 사람으로 자가 유지裕之이고 호가 유산遺山이다. 원래 북위北魏의 선비족鮮卑族으로 탁발씨拓跋氏였는데 나중에 원씨로 성을 바꾸었다. 7세 때부터 시를 지을 줄 알았는데, 금나라 선종 흥정 5년(1221)에 과거에 급제하여 유림랑儒林郎·행상서성좌사원외랑行尙書省左司員外郎 등의 관직을 역임했으나 금나라가 망한 뒤에는 더 이상 관직을 맡지 않았다. 사는 작풍이 소식蘇軾·신기질辛棄疾과 가까운데 기이한 글자를 쓰지 않아도 참신하고, 전고를 사용하지 않아도 깊은 맛이 나는 것으로 평가된다. 사집으로 《유산악부遺山樂府》가 있다.

臨江仙 – 自洛陽往孟津道中作

今古北邙山下路, 黃塵老盡英雄.
人生長恨水長東. 幽懷誰共語, 遠目送歸鴻.

蓋世功名將底用, 從前錯怨天公.
浩歌一曲酒千鍾. 男兒行處是, 未要論窮通.

임강선 – 낙양에서 맹진으로 가는 도중에

옛날부터 지금까지 북망산 아랫길엔
영웅들이 먼지 속에 다 늙어 갔네.
인생은 늘 한스럽고 물은 늘 동으로 흐르나니
가슴속의 회포를 누구에게 얘기하리?

눈을 들어 돌아가는 기러기를 전송하네.

세상 뒤덮을 공명을 어디에 쓰리?
예전에는 엉뚱하게도 하느님을 원망했네.
호탕한 노래 한 곡에 술 천 잔을 마시나니
남아는 무얼 해도 옳은 면이 있는 법
곤궁과 영달은 따질 필요 없다네.

■ 주 석

洛陽(낙양) : 지금의 하남성 낙양.

孟津(맹진) : 지금의 하남성 맹진현 동북쪽의 황하에 있는 나루.

北邙山(북망산) : 하남성 낙양 북쪽에 있는 산. 이 산에 왕족과 고관대작의 무덤이 많다.

幽懷(유회) : 가슴속에 깊숙이 감추어둔 회포.

遠目(원목) : 멀리 바라보다.

底用(저용) : 어디에 쓰는가.

行處(행처) : 도처. 모든 곳.

■ 해 제

금나라 선종 흥정 5년(1221), 도성 변량汴梁(지금의 하남성 개봉開封)에 가서 치른 과거에 급제한 뒤 낙양을 거쳐 등봉登封으로 돌아갈 때 지은 사이다. 한창 젊은 시기의 사임에도 불구하고 매우 초탈한 모습이 엿보인다.

鷓鴣天

只近浮名不近情. 且看不飮更何成.
三杯漸覺紛華遠, 一斗都澆磈磊平.

醒復醉, 醉還醒. 靈均憔悴可憐生.
離騷讀殺渾無味, 好個詩家阮步兵.

자고천

헛된 명예나 가까이하고 인정은 멀리하니
술을 마시지 않으면 어떻게 되리?
석 잔이면 부귀영화가 차츰 멀게 느껴지고
한 말이면 응어리가 죄다 풀려 버린다.

깨었다가 또 취하고
취했다가 또 깨나니
초췌한 영균은 가련도 하다.
〈이소〉는 죽어라 읽어도 아무런 맛이 없고
참으로 멋진 시인은 보병교위 완씨로다.

■ 주 석

紛華(분화) : 부귀영화.
磈磊(외뢰) : 높다랗게 쌓인 덩어리. 가슴에 맺힌 울분을 비유한다.

醒復醉(성부취) : 소식蘇軾의 사 〈임강선臨江仙 -밤에 임고정으로 돌아가(夜歸臨皐)〉에 "동파에서 술을 마셔 깰 만하면 또 취하다가, 돌아오니 아마도 삼경은 된 듯하다(夜飮東坡醒復醉, 歸來髣髴三更)"라는 구절이 있다.

靈均(영균) : 전국시대 초나라 시인 굴원屈原의 자字. 그의 초사楚辭 〈어부漁父〉에 "온 세상이 다 탁해도 나는 홀로 깨끗하고, 뭇 사람이 다 취해도 나는 홀로 깨 있었소(擧世皆濁我獨淸, 衆人皆醉我獨醒)"라는 구절이 있다.

可憐生(가련생) : 가련하다. '생生'은 의미 없는 조자助字이다.

讀殺(독살) : 수없이 많이 읽다. '살殺'은 동사나 형용사 뒤에 붙어서 정도가 지극함을 나타내는 조자이다.

離騷(이소) : 굴원이 지은 초사 작품. 자신의 지조를 고수하겠다는 의지가 담겨 있다.

阮步兵(완보병) : 진晉나라 시인 완적阮籍을 가리킨다. 그는 위진魏晉 교체기의 혼란한 정국하에서 세상을 구제하기를 단념하고 취생몽사를 일삼았다. 그는 보병부대의 주방장이 술을 잘 빚을 뿐만 아니라 창고에 비축해둔 술이 3백 섬이나 된다는 말을 듣고 보병교위步兵校尉로 임명해줄 것을 청원하기도 했다.(《진서 완적전》 참조)

■ 해 제

이 사는 나라가 망하고 신세도 영락한 극한 상황에서 세상을 구제해 보려는 지식인으로서의 노력이 아무소용 없음을 깨닫고 극도로 좌절하여 지은 것으로 보인다. 굴원과 같은 삶보다는 차라리 완적과 같은 삶이 더 낫다며 호기를 부려 보는 그의 모습에서 체념과 자조로 얼룩진 착잡한 심정이 감지된다.

살도랄薩都剌(1272?-1340?)

안문雁門(지금의 산서성 대현代縣)에서 생장한 회족回族(일설에는 몽고족 또는 위구르족)으로 자가 천석天錫이고 호가 직재直齋이다. 원나라 태정 4년(1327)에 과거에 급제하여 응봉한림문자應奉翰林文字 · 강남행대시어사江南行臺侍御史 등의 관직을 역임했다. 사는 소식蘇軾 사와 진관秦觀 사의 장점을 겸비한 것으로 평가된다. 사집으로 《천석사天錫詞》가 있다.

卜算子 – 泊吳江夜見孤雁

明月麗長空, 水淨秋宵永.
悄無烏鵲向南飛, 但見孤鴻影.

自離邊塞路, 偏耐江波靜.
西風鳴宿夢魂單, 霜落蒹葭冷.

복산자 – 오강에 정박하다 밤에 외기러기를 보고

머나먼 저 하늘에 밝은 달이 빛나고
기나긴 가을밤에 강물은 맑다.
남쪽으로 날아가는 까막까치는 없고
외기러기 한 마리만 쓸쓸히 난다.

날씨가 너무 추운 변새를 떠난 뒤로

물결 없는 강의 고요 잘도 참았다.
서풍이 별을 울려 자매 꿈길도 외로운데
서리가 흠뻑 내려 갈대가 차다.

■ 주 석

吳江(오강) : 지금의 강소성 소주시蘇州市 오강.

■ 해 제

외기러기의 쓸쓸한 모습을 묘사한 소식蘇軾의 사 〈복산자 – 황주의 정혜원에 우거하며(黃州定慧院寓居作)〉와 같은 운부韻部의 운자를 사용한 의운사依韻詞이다. 뿐만 아니라 내용면에 있어서도 여로의 고통스러움과 외로움을 외기러기에 비유하여 소식 사와 매우 비슷하다.

왕세정王世貞(1526-1590)

태창太倉(지금의 강소성 태창) 사람으로 자가 원미元美이고 호가 봉주鳳洲 또는 엄주산인弇州山人이다. 타고난 재주가 비범하여 한 번 본 책은 다 기억할 정도였으며 읽지 않은 책이 없다고 할 만큼 독서량 또한 대단히 많았다. 가정 26년(1547)에 진사에 급제하여 형부주사刑部主事 · 원외낭중員外郎中 · 산동병비부사山東兵備副使 등의 관직을 역임하다가 부친이 참수되는 참변을 당한 뒤 관직에서 물러났다. 융경(1567-1572) 초에 부친이 누명을 벗게 되자 다시 관직에 나아가 각급 관직을 거쳐 형부상서刑部尙書에 이르렀다. 이반룡李攀龍이 결성한 시사詩社에 가입하여 그와 함께 시문 복고운동을 전개한바, 이반룡과 더불어 명대明代 후칠자後七子의 영수로서 '왕리王李'로 병칭되었다. 이반룡 사후에는 20여 년 동안 혼자 문단을 주도하여 타의 추종을 불허할 정도로 문명을 떨쳤다. 소령小令에 뛰어났던 그의 사는 남당이주南唐二主의 풍미를 지니고 있는 것으로 평가된다. 사집으로 《엄주산인사弇州山人詞》가 있다.

望江南 - 都下思家

回首處, 薄業太湖干.
半艇春洲蘆筍綠, 一樓風雨杏花寒.
此景放誰看.

망강남 - 도성에서 고향집을 그리며

돌이켜보면
변변찮은 가산이 태호 가에 있었지.

봄이면 배에 반쯤 섬에서 딴 갈대순이요
풍우에 날리는 찬 살구꽃이 누각에 가득했지.
이 풍경 누구에게 보여 줄거나?

■ 주 석

都下(도하) : 도성. 당시 명나라의 도성인 순천부順天府(지금의 북경北京)를 가리킨다.

薄業(박업) : 보잘것없는 가업家業. 여기서는 자기 집안의 가산家産인 갈대밭을 가리킨다.

太湖(태호) : 강소성과 절강성 사이에 있는 호수. 중국 3대 담수호 가운데 하나이다.

蘆筍(노순) : 식용의 갈대순을 가리킨다. 갈대순은 세계 10대 명채소名菜蔬의 하나로 꼽히기도 하고, 채소의 왕으로 불리기도 한다.

放(방) : ~로 하여금 ~하게 하다.

■ 해 제

도성인 순천부에 있을 때 자기 고향인 태호 일대의 봄 풍경을 묘사한 것이다. 고향의 일을 추억하는 형식으로 강남 지방의 이른 봄 정경을 그림같이 그려냈다.

望江南

歌起處, 斜日半江紅.
柔綠篙添梅子雨, 淡黃衫耐藕絲風.
家住五湖東.

망강남

노랫소리 나는 곳에
석양이 강 절반을 벌겋게 물들이지.
연둣빛 상앗대에 매우가 또 내릴 때
담황색 적삼 입고 미풍을 맞이하지.
우리 집은 오호의 동쪽에 있네.

■ 주 석

歌(가) : 강남 수향水鄕에서 흔히 들을 수 있는 〈채련가採蓮歌〉나 〈채릉가採菱歌〉 따위의 민가를 가리킨다.

柔綠(유록) : 연한 녹색. 상앗대 표면에 살짝 끼어 있는 연두색 이끼를 가리킨다.

梅子雨(매자우) : 강남 지방에서 매실이 익어가는 초여름에 내리는 장맛비를 가리킨다. 보통 '매우梅雨'라고 한다.

藕絲(우사) : 연뿌리를 꺾었을 때 보이는 실처럼 가늘고 하얀 물질. '우사풍'은 우사처럼 부드러운 산들바람을 가리킨다.

五湖(오호) : 오호에 관해서는 여러 가지 이설이 있는데 여기서는 강소성과 절강성 사이에 있는 태호太湖를 가리킨다. 왕세정의 고향인 태창太倉(지금의 강소성 태창)은 태호의 동쪽에 있다.

■ 해 제

앞의 사와 마찬가지로 자기 고향인 강남 지방의 아름다운 여름 풍경을 추억하여 노래한 것이다.

진자룡陳子龍(1608–1647)

화정華亭(지금의 상해시 송강松江) 사람으로 자가 인중人中 또는 와자臥子이고 호가 대준大樽이다. 명나라 숭정 10년(1637)에 과거에 급제하여 소흥추관紹興推官·병과급사중兵科給事中 등의 관직을 역임했으나 남도南都(지금의 강소성 남경)가 청나라에 함락되자 승려가 되어 은둔했다. 그 뒤에 다시 태호太湖 일대의 군사를 집결시켜 거사를 도모하다 붙잡히는 바람에 투신자살했다. 시·사·문에 다 뛰어났지만 특히 사를 잘 지었는데, 부드러운 표현 속에 애국의 정을 담은 사는 명대 사단을 대표할 뿐만 아니라 청대에 이르러 사가 중흥하는 데에도 선구적 역할을 했다. 사집으로 《진충유공사陳忠裕公詞》가 있다.

訴衷情 – 春遊

小桃枝下試羅裳. 蝶粉鬪遺香.
玉輪碾平芳草, 半面惱紅妝.

風乍暖, 日初長. 裊垂楊.
一雙舞燕, 萬點飛花, 滿地斜陽.

소충정 – 봄놀이

복숭아나무 밑에 깁치마 입고 서 있으니
나비들이 다투어 향을 좇는데
방초를 납작 갈며 옥 수레가 지나가자

고개 반쯤 돌리며 미인이 고뇌한다.

바람은 갑자기 따뜻해지고
해는 막 길어지기 시작한 때에
수양버들 가지가 하늘거린다.
한 쌍의 제비는 하늘에서 춤추고
만 점의 꽃잎은 바람에 날리는데
대지에 가득히 석양이 진다.

■ 주 석

試(시) : 한번 입어 보았다는 뜻이다.

蝶粉(접분) : 나비의 날개 위에 묻어 있는 가루. 나비를 가리킨다.

遺香(유향) : 풍겨진 향기. 깁치마에서 풍겨진 향기와 복숭아꽃에서 풍겨진 향기가 어우러진 것을 가리킨다.

玉輪(옥륜) : 옥으로 만든 수레바퀴. 여러 상춘객들의 수레를 가리킨다.

半面(반면) : 양나라 원제가 한쪽 눈을 잃자 왕비 서씨徐氏가 얼굴의 반만 화장한 채 그를 맞이하곤 했다.(《남사南史 양원제서비전梁元帝徐妃傳》 참조) 이 구절은 수레를 타고 지나가는 젊은 남자 상춘객들을 보고 미인이 부끄러움에 얼굴을 반쯤 돌리면서도 한편으로는 무척이나 마음이 싱숭생숭해진다는 뜻이다.

紅妝(홍장) : 빨간 옷으로 치장한 미인.

■ 해 제

어느 맑고 화사한 날의 봄 경치를 매우 형상적으로 묘사하고, 그 속에서 한 젊은 여인이 봄놀이하는 장면을 생동감 있게 그렸다. 이 사는 경물과 감정이 매우 잘 융합된 명작으로 평가된다.

點絳脣 – 春日風雨有感

滿眼韶華, 東風慣是吹紅去.
幾番煙霧. 只有花難護.

夢裏相思, 故國王孫路.
春無主. 杜鵑啼處.
淚染臙脂雨.

점강순 – 봄날의 비바람에 느낌이 일어

눈앞에 봄빛이 가득하건만
동풍이 언제나처럼 꽃잎을 날려버린다.
몇 번이나 찬 안개에 휩싸였을까?
저 꽃만은 자신을 지켜내기 어렵겠다.

꿈속에도 못 잊고 그리워하는
고국으로 통하는 왕손의 귀로.
주인 없는 봄 강산에
두견이는 우는데
연지에 물든 눈물이 비가 되어 흐른다.

■ 주 석

韶華(소화) : 좋은 때. 봄빛을 가리킨다.

慣是(관시) : 언제나. 관례대로.

王孫路(왕손로) : 회남소산淮南小山의 초사 〈은사를 부른다(招隱士)〉에 "왕손은 나가셔서 돌아오지 않는데, 봄풀은 더부룩이 자랐습니다.……왕손이여 이제 그만 돌아오소서, 산속에는 오랫동안 머물 수가 없답니다(王孫遊兮不歸, 春草生兮萋萋.……王孫兮歸來, 山中兮不可以久留)"라는 구절을 차용하여 돌아가는 길을 가리킨다.

春無主(춘무주) : 봄을 맞은 조국 강산이 적의 손에 들어갔다는 말이다.

杜鵑(두견) : 두견이. 자규子規. 불여귀不如歸. 전국시대에 촉나라 망제望帝 두우杜宇가 신하에게 제위를 빼앗기고 서산西山으로 들어갈 때 이 일을 슬퍼하여 울었다는 이 새는 울음소리가 마치 '불여귀不如歸'라고 하는 것 같다고 하는바, 이는 '돌아가는 것만 못하다'라는 뜻이다.

臙脂(연지) : 여자들이 화장할 때 입술이나 볼에 바르는 붉은색 안료. 이 구절은 자신의 눈에서 연지에 물든 것 같은 피눈물이 비가 내리듯이 주룩주룩 흘러내린다는 말이다.

■ **해 제**

비를 동반한 바람 때문에 꽃잎이 떨어져 흩날리는 것을 보면서 봄이 가는 아쉬움을 노래하는 가운데, 나라를 잃고 유랑하는 망국의 한을 깃들인 사이다.

진유숭陳維崧(1625-1682)

강소江蘇 의흥宜興 사람으로, 자가 기년其年이고 호는 가릉迦陵이다. 청淸 강희康熙 18년(1679)에 박학홍사과博學鴻詞科에 응시하여 한림원검토翰林院檢討에 임명되었고 《명사明史》의 편찬에 참여하였다. 사작詞作에 힘을 기울여 작품수가 1,600여 수에 달한다. 주로 호방豪放한 풍격을 구사하여 자신의 신세와 회고의 정을 서술했으며, 백성의 고통을 반영한 작품도 일부 있다. 《호해루시문사전집湖海樓詩文詞全集》과 《가릉사迦陵詞》가 있다.

點絳脣 - 夜宿臨洺驛

晴髻離離, 太行山勢如蝌蚪.
稗花盈畝, 一寸霜皮厚.

趙魏燕韓, 歷歷堪回首.
悲風吼, 臨洺驛口, 黃葉中原走.

점강순 - 밤에 임명현 역참에서 묵으며

산봉우리 울창하여 여인의 트레머리 같고
태항산의 산세는 올챙이들이 헤엄치는 것 같다.
피 이삭이 전답에 가득하여
서리가 한 치 두께로 쌓인 듯하다.

조나라, 위나라, 연나라, 한나라가
눈에 선하여 머리 돌려 바라볼 수 없구나.
찬바람이 윙윙거리며 불어와
임명현 역참 앞에서
누런 낙엽이 중원으로 달린다.

■ 주 석

臨洺(임명) : 임명현. 하북성河北省 영년현永年縣 서쪽에 있다.
晴髻(청계) : 맑은 하늘에 우뚝 솟은 산봉우리가 여인의 트레머리 같다는 말이다.
離離(이리) : 무성한 모양. 울창한 모양.
太行山(태항산) : 산서성山西省에 있는 산.
歷歷(역력) : 뚜렷하다. 눈에 선하다.
堪(심) : 여기서는 '불심不堪'과 같다.

■ 해 제

이 사는 강남 사람인 진유숭이 북방으로 가 하북성에 있는 임명현의 역참에서 묵을 때 북방의 차갑고 쓸쓸한 모습을 대하고 느낀 것을 쓴 것이다. 작자는 눈앞에 보이는 피 이삭, 누런 낙엽, 찬바람 등의 경물과, 역참에서 멀지 않은 전국시대의 나라들을 동원하여 처량하고 쓸쓸한 느낌을 효과적으로 전달하였다.

好事近 – 夏日史蘧庵先生招飲, 卽用先生喜予歸自吳閶過訪原韻

分手柳花天, 雪向晴窗飄落.
轉眼葵肌初繡, 又紅欹欄角.

別來世事一番新, 只吾徒猶昨.
話到英雄失路, 忽凉風索索.

호사근 – 여름날 사거암 선생이 술자리에 초대하여 선생께서 지으신 〈내가 소주에서 돌아와 들러준 것이 기뻐서〉의 원운을 사용하여

버들개지 날리던 날 헤어졌는데
눈송이 같은 버들개지 흩날리며 창문에 부딪쳐 떨어졌네.
순식간에 접시꽃이 수놓은 듯이 활짝 피어
다시금 붉은 꽃이 난간 모퉁이에 기대어 있네.

이별 후 세상사가 한 차례 새롭게 바뀌었건만
다만 우리들만 지난날 그대로라네.
영웅이 길을 잃은 데 이야기가 이르자
갑자기 찬바람이 쏴아 하고 불어온다.

■ 주 석

吳閶(오창) : 소주蘇州. 소주는 춘추시대 오나라의 도읍인데, 창문閶門이

있었다.
雪(설) : 버들개지를 가리킨다.
葵肌初繡(규기초수) : 갓 피어난 접시꽃이 수를 놓은 것처럼 예쁘다는 말.
猶昨(유작) : 지난날과 같다. 여전히 전과 같다.
失路(실로) : 길을 잃다. 자신이 나아갈 길로 들어서지 못해 곤궁한 처지에 빠지다.
索索(삭삭) : 바람 부는 소리의 의성어. 쏴아쏴아.

■ 해 제

이 사는 진유숭이 사거암과 오랫동안 헤어져 있다가 만난 후의 감회를 서술한 것인데, 중점은 하편에 있다. 세월이 흘러 세상은 달라졌지만 우리들의 마음은 지난날과 같다고 함으로써 간접적으로 회재불우의 심사를 토로했다. 마지막 두 구는 명구名句로 알려져 있다.

賀新郎 — 贈蘇昆生. 蘇, 固始人. 南曲爲當今第一. 曾與說書叟柳敬亭同客左寧南幕下, 梅村先生爲賦<楚兩生行>

吳苑春如繡.
笑野老 · 花顚酒惱, 百無不有.
淪落平生知己少, 除却吹簫屠狗.
算此外 · 誰歟吾友.
忽聽一聲河滿子, 也非關 · 淚濕靑衫透.
是鵑血, 凝羅袖.

武昌萬疊戈船吼.
記當日・征帆一片, 亂遮樊口.
隱隱柁樓歌吹響, 月下六軍搔首.
正烏鵲・南飛時候.
今日華淸風景換, 剩凄凉・鶴髮開元叟.
我亦是, 中年後.

하신랑 – 소곤생에게 드린다. 소곤생은 고시 사람으로, 남곡南曲에서 지금 제일인자다. 일찍이 설서說書 노인 유경정과 함께 좌량옥의 막부에서 객으로 지냈는데, 오위업 선생이 그를 위해 〈초량생행〉을 지었다

소주의 봄이 수놓은 듯 아름다워
촌로가 꽃에 미치고 술에 빠진 것을 비웃는데
각양각색의 사람들 모두 있구나.
평생을 떠돌아 지기 드문데
오자서와 개백정만 예외로다.
이들 말고 누가 나의 벗인가?
갑자기 〈하만자〉 곡 소리 들리니
푸른 적삼 흠뻑 적신 백거이의 눈물과는 다른 것이니
두견의 피눈물이 비단 소매에 맺히네.

무창의 수많은 전함에선 무기 소리 아우성치고
기억한다 그 당시 떠나는 돛배 한 척이

번구를 어지러이 막았던 일을.
전함에선 은은히 노래와 악기 소리 울리고
달빛 아래 황군이 머리를 긁으니
바로 까막까치가 남쪽으로 날아가는 때라네.
지금은 화청궁의 풍경이 바뀌었지만
처량한 학발의 개원 노인이 남아있구나.
나 또한 중년이 지난 후라네.

■ 주 석

蘇昆生(소곤생) : 청대清代 초기의 유명한 남곡南曲 가수.

南曲(남곡) : 송宋 · 원元 시기 남방의 희곡戲曲 곡조.

柳敬亭(유경정) : 명말청초明末清初의 유명한 설서인說書人. 본성은 조씨曹氏인데, 강호를 떠돌다 유씨柳氏로 바꾸었다.

左寧南(좌령남) : 명대 말기의 장군 좌량옥左良玉을 가리킨다.

梅村(매촌) : 청대 초기의 시인 오위업吳偉業의 호.

吳苑(오원) : 소주를 가리킨다. 당시 소곤생은 왕연명汪然明을 따라 소주로 갔다.

百無不有(백무불유) : 온갖 것이 다 있다. 각양각색의 사람들이 다 모여 있다.

吹簫(취소) : 오자서伍子胥를 가리킨다. 오자서는 부친과 형이 초楚 평왕平王에게 피살되자 초나라를 탈출하여 소주에서 퉁소를 불며 걸식을 했었다.

屠狗(도구) : 개백정. 《사기 자객열전》 : "형가가 연나라에 이르러서는 연나라의 개백정과 축築을 잘 부는 고점리를 좋아하였다(荊軻既至燕, 愛燕之狗屠及善擊築者高漸離)"

河滿子(하만자) : 악곡 이름. '하만자何滿子'라고도 한다.

淚濕靑衫透(누습청삼투) : 눈물이 푸른 적삼을 흠뻑 적시다. 백거이白居易 〈비파행琵琶行〉 : "좌중에서 누가 눈물을 제일 많이 흘렸는가? 강주사마는 푸른 적삼을 다 적셨다(座中泣下誰最多, 江州司馬靑衫濕)"

武昌萬疊戈船吼(무창만첩과선후) : 좌량옥 수군의 성대한 모습을 형용한 말이다.

柁樓(타루) : 전함을 가리킨다.

烏鵲南飛(오작남비) : 까막까치가 남쪽으로 날아가다. 조조曹操 〈단가행短歌行〉 : "달빛 밝아 별빛 희미한데, 까막까치 남쪽으로 날아왔지만, 나무 주위를 빙빙 도니, 어느 가지에 의탁할 수 있을까?(月明星稀, 烏鵲南飛, 繞樹三匝, 何枝可依?)"

華淸(화청) : 화청궁. 당 현종과 양귀비가 함께 즐기던 별궁.

鶴髮開元叟(학발개원수) : 머리가 하얗게 센 개원의 노인. 여기서는 소곤생을 가리킨다.

■ **해 제**

이 사는 명말청초明末淸初에 남곡南曲을 잘 부르기로 유명했던 소곤생과 장군 좌량옥에 대해 쓴 작품이다. 상편에서는 반평생을 떠돌아다닌 소곤생의 모습을 생동감 있게 묘사하였고, 하편은 당시 성대한 진용을 자랑했던 좌량옥의 군대를 묘사한 다음에 그의 패망을 은유하여 작자 자신의 비애를 담아냈다.

주이준朱彝尊(1629–1709)

절강浙江 가흥嘉興 사람으로, 자가 석창錫鬯이고 호가 죽타竹垞이다. 강희康熙 18년(1679)에 박학홍사과博學鴻詞科에 응시하여 한림원검토翰林院檢討에 임명되었고 《명사明史》의 편찬에 참여하였다. 경전과 사서史書에 두루 능통하였고, 시와 사詞에 뛰어났다. 사는 강기姜夔와 장염張炎을 받들어 풍격이 청려淸麗하고 절서사파浙西詞派의 창시자가 되었다. 그러나 그가 지은 영물사詠物詞와 집구사集句詞는 형식에 편중되어 있다는 평가가 있다. 《사종詞綜》, 《명시종明詩綜》, 《폭서정집曝書亭集》 등이 있다.

桂殿秋

思往事, 渡江干.
青蛾低映越山看.
共眠一舸聽秋雨, 小簟輕衾各自寒.

계전추

지난 일을 가슴에 품고
강가를 건넌다.
그녀는 고개 숙여 물에 비친 월산을 바라보았지.
배에서 함께 눈을 감고 가을비 소리를 들으며
작은 자리 얇은 이불 두르고 각자 추위에 떨었지.

■ 주 석

江干(강간) : 강가. 강변.

靑蛾(청아) : 여인의 짙푸른 눈썹. 여기서는 이것으로 여인을 지칭하였다.

越山(월산) : 절강의 산을 두루 가리킨다.

寒(한) : 추위에 떨다. 여기서는 서로에게 마음이 이끌려 추위에 떨 듯이 전율한다는 말이다.

■ 해 제

이것은 주이준이 쓴 정사情詞로 그 대상은 처제 풍수상馮壽常이라고 한다. 주이준은 그녀를 위해 〈풍회이백운風懷二百韻〉을 썼고, 〈정지거금취靜志居琴趣〉 1권은 그것에 대한 일종의 주각註脚 같은 것이다. 풍수상은 자가 정지靜志로 주이준보다 7세 아래였다고 하는데, 두 사람의 애정이 매우 깊었다고 전한다.

解珮令 – 自題詞集

十年磨劍, 五陵結客,
把平生 · 涕淚都飄盡.
老去塡詞, 一半是 · 空中傳恨.
幾曾圍 · 燕釵蟬鬢.

不師秦七, 不師黃九,
倚新聲 · 玉田差近.
落拓江湖, 且分付 · 歌筵紅粉.
料封侯 · 白頭無分.

해패령 – 스스로 사집에 제하여

십년 동안 칼을 갈았고
오릉의 호걸들과 교류하며
평생 동안 흘린 눈물 모두 날려 보냈다.
늙어가며 사를 짓게 되었는데
대부분은 공중에 한을 전한 것이지
언제 아름다운 여인들에 둘러싸인 적 있었던가?

진관을 본받지 않고
황정견도 본받지 않고
사의 풍격은 장염에 가까웠다.
실의에 빠져 강호를 떠돌며
여인들에게 노래 부르고 술시중 들라고 했다.
생각해보면 봉후는 머리 세도록 인연이 없었다.

■ 주 석

十年磨劍(십년마검) : 십년 동안 칼을 갈다. 목적을 위해 오랫동안 준비하고 노력하다.

五陵結客(오릉결객) : 많은 호걸들과 교류하다. 오릉은 장릉長陵 · 안릉安陵 · 양릉陽陵 · 무릉茂陵 · 평릉平陵을 말하는데, 모두 한대漢代 황제의 능묘이다. 그 당시에 명문 호걸들의 집을 그곳으로 이주시켜 젊은 호걸들이 많았다고 한다.

燕釵蟬鬢(연차선빈) : 제비 장식을 단 비녀와 매미 날개 모양의 머리. 아름다운 여인들을 지칭한다.

秦七(진칠) : 진관秦觀. 그의 항렬이 일곱 번째이다.
黃九(황구) : 황정견黃庭堅.
倚新聲(의신성) : 사를 짓다.
玉田(옥전) : 장염張炎의 호.
分付歌筵紅粉(분부가연홍분) : 가기歌妓에게 노래 부르고 술시중을 들라고 하다.

■ **해 제**

이 사는 자신의 사집에 해제를 단 성격의 작품이다. 상편에서는 자신이 관직과 교우 방면에서 실패했다는 사실과, 자신이 사를 지은 것은 내면의 슬픔과 한을 토로하기 위해서지 여인들에 둘러싸여 주흥을 돋우기 위해서가 아니라고 했다. 하편에서는 자신의 사풍詞風이 진관의 유완柔婉과 황정견의 기굴奇崛을 본받지 않고 장염의 청공淸空을 따르려 했다고 밝히고, 마지막에서 자신의 신세지감을 서술하였다.

납란성덕納蘭性德(1654–1685)

만주족 출신으로, 원명原名이 성덕成德인데 피휘避諱를 위해 개명하였다. 자가 용약容若이고, 호는 능가산인楞伽山人이다. 강희康熙 연간에 진사가 되어 건청문乾清門 일등시위一等侍衛에 임명되었다. 사를 잘 지어 이름이 났는데, 이욱李煜과 북송의 여러 사가詞家를 본받아 풍격이 청신완려清新婉麗하고 서정이 진지하며 조탁에 힘쓰지 않아 생동적이고 자연스럽다는 평가를 받는다. 《통지당집通志堂集》과 《납란사納蘭詞》 등이 있다.

蝶戀花

辛苦最憐天上月.
一昔如環, 昔昔都成玦.
若似月輪終皎潔. 不辭冰雪爲卿熱.

無那塵緣容易絶.
燕子依然, 軟踏簾鉤說.
唱罷秋墳愁未歇. 春叢認取雙栖蝶.

접련화

쓰라려서 가장 사랑스러운 건 천상의 달.
하루 저녁은 고리처럼 둥글지만
나머지는 밤마다 이지러져 있지.

우리의 사랑이 언제나 달처럼 교결하다면
빙설 속에 있어도 내 사랑으로 그대를 덥혀주리.

어쩔 수 없구나 속세의 인연 쉽게 끊어짐을.
제비는 여전히
사뿐히 주렴 고리에 내려앉아 대화를 나눈다.
가을 무덤에서 노래 끝나도 슬픔은 가시지 않는데
봄 떨기 속에 깃든 나비 한 쌍 알아보겠다.

■ **주 석**

玦(결) : 한쪽 부분이 이지러져 고리처럼 생긴 패옥. 여기서는 이것으로 만월滿月이 아닌 상태의 달을 형용하였다.

不辭(불사) : 사양하지 않다. 이 구는 우리가 빙설 속에 있어도 내 사랑의 열기로 당신을 따뜻하게 해주겠다는 말이다.

唱罷秋墳(창파추분) : 가을 무덤에서 노래가 끝나다. 이 구는 이하李賀 〈추래秋來〉 시 : "가을 무덤 속에서 그 혼들도 포조 시를 노래하며, 원한의 피가 천년토록 땅속에서 푸르리라(秋墳鬼唱鮑家詩, 恨血千年土中碧)"의 의미를 원용하였다.

雙栖蝶(쌍서접) : 한 쌍의 깃든 나비. 《양산백과 축영대(梁山伯與祝英臺)》에서 두 사람의 사랑이 비극적으로 끝난 뒤에, 양산백의 무덤 속으로 축영대가 들어간 후 그 무덤 위에 한 쌍의 나비가 앉아 있었다는 이야기가 있다.

■ **해 제**

이 작품은 아마도 죽은 아내와의 못 잊을 사랑을 표현한 도망사悼亡詞일 것이다. 상편에서는 아내와의 사랑이 너무나 짧아서 쓰라리기 짝이 없지만 고결한 것이었기에 더욱 귀중하게 간직하겠다는 의지를 표명하였고, 하편에서는 한 쌍의 제비를 보며 자신의 적막함을 토로하면서 자신이 죽으면 양산백과 축영대처럼 우리도 결국 영원히 함께 할 수 있을 것이라는 희망을 표현하였다.

金縷曲 ─ 贈梁汾

德也狂生耳.
偶然間 · 緇塵京國, 烏衣門第.
有酒惟澆趙州土, 誰會成生此意.
不信道 · 遂成知己.
靑眼高歌俱未老, 向尊前 · 拭盡英雄淚.
君不見, 月如水.

共君此夜須沈醉.
且由他 · 蛾眉謠諑, 古今同忌.
身世悠悠何足問, 冷笑置之而已.
尋思起 · 從頭翻悔.
一日心期千劫在, 後身緣恐結他生裏.
然諾重, 君須記.

금루곡 - 양분께 드림

나는야 멋대로 사는 사람일 뿐.
어쩌다 서울에서 관복이 먼지에 찌들었고
귀족의 자제로 생장하였다.
술이 있으면 오직 조주의 땅에 부었으니
누가 성덕의 이런 뜻을 이해하리오!
놀랍게도 마침내 양분과 지기가 되었다.
둘 다 늙지 않아 다정히 크게 노래 부르며
술잔 들어 영웅의 눈물을 다 닦아낸다.
그대는 보지 못했는가?
달빛이 물같이 흐르는 것을.

이 밤에 그대와 흠뻑 취해야 할지니
그 때문에 미인은 비방 당하게 마련이라
예나 지금이나 똑같이 시기의 대상이었다.
근심스런 신세 물을 게 무엇이랴?
냉소하고 버려두면 그만인 것을!
생각해보면 애초부터 후회스럽다.
일단 마음을 허락하면 천겁이 지나도 그대로이고
다시 태어나도 우리의 인연 변함없으리.
그렇게 우리의 언약 소중한 것임을
그대는 잊지 말게나.

■ 주 석

梁汾(양분) : 납란성덕의 벗 고정관顧貞觀의 호.

狂生(광생) : 현세의 속박에서 벗어난 사람. 멋대로 사는 사람.

緇塵京國(치진경국) : 서울에서 봉직을 위해 분주히 돌아다녀 옷이 까맣게 찌들다.

烏衣門第(오의문제) : 귀족의 집안에서 생장하다. '오의항烏衣巷'은 진晉의 귀족 왕도王導와 사안謝安이 살았던 남경의 동네 이름.

澆趙州土(요조주토) : 조주의 땅에 붓다. 이하李賀 〈호가浩歌〉 시 : "비단실 사서 평원군을 수놓고, 술이 있으면 오로지 조주 땅에 뿌리리(買絲繡作平原君, 有酒唯澆趙州土)" 이 구절은 평원군이 전국시대 조趙나라의 현자임과, 그곳에 비분강개한 인사가 많았음을 말한 것이다.

成生(성생) : 납란성덕이 자신을 이른 말. 성덕性德은 원명이 성덕成德이었다.

不信道(불신도) : 놀랍게도. 예상 밖으로. 뜻밖에도.

青眼高歌(청안고가) : 다정한 눈빛으로 소리 높여 노래 부르다. 두보杜甫 〈왕랑 사직에게 주는 단가행(短歌行贈王郎司直)〉 : "다정한 눈빛으로 그대를 바라보며 크게 노래 부르리니, 내 눈동자 속의 그대여 나는 이제 늙었다오(青眼高歌望吾子, 眼中之人吾老矣)"

尊前(준전) : 술잔 앞. '준전樽前'과 같다.

蛾眉謠諑(아미요착) : 미인이 비방 당하다. '아미피인요착蛾眉被人謠諑'과 같다.

悠悠(유유) : 근심스런 모양.

置之而已(치지이이) : 버려두면 그만이다.

一日心期千劫在(일일심기천겁재) : 어느 날 마음의 기약을 맺으면 천겁의 세월이 지나도 변치 않고 그대로 있다.

後身緣恐結他生裏(후신연공결타생리) : 사후의 인연이 아마도 다른 생애에서 그대로 맺어질 것이다.

■ 해제

이 사는 납란성덕이 그의 친한 벗 고정관에게 준 것인데, 이 작품을 통해 독자는 의리를 중시하는 그의 사람됨을 확인할 수 있고, 나라를 위해 비분강개할 수 있는 인사와 전국시대에 활약했던 평원군平原君과 같은 현자를 그가 특히 존중했음을 알 수 있다. 하편에서 작자는 굳건한 의지를 지니고 바른 길을 가다보면 소인배의 질시를 받을 수도 있겠지만, 그 길을 함께 가는 우리의 인연을 소중히 여기자는 다짐을 표명하였다.

장혜언張惠言(1761–1802)

강소성江蘇省 상주常州 사람으로, 자는 고문皐文이다. 인종仁宗 가경嘉慶 4년(1799)에 진사가 되어 한림원편수翰林院編修를 역임했다. 《주역周易》과 《의례儀禮》에 정통했고, 사작詞作에 뛰어났으며, 〈국풍國風〉과 〈이소離騷〉의 뜻을 사에 적용시켜 함축성 있고 온유돈후한 사를 지을 것을 주장하여 상주사파常州詞派의 창시자가 되었다. 《사선詞選》과 《명가사茗柯詞》가 있다.

水調歌頭 – 春日賦示楊生子掞

東風無一事, 妝出萬重花.
閑來閱遍花影, 惟有月鉤斜.
我有江南鐵笛,
要倚一枝香雪, 吹徹玉城霞.
清影渺難卽, 飛絮滿天涯.

飄然去, 吾與汝, 泛雲槎.
東皇一笑相語, 芳意在誰家.
難道春花開落,
又是春風來去, 便了却昭華.
花外春來路, 芳草不曾遮.

수조가두 - 봄날에 지어 양자섬에게 보이다

봄바람은 할 일이 아무것도 없는지
각양각색의 꽃을 꾸며 놓았다.
한가히 꽃 그림자 두루 살펴보노라니
조각달이 나지막하게 떠있다.
나에게 강남의 쇠피리 있으니
향긋하고 하얀 꽃가지에 기대어
황성의 놀을 다 불어 거두리라.
맑은 그림자 아득하여 다가가기 어려운데
흩날리는 버들개지 하늘 끝까지 찼다.

바람 타고 훨훨 날아가
나와 너
구름 뗏목을 타자꾸나.
봄 신이 웃으며 내게 말한다
꽃소식은 누구네 집에 있는가?
설마 봄꽃이 피었다 지고

또한 봄바람이 왔다가 갔다고
봄빛을 물리칠 수 있겠는가?
꽃나무 저쪽 봄이 온 길을
방초가 막은 적 없었거늘.

■ **주 석**

萬重花(만중화) : 각양각색의 꽃.

月鉤斜(월구사) : 고리 달이 비껴 있다. 조각달(초승달)이 (서쪽 하늘에) 나지막이 떠 있다.

香雪(향설) : 향기 나는 흰 꽃. 여기서는 봄꽃을 가리킨다.

玉城(옥성) : 황성皇城.

難即(난즉) : 접근하기 어렵다. 다가가기 어렵다.

東皇(동황) : 춘신春神. 봄 신.

昭華(소화) : 청춘. 춘경春景. 봄빛.

■ **해 제**

이 사는 표면적으로 봄의 아름다움과 그 봄이 가버리는 것에 대한 안타까움을 노래했지만 그 속에 '언외의 뜻'을 깃들이려는 작가의 의도가 숨어 있다. 즉, 하편 후반부에서 '설마 봄꽃이 피었다 지고, 또한 봄바람이 왔다가 갔다고, 봄빛을 물리칠 수 있겠는가? 꽃나무 저쪽 봄이 온 길을, 방초가 막은 적 없었거늘'이라고 한 것은 함의가 풍부하여 독자가 연상하기에 따라 '미언대의微言大義'를 찾을 수도 있을 것이다.

5. 원명元明 산곡散曲

중국문학에서 왕조와 그 왕조의 대표적인 문체를 붙여 이르는 말로 흔히 한부漢賦, 당시唐詩, 송사宋詞, 원곡元曲이라고 한다. 원곡에는 다시 두 가지 문학 양식이 들어 있으니 바로 산곡散曲과 희곡戱曲이다. 산곡은 시와 사의 계통을 잇는 운문 양식이며, 희곡은 이 산곡을 여러 곡 모아 만든 연극 양식이다. 산곡은 당시 유행하던 노래의 가사로서 그 음악은 북방의 북곡北曲과 남방의 남곡南曲이었다. 북곡은 7음계 선법旋法으로서 음악 성질은 씩씩하고 빠르며, 남곡은 5음계로서 부드럽고 유장하다.

북곡과 남곡은 기본적으로 한 가지 조성調性으로 이루어진 하나의 곡조, 즉 곡패曲牌가 가장 기본적인 구성단위이다. 이 곡패를 하나만 이용하기도 하고, 또는 둘 이상을 이어서 긴 악곡 형식을 만들기도 한다. 원대의 북곡의 조성에는 6궁宮11조調라고 부르는 17궁조가 있었고, 명청대의 남곡의 조성에는 6궁7조라고 부르는 13궁조가 있었다. 북곡의 6궁은 황종궁黃鐘宮, 정궁正宮, 선려궁仙呂宮, 남려궁南呂宮, 중려궁中呂宮, 도궁道宮이며, 11조는 대석조大石調, 소석조小石調, 반섭조般涉調, 상각조商角調, 각조角調, 고평조高平調, 헐지조歇指調, 궁조宮調, 상조商調, 월조越調, 쌍조雙調이다. 남곡의 6궁은 황종궁黃鐘宮, 정궁正宮, 선려궁仙呂宮, 중려궁中呂宮, 남려궁南呂宮, 도궁道宮이며, 7조는 대석조大石調, 상조商調, 월조越調, 쌍조雙調, 우조羽調, 반섭조般涉調, 소석조小石調이다. 이들 궁조는 후대로 갈수록 줄어드는 경향을 보인다. 원나라 북곡에는 17궁조에 340개 정도의 곡패가 있었다.

산곡은 사詞와 마찬가지로 유행하고 있는 곡조에 가사를 채워 넣는 방식으로 지으므로 그 창작 행위를 전사塡詞라고도 부른다. 이는 현대의 용어로 "노래 가사 바꿔 부르기"라고 할 수 있다. 곡조의 명칭을 곡패曲牌라고 하며, 곡패마다 구수句數와 자수字數가 제각기 달랐다. 산곡은 거의 매구에 압운을 하며 운자의 종류는 모두 19종이었다. 19운은 아래와 같다. 원대의 북방어에는 큰 음운 변화가 일어나 입성入聲이 사라지고 평성平聲, 상성上聲, 거성去聲만 남았으며, 산곡에서는 이 세 성조의 글자를 통압通押하였다.

1. 東鐘	2. 江陽	3. 支思	4. 齊微	5. 魚模
6. 皆來	7. 眞文	8. 寒山	9. 桓歡	10. 先天
11. 蕭豪	12. 歌戈	13. 家麻	14. 車遮	15. 庚青
16. 尤侯	17. 侵尋	18. 鹽咸	19. 廉纖	

산곡은 다시 그 형식에 따라 소령小令, 대과곡帶過曲, 투곡套曲, 집곡集曲으로 나뉜다. 소령은 노래 한 곡의 가사이며, 대과곡은 소령을 두 곡 또는 세 곡 연결한 형식이다. 곡패와 곡패를 연결하여 그 제목을 "A帶B", "A過B", "A帶過B", "A帶B帶C" 등으로 표기한다. 투곡은 각기 다른 소령을 여러 곡 연결하여 만든 조곡組曲이다. 예를 들면 마치원馬致遠의 쌍조雙調 야행선夜行船 투곡은 야행선 – 교목사喬木查 – 경선화慶宣和 – 낙매풍落梅風 – 풍입송風入松 – 발부단撥不斷 – 이정연살離亭宴煞로 구성되어 있다. 투곡의 마지막 곡은 미성尾聲이라고 부르며, 그 곡패의 명칭에는 여러 가지가 있다. 투곡에는 미성을 사용하는 것이 원칙이며 사용하지 않은 투곡도 적지는 않다. 투곡에는 북곡과 남곡을 한 곡씩 교차하여 만든 남북합투南北合套라는 형식도 나와 산곡의 형식을 더욱 풍성하게 만들었다. 집곡은 새로운 곡조를 만드는 방법이자 그 결과물을 가리키는 용어이다. 여러 곡의 산곡에서 일부분씩을 떼어내 합쳐서 새로운 곡조를 만드는 방법과 그 곡조를 가리킨다. 집곡은 곡패의 명칭도 각 곡패의 일부를 따서 합쳐 부

른다. 예를 들면 취라가醉羅歌는 취부귀醉扶歸, 조라포皂羅袍, 배가排歌에서 한 자씩을 따서 조합한 명칭이다.

곡패는 사패詞牌처럼 곡조를 지칭할 뿐 곡의 내용과는 관련이 없다. 예를 들어 곡패명 '점강순點絳脣'의 의미는 붉은 입술을 찍다라는 뜻으로 미인의 얼굴을 형용한다. 점강순이라는 곡조를 지어 최초로 붙인 곡사는 그 내용도 미인의 얼굴에 대한 묘사였을 것이다. 그리고 곡조 점강순은 이때 작곡되었을 것이다. 곡조 점강순이 나온 이후 이 곡조를 이용하여 여러 작가들이 채워 넣은 곡사는 애초의 내용과는 거리가 멀어져 현재 남아 있는 산곡에서 점강순 곡패의 곡사에서 미인의 용모와 관련한 내용을 찾기는 어렵다. 따라서 작가들은 곡패 뒤에 부제副題를 달기도 하였으며, 이 부제는 시의 제목과 같은 기능을 가진다. 위에서 예로 든 마치원의 쌍조 야행선 투곡은 부제가 '추사秋思'이며, 이 부제로부터 이 투곡의 내용은 가을의 경물과 그로부터 느끼는 감정이라고 추측할 수 있다.

산곡은 원래 어떤 자리에서 작가가 곡사를 짓고 바로 가수와 악사가 반주하며 노래하는 형태로 탄생, 존재하였다. 한 곡조는 세월이 흐르면서 변하기도 하고, 또 작가가 필요에 따라 곡조의 변화를 요구하여 변체變體가 발생하였다. 그 결과 몇 가지 변체를 가진 곡패가 적지 않다. 애초 곡패-곡조의 탄생, 또 그 변체의 탄생도 모두 음악가의 작곡 편곡 행위이지만 그들의 이름은 지금 거의 남아 있지 않다. 수많은 산곡과 희곡의 작가는 모두가 작곡가가 아닌 그 곡사의 작가 즉 문인들이다. 근대 이전의 중국에서도 작곡가는 분명 존재하였지만 그들의 이름은 거의 남아 있지 않다. 이런 현상은 중국의 전통 문화에서 문학과 음악의 지위를 대변한다.

산곡은 원대를 대표하는 문학 양식으로서 대체로 성종成宗 대덕大德 말년(1307)을 기점으로 전후기로 나눈다. 최초의 산곡 작가로는 금金나라의 유민遺民 원호문元好問을 꼽는다. 원호문 이후로 몽고蒙古시대와 원초元初에는 몽고 조정에서 고위 관직을 지낸 관료들이 산곡을 즐겨 지었다. 유병충劉秉忠, 호지휼胡祗遹, 왕운王惲, 노지盧摯, 요수姚燧 등은 개인의 정회

情懷를 토로하였다. 이후 풍자진馮子振과 장양호張養浩는 자연 경물과 현실에 대해 장중하고 비감한 어조로 노래하였으며, 두인걸杜仁傑은 해학적인 필치로 당시 생활의 한 단면을 생생하게 묘사하였다.

관한경關漢卿, 마치원馬致遠은 희곡인 잡극雜劇의 대표 작가이기도 하며, 그들의 산곡은 풍격상 청려淸麗하거나 호방豪放하여 각기 대비되는 선명한 특징을 가진다는 평가를 받는다. 관한경은 거침없는 필치로 당시 대중적 문화예술에 투신한 문인 작가들의 정신과 생활의 면모를 솔직하게 표현하였다. 마치원은 호방하면서도 청려하다는 특징을 가졌으며, 도가적 피세避世의 경향도 보인다.

장가구張可久와 교길喬吉은 원대 산곡의 "쌍벽雙璧"으로 불리며, 많은 작품을 남겼다. 장가구는 낮은 벼슬을 전전했으며, 교길은 평생 관직에 나아가지 못하고 강호를 유람하였다. 이들은 현실에 대한 불만과 산수를 노니는 서정을 시적으로 표출하여 산곡에 새로운 기풍을 열었다. 장가구는 시의 작법으로 산곡을 지었으며, 교길은 산곡 고유의 민간적 기풍에 문인적 감성을 더하여 아속雅俗을 겸비하였다는 평을 받는다. 한편 위구르족 출신인 관운석貫雲石과 설앙부薛昂夫도 해학적인 작품을 남겼으며, 이들의 등장은 몽골제국의 문화적 위상을 보여주는 예라고 하겠다.

명나라 초기에는 태조太祖 주원장朱元璋과 성조成祖 주체朱棣의 공포정치로 말미암아 문학 창작이 활발하지 못하였다. 홍치(弘治, 1488-1505), 정덕(正德, 1506-1521) 시기부터 도시의 상공업이 활기를 띠면서 민간문학 분야에서도 갖가지 양식의 작품이 양산되었다. 산곡에서는 남경南京에서 활동한 진탁陳鐸이 도시민의 생활을 세밀하게 묘사한 작품을 남겼다. 강남 지역의 경제가 융성하면서 문화의 중심지로 부상하여 이 지역의 음악인 남곡을 이용한 산곡 작품이 많이 창작되었다.

북방에서는 정통 사대부로서 과거를 거쳐 관료생활을 경험한 강해康海, 왕구사王九思, 이개선李開先이 문인 산곡작가로 등장하였다. 이들은 산곡을 서로 주고받으면서 시문詩文의 경지로 격상시켰다. 이개선은 민간에 유행하던 가사를 수집하였다. 명말의 풍몽룡馮夢龍은 당시 유행하던 가사를 모아 《산가山歌》, 《괘지아掛枝兒》 등을 편집하였으며, 여기서는 편의상의 편집자의 이름을 써서 몇 작품을 실었다. 웅임환熊稔寰은 만력 연간 복건福建에서 활동한 출판가로서 민가를 수집하여 《신침천하시상남북휘지아조新鋟天下時尚南北徽池雅調》를 출판하였으며, 역시 그의 이름으로 작품의 보기를 들었다. 청대에도 산곡은 여전히 창작되었지만, 이 책에서는 더 이상 다루지 않는다.

원호문元好問(1190–1257)

자는 유지裕之, 호는 유산遺山이며, 태원太原 수용秀容(지금의 산서성山西省 흔주시忻州市) 사람이다. 어려서 학천정郝天挺에게 배워 경사백가經史百家에 통달하였고, 조병문趙秉文에게 인정받아 이름을 떨쳤다. 금金 선종宣宗 흥정興定 5년(1221)에 진사 급제하여 남양南陽과 내향內鄕의 현령縣令을 거쳐 상서성연尙書省掾에 오르고 좌사도사左司都事와 원외랑員外郎 등을 역임하였다. 애종哀宗 천흥天興(1232–1234) 초년에 한림지제고翰林知制誥가 되었다. 금나라가 망하자 벼슬하지 않고 저작에 몰두하였다. 집에 야사정野史亭을 짓고 금나라 말기 군신君臣의 언행을 모아 백여만언百餘萬言을 저술하였으며, 후대의 《금사金史》는 그의 저술을 바탕으로 편찬되었다. 일대의 문단 종사로서 원초元初의 문사들은 그의 지도를 받았다. 원 세조世祖가 번저 시절 그의 명성을 듣고 관각館閣으로 대우하려 하였으나 임용되기 전에 세상을 떠났다. 《유산집遺山集》, 《중주집中州集》, 《임진잡편壬辰雜編》 등이 전한다. 산곡 작품은 많지 않지만 당시 큰 영향을 끼쳤다. 송사宋詞에서 산곡散曲으로의 전이는 그에게서 비롯되었다. 명明나라 주권朱權은 《태화정음보太和正音譜》에서 그의 산곡을 "막다른 절벽의 외로운 소나무 같다(如窮崖孤松)"고 평하였다.

黃鐘 人月圓 – 卜居外家東園

重岡已隔紅塵斷, 村落更年豐.
移居要就, 窗中遠岫, 舍後長松.
十年種木, 一年種穀, 都付兒童.
老夫惟有, 醒來明月, 醉後清風.

황종 인월원 - 외가의 동원에 집을 짓고 살다

겹겹 봉우리 벌써 홍진과 멀리 떨어졌고,
촌락에는 또 풍년이네.
거처를 옮기니 바로 창으로 먼 봉우리,
집 뒤에는 키 큰 소나무.
나무 심는 십 년 계획,
곡식 심는 일 년 계획은
모두 아이들에게 맡겼으니
늙은이에게는 오직
깨어 있을 땐 밝은 달,
취한 뒤에는 맑은 바람뿐.

■ **주 석**

重岡(중강) : 겹친 봉우리.

■ **해 제**

몽고蒙古 태종太宗 11년(1239), 50세의 원호문은 고향으로 돌아와 어머니 장씨張氏의 집 동원에 집을 짓고 살았다. 이 작품은 사로 보기도 하여 《전금원사全金元詞》에도 실렸다. 사로 보면 '십년종목十年種木' 이후가 후조後調가 된다.

양과楊果(1197-1269)

자는 정경正卿, 호는 서암西庵이며 기주祁州 포음蒲陰(지금의 하북성 안국시安國市) 사람이다. 금나라 정대正大(1224-1231) 초년에 진사 급제하여 언사령偃師令을 지내면서 청렴하고 유능하다는 평판을 얻었다. 금나라가 망한 후 양환楊奐은 경력經歷으로 기용하였고, 사천택史天澤은 참의參議로 기용하였다. 세조 중통中統 원년(1260) 북경순무사北京巡撫使가 되었으며, 이듬해 참지정사參知政事에 임명되었다. 지원至元 6년(1269)에 회맹로懷孟路 총관總管으로 나가게 되자 늙었다고 치사하였으며, 이 해에 세상을 떠났다. 《원사元史》에 열전이 있다. 문장과 사곡詞曲에 뛰어나 《서암집西庵集》을 남겼다. 원호문元好問과 교유하였으며, 산곡은 자연 풍광을 읊은 작품이 많고 곡사가 아름답고 문채가 풍부하다. 주권은 《태화정음보》에서 "꽃과 버들처럼 아리땁다(如花柳芳妍)"고 평하였다.

越調 小桃紅

采蓮人和采蓮歌, 柳外蘭舟過.
不管鴛鴦夢驚破.
夜如何, 有人獨上江樓臥.
傷心莫唱, 南朝舊曲, 司馬淚痕多.

월조 소도홍

연 따는 사람들 연 따는 노래 따라 부를 제
버들 밖으로 놀잇배 지나가며

원앙의 꿈 놀라 깨울까 아랑곳 않네.
밤은 어떠한가?
누군가 홀로 강가 누각에 올라 누웠네.
마음 아프니 부르지 마시라,
남조의 옛 노래를.
사마의 눈물 자국 흥건하리니.

■ 주 석

采蓮歌(채련가) : 연을 따면서 부르는 노래. 각지에 퍼져 있는 노동요이다. 악부樂府의 구제舊題로 남조南朝 강남칠롱江南七弄의 하나로서 〈채련곡採蓮曲〉이 있다.

蘭舟(난주) : 목란木蘭 나무로 만든 배. 놀잇배.

南朝舊曲(남조구곡) : 남조 진陳나라의 후주後主가 지은 〈옥수후정화玉樹後庭花〉 곡. 후대에 망국을 상징하는 노래가 되었다.

司馬淚(사마루) : 사마의 눈물. 사마는 당唐나라의 시인 백거이白居易이다. 그는 강주사마江州司馬로 폄적되어 〈비파행琵琶行〉을 지었다. 이 시의 마지막 구절이 "좌중에 누가 가장 많이 울었나, 강주사마 푸른 적삼 흥건하구나(座中泣下誰最多, 江州司馬青衫濕)"이다.

■ 해 제

금나라가 망한 후 5년이 지나 원나라에 출사한 양과는 흥망에 대한 감개를 산곡으로 노래하였다. 완곡한 시어로 흥망에 대한 깊은 감개를 에둘러 표현하였다. 채련가 가락 속에 놀잇배가 지나가는 광경과 지은이의 심정이 대비된다. 홀로 강가 누각에 올라 누운 이는 작자이다. 작자가 강가 누각에 누워 본 풍경을 묘사하면서, 자신이 누각에 오른 행위를 작품의 중간에 언급하여 망국의 유민임을 암시하는 듯하다.

두인걸杜仁傑(1201?-1284?)

원명은 지원之元이며, 자는 선부善夫, 선보善甫, 또는 중량仲梁이며 호는 지헌止軒이다. 제남濟南 장청長淸 사람이다. 금나라 애종哀宗 정대正大(1224-1231) 연간에 마혁麻革, 장징張澄과 함께 내향內鄕에 은거하였다. 평생 시가를 좋아하여 원호문, 유기劉祁, 호지휼胡祗遹, 왕운王惲 등과 교유하였다. 원 세조世祖 쿠빌라이(忽必烈) 지원至元(1264-1294) 연간에 여러 번 부름을 받았으나 나아가지 않았다. 아들 두원소杜元素가 벼슬하였으므로 한림승지翰林承旨 자선대부資善大夫에 추증되었다. 시호는 문목文穆이다. 박학다재하였으며, 우스개를 잘하였다. 원호문은 그를 "중량은 재기가 예리하고 붓은 씩씩하며 정밀한 마음으로 한 가지 일에 몰두하였다." 고 평가하였다. 《선부선생집善夫先生集》이 있다. 시문詩文과 사곡詞曲을 골고루 잘 지었으며, 특히 산곡으로 이름을 날렸다. 산곡은 현재 소령小令 1수, 투곡套曲 3편(1편은 그의 작이 아닌 것으로 의심된다), 잔곡殘曲이 몇 편 남아 있다.

般涉調 耍孩兒 – 莊家不識勾欄

風調雨順民安樂, 都不似俺莊家快活.
桑蠶五穀十分收, 官司無甚差科.
當時許下還心願, 來到城中買些紙火.
正打街頭過, 見吊箇花碌紙榜,
不似那答兒鬧攘攘人多.

六煞

見一個人手撐著椽做的門, 高聲的叫請請.
道遲來的滿了無處停坐.
說道前截兒院本調風月, 背後幺末敷演劉耍和.
高聲叫, 趕散易得, 難得的妝哈.

五煞

要了二百錢放過咱, 入得門上箇木坡.
見層層疊疊團圞坐.
擡頭覷, 是箇鍾樓模樣,
往下覷, 卻是人旋窩.
見幾箇婦女向臺上坐.
又不是迎神賽社, 不住的擂鼓篩鑼.

四煞

一箇女孩兒轉了幾遭, 不多時引出一顆.
中間裏一箇央人貨,
裹著枚皂頭巾頂門上插一管筆,
滿臉石灰更著些黑道兒抹.
知他待是如何過, 渾身上下,

則穿著花布直裰.

三煞

念了會詩共詞, 說了會賦與歌無差錯.
脣天口地無高下, 巧語花言記許多.
臨絶末, 道了低頭撮脚, 爨罷將幺撥.

二煞

一箇妝做張太公, 他改做小二哥.
行行行說向城中過, 見箇年少的婦女向簾兒下立,
那老子用意鋪謀待取做老婆.
教小二哥相說合, 但要的豆穀米麥,
問甚布絹紗羅.

一煞

教太公往前那, 不敢往後那,
擡左脚不敢擡右脚, 翻來復去由他一箇.
太公心下實焦燥, 把一箇皮棒槌則一下打做兩半箇.
我則道腦袋天靈破, 則道興詞告狀,
劃地大笑呵呵.

煞尾

則被一胞尿, 爆的我沒奈何.
剛捱剛忍更待看些兒箇, 枉被這驢頹笑殺我.

반섭조 사해아 – 농부는 연극을 볼 줄 몰라

비바람 순조로워 백성들 안락하지만
우리 농부들만큼 즐거운 이는 없다네.
양잠 오곡 풍성히 거두고
관가에서는 세금 많이 걷지도 않네.
당시에 보답하는 굿을 하기로 약속하여서
성에 와서 지전紙錢과 향촉香燭을 산다네.
길거리를 지나니
알록달록 지방紙榜 걸려
그곳에 사람 가장 많아 왁자지껄하구나.

육살

한 사람이 손으로 장대문을 받치고
"오서 옵쇼, 어서 옵쇼" 큰 소리로 외친다.
"늦게 오면 앉을 자리가 없습니다요."
"처음은 원본院本《조풍월調風月》이요,
다음은 잡극으로서 유사화劉耍和가 연기합니다."
큰 소리로 외치네.

"길거리 연극은 보기 쉬워도
극장 연극은 보기 어렵다구요."

오살

이백 전을 받고 들여 주니
문을 들어서서 나무 걸상에 앉았네.
층층첩첩 둥근 자리 보이고
고개 드니 종루 모양,
굽어보니 사람 소용돌이라.
몇몇 여인 대 위에 올라 앉아
마을 굿도 아닌데
쉬지 않고 북을 치고 꽹과리 울리네.

사살

한 여자 아이 몇 바퀴를 돌더니
곧 한 무리를 이끌어 나온다.
가운데 한 사람이 돈을 달라 하고,
머리를 검은 두건으로 싸고 정수리에 붓을 꽂았으며,
만면에 회를 바르고 검은 줄을 그었네.
그가 어떻게 할까?
온몸 아래위
얼룩천 두루마기 입었네.

삼살

읊조리니 시와 사요,
말하니 부와 노래라, 틀림이 없네.
입에서 나오는 대로 아래위도 없이
교묘한 언어 수없이 외우는구나.
마지막에
머리 숙이고 다리 꼬아
짧은 작품 마치고 잡극을 시작한다네.

이살

한 사람은 장태공으로 분장하였다가
그는 또 젊은이로 분장하네.
걷고걷고 걸으면서 성 안으로 간다고 말한다.
젊은 부인이 주렴 아래 앉았고,
그 늙은이가 마누라 삼으려 하는구나.
젊은이에게 중매하라 시키니
다만 원하는 것은 쌀과 보리 곡식이지
무슨 베와 비단을 요구하랴.

일살

태공은 앞으로만 가지
뒤로는 못 가며,
왼발만 들지 오른발은 들지 못하여

왔다갔다 그에게 달렸네.
태공은 마음이 초조하여
가죽 방망이를 두세 번 내리친다.
머리가 깨졌다 하고
고소한다 하니
문득 가가대소하는구나.

미

오줌이 마려워 어쩔 수 없구나.
참고 참으며 좀 더 보니
이 늙은이 때문에 우스워 죽겠네.

■ 주 석

莊家(장가) : 농부.

紙火(지화) : 지전紙錢과 향촉香燭. 제사에 쓰는 물품.

紙榜(지방) : 극장의 문 앞에 상연하는 연극의 제목을 종이에 써서 붙인 방문榜文. 잡극雜劇의 제목과 정명正名을 써서 붙인다.

院本(원본) : 금나라 때 유행한 연극의 한 종류. 원나라 때는 '잡극雜劇'이라고 불렀다.

調風月(조풍월) : 원본 작품 이름. 《원간잡극삼십종元刊雜劇三十種》에 관한경關漢卿이 지은 《신간관목사니자조풍월新刊關目詐妮子調風月》이 실려 있다.

么末(요말) : 잡극.

劉耍和(유사화) : 잡극 배우의 이름. 잡극 작품의 이름으로 보기도 한다.

趕散(간산) : 이곳저곳 돌아다니며 상연하는 연극. 노기路岐.

妝哈(장합) : 구란, 즉 극장에서 상연하는 연극.
鍾樓模樣(종루모양) : 극장 안의 희대戱臺를 말한다.
迎神賽社(영신새사) : 마을 굿.
爨(찬) : 송나라 때의 잡극과 금나라의 원본에서 짤막한 작품.
幺(요) : 요마幺麽. 원잡극元雜劇을 가리킨다.

■ 해 제

시골 농부가 도시에 와서 처음 연극을 구경하는 과정을 해학적인 필치로 묘사하였다. 원나라 때 극장인 구란의 얼개와 모습, 배우들의 분장과 연기, 작품명과 배우명 등 당시 연극에 대한 구체적인 자료를 제공하는 귀중한 작품이다.

노지盧摯(약 1242–1315 이후)

자는 처도處道 또는 신로莘老이며, 호는 소재疏齋 또는 숭옹嵩翁이고, 탁군涿郡(지금의 하북성 탁주시涿州市) 사람이다. 20세 무렵에 제생諸生 신분으로 세조 쿠빌라이의 시종지신侍從之臣이 되었다. 하남로총관河南路總管을 거쳐 대덕大德(1297–1307) 초년에 집현학사集賢學士가 되고 강동도염방사江東道廉訪使를 지냈다. 다시 조정으로 들어와 한림학사翰林學士 및 승지를 지냈다. 만년에는 선성宣城에 객거하였다. 《신원사新元史 문원전文苑傳》에 올랐다. 지위도 현달하였고 문학에서도 명성을 누렸다. 원나라 초기에 문장으로는 요수姚燧와 노지, 고금체시古今體詩로는 노지와 유인劉因을 으뜸으로 꼽았다. 산곡은 요수와 동등한 평가를 받아 당시에 '요로姚盧'로 불렸다. 잡극 작가 마치원馬致遠, 잡극 여배우 주렴수珠簾秀 등과 창화하였다. 소령 120수가 남아 있으며, 회고懷古, 창화唱和, 산림山林, 시주詩酒, 사경寫景, 영물詠物에 속하는 작품이 많다. 산곡의 풍격은 시문과는 달리 자연스럽고 활발하며 원 전기 북방 산곡 작가 청려파淸麗派의 특색이 두드러져 산곡 발전에 큰 영향을 끼쳤다. 관운석貫雲石은 "아리따워 봄을 찾는 선녀처럼 자연에서 소오한다(媚嫵, 如仙女尋春, 自然笑傲)"고 평하였다. 저작에 《소재집疏齋集》이 있었으나 실전되었고, 현대에 이수생李修生이 《노소재집집존盧疏齋集輯存》을 편집하였다.

雙調 蟾宮曲 – 田家

沙三伴哥來嗏, 兩腿靑泥, 只爲撈蝦.
太公莊上, 楊柳陰中, 磕破西瓜.
小二哥昔涎剌塔, 碌軸上渰著個琵琶.
看蕎麥開花, 綠豆生芽.

無是無非, 快活煞莊家.

쌍조 섬궁곡 – 농가

사삼과 반가가 오는구나.
두 다리의 진흙은
새우를 잡느라고 묻은 것.
태공의 마을
버들 그늘 속에서
수박을 깨뜨리네.
어린 총각은 침을 질질 흘리더니
석곤자 위에 비파처럼 불룩하게 붙었네.
보시게, 메밀은 꽃 피고
녹두에는 새싹 돋았네.
옳음도 없고 그름도 없으니
정말로 쾌활한 농부라네.

■ 주 석

沙三(사삼), 伴哥(반가) : 농민의 이름. 장삼이사張三李四와 같이 농부의 범칭으로 쓴다.

昔涎剌塔(석연랄탑) : 침을 질질 흘리다. 또는 수박을 먹으며 즙을 질질 흘리는 모습으로 볼 수도 있다.

碌軸(녹축) : 녹독碌碡, 석곤자石滾子라고도 한다. 농기구의 하나로 땅을 다지거나 콩 보리 등을 찧는 데 쓴다.

琵琶(비파) : 현악기 비파. 어린 총각이 수박을 배불리 먹고 석곤자 위에

드러누운 모습을 형용한다.
蕎麥(교맥) : 메밀.

■ **해 제**

당시 농촌의 일상 언어로 농촌의 풍경을 청신하고 발랄하게 묘사하였다. 작가는 섬궁곡 55수를 지었다. 내용은 회고, 영사詠史, 은거 등이며, 구어를 많이 사용하였다.

왕화경王和卿(약 1220–1279 전)

대명大名(지금의 하북성河北省) 사람이며, 성격이 활달하고 우스개를 잘하여 이름이 널리 퍼졌다. 관한경關漢卿과 친하였다. 주권은 《태화정음보》에서 '사림영걸詞林英傑' 150인에 넣었다.

仙呂 醉中天 – 詠大蝴蝶

彈破莊周夢, 兩翅架東風.
三百座名園一采個空.
難道風流種, 唬殺尋芳的蜜蜂.
輕輕的飛動, 把賣花人搧過橋東.

선려 취중천 – 큰 나비를 읊다

장자의 꿈을 깨우고
두 날개로 동풍을 탄다.

삼백 군데 아름다운 정원을 따서 비워 버렸네.
설마 풍류 즐기는 종자일까마는
꽃 찾는 꿀벌을 놀래키네.
사뿐사뿐 날아서
꽃 파는 사람을 부추기며 다리 동쪽으로 가네.

■ 주 석

莊周(장주) : 장자莊子.

風流種(풍류종) : 풍류재자風流才子.

■ 해 제

중통 초년에 대도의 저자에 큰 나비 한 마리가 나타나자 왕화경이 이를 산곡으로 지어 명성이 더욱 높아졌다.

요수姚燧(1238-1313)

자는 단보端甫, 호는 목암牧庵이며 낙양洛陽 사람이다. 백부 요추姚樞 아래에서 자라 38세에 진왕부秦王府 학사學士로 추천되었으며, 지원 연간에 섬서한중도제형안찰사부사陝西漢中道提刑按察司副使, 한림직학사翰林直學士, 대사농승大司農丞 등을 지냈다. 원정元貞 원년(1295)에 한림학사로서 《세조실록世祖實錄》을 편찬하였다. 중앙과 지방의 여러 관직을 거쳐 지대至大 원년(1308)에 태자빈객太子賓客, 승지학사承旨學士, 태자소부太子少傅를 지내고 지대 2년에 영록대부榮祿大夫, 한림학사승지翰林學士承旨, 지제고겸수국사가 되었고, 지대 4년에 귀향하였다. 《원사元史》에 열전이 있다.

문장으로 유명하며, 우집虞集과 병칭된다. 청나라 때 황종희黃宗羲는 그의 문장을 한유韓愈, 유종원柳宗元, 구양수歐陽脩, 증공曾鞏, 원호문元好問과 동열에 놓았다. 산곡은 노지盧摯와 이름이 나란하며, 개인의 정회를 읊은 작품이 많다. 애정을 읊은 작품은 문사가 시원하고 쉬우며 풍격이 점잖고 구성져 산곡의 발전에 영향을 끼쳤다. 저작에 《목암문집牧庵文集》 50권이 있으며, 청나라 때 《목암집牧庵集》 30권으로 편집되었다.

越調 憑闌人 - 寄征衣

欲寄君衣君不還, 不寄君衣君又寒.
寄與不寄間, 妾身千萬難.

월조 빙란인 - 군복을 부치다

임에게 옷을 부치자니 임은 돌아오지 않을 테고,
임에게 옷 부치지 않자니 임은 또 추울세라.

부칠까, 부치지 말까?
첩은 정말 어려워요.

■ 주 석

征衣(정의) : 먼 길 갈 때 입는 옷. 군복. 수자리 서는 병사들에게 겨울이 오면 집에서 겨울옷을 지어서 보냈다.

■ 해 제

행역에 지아비를 내보낸 지어미가 겨울옷을 지어 보내면 지아비는 그 옷을 입고 돌아오지 않을 터이고, 보내지 않으면 추위에 시달린다. 이럴까 저럴까 망설이는 여인의 마음이 눈에 보인다.

관한경關漢卿(약 1220–1300)

호는 이재已齋이며 해주解州(지금의 산서성 운성運城) 사람이다. 원대의 대표적인 잡극 작가이며 직접 무대에 오르기도 하였다. 마치원馬致遠, 정광조鄭光祖, 백박白樸과 함께 '원곡사대가元曲四大家'로 불린다. 가중명賈仲明은 《녹귀부錄鬼簿》 조사吊詞에서 그를 "이원을 구동하는 영수, 극작가를 총괄하는 지도자, 잡극을 주무르는 우두머리(驅梨園領袖, 總編修師首, 撚雜劇班頭)"라고 불렀다. 잡극 67편을 지었으며, 그 가운데 18편이 남아 있다. 원잡극 작가 가운데 가장 많은 작품을 남긴 작가이다.

南呂 一枝花 – 不伏老

攀出牆朶朶花, 折臨路枝枝柳.
花攀紅蕊嫩, 柳折翠條柔, 浪子風流.

憑著我折柳攀花手, 直煞得花殘柳敗休.
半生來折柳攀花, 一世裏眠花臥柳.

梁州

我是個普天下郎君領袖, 蓋世界浪子班頭.
願朱顏不改常依舊, 花中消遣, 酒內忘憂.
分茶攧竹, 打馬藏鬮,
通五音六律滑熟, 甚閑愁到我心頭.
伴的是銀箏女銀臺前理銀箏笑倚銀屏,
伴的是玉天仙攜玉手並玉肩同登玉樓,
伴的是金釵客歌金縷捧金樽滿泛金甌.
你道我老也, 暫休.
占排場風月功名首, 更玲瓏又剔透.
我是個錦陣花營都帥頭, 曾玩府遊州.

隔尾

子弟每是個茅草岡 · 沙土窩初生的兔羔兒乍向圍場上走,
我是個經籠罩 · 受索網蒼翎毛老野雞踏踏的陣馬兒熟.

經了些窩弓冷箭蠟槍頭, 不曾落人後.
恰不道 "人到中年萬事休", 我怎肯虛度了春秋.

尾

我是個蒸不爛 · 煮不熟 · 捶不匾 · 炒不爆響噹噹一粒銅豌豆,
恁子弟每誰教你鑽入他鋤不斷 · 斫不下 · 解不開 · 頓不脫慢騰騰千層錦套頭.
我玩的是梁園月, 飮的是東京酒,
賞的是洛陽花, 攀的是章臺柳.
我也會圍棋 · 會蹴鞠 · 會打圍 · 會插科 · 會歌舞 · 會吹彈 · 會嚥作 · 會吟詩 · 會雙陸.
你便是落了我牙 · 歪了我嘴 · 瘸了我腿 · 折了我手,
天賜與我這幾般兒歹症候, 尙兀自不肯休.
則除是閻王親自喚, 神鬼自來勾,
三魂歸地府, 七魄喪冥幽,
天那, 那其間纔不向煙花路兒上走.

남려 일지화 - 늙지 않으리

담 너머 나온 꽃송이 송이 당기고
길가의 버들가지 가지 꺾는다.
꽃을 당기니 붉은 꽃술이 보드랍고,
버들을 꺾으니 푸른 줄기 나긋하다네.
한량은 풍류스러우니
내 버들 꺾고 꽃을 당기는 솜씨를 빌어
꽃은 떨어지고 버들은 시들어야 그만두리라.
반평생을 버들과 꽃을 꺾고 당기며
한 세상 꽃과 버들 사이에서 누워 잤지.

양주

나는 온 천하 낭군의 영수요,
전 세계 한량의 우두머리라네.
주안 변하지 않고 늘 옛날 같기 바라고,
꽃 속에 소일하며
술 안에서 시름 잊는다네.
차 나누고 죽통 흔들며,
말놀이며 가위바위보,
오음육률에도 모두 능통하니
무슨 시름이 내 마음에 닥치리.
은촛대 앞에서 은쟁을 타며 은 병풍에 기대 웃는 여인 짝하고
섬섬옥수 잡고 옥 어깨 나란히 옥루 오르는 옥천선 짝하고
〈금루가〉 부르며 금동이 받들고 금잔에 가득 채워 금비녀 꽂은 사

람을 짝하네.

너는 날더러 늙었다고
잠시 쉬라고 하는구나.
무대를 차지한 풍월 공명의 으뜸,
더욱 영롱하고 더욱 해맑다네.
나는 비단과 꽃 진영의 도원수,
일찍이 이 도시 저 고을을 다니며 놀았지.

격미

자제들은 풀언덕 모래굴에서 갓 태어난 토끼새끼, 갑자기 사냥터로 달리지만,

나는 새덫과 그물에 갇혀 본 깃 희끗희끗한 꿩, 닥쳐오는 진세에 익숙하다네.

매복한 쇠뇌와 갑작스런 화살과 끝 무딘 창을 겪었지만
남에게 뒤떨어진 적 없다네.
"중년에 이르면 만사가 그만"이라고 하지 않던가?
내 어찌 세월을 허송할까?

미

나는 쪄도 문드러지지 않고, 삶아도 익지 않고, 두드려도 납작해지지 않고, 볶아도 터지지 않는 땡땡 소리 내는 한 알 구리 완두.

너희 자제들은 누가 너희더러 낫으로도 끊을 수 없고, 도끼로도 벨 수 없고, 풀어도 풀리지 않고, 발버둥쳐도 빠져 나올 수 없는 저 구불

구불한 천 겹 비단 올가미로 밀어 넣었나.
내가 구경하는 것은 양원의 달,
마시는 것은 동경의 술,
즐기는 것은 낙양의 꽃,
당기는 것은 장대의 버들.
나는 바둑도 둘 줄 알고, 축국도 할 줄 알고, 사냥도 할 줄 알고, 우스개도 할 줄 알고, 가무도 할 줄 알고, 악기도 연주할 줄 알고, 노래도 할 줄 알고, 시도 읊을 줄 알고, 쌍륙도 할 줄 안다네.
네가 내 이빨을 뽑고, 주둥이를 비틀고, 다리를 부러뜨리고, 손을 꺾어도
하늘이 내게 주신 이 몇 가지 몹쓸 병을
또한 그칠 줄이 있으랴.
염라대왕이 직접 불러서
귀신이 와서 잡아가서
삼혼은 지부로 돌아가고
칠백은 유명계에 잃어야만
하늘이여,
그때에는 비로소 꽃구름 길로 달리지 않으리라.

■ 주 석

浪子(낭자) : 한량閑良. 떠돌이. 풍류자제風流子弟.
分茶(분차) : 찻잔에 차를 고루 따르는 기예. 또는 말차末茶에 물을 붓고 젓가락으로 저어 찻물이 이루는 무늬로 승부를 가리는 놀이.
攧竹(전죽) : 옛날 유희의 한 가지. 죽통竹筒을 흔들어 그 안의 죽첨竹簽을 하나 뽑고, 죽첨에 쓰인 표지로 승부를 가린다.

打馬(타마) : 옛날 놀이의 하나. 둥근 패 위에 양마良馬의 이름을 써 놓고 던져서 승부를 가린다.

藏鬮(장구) : 지금의 가위바위보와 비슷한 놀이. 술을 마실 때 손에 작은 물건을 쥐고 상대가 알아맞히게 한다. 지는 사람이 벌주를 마신다.

銀箏(은쟁) : 은으로 장식한 쟁.

銀臺(은대) : 은촛대.

窩弓(와궁) : 쇠뇌의 일종. 매복하였다가 목표물을 쏜다.

冷箭(냉전) : 상대가 방심하고 있을 때 쏘는 화살.

蠟槍頭(납창두) : 밀랍으로 만든 창. 외모는 좋으나 쓸모없는 사람을 가리킨다. 여기서는 자신을 겨냥하였지만 별 효과가 없었던 음모와 술수를 말한다.

梁園(양원) : 한漢나라 양효왕梁孝王이 지금의 개봉시開封市 동남쪽에 지은 정원. 토원兎園이라고도 한다.

東京(동경) : 북송北宋의 수도 변량汴梁. 지금의 개봉.

洛陽(낙양) : 꽃이 아름답기로 유명하다.

章臺(장대) : 한나라 장안長安의 거리 이름. 당시 기원이 밀집해 있었다.

三魂(삼혼) : 도가道家에서는 사람에게 상령爽靈, 태원胎元, 유정幽精의 세 가지 넋이 있다고 한다.

七魄(칠백) : 도가에서는 사람에게 시구屍狗, 복시伏矢, 작음雀陰, 탄적呑賊, 비독非毒, 제예除穢, 취폐臭肺의 일곱 가지 얼이 있다고 한다.

■ **해 제**

부제 '불복로不伏老'는 자신의 늙음을 인정할 수 없다는 뜻이다. 이 작품의 의미에 대해서는 논란이 있다. 원대 민중 속으로 들어간 지식인의 진취적이고 씩씩한 기상을 표현하였다고도 하고, 타락한 지식인의 삶을 적나라하게 표현하였다고도 본다. 어쨌거나 원대 중하층 지식인의 생활상과 사회의 한 단면을 잘 보여주고 있다.

마치원馬致遠(1250?-1321?)

자는 천리千里, 호는 동리東籬이며 대도大都(지금의 북경) 사람이다. 관한경關漢卿, 백박白樸, 정광조鄭光祖와 함께 '원곡사대가元曲四大家'로 불린다. 1285년(세조 지원 12) 이후 절강행성무관浙江行省務官을 지냈으며, 곳곳을 떠돌다가 만년에는 항주杭州 교외에서 은거하였다. 원대를 대표하는 잡극 작가의 한 사람으로서 《한궁추漢宮秋》, 《악양루岳陽樓》, 《임풍자任風子》, 《청삼루靑衫淚》 등을 지었다. 산곡집에는 후인이 편집한 《동리악부東籬樂府》가 있으며, 여기에 소령 104수, 투수套數 17편이 실려 있다. 산곡은 세정世情에 대한 한탄을 토로한 작품이 가장 많으며, 자연풍경과 남녀의 애정을 묘사한 작품도 있다. 풍격은 호방표일, 자연소박을 겸비하였으며, 시사詩詞의 단아함을 갖춘 작품도 있다.

越調 天淨沙 – 秋思

枯藤老樹昏鴉, 小橋流水人家,
古道西風瘦馬.
夕陽西下, 斷腸人在天涯.

월조 천정사 – 가을 생각

마른 등나무 고목에 저녁 까마귀
작은 다리 흐르는 물에 사람 사는 집
서풍 부는 옛길에 야윈 말.
석양은 서산에 지고
애끊는 사람은 하늘가에 있네.

■ 주 석

西風(서풍) : 가을바람.

■ 해 제

가을 생각을 읊은 작품 가운데 최고로 평가 받는다. 원元 주덕청周德清은《중원음운中原音韵》에서 "추사지조秋思之祖"라고 불렀고, 근대의 왕국유王國維는 "순수한 천뢰(純是天籟)"라고 찬탄하였다.

雙調 夜行船 – 百歲光陰

百歲光陰一夢蝶, 重回首往事堪嗟.
今日春來, 明朝花謝, 急罰盞夜闌燈滅.

喬木查

想秦宮漢闕, 都做了衰草牛羊野,
不恁麼漁樵沒話說.
縱荒墳橫斷碑, 不辨龍蛇.

慶宣和

投至狐蹤與兔穴, 多少豪傑.
鼎足雖堅半腰裏折, 魏耶晉耶.

落梅風

天教你富, 莫太奢, 沒多時好天良夜.
富家兒更做道你心似鐵, 爭辜負了錦堂風月.

風入松

眼前紅日又西斜, 疾似下坡車.
不爭鏡裏添白雪, 上床與鞋履相別.
休笑巢鳩計拙, 葫蘆提一向裝呆.

撥不斷

利名竭, 是非絕. 紅塵不向門前惹.
綠樹偏宜屋角遮.
青山正補牆頭缺, 更那堪竹籬茅舍.

離亭宴煞

蛩吟罷一覺才寧貼, 雞鳴時萬事無休歇.
爭名利何年是徹,
看密匝匝蟻排兵, 亂紛紛蜂釀蜜,
急攘攘蠅爭血.

裴公綠野堂, 陶令白蓮社,
愛秋來時那些, 和露摘黃花,
帶霜烹紫蟹, 煮酒燒紅葉.
想人生有限杯, 渾幾個重陽節.
人問我頑童記者,
便北海探吾來, 道東籬醉了也.

쌍조 야행선 – 백세광음

백세의 광음은 한낱 호접몽,
다시 고개 돌리니 옛일이 한스럽구나.
오늘 봄이 오니
내일 아침 꽃이 지겠지.
서둘러 벌주 마시니 밤은 무르익어 등불도 꺼진다.

교목사

진나라 궁전 한나라 대궐 생각하노라니
모두가 소떼 양떼 시든 풀 뜯는 들판이 되었구나.
이다지도 어부와 초부는 할 말이 없구나!
황폐한 무덤에 깨진 비 누웠지만
용인지 뱀인지 알 길이 없도다.

경선화

여우 발자국 토끼굴 되도록까지
호걸은 몇이었나?
솥발 같은 세 나라가 견고하였지만 중도에서 모두 꺾였으니
위魏나라인가? 진晉나라인가?

낙매풍

하늘이 너를 부유하게 만들지라도
너무 사치하지는 말지니
맑은 날 좋은 밤은 많지 않도다.
부자는 더욱 자기 마음이 쇠 같다고 말하지만
금당의 풍월을 어이 저버리랴.

풍입송

눈앞의 붉은 해 다시 서쪽으로 기우니
빠르기가 비탈 내려가는 수레 같도다.
뜻밖에 거울 속에 백설 쌓였고,
병들어 누우면 신발과 이별한다네.
둥지 못 짓는 뻐꾸기 재주 졸렬하다 웃지 말라,
멍청하게 줄곧 어리석은 척한다네.

발부단

명리도 사라지고

시비도 끊어졌네.
홍진은 문 앞에서 일어나지 않으며,
녹수는 집 모퉁이를 덮으리라.
청산은 담장 무너진 곳을 메꾸니
대울타리 띠집을 더욱 어이 견디리.

이정연살

귀뚜라미 울음 그치니 편안한 줄 알겠고
닭 울 때는 만사가 끝이 없구나.
명리 다툼은 어느 해에 끝나려나?
빽빽이 개미는 병사처럼 줄지었고,
어지러이 벌은 꿀을 모으며
앵앵거리며 파리는 다투어 피를 빤다.
배도의 녹야당,
도연명의 백련사,
사랑하는 가을이 오면 어쩌나?
이슬과 함께 국화를 따고,
서리 맞은 보랏빛 게를 삶아서
홍엽 태워 술을 데우지.
인생에 술잔은 한계가 있으니
몇 번의 중양절 맞으려나?
사람들이 나를 찾거든, 시동아 기억하거라.
북해 공융孔融이 나를 찾아와도
동리는 취했다고 말해 주거라.

■ 주 석

龍蛇(용사) : 비석에 쓰인 글씨를 말한다. 용인지 뱀인지 알아볼 수 없다는 말은 비석이 깨지고 닳아서 글씨를 알아볼 수 없다는 뜻이다. 또 무덤의 주인이 용처럼 위대하였는지 뱀처럼 평범하였는지 알 수 없다고도 풀이한다.

不爭(부쟁) : 뜻밖에. '불료不料'와 같다. 이 구는 이백李白 〈장진주將進酒〉의 "그대는 못 보았는가? 높다란 집 밝은 거울에 백발 보고 슬퍼하는 이를. 아침에 푸른 실 같더니 저녁에 눈이 되었네(君不見高堂明鏡悲白髮, 朝如青絲暮成雪)"라는 구절을 연상시킨다.

上床(상상) : 침상에 오르다. 병들어 눕는다는 말이다.

葫蘆提(호로제) : 멍청하다.

寧貼(영첩) : 알맞다. 편안하다.

裴公(배공) : 배도裴度(765-839). 당나라 후기의 명재상으로 자는 중립中立이며, 하동河東 문희聞喜(지금의 산서성 문희 동북) 사람이다. 덕종德宗 정원貞元 5년에 진사가 되었으며, 헌종憲宗 원화元和 연간에 사봉원외랑司封員外郎, 중서사인中書舍人, 어사중승御史中丞 등을 지냈다. 중서시랑中書侍郎, 동중서문하평장사同中書門下平章事를 지냈으며, 진국공晉國公에 봉해졌다. 만년에 환관이 전횡하자 낙양에 녹야당을 짓고 백거이白居易, 유우석劉禹錫 등과 교유하였다.

陶令(도령) : 도연명陶淵明. 팽택현령을 지냈다.

白蓮社(백련사) : 동진東晉의 고승 혜원慧遠이 여산廬山 동림사東林寺에서 혜영慧永, 혜지慧持, 유유민劉遺民, 뇌차종雷次宗 등과 염불삼매念佛三昧를 수양하여 서방정토西方淨土에 왕생하기 위해 만든 단체로서 도연명도 여기에 참여하였다.

北海(북해) : 후한 말의 문인 공융孔融(153-208)을 가리킨다. 공융은 자는 문거文擧이며 노魯 지역 사람으로서 공자의 20세손이며, 건안칠자建安七子의 한 사람이다. 헌제獻帝 즉위 후 북군중후北軍中侯, 호분중랑장虎賁中郎將, 북해상北海相을 지냈다. 《후한서後漢書 공융전》에 손과 술을 좋아한 그에 대해 다음과 같은 구절이 있다. "성품이 넉넉하여 거리낌이 없으며, 선비를 좋아하고 후진을 이끌기를 즐겼다. 한직으로 물러나서는 빈객들이 날마다 문을 가득 메웠다. 늘 한탄하기를 '자리에 손님이 늘 가득하고 동이에 술이 비지 않으면 나는 시름이 없다'고 하였다(性寬容少忌, 好士, 喜誘益後進. 及退閑職, 賓客日盈其門. 常歎日, 坐上客恆滿, 尊中酒不空, 吾無憂矣)"

■ **해 제**

가을 경치를 대하여 과거와 현재를 오가며 인생의 덧없음을 읊었다. 한평생 지나고 나면 부귀영화는 소용없고, 자연 속에서 유유자적함이 가장 현명하게 사는 길임을 설파하였다.

장양호張養浩(1269–1329)

자는 희맹希孟, 호는 운장雲莊이며, 제남濟南 사람이다. 어려서부터 재능으로 명성을 얻었고, 자라서는 경사에 와서 평장平章 불홀목不忽木에게 글을 올려 인정받았다. 어사대승상연御史臺丞相掾에서 감찰어사監察御史로 승진하였으며, 시정時政에 대해 만여 언言의 소를 올렸다. 한림직학사翰林直學士, 예부상서禮部尙書, 참의중서성사參議中書省事를 역임하였다. 영종英宗 지치至治 원년(1322)에 궁중의 원소절 오산鰲山 등불놀이를 간하다가 파직되어 귀향하였다. 천력天曆 2년(1329)에 관중關中에 큰 가뭄이 들어 특별히 섬서행대중승陝西行臺中丞이 되어 백성을 구휼하다가 병을 얻어 회복하지 못하였다. 빈국공濱國公에 봉하고 시호 문충文忠을 내렸다. 저작에 《삼사충고三事忠告》, 《귀전유고歸田類稿》 등과 산곡집 《운재휴거자적소악부雲在休居自適小樂府》가 있다. 주권은 《태화정음보太和正音譜》에서 "옥수에 부는 바람 같다(如玉樹臨風)"고 평하였다.

中呂 普天樂 – 辭參議還家

昨日尙書, 今朝參議.
榮華休戀, 歸去來兮.
遠是非, 絶名利.
蓋座團茅松陰內, 便穩似新築沙堤.
有靑山勸酒, 白雲伴睡, 明月催詩.

중려 보천락 - 참의를 그만두고 귀향하다

어제는 상서,
오늘은 참의.
영화에 미련 두지 말고
전원으로 돌아가자.
시비를 멀리하고,
명리도 끊자.
소나무 그늘 아래 둥근 띠집을 지으니
새로 모래 깐 길처럼 안온하다네.
청산이 술을 권하고,
백운이 함께 잠을 자고,
명월이 시를 재촉하네.

■ 주 석

蓋(개) : 지붕을 덮다. 집을 짓다.

團茅(단모) : 원형의 띠집.

新築沙堤(신축사제) : 당나라 때 재상을 새로 임명하면 그의 집에서 궁궐까지 길에 새로 모래를 깔았으며, 이런 길을 '사제'라고 하였다. 재상이 되었음을 비유한다.

■ 해 제

참의중서성사에서 파직되어 고향으로 돌아와 지은 작품으로 보인다. 시비와 명리를 초달하여 띠풀 집일망정 청산과 백운과 명월을 벗하니 재상의 지위처럼 안온하게 살 수 있음을 말한다.

中呂 山坡羊

人生於世, 休行非義,
謾過人也謾不過天公意.
便儹些東西, 得些衣食,
他時終作兒孫累, 本分世間爲第一.
休使見識, 乾圖甚的.

중려 산파양

사람이 세상에 살면서
불의는 행하지 말라.
사람은 속일 수 있어도 하늘은 속일 수 없나니.
재물을 모으고
의식을 얻어도
훗날 끝내는 자손들에게 누가 될 뿐,
본분 지킴이 세간에서 제일이라.
식견 부리지 말라,
무엇을 도모한다고.

中呂 山坡羊

休圖官祿, 休求金玉,
隨緣得過休多欲.
富何如, 貴何如, 沒來由惹得人嫉妒,
回首百年都做了土.
人, 皆笑汝, 渠, 乾受苦.

중려 산파양

벼슬과 녹봉 바라지 말고,
금과 옥도 추구하지 말라.
분수 따라 얻고서 과욕 부리지 말라.
부유하면 어떠하고,
존귀하면 어떠한가?
무단히 사람들 질투만 부를 뿐,
고개 돌리니 백 년 뒤에는 모두 흙이 되어버렸구나.
사람들은 모두 너를 비웃고,
너는 헛수고만 하였구나.

■ **해 제**

위 두 곡은 인생에서 과욕 부리지 말고 분수대로 천성에 따라 살 것을 강조한다.

中呂 山坡羊－洛陽懷古

天津橋上, 憑闌遙望, 春陵王氣都凋喪.
樹蒼蒼, 水茫茫,
雲臺不見中興將, 千古轉頭歸滅亡.
功, 也不久長, 名, 也不久長.

중려 산파양 － 낙양에서 옛날을 돌아보다

천진교에서
난간에 기대 멀리 바라보니
용릉의 왕기도 모두 시들었구나.
나무는 창창하고
물은 망망하여
운대에는 중흥의 장수 보이지 않으니
천고를 고개 돌려 바라보니 멸망으로 돌아갔구나.
공훈도 오래가지 않고,
명예도 오래가지 않다네.

■ 주 석

天津橋(천진교) : 낙양洛陽 낙수洛水의 다리. 607년(수隋나라 대업大業 3년)에 부교浮橋로 건설하였다. 낙수를 천한天漢이라고 불렀으며 천진天津은 천한을 건너는 나루이므로 이름을 '천진교'라고 하였다. 수나라 말기에 소실되었고, 당나라 초기에 석교石橋로 중건하였다. 다리 위에 정자와 난간이 있었고, 다리 양단에는 주루와 저자가 밀집되어 있었다.

春陵(용릉) : 지금의 호북성湖北省 조양시棗陽市 용릉. 한漢나라 때는 남양군南陽郡 소속이었으며 백수향白水鄕이라고도 불렀다. 후한 광무제光武帝의 출신지이다. 광무제 유수劉秀의 종조부 유인劉仁은 용릉절후春陵節侯(이 용릉은 호남성湖南省 영원현寧遠縣 백가평柏家坪이다)를 세습한 후 봉지를 남양南陽(지금의 호북성 조양棗陽 서남)으로 옮기고, 명칭은 그대로 용릉을 사용하였다. 《후한서後漢書 광무제기光武帝紀》에 용릉에서 왕자의 기운을 관찰하였다는 기록이 있다. "논하노라. 황고 남돈군은 처음에 제양령이 되었다가 건평 원년 12월 갑자일 밤에 현의 관사에서 광무제를 낳으니 붉은 빛이 방을 비추었다. 유흠(남돈군의 이름)이 이를 이상히 여겨 복자 왕장에게 점을 치게 하였다. 왕장이 좌우를 물리고 말하였다. '이 길조는 말할 수가 없습니다.' 이 해에 현에서는 가화가 나서 한 줄기에 아홉 이삭이 달렸으므로 광무제의 이름을 수라고 하였다. …… 후에 기운을 관찰하는 자 소백아가 왕망의 사신으로 남양에 와서 멀리 용릉의 성곽을 바라보며 탄식하였다. '기운이 아름답도다, 울울총총하구나.'(論曰, 皇考南頓君初爲濟陽令, 以建平元年十二月甲子夜生光武於縣舍, 有赤光照室中. 欽異焉, 使卜者王長占之. 長辟左右曰, 此兆吉不可言. 是歲縣界有嘉禾生, 一莖九穗, 因名光武曰秀. …… 後望氣者蘇伯阿爲王莽使至南陽, 遙望見舂陵郭, 唶曰, 氣佳哉, 鬱鬱葱葱然)"

雲臺(운대) : 후한 낙양 남궁南宮의 전각 이름. 후한 명제明帝 때 여기에 광무제를 도와 한나라를 중흥시킨 공신 28인의 초상화를 걸었다.

■ 해 제

앞 두 곡의 취지를 이어서 낙양의 천진교에서 지난 왕조의 흥망성쇠를 회고하며 생전의 부귀와 명예는 부질없음을 설파한다. 결국 소수의 부귀영화와 명예는 일인공성만골후一人功成萬骨朽일 따름이니.

中呂 山坡羊 – 潼關懷古

峰巒如聚, 波濤如怒, 山河表裏潼關路.
望西都, 意躊躕,
傷心秦漢經行處, 宮闕萬間都做了土.
興, 百姓苦, 亡, 百姓苦.

중려 산파양 – 동관에서 옛날을 돌아보다

봉우리는 모인 듯,
파도는 노한 듯,
산과 강이 표리를 이룬 동관의 길이로다.
서쪽 도읍 바라보니
마음은 쭈뼛쭈뼛,
진나라 한나라 지나간 곳이 마음 아파라,
궁궐 일만 간은 모두 흙이 되어버렸네.
흥해도 백성은 고달프고,
망해도 백성은 고달프네.

■ 주 석

潼關(동관) : 함양으로 들어가는 관문의 하나.

西都(서도) : 장안長安. 주周, 진秦, 한漢, 위魏, 진晉, 당唐 등 여섯 왕조의 수도였다.

躊躕(주주) : '주저躊躇'와 같다. 머뭇거리다. 매우 상심하다.

■ 해 제

천력 2년(1329)에 관중을 구휼할 때 지은 작품으로 보인다. 만년의 대표작으로서 우국애민의 진지한 주제를 산곡 형식에 담은 걸작이다.

호지휼胡祗遹(1227-1295)

자는 소개紹開, 호는 자산紫山이며, 자주磁州 무안武安(지금의 하북성) 사람이다. 중통中統 초년에 원외랑員外郎이 되었다. 지원至元 원년(1264)에 응봉한림문자應奉翰林文字에 임명되고 태상박사太常博士를 겸하였다. 뒤에 하동산서도제형안찰부사河東山西道提刑按察副使가 되었으며, 남송이 망한 후 호북도선위부사湖北道宣慰副使가 되었다. 지원 19년(1282)에 제녕로총관濟寧路總管으로 옮겼다가 산동동서도제형안찰사山東東西道提刑按察使로 승진하여 치적을 남겼다. 한림학사翰林學士에 임명되었으나 부임하지 않았고, 강남절서안찰사江南浙西按察使로 바꿔 임명하였으나 오래지 않아 병으로 사직하고 귀향하였다. 시호는 문정文靖이며, 《원사》에 열전이 있다. 저술이 풍부하며 시문집으로는 《자산대전집紫山大全集》이 있다. 주권은 《태화정음보》에서 "가을 연못의 외로운 달 같다(如秋潭孤月)"고 평하였다.

仙呂 一半兒 – 四景

輕衫短帽七香車, 九十春光如畫圖,
明日落紅誰是主.
漫躊躇, 一半兒因風一半兒雨.

紗廚睡足酒微醒,
玉骨冰肌涼自生, 驟雨滴殘才住聲.
閃出些月兒明, 一半兒陰一半兒晴.

荷盤減翠菊花黃,
楓葉飄紅梧幹蒼, 鴛被不禁昨夜涼.
釀秋光, 一半兒西風一半兒霜.

孤眼嫌煞月兒明,
風力禁持酒力醒, 窗兒上一枝梅弄影.
被兒底夢難成, 一半兒溫和一半兒冷.

선려 일반아 – 사시의 경치

가벼운 저고리 짧은 모자에 칠향거,
구십 춘광은 그림 같구나.
내일 꽃이 지면 누가 주인 되려나?
오래도록 주저함은
반은 바람 때문이요, 반은 비 때문이라.

비단 휘장 안에서 실컷 자니 술이 슬며시 깨는구나.
빙기옥골 절로 서늘하고,

소나기 방울지니 비로소 소리 멎는다.
반짝 나온 달이 밝으니
반은 그늘이요, 반은 맑도다.

연잎에 푸른빛 사라지고 국화는 노랗구나.
단풍잎 붉게 날리고 오동줄기 푸르다.
원앙 이불 지난 밤 추위 막지 못하였네.
가을빛 빛는 것은
반은 서풍이요, 반은 서리로다.

외로운 눈은 밝은 달이 죽도록 밉고,
바람이 감아들어 술이 깨니
창에는 한 가지 매화가 그림자를 희롱하네.
이불 아래 꿈 이루기 어려우니
반은 따뜻하고 반은 싸늘하구나.

■ 주 석

輕衫短帽(경삼단모) : 가벼운 저고리와 간편한 모자. 여인의 복장을 말한다.

七香車(칠향거) : 여러 가지 향료를 칠하거나 여러 가지 향목으로 만든 수레. 화려한 수레. 여인이 탄다.

紗廚(사주) : '사주紗幮'라고도 한다. 비단 휘장. 모기장.

一半兒陰(일반아음) : 달의 반은 어둡다, 즉 반달임을 말한다.

荷盤(하반) : 연잎.

■ 해 제

선려조 〈일반아〉 곡패 4개를 이용하여 봄 여름 가을 겨울의 경치를 각각 묘사하였다. 외로운 여성을 대변하는 작품이다.

왕운王惲(1227–1304)

자는 중모仲謀, 호는 추간秋澗이며, 위주衛州 급현汲縣(지금의 하남성) 사람이다. 중통 원년(1260)에 요추姚樞가 동평東平을 선무할 때 왕운을 상의관詳儀官으로 발탁하였으며, 중서성상정관中書省詳定官으로 승진하였다. 중통 2년 봄에 한림수찬翰林修撰, 동지제고同知制誥, 겸국사원편수관兼國史院編修官이 되었다. 세조 지원 5년(1268)에 어사대御史臺로 옮겼으며 후에 감찰어사監察御史에 임명되었다. 지원 9년에는 승직랑承直郎, 14년에는 한림대제 조열대부朝列大夫가 되었고, 29년에는 한림학사, 가의대부嘉議大夫가 되었다. 원정元貞 원년(1295)에는 통정대부지제고通政大夫知制誥, 동수국사同修國史에 임명되었다. 대덕 8년(1304)에 죽자 한림학사승지자선대부翰林學士承旨資善大夫를 추증하였고, 태원군공太原郡公을 추봉하였다. 시호는 문정文定이다. 원호문의 제자이며, 문장이 전인을 답습하지 않아 당시의 독보였으며, 서법書法에서도 일가를 이루었다. 《원사》에 열전이 실려 있다. 저술에 《상감相鑒》 50권, 《급군지汲郡志》 15권, 《추간선생대전집秋澗先生大全集》 100권이 있다.

正宮 黑漆弩 – 遊金山寺並序

鄰曲子嚴伯昌嘗以黑漆弩侑酒. 省郎仲先謂余曰, 詞雖佳, 曲名似未雅. 若就以江南煙雨目之, 何如. 予曰, 昔東坡作念奴曲, 後人愛之, 易其名曰酹江月, 其誰曰不然. 仲先因請余效顰, 遂追賦遊金山寺一闋, 倚其聲而歌之. 昔漢儒家畜聲妓, 唐人例有音學. 而今之樂府, 用力多而難爲工. 縱使有成, 未免筆墨勸淫爲俠耳. 渠輩年少氣銳, 淵源正學, 不致費日力於此也. 其詞曰 :

蒼波萬頃孤岑矗, 是一片水面上天竺.
金鼇頭滿咽三杯, 吸盡江山濃綠.

蛟龍慮恐下燃犀, 風起浪翻如屋.
任夕陽歸棹縱橫, 待償我平生不足.

정궁 흑칠노 – 금산사에서 놀며 병서

이웃에 사는 엄백창이 일찍이 〈흑칠노〉를 부르며 술을 마셨다. 성랑 중선이 나에게 말하였다. "가사가 아름답기는 하지만 곡명이 우아하지 않은 듯합니다. '강남연우'로 이름을 붙이면 어떻겠습니까?" 나는 말하였다. "옛날 동파가 〈염노교念奴嬌〉를 짓자 후인들이 사랑하여 그 이름을 바꾸어 〈뇌강월〉이라고 하였으니 그 누가 옳다고 여기지 않겠는가." 중선은 나에게 그 흉내를 내라고 하므로 드디어 〈유금산사〉 한 곡을 지어 그 소리에 맞추어 노래하였다. 옛날 한나라의 유자들은 가수를 길렀으며, 당나라 사람들은 으레 소리에 대한 학문이 있었다. 지금의 악부는 힘은 많이 들지만 잘 짓기가 어렵다. 성취가 있다 해도 필묵으로 음란을 권하는 일을 잘한다고 여기는 짓을 면하지 못할 뿐이다. 저들 젊은이의 기세가 날카로우니 곡의 연원을 올바로 배워서 날마다 힘을 이런 데에 쓰지 않도록 해야 한다. 그 가사는 이렇다.

만경창파에 외로운 봉우리 우뚝 솟아
한 조각 수면 위의 상천축사로다.
금빛 자라 머리는 석 잔을 가득 마셔
강산의 짙은 초록을 모두 빨아들였네.

교룡은 물소뿔 불 붙여 던질까 부질없이 걱정하고,
바람은 파랑을 일으키니 뒤집혀 집채만 하구나.
석양에 돌아오는 배를 가는 대로 버려두면
내 평생의 부족함을 보상해 주리라.

■ 주 석

金山寺(금산사) : 강천사江天寺라고도 한다. 강소성江蘇省 진강시鎭江市 장강 옆 금산金山에 있다.

鄰曲(인곡) : 이웃.

省郎(성랑) : 중서성中書省의 낭관郎官.

江南煙雨(강남연우) : 백분白賁의 〈앵무곡鸚鵡曲〉(즉 〈흑칠노〉)에 "수살강남연우睡煞江南煙雨"라는 명구가 있으므로 중선은 "강남연우"를 곡패의 이름으로 삼으려고 하였다.

聲妓(성기) : 노래를 잘하는 기녀. 가수.

上天竺(상천축) : 상천축사上天竺寺. 항주杭州 영은산靈隱山에 있다.

金鼇頭(금오두) : 금산金山에서 가장 높은 금오봉金鼇峰.

燃犀(연서) : 물소뿔을 태우다. 등불로 물속을 비춰 물고기와 자라, 새우 등을 잡는다는 뜻. 진晉나라 온교溫嶠가 우저기牛渚磯에 이르렀을 때 물속에서 음악 소리가 들렸으나 물이 깊어 알 수가 없었다. 소문에 물속에 괴물이 많다고 하므로 물소뿔을 태워 비춰 보았다. 잠시 후 수족水族이 불에 뒤집히니 기이한 형상이 많았다고 한다. 이 구는 물속의 교룡이 물소뿔에 불을 붙여 물에 던져 자신의 정체가 드러날까 실없이 두려워한다는 뜻이다.

■ **해 제**

엄백창이라는 이가 〈흑칠노〉라는 곡패로 곡을 지어 노래하며 술을 마셨다. 그 가사가 아름답기는 하지만 곡패의 뜻이 그리 우아하지 않다. 시커먼 쇠뇌라니! 그래서 그 가사에 화작하고 '금산사에 놀다'라는 격조 있는 부제를 붙였다. 금산사는 강소성 진강시 장강 가의 금산에 있는 유서 깊은 절이다. 금산은 옛날에는 장강 가운데 있어 물길이 바로 발치까지 들어왔지만 지금은 육지가 되었다. 이 곡을 지은 때는 여전히 금산 발치에 장강의 물이 흐르고 있었다. 수면의 상천축사라고 하였으니, 금오봉은 자라 머리처럼 생겨서 장강 물을 마시는 형상이다. 산도 푸르고 강도 푸른 강남의 명승에 자리 잡아 그 푸른빛을 모두 빨아들이고 있다. 그 속에서 낙조를 받으며 바람따라 물결따라 배를 내버려두어 아무렇게나 떠돌면 그간 세간살이의 속박을 보상할 수 있으리라.

백분白賁(약 1270-1330 이전)

원명은 정征, 자는 우이于易이며 후에 이름은 분賁, 자는 무구無咎로 바꾸었다. 호는 소헌素軒이다. 선세先世는 태원太原 문수文水 사람이나 후에 전당錢塘(지금의 절강성 항주)으로 이거하였다. 중서성中書省 낭관郎官이 되었다가 연우延祐(1314-1320) 연간에 흔주忻州(지금의 산서성) 태수로 나갔다. 지치至治(1321-1323) 연간에 온주로溫州路 평양주平陽州 교수教授가 되었으며, 상주로지사常州路知事를 지내고, 후에 문림랑文林郎 남안로총관부南安路總管府 경력經歷이 되었다. 천력天曆(1328-1330) 연간에 세상을 떠났다. 그림도 잘 그렸으며, 특히 〈앵무곡鸚鵡曲〉이 유명하여 후대에 창화하는 사람이 많았다.

正宮 鸚鵡曲

儂家鸚鵡洲邊住, 是個不識字漁父.
浪花中一葉扁舟, 睡煞江南煙雨.

覺來時滿眼青山, 抖擻綠蓑歸去.
算從前錯怨天公, 甚也有安排我處.

정궁 앵무곡

나는 앵무주 가에 사는
글자 모르는 어부라네.
물결 가운데 일엽편주,

강남의 구름 비 속에 실컷 잠을 자지.

깨어나면 온 눈에 청산이요,
푸른 도롱이 털면서 돌아가네.
이전에는 모르고 하늘을 원망하였지만,
내 살 곳 잘 정해 주셨네.

■ 주 석

鸚鵡洲(앵무주) : 지금의 무한시武漢市 한양漢陽 서남쪽 장강에 있었던 섬.

■ 해 제

'앵무곡'은 '흑칠노'의 다른 이름이다. 식자우환識字憂患이니 한 세상 시름없이 살자면 무식도 한 방편이 될 수 있다. 강남의 명승에서 살 수 있다면 그도 감내할 수 있을 듯하다. 마지막 구절은 몽고족 치하에서 차별 받던 한족 지식인의 불평으로 볼 수도 있다.

풍자진馮子振(1257-1348)

자는 해속海粟, 호는 괴괴도인怪怪道人, 또 영주객瀛州客이며, 상향湘鄉(지금의 호남성) 사람이며, 유주攸州(지금의 호남성 유현攸縣) 사람이라고도 한다. 벼슬은 승사랑承事郎, 집현대제集賢待制에 이르렀다. 박문강기博聞強記하고 재기가 넘쳐 붓을 대면 바로 문장을 이루어 천하제일이라는 명성을 얻었다. 《원사 유학전儒學傳》에서 "천태 진부는 시문을 지을 때 마음대로 바로 완성하여 조탁하지 않았다. 유주 풍자진은 그 씩씩하기가 진부와 대략 같았으며 진부는 그를 경외하여 자신은 풍자진에 미치지 못한다고 여겼다. 풍자진은 천하의 책 가운데 외우지 않은 것이 없었다. 문장을 지을 때 술에 얼큰히 취해 시사 두세 명에게 붓을 적셔 기다리게 하고는 자진은 서안에 기대 빨리 쓰니 종이가 많고 적음에 따라 경각간에 다 쓴다(天台陳孚其爲詩文大抵任意卽成, 不事雕鑿. 攸州馮子振其豪俊與孚略同, 而孚極敬畏之, 自以爲不可及. 子振於天下書無所不記. 當其爲文也, 酒酣耳熱, 命侍史二三人潤筆以俟, 子振據案疾書, 隨紙數多寡頃刻輒盡)"고 하였다. 산곡 소령은 개인의 한적한 생활, 세상에 대한 한탄, 신선에 대한 갈망, 경물을 대하여 느낀 감회, 고금에 대한 감상을 읊었으며, 정조는 굳세고 시원스럽다. 소령 44수가 남아 있으며, 그 중 42수가 〈앵무곡鸚鵡曲〉이다. 대덕 6년(1302) 겨울, 풍자진이 경사에 머물며 가녀가 부르는 백분白賁의 〈앵무곡〉을 듣고 운이 험하여 화운하는 사람이 없으므로 이에 화작을 지었다. 벗들이 그의 작품에 다시 화작하여 일시에 유명해졌다. 원나라 때 송경렴宋景濂은 그의 산곡을 "횡려분발橫厲奮發"하여 "참으로 일세의 영웅(眞一世之雄)"이라고 평하였다. 《해속집海粟集》을 남겼으며, 지금은 왕의王毅가 편집한 《해속집집존海粟集輯存》이 있다.

正宮 鸚鵡曲 – 燕南百五

東風留得輕寒住, 百五鬧蝶母峰父.
好花枝半出牆頭, 幾點淸明微雨.

么

繡彎彎濕透羅鞋, 綺陌踏青回去.
約明朝後日重來, 靠淺紫深紅暖處.

정궁 앵무곡 – 연남 지역의 한식

동풍이 가벼운 추위를 붙잡아두니
한식에 벌 나비 요란하다.
좋은 꽃 반 가지는 담장 너머,
청명에 비 몇 방울.

요

굽은 비단 신발에 물기 스미고,
아름다운 길에 답청하고 돌아간다.
내일 모레 다시 와
울긋불긋 따뜻한 곳에 기대기로 약조하였네.

■ 주 석

燕南(연남) : 황하黃河 이북 지역을 가리킨다. 여기서는 특히 지금의 북경 일대를 말한다.

百五(백오) : 105일. 동지 이후 105일째 되는 날. 한식寒食. 청명清明은 한식과 같거나 하루가 차이 난다.

綺陌(기맥) : 번화한 거리. 풍경이 아름다운 교외의 길.

踏靑(답청) : 청명에 교외로 나가는 놀이.

淺紫深紅(천자심홍) : 울긋불긋한 꽃을 형용한다.

■ 해 제

지금의 북경 지역의 한식 풍속을 간단히 읊었다.

풍자진은 정궁 앵무곡으로 수십 곡의 연작을 지었다. 그 사연은 서문에 잘 나타나 있다. 다음은 서문이다.

백무구가 〈앵무곡〉에서 읊었다. "나는 앵무주 가에 사는 글자 모르는 어부라네. 물결 가운데 일엽편주, 강남의 구름 비 속에 실컷 잠을 자지. 깨어나면 온 눈에 청산이요, 푸른 도롱이 털면서 돌아가네. 이전에는 모르고 하늘을 원망하였지만, 내 살 곳 잘 정해 주셨네." 나는 임인년(1302)에 상경에 머물면서 북경 여배우 어원수 등과 풍설 속에서 서로 어울리면서 이 곡에 화작하는 이가 없음을 한스러워하였다. 또 앞뒤로 직접 훈도를 받은 사대부들은 운자에 구속되어 첫째 '父'에 말을 넣기 어렵고, '甚也有安排我處' 구에서 '甚'자는 반드시 거성자를 쓰고, '我'자는 반드시 상성자를 써야 음률이 비로소 어울리니 그렇게 하지 않으면 노래할 수 없으므로 이 구절에 또 말넣기가 어렵다고 하였다. 여러 사람들이 술을 들어 나에게 화작하라고 요구하므로 변량汴梁, 오, 상도, 천경의 풍경으로써 화작을 지어 보았다(序云, 白無咎有鸚鵡曲云, 儂家鸚鵡洲邊住, 是個不識字漁父. 浪花中一葉扁舟, 睡煞江南煙雨. 覺來時滿眼青山, 抖擻綠蓑歸去. 算從前錯怨天公, 甚也有安排我處. 余壬寅歲留上京, 有北京伶婦御園秀之屬, 相從風雪中, 恨此曲無續之者. 且謂前後多親炙士大夫, 拘於韻度, 如第一個父字, 便難下語. 又甚也有安排我處, 甚字必須去聲字, 我字必須上聲字, 音律始諧, 不然不可歌, 此一節又難下語. 諸公舉酒, 索余和之, 以汴吳上都天京風景試續之)

正宮 鸚鵡曲 – 赤壁懷古

茅廬諸葛親曾住, 早賺出抱膝梁父.
笑談間漢鼎三分, 不記得南陽耕雨.

么

歎西風卷盡豪華, 往事大江東去.
徹如今話說漁樵, 算也是英雄了處.

정궁 앵무곡 – 적벽에서 옛날을 돌아보다

띠집은 이전에 제갈량이 몸소 살던 곳,
무릎 안고 〈양보음梁父吟〉 부르던 그를 일치감치 속여서 불러냈지.
담소하는 사이 한나라를 셋으로 나누고,
남양에서 비 맞으며 밭 갈던 때 기억하지 못하네.

요

한스럽네, 서풍이 호화를 모두 말아 가고
지난 일 대강따라 동으로 가버렸으니.
지금에 이르러 어부와 나무꾼들 사이에 회자되니
또한 영웅들의 결말이라네.

■ 주 석

賺出(잠출) : 속여서 나오게 하다.

抱膝梁父(포슬량보) : 제갈량을 가리킨다. 《위략魏略》에서 제갈량은 남양에 은거할 때 "밤마다 조용히 늘 무릎을 안고 길게 읊조렸다(每晨夜從容, 常抱膝長嘯)"고 하였다. '양보'는 〈양보음梁父吟〉이며, 제갈량이 지었다고 한다.

了處(요처) : 귀숙歸宿, 결국結局.

■ 해제

삼국시대 적벽대전을 짤막하게 회고하였다. 제갈량이 유비劉備에게 속아서 세상에 나갔다고 하였으니 작자가 은거를 얼마나 높이 여기는지 알 수 있다.

正宮 鸚鵡曲 — 泣江婦

曹娥江主婆娑住, 五月五水面迎父.
蔡中郎幼婦碑陰, 古刻荒雲深雨.

么

夏侯瞞智肖楊修, 強說不多來去.
怕文章洩漏風光, 謎語到難開口處.

정궁 앵무곡 - 강의 여인을 통곡하다

조아강 주인은 너울너울 머물러
오월 오일 수면에서 아버지를 맞이하네.
채중랑은 "黃絹幼婦, 外甥虀臼" 8자를 비 뒷면에 썼고,

옛 비석은 짙은 구름 장대비에 묻혔네.

요

조조曹操는 지혜를 양수와 겨루려고
얼마 가지 않아 맞추었다고 강변하였지.
문장에서 풍광이 새 나갈까 두려워
수수께끼는 입을 열지 못하게 하네.

■ 주 석

曹娥江(조아강) : 조아강은 절강성 3대 강의 하나이다. 금화시金華市 경안현磐安縣에서 발원하여 신창新昌, 승주嵊州, 상우上虞를 거쳐 소흥紹興에서 항주만杭州灣으로 흘러든다. 원래 이름은 순강舜江이었으며, 순임금이 단주丹朱의 난을 피하여 상우로 와서 백관들과 치수하였다고 붙은 이름이다. 한나라 순제順帝 때 해마다 단오일에 월越 사람들이 순강에서 용주龍舟를 저으며 파도의 신 오자서伍子胥를 맞이하였다. 143년 순제 한안漢安 2년 5월 5일, 오자서의 혼령을 맞이할 때 조아의 아버지 조우曹盱가 뱃머리에 서서 절節을 치고 노래를 부르면서 춤을 추었다. 갑자기 파도가 닥쳐와 배가 뒤집히고 조우는 강에 빠져 물결에 말려들어가 시신조차 찾을 수 없었다. 갓 14세 된 조아는 밤낮 강을 따라 통곡하다가 이레째 되는 날 옷을 물에 던지며 옷이 가라앉는 곳에 아버지의 시신이 있기를 기도하였다. 그리고 나서 옷이 가라앉은 곳에 몸을 던져 죽었다. 닷새 후에 아버지의 시신을 안고 나왔다. 향인들이 놀라 관목을 마련하여 강의 동쪽에 장사지냈다. 환제 원가 원년(151)에 이르러 조아를 강의 서안 길가, 즉 지금 조아묘曹娥廟의 터에 이장하였다. 당시 상우현령 도상度尙이 강을 조아강이라 개명하고 비를 세워 제사를 지냈다. 그의 외생外甥 한단순邯鄲淳에게 비문을 지으라 하니 20세의 한단순은 단숨에 완성하였다. 이 비석이 유명한 조아비曹娥碑이다. 195년 동한 말의 문인 채옹蔡邕이 환관에게 죄를 지어 강호를 떠돌다가 오월에 이르러 한단순의 비문을 보았다. 밤에 조아의 사당에 도착하여 달빛 아래 손으로 더듬어 비문을 읽으며 뛰어난 문장이라고 찬탄하며 비의 뒷면에 "黃絹幼婦, 外甥齏臼" 8자를 썼다. 후에 조조曹操가 조아비의 이 8자를 보고서 그 뜻을 알아맞힌 이야기가 《세설신어世說新語》에 실려 있다. "위 무제가 조아비 아래를 지나갈 때 양수가 수종하였다. 비의 뒷면에 '黃絹幼婦外孫齏臼' 8자가 적혀 있었다. 위 무제가 양수에게 '그대는 모르는가?'라고 하니 양수가 '압니다.'라고 답하였다. 위 무제는 '그대는 말하지 말고 내가 생각하기를 기다리라.'고 하였다. 30리를 가서는 위 무제가 말하였다. '나는 이미 알았다.' 양수에게 아는 바를 따로 쓰라고 하였다. 양수는 말하였다. '황견은 색깔 있는 비단(絲)이니 '絕'자가 되고, '幼婦'는 '少女'이니 '妙'자가 되고, '外孫'은 딸(女)의 아들(子)이니 '好'자가 되고, '齏臼'는 양념(辛)을 담으니 '辭'자가 됩니다. '絕妙好辭'입니다.' 위 무제가 쓴 답도 양수와 같았다. 탄식하여 말하기를 '내 재주가 그대에게 미치지 못하도다. 30리 차이가 나는구나.'라고 하였다(魏武嘗過曹娥碑下, 楊脩從, 碑背上題作黃絹幼婦外孫齏臼八字. 魏武謂脩, 曰, 卿不解. 答曰, 解. 魏武曰, 卿未可言, 待我思之. 行三十里, 魏武乃曰, 吾已得. 令脩別記所知. 脩曰, 黃絹, 色絲也, 於字爲絕, 幼婦, 少女也, 於字爲妙, 外孫, 女子也, 於字爲好, 齏臼, 受辛也, 於字爲辭, 所謂絕妙好辭也. 魏武亦記之, 與脩同. 乃歎曰, 我才不及卿, 乃覺三十里)"

■ **해 제**

조아비를 매개로 삼아 조아강에 서린 이야기와, 조조와 양수 사이에 벌어진 자미字謎 대결을 절묘하게 연결하였다.

장가구張可久(1280?-1348 이후)

호는 소산小山이며, 경원慶元(지금의 절강성浙江省 은현鄞縣) 사람이다. 노리路吏, 전사典史, 세감稅監 등 낮은 벼슬을 전전하며 절강, 강소, 복건 등지를 돌아다녔다. 항주의 서호에 오래 살며 산수를 방랑하였다. 산곡 800여 수를 남겼으며, 주로 산수풍경과 정회를 읊었으며, 시사詩詞의 작법을 산곡에 응용하였다. 산곡집으로 《소산악부小山樂府》가 있다.

雙調 慶東原 – 次馬致遠先輩韻 (九首中選二)

殺三士, 因二桃, 不如五柳莊前傲.
文魔賈島, 詩窮孟郊, 酒困山濤.
他得志笑閒人, 他失腳閒人笑.

詩情放, 劍氣豪, 英雄不把窮通較.
江中斬蛟, 雲間射雕, 席上揮毫.
他得志笑閒人, 他失腳閒人笑.

쌍조 경동원 – 마치원 선배의 운에 차하다(9수 중 2수)

세 장사를 죽인 것은 복숭아 두 개,
다섯 그루 버드나무 집 앞에서 마음대로 사는 게 낫지.
글에 미친 가도,
시 때문에 가난한 맹교,

술에 찌든 산도.
그들은 뜻을 얻으면 한가한 사람을 비웃고,
그들이 실각하면 한가한 사람이 비웃지.

시에 정을 풀고, 칼의 기운 호기롭다.
영웅은 궁통을 따지지 않는다네.
강물 속에서 이무기를 베고,
구름 속 새를 쏘고,
자리에서는 붓을 휘둘러.
그들은 뜻을 얻으면 한가한 사람을 비웃고,
그들이 실각하면 한가한 사람이 비웃지.

■ 주 석

殺三士(살삼사) : "이도살삼사二桃殺三士(복숭아 두 개로 세 용사를 죽이다)."《안자춘추晏子春秋》에 실려 있는 고사로서 음모를 꾸며 사람을 죽인다는 뜻이다. 춘추시대 제齊나라 경공景公에게는 공손접公孫接, 전개강田開疆, 고야자古冶子라는 세 장사가 있었다. 안자晏子는 이들이 초래할 환란을 막고자 경공에게 세 장사에게 복숭아 두 개를 내리게 하는 계책을 건의하였다. 세 장사가 복숭아 두 개를 공평하게 나누지 못하자 안자는 공로가 큰 사람이 복숭아 하나를 먹는 방법을 제안하였다. 공손접과 전개강이 자신들의 공적을 내세우며 복숭아를 하나씩 가졌다. 고야자는 자신의 공로가 더 크다고 여겨 칼을 뽑아 두 사람을 꾸짖었다. 공손접과 전개강은 고야자의 공적이 자신들보다 크다고 생각하여 부끄러운 나머지 복숭아를 내놓고 자결하였다. 고야자도 남을 모욕하며 자신의 공적을 자랑한 일과 두 사람이 자기 때문에 자결한

데 대하여 부끄러움을 느껴 역시 칼을 뽑아 자결하였다.

文魔(문마) : 글 또는 책에 미치다. 서치書癡.

賈島(가도) : 779-843. 중당의 시인. 자가 낭선閬仙이며, 범양范陽(지금의 북경 부근) 사람이다. 출가하여 법명을 무본無本이라고 하였다. 후에 시로써 한유韓愈, 맹교孟郊, 장적張籍, 요합姚合 등과 교유하면서 명성을 얻고, 환속하였다. 출신이 미미하여 급제하지 못하여 과거의 악폐를 비난하는 시를 지었다. 만년에 장강長江(지금의 사천성四川省 봉계蓬溪) 주부主簿가 되었다가 보주普州(지금의 사천성 안악현安岳縣) 사창참군司倉參軍이 되었다. 《장강집長江集》이 있다. 가도는 시를 지을 때 글자 한 자 한 자를 매우 신중하게 고르기로 유명하여 "퇴고推敲"라는 말을 만들어냈다. 가도가 장안에 과거 보러 갔을 때 하루는 나귀를 타고 가다가 "조숙지변수鳥宿池邊樹, 승고월하문僧敲月下門"이라는 시구를 지었다. 처음에는 '퇴推'자를 쓰려다가 또 '고敲'자를 쓰고 싶어졌다. 결정을 하지 못하고 나귀 위에서 읊조리며 때때로 손을 들어 밀고 두드리는 동작을 하며 경조윤京兆尹 한유韓愈의 행차와 부딪치고 말았다. 부하들이 잡아서 한유 앞으로 데리고 가니 가도는 시구에 대해 말하였다. 한유는 말을 세우고 오래 생각하더니 "고敲"자가 좋다고 하였다. 후세에 반복하여 자구 다듬는 일을 "퇴고推敲"라고 하게 되었다.

詩窮(시궁) : 문인이 가난에 시달리다.

孟郊(맹교) : 751-814. 중당의 시인. 자가 동야東野이며, 호주湖州 무강武康(지금의 절강성浙江省 무강현武康縣) 사람이다. 46세에 진사 급제하였으며, 율양위溧陽尉, 협률랑協律郎 등을 지냈다. 일생 가난하게 살았지만 시류에 휩쓸리지 않았다. 한유韓愈, 이고李翺, 이관李觀 등의 인정을 받았지만 추위와 굶주림에 시달려 사람들이 "한산맹부자寒酸孟夫子"라고 불렀다. 그는 자신의 처지와 당시 어지러운 정치 현실을 제재로 삼아 진실하고 격정적이며 비판적인 시를 썼다. 《맹동야집孟東野集》이 있다.

山濤(산도) : 205-283. 삼국시대三國時代 위魏나라 및 서진西晉 시기의 명사로서 죽림칠현의 한 사람이다. 자는 거원巨源이며 하내군河內郡 회현懷縣(지금의 하남성河南省 무척武陟 서쪽) 사람이다. 산도는 술을 8두斗를 마셔야 취했다. 무제가 이를 시험하고자 술 8두를 준비하여 마시게 하고, 몰래 술을 더하였다. 산도는 8두를 마시고는 더 이상 마시지 않았다고 한다.

窮通(궁통) : 궁달窮達. 곤궁困窮과 현달顯達.

■ 해 제

이 작품은 모두 9수이며, 모두 "他得志笑閒人, 他失腳閒人笑" 두 구로 끝을 맺는다. 마치원의 운에 맞춰 지었으며, 풍격도 마치원과 비슷하다. 권력 암투를 비웃고, 궁달窮達에 초연한 영웅의 삶을 지향한다.

南呂 一枝花 – 湖上晚歸

長天落彩霞, 遠水涵秋鏡.
花如人面紅, 山似佛頭青, 生色圍屏.
翠冷松雲徑, 嫣然眉黛橫.
但攜將旖旎濃香, 何必賦橫斜疏影.

梁州

挽玉手留連錦英, 據胡床指點銀瓶.
素娥不嫁傷孤另. 想當年小小, 問何處卿卿?

東坡才調, 西子娉婷.
總相宜千古留名.
吾二人此地私行, 六一泉亭上詩成.
三五夜花前月明, 十四弦指下風生.
可憎, 有情.
捧紅牙合和伊州令.
萬籟寂, 四山靜.
幽咽泉流水下聲, 鶴怨猿驚.

尾

岩阿禪窟鳴金磬, 波底龍宮漾水晶.
夜氣淸, 酒力醒,
寶篆銷, 玉漏鳴.
笑歸來仿佛二更, 煞強似踏雪尋梅灞橋冷.

남려 일지화 - 호수가에 밤에 돌아오다

긴 하늘에 채색 노을 지고,
먼 물에 가을 거울이 담겼다.
꽃은 사람 얼굴처럼 붉고
산은 부처 머리처럼 검푸르니

병풍처럼 빛이 나는구나.
구름 낀 솔밭길 파르라니 서늘하고
눈썹이 아리땁게 가로질렀네.
날씬한 미녀나 데릴 뿐
왜 꼭 비낀 성긴 그림자 읊어야 할까?

양주

옥수를 끌어 꽃무리에 머물러
호상에 걸터앉아 은병을 가리킨다.
항아는 시집 못가 외로움에 아프고
당년의 소소소는 누구의 자기였던가?
소동파의 재주,
서시의 어여쁨,
천고에 이름 남아 당연하도다.
우리 두 사람 여기 몰래 와서
육일천 정자에서 시를 짓는다.
삼오야 꽃 앞에 달이 밝고,
열네 줄은 손가락 아래서 바람을 일으킨다.
미워라, 내 사랑,
붉은 박판 들고서 〈이주령〉을 연주하네.
만뢰가 적막하고 사방이 고요하다.
나지막이 오열하는 샘물 흘러내리는 소리,
학이 원망하고 원숭이가 놀라네.

미

바위 언덕 선방에서 경쇠 울리고
물결 아래 용궁에서 수정이 일렁인다.
밤기운 맑고, 술이 깨며
향은 식고 옥루는 울린다.
웃으며 돌아오니 이경인 듯,
눈 밟으며 매화 찾던 파교보다도 훨씬 추워라.

■ 주 석

秋鏡(추경) : 가을에는 물이 맑아져 수면이 거울 같다. 이 구절은 멀리 흐르는 강물이 명경지수 같다는 말이다.

眉黛(미대) : 눈썹 화장하는 먹. 여기서는 먼 산이 눈썹처럼 검푸르게 가로질러 있음을 말한다.

旖旎濃香(의니농향) : 자태가 나긋나긋하고 향기를 뿜는 미인을 말한다.

橫斜疏影(횡사소영) : 매화를 말한다. 송나라 임포林逋는 《산원소매山園小梅》 시에서 매화를 "소영횡사수청천疏影橫斜水淸淺, 암향부동월황혼暗香浮動月黃昏"이라고 읊었다.

錦英(금영) : 꽃송이 더미.

胡床(호상) : 접이식 간이 의자.

銀甁(은병) : 술병. 당나라 두보杜甫의 〈소년행少年行〉 시에 "불통성씨조호심不通姓氏粗豪甚, 지점은병색주상指點銀甁索酒嘗"이라는 구절이 있다.

素娥(소아) : 항아姮娥.

小小(소소) : 소소소蘇小小. 남제南齊시대의 기녀.

卿卿(경경) : 사랑하는 사이에 서로 부르는 애칭.

西子(서자) : 서시西施. 소식蘇軾의 〈음호상초청후우飮湖上初晴後雨〉 시에

"욕파서호비서자欲把西湖比西子, 담장농말총상의淡妝濃抹總相宜"라는 구절이 있다.

六一泉(육일천) : 서호西湖의 고산孤山 남쪽에 있는 샘. 소동파가 육일거사六一居士 구양수歐陽脩를 추모하여 이름을 붙였다.

紅牙(홍아) : 붉은 박판拍板.

伊州令(이주령) : 악곡 이름.

岩阿(암아) : 바위 언덕.

禪窟(선굴) : 절. 사찰.

寶篆(보전) : 전서篆書처럼 구불구불한 향.

玉漏(옥루) : 물시계.

踏雪尋梅(답설심매) : 당나라의 시인 맹호연孟浩然이 눈 오는 날 나귀를 타고 파교로 매화를 찾아갔다고 한다.

■ 해 제

미인을 데리고 저녁 무렵부터 한밤까지 꽃과 달을 보며 술 마시고 시를 짓고 악기를 연주하고 노래 부르다가 돌아온 풍류를 읊었다. 상투적인 비유법에서 원관념과 보조관념을 거꾸로 사용하여 묘미를 더하고, 이전 시인들의 시구를 섞어서 경물과 그 속의 인물을 그림처럼 묘사하였다. 명나라의 이개선李開先은 "고금절창古今絶唱"이라고 하였고, 심덕부沈德符는 "일시절창一時絶唱"이라고 하였다.

교길喬吉(?-1345)

자는 몽부夢符, 호는 학생옹鶴笙翁, 성성도인惺惺道人이며, 태원太原(지금의 산서성 태원시) 사람이며, 항주杭州에서 살았다. 평생 뜻을 이루지 못하고 강호를 떠돌며 시와 술로 세월을 보냈다. 잡극 11편을 지었으며, 《양주몽揚州夢》, 《양세인연兩世姻緣》, 《금전기金錢記》가 남아 있다. 장가구와 함께 산곡의 양대 작가로 꼽힌다. 소령 209수, 투곡 11수가 남아 있다.

中呂 滿庭芳 - 漁父詞 (二十首中選二)

扁舟棹短, 名休掛齒, 身不屬官.
船頭酒醒妻兒喚, 笑語團圞.
錦晝圖芹香水暖, 玉圍屏雪急風酸.
淸江畔, 閑愁不管, 天地一壺寬.

秋江暮景, 胭脂林障, 翡翠山屛.
幾年罷卻靑雲興, 直泛滄溟.
臥御榻彎的腿疼, 坐羊皮慣得身輕.
風初定, 絲綸慢整, 牽動一潭星.

중려 만정방 – 어부사 (20수 중 2수)

조각배에 짧은 노,
이름은 입에 올리지 말라,
몸은 벼슬아치 아니니.
뱃머리에서 술이 깨니 아내가 불러
웃으며 얘기하니 단란도 하다.
미나리 향기롭고 물은 따뜻하면 비단 그림,
눈보라 치고 바람 시릴 때는 옥 병풍.
맑은 강가에서
시름은 아랑곳않네.
천지는 술항아리만 하니.

추강에 저무는 경치,
연지색 숲이 가로막고
비취빛 산은 병풍이로다.
몇 년이나 청운에 대한 꿈을 버리고
푸른 바다에 떠 있는가.
어탑에서 자니 굽은 다리가 아프고
양가죽 걸치고 앉으니 익숙해 몸이 가볍네.
바람이 갓 자니
낚싯줄 천천히 걷으매
온 못의 별을 당겨 움직인다.

■ 주 석

錦畫圖(금화도) : 비단에 그린 그림. 아름다운 경치를 말한다.

玉圍屛(옥위병) : 옥으로 만든 병풍. 겨울 설경을 말한다.

胭脂(연지) : 연지. 단풍의 붉은빛을 비유한다.

翡翠(비취) : 비취. 푸른 산색을 말한다.

靑雲興(청운흥) : 청운에 대한 흥취. 청운은 고관현작高官顯爵, 고관현작을 얻는 길, 원대한 포부를 말한다. '청운흥'은 출세에 대한 욕망을 말한다.

御榻(어탑) : 임금의 침상. 후한後漢의 엄광嚴光(B.C. 39-A.D. 41)은 광무제光武帝의 벗으로 광무제가 즉위하자 은거하며 양가죽 옷을 걸치고 낚시질로 소일하였다. 광무제가 엄광을 찾아 궁중으로 데리고 가서 세사를 논하다가 침상에서 함께 잤다. 엄광의 다리가 광무제의 배를 눌렀다.

■ 해 제

원래 20수로 이루어진 연작이다. 다양한 각도에서 어부의 한가로운 생활을 묘사하면서 현실을 벗어나 산수를 노닐고픈 심정을 토로하였다.

휴경신睢景臣(약 1275-1320)

이름은 순신舜臣이라고도 하며, 자는 가현嘉賢, 경현景賢, 가빈嘉賓이다. 강소江蘇 양주揚州 사람이며, 항주로 이거하였다. 평생 서회書會의 재인才人으로 살았으며 벼슬하지 않았다.

商角調 黃鶯兒 - 寓僧舍

秋色, 秋色,
幾聲悲愴, 孤鴻出塞.
滿園林野火烘霞, 荷枯柳敗.

踏莎行

水館煙中, 暮山雲外,
泊孤舟古渡側.
息風霾, 淨塵埃,
寶刹淸涼境界.
僧相待, 借眠何礙?

垂絲釣

風淸月白, 有感心酸不耐.
更觸目淒涼, 景物供將愁悶來.

月被雲埋, 風鳴在籟.

應天長

僧舍窄, 蚊帳矮,
獨擁單衾, 一宵如半載.
舊恨新愁深似海.
情緣在, 人無奈, 幾般兒可怪.

隨煞

促織絮惱情懷, 砧杵韻無聊賴.
簷馬奢殿鐸鳴, 疏雨滴西風煞,
能斷送楚臺雲, 會禁持異鄉客.

상각조 황앵아 - 절집에 묵다

가을빛, 가을빛.
몇 마디 구슬픈 소리
외기러기 변새를 나간다.
원림 가득 들불은 노을을 달구며,
연잎은 말랐고 버들은 시들었다.

답사행

안개 낀 물가 누각,
구름 밖 저문 산.
옛 나루 옆에 배를 대었네.
흙먼지 날리는 바람 멎어
먼지도 가라앉아
사찰은 청량한 경계로다.
스님이 기다리니 묵어간들 어떠리.

수사조

바람 맑고 달 밝으니
마음 쓰려 견딜 수 없어라.
다시 눈 닿은 데마다 처량하니
경물은 근심을 가져오는구나.
달은 구름에 묻히고
바람은 만뢰萬籟를 울린다.

응천장

요사는 좁고 모기장은 낮다.
홀로 홑이불 안으나
하룻밤이 반 년 같네.
묵은 한, 새 시름 바다와 같다.
맺은 정은 있으나 사람은 어찌할 수 없으니
얼마나 괴이한가.

수살

귀뚜라미 시끄러워 마음을 괴롭히고,
다듬이 방망이소리는 무료하다.
풍경은 화려한 전각에서 울고,
성긴 빗방울 듣고 서풍은 서늘하여
초나라 양대陽臺의 구름을 끊을 줄도 알고,
타향 나그네 괴롭힐 줄도 아네.

■ 주 석

烘霞(홍하) : 불로 쬐는 듯한 노을. 노을빛이 불꽃처럼 붉음을 말한다.
風霾(풍매) : 바람이 흙먼지를 일으켜 어둑어둑한 현상.
促織(촉직) : 귀뚜라미.
砧杵(침저) : 다듬잇돌과 방망이.
無聊賴(무료뢰) : 무료하다. 기댈 데 없다. 답답하다.
簷馬(첨마) : 풍경風磬.
禁持(금지) : 괴롭히다.

■ 해 제

가을의 풍경과 절집에서 묵는 심사를 읊었다. 이은상李殷相의 시조 〈성불사成佛寺의 밤〉과 비교할 만하다. 이 투곡은 청대淸代에 편찬된 《구궁대성남북궁사보九宮大成南北宮詞譜》에 악보가 남아있다.

'성불사 깊은 밤에 그윽한 풍경 소리
주승은 잠이 들고 객이 홀로 듣는구나.
저 손아 마저 잠들어 혼자 울게 하여라.
댕그렁 울릴 제면 더 울릴까 맘 졸이고
끊일 젠 또 들리리라 소리 나기 기다려져
새도록 풍경 소리 더리고 잠 못 이뤄 하노라.'

주덕청周德淸(1277–1365)

자는 일담日湛, 호는 정재挺齋이며 고안高安 가당暇堂(지금의 강서성江西省 고안현高安縣) 사람이다. 북송의 이학자 주돈이周敦頤의 후손이며, 저명한 음운학자이다. 집안이 어려웠으나 평생 벼슬하지 않았다. 악부樂府를 잘 짓고 음률音律에 밝아 명가의 산곡을 수집하고 연구하였다. 북방어의 특질과 규율을 발견하고 〈작사십법作詞十法〉을 정리하여 《중원음운中原音韻》을 저술하였다. 《중원음운》은 후대 산곡 및 희곡 창작의 표준으로 작용하였다.

中呂 滿庭芳 – 看岳王傳

披文握武, 建中興廟宇, 載靑史圖書.
功成卻被權臣妒, 正落奸謀.
閃殺人望旌節中原士夫, 誤殺人棄丘陵南渡鑾輿.
錢塘路, 愁風怨雨, 長是灑西湖.

중려 만정방 – 《악왕전》을 읽고

문무를 겸비하여
사직을 다시 일으켜
청사의 도서에 실렸네.
공을 이루고도 오히려 권신의 질투를 받아
간사한 모략에 빠졌네.

고생하는 사람은 군사 오기 바라는 중원의 백성들,
잘못한 사람은 구름 버리고 남도하는 황제.
전당 길 시름 서린 바람 원한 맺힌 비는
길이 서호에 뿌리리라.

中呂 滿庭芳 – 韓世忠

安危屬君, 立勤王志節, 比翊漢功勳.
臨機料敵存威信, 際會風雲.
似恁地盡忠勇匡君報本, 也消得坐都堂秉笏垂紳.
閑評論, 中興宰臣, 萬古揖淸芬.

중려 만정방 – 한세충

나라의 안위가 그대에게 달려
왕조를 일으키는 절개를 세웠으니,
한나라 보좌한 공훈과 같구나.
위기 맞아 적을 헤아려 위신을 보존하고
바람과 구름의 만남을 이루었네.
이렇게 진충보국하며 임금을 보필하니
도당에 앉아 홀을 잡고 띠를 드리우리라.
부질없이 논하거니와
중흥의 중신이요,
만고에 맑은 향기에 읍하도다.

中呂 滿庭芳 - 誤國賊秦檜

官居極品, 欺天誤主, 賤土輕民.
把一場和議爲公論, 妒害功臣.
通賊虜懷奸誑君, 那些兒立朝堂仗義依仁.
英雄恨, 使飛雲倖存, 那裏有南北二朝分.

중려 만정방 - 나라를 망친 역적 진회

지위는 최고에 올라서
하늘을 속이고 군주를 망쳤으며
국토와 백성을 경시하였네.
한바탕 화의를 공론으로 만들어
공신을 질투하고 해쳤지.
오랑캐와 내통하고 간사한 마음으로 임금을 속여
누가 조정에서 인의를 실행할까?
영웅의 한이여,
악비와 악운이 있었다면
어이 남북 두 왕조로 나뉘었으리?

中呂 滿庭芳 - 張俊

謀淵略廣, 論兵用武, 立國安邦.
佐中興一代賢明將, 怎生來險幸如狼.

蓄禍心奸私放黨, 附權臣構陷忠良.

朝堂上, 把一個精忠岳王, 屈死葬錢塘.

중려 만정방 - 장준

모략이 깊고 넓어

병법을 논하고 군사를 움직여

나라를 세우고 안정시켰네.

중흥의 일대 현명한 장수를 보좌해야지,

어이하여 험악하기가 이리 같은가?

화를 키우는 심보로 몰래 작당하여

권신에 빌붙어 충량한 사람을 모함하였지.

조정에서 충성스런 악왕을

억울하게 죽여 전당에 묻었구나.

■ 주 석

岳王傳(악왕전) : 악왕은 악비岳飛(1103-1142). 악비는 자는 붕거鵬擧이며 송宋나라 상주相州 탕음현湯陰縣 영화향永和鄕 효제리孝悌里(지금의 하남성河南省 안양시安陽市 탕음현 정강촌程崗村) 사람이다. 남송南宋 '중흥사장中興四將'의 으뜸으로 추앙받는다. 대금 항쟁을 주장하여 10여 년간 악가군岳家軍을 통솔하여 금군金軍과 수백 전을 치루며 장상將相에 올랐다. 1140년, 북벌에 나서 언성郾城과 영창潁昌에서 금군을 대파하고 주선진朱仙鎭에 진군하였다. 그러나 고종高宗과 진회秦檜는 금과 화친을 맺고자 퇴군을 명하여 악비는 고립무원의 지경에 빠져 회군할 수밖에 없었다. 송나라와 금나라가 화의를 맺는 과정에서 악비는 진회와 장준張俊 등의 모함을 받아 투옥되었다. 1142년 1월, 악비는 모반의 누명을 쓰고 살해되었다. 영종寧宗 때 악왕鄂王에 추봉되었으며, 후대에 '악왕岳王'으로 불린다. 《악왕전》은 《송사宋史 악비열전岳飛列傳》(열전 제124)을 말한다. 후대에 악비를 주인공으로 내세운 소설이 여러 편 나왔다.

閃殺人(섬살인) : 죽도록 고생하는 사람. 버림받은 사람. 중원의 송나라 백성들을 가리킨다. '섬살閃殺'은 죽도록 고생한다는 뜻이다. '살殺'은 정도가 매우 심함을 나타낸다. '섬閃'은 '포섬拋閃' 즉 버리다는 뜻으로도 본다. 이 구는 중원의 백성들은 정기와 의장을 앞세운 군사가 와서 구원해 주기를 바란다는 뜻이다. 악비는 금군을 격파하여 주선진에 이르렀으나 조정에 소환되어 철군하였다.

旌節(정절) : 정기旌旗와 의장儀仗.

誤殺人(오살인) : 죽도록 잘못한 사람. 악비를 죽인 송 고종高宗 조구趙構를 가리킨다.

丘陵(구릉) : 조상의 무덤이 있는 언덕, 즉 중원을 가리킨다.

南渡(남도) : 송나라는 변량汴梁을 버리고 회하를 건너 남쪽으로 가서 임안臨安을 도읍으로 삼았다.

鑾輿(난여) : 천자의 거가車駕. 황제를 가리킨다.

韓世忠(한세충) : 1089-1151. 섬서성陝西省 수덕현綏德縣 사람이며, 자는 양신良臣이다. 남북송 교체기의 명장으로 악비, 장준, 유광세劉光世와 함께 '중흥사장中興四將'으로 불린다. 체격이 우람하고 용맹하였다. 빈한한 집안 출신으로 18세에 종군하여 서하西夏 금金에 대한 전쟁 및 각지의 반란 평정에 큰 공을 세웠다. 진회秦檜에게 맞서 악비의 죽음에 대해 불평을 토로하였다. 사후에 태사太師에 추증되고 통의군왕通義郡王에 추봉되었다. 효종孝宗 때 다시 기왕蘄王에 추봉되었으며, 시호 충무忠武를 받았고, 고종高宗의 묘정廟廷에 배향되었다.

秦檜(진회) : 1090-1155. 자는 회지會之이며, 송나라 강녕부江寧府(지금의 강소성江蘇省 남경南京) 사람이다. 악비를 살해하여 "화하민족 천고죄인華夏民族 千古罪人"으로 불린다. 휘종徽宗 정화政和 5년(1115)에 급제하여 밀주密州(지금의 산동성山東省 제성諸城) 교수敎授가 되었으며, 태학太學 학정學正을 지냈다. 북송 말기에 어사중승御史中丞이 되어 휘종, 흠종欽宗과 함께 금나라에 포로로 잡혀갔다. 1130년(건염建炎 4)에 남송으로 돌아와 예부상서禮部尙書를 지내고 재상을 두 번 역임하였다. 전후 19년간 집정하며 금나라에 대하여 "칭신강화稱臣講和"를 주장하였으며, 고종의 비위를 잘 맞추어 총애를 받았다. 악비에게 "죄가 있을 것이다(莫須有)"라는 누명을 씌워 죽였다.

飛雲(비운) : 악비와 악운岳雲(1119-1142). 악운은 악비의 장자이며, 대금항쟁에서 백전백승하여 공을 세웠다. 소흥紹興 11년 제석에 아버지 악비, 부장部將 장헌張憲과 함께 살해당하였다.

張俊(장준) : 1086-1154. 자는 백영伯英이며 봉상부鳳翔府 성기成紀(지금의 감숙성甘肅省 천수시天水市) 사람. 남송의 장수로서 악비, 한세충, 유광세와 함께 '중흥사장'으로 불린다. 후에 주화파主和派로 전향하여 악비를 모살하는 데 가담하였으며, 이 일로 고종의 총애를 받았다. 만년에 청하군왕淸河郡王에 봉해졌다.

錢塘(전당) : 항주杭州.

▩ 해 제

남송과 금이 대치할 때 주전파와 주화파의 대표 인물을 읊었다. 악비와 한세충은 주전파이면서 충신이요, 진회와 장준은 주화파이면서 주전파를 해친 간신이다. 항주 서호西湖의 악비 사당 정충묘精忠廟 악비의 무덤 앞에는 진회와 장준의 웃통을 벗기고 양손을 뒤로 결박한 채 악비를 향해 무릎 꿇고 머리 조아린 철상鐵像을 설치해 놓았다. 그 철상을 둘러친 난간에는 "침을 뱉지 마시오"라는 팻말이 걸려 있다. 시대가 바뀌면 역사에 대한 평가도 바뀌는가? 앞으로 중국에서 이들에 대한 평가가 어떠할지 지켜볼 일이다.

탕식湯式(?-?)

자는 순민舜民, 호는 국장菊莊이며, 절강성浙江省 상산현象山縣 사람이다. 현리縣吏가 되었으나 뜻에 맞지 않아 강호를 떠돌았다. 양경현楊景賢, 가중명賈仲明 등과 깊이 교유하였다. 명明 성조成祖의 연저燕邸 시절 후한 대우를 받았으며, 영락永樂 연간에 자주 은혜를 입었다. 산곡 작품은 소령 170수, 투수 68투를 지었다. 《필화집筆花集》이 전한다. 주권은 《태화정음보太和正音譜》에서 그의 산곡을 "비단 병풍의 봄바람 같다(如錦屛春風)"고 평하였다.

黃鐘 出隊子 – 酒色財氣四首

麯生堪愛, 暈桃花上臉腮.
百篇一斗恣開懷, 誰承望捉月騎鯨再不來.
酒, 則被你斷送了文章李太白.

憐香惜玉, 醉臨春歡未足.
開皇戈甲出江都, 驚散金釵玉樹曲.
色, 則被你斷送了聰明陳後主.

錢神湧論, 僭家私多誤身.
東風吹墮畫樓人, 一夜香消金谷春.
財, 則被你斷送了奢華石季倫.

圖王爭帝, 半乾坤心未已.
鴻門會上失兵機, 直殺得血濺陰陵後悔遲.
氣, 則爲你斷送了英雄楚項籍.

황종 출대자 - 주색재기 4수

국선생은 사랑스럽거니와
복사꽃이 뺨에 핀다.
시 백 편이 한 말 술에 가슴에서 방자하니
누군들 알았으리, 달을 잡고 고래 타고 다시 오지 않을 줄.
술이여,
네가 문장 이태백을 보내버렸구나.

향과 옥을 어여삐 여겨
임춘각에서 취해도 즐거움은 부족하네.
수나라 갑병들 강도로 나오니
황금 비녀와 〈옥수후정화玉樹後庭花〉 노래 놀라서 흩어졌네.
색이여,
너는 총명한 진 후주를 보내버렸구나.

전신에 대한 논의 분분하니
많이 모으면 몸을 그르친다네.
동풍이 불어서 누대 위 사람을 떨어뜨리고
하룻밤에 향 사라진 금곡원의 봄이여.

재물이여,
너는 호사한 석계륜을 보내버렸구나.

제왕이 되고자 다투어
건곤의 반을 차지해도 마음은 족하지 않아.
홍문회에서 기회를 놓치고
음릉에서 피 뿌리며 후회할 때는 늦을 대로 늦었네.
기개여,
너는 영웅 초나라 항적을 보내버렸구나.

■ **주 석**

麯生(국생) : 국선생麯先生. 누룩을 의인화하여 부르는 호칭. 술.

臨春(임춘) : 누각 이름. 임춘각臨春閣. 남조南朝 진陳나라의 후주後主 때 지었다.

開皇(개황) : 수隋 문제文帝 양견楊堅의 연호年號. 581-600. 수 문제를 가리킨다.

江都(강도) : 지금의 강소성江蘇省 양주시揚州市. 수 문제가 진나라를 공격할 때 이곳에서 장강을 건너 건강建康으로 진격하였다.

玉樹曲(옥수곡) : 〈옥수후정화〉 곡. 진 후주가 지었다.

畫樓人(화루인) : 석숭石崇의 애첩 녹주綠珠를 가리킨다.

石季倫(석계륜) : 석숭(249-300). 계륜은 자. 석숭은 서진西晉의 대부호로, 석숭의 애첩 녹주는 아름답고 적笛을 잘 불었다. 손수孫秀가 정권을 장악하고 녹주를 탐내 석숭에게 요구하였으나 주지 않았다. 후에 손수는 석숭에게 모반의 누명을 씌워 그를 잡으러 군사를 보냈다. 마침 금곡원金谷園의 누각에서 잔치를 즐기던 석숭은 이 소식을 듣고 녹주에게 말하였다. "나는 오늘 너 때문에 죄를 얻었구나(我今爲爾得

罪)" 녹주가 울면서 "나리 앞에서 죽겠습니다(當效死於官前)"라고 말하고는 누각 아래로 뛰어내려 자진하였다.

陰陵(음릉) : 춘추시대 초楚나라 고을 이름. 지금의 안휘성安徽省 정원定遠 서북이다. 항우項羽가 해하垓下에서 포위를 뚫고 탈출하다가 이곳에서 길을 잃었다. 농부에게 길을 물으니 농부가 속여 늪에 빠졌고, 결국 추격하는 한나라 군사에게 쫓기다가 오강烏江에 이르러 자결하였다.

■ **해 제**

같은 곡조 4곡으로 각각 주酒, 색色, 재財, 기氣의 대표 인물 4인을 배당하여 지나치게 탐닉하지 말 것을 경계하였다.

설앙부薛昂夫(?-?)

이름은 설초올아薛超兀兒, 설초오薛超吾이며 위구르족이다. 한성漢姓은 마馬이며, 자가 앙부昂夫이고, 호는 구천九泉이므로 마앙부馬昂夫 또는 마구기馬九基라고도 부른다. 선세 때 내지로 들어와 회경로懷慶路(지금의 하남성 심양현沁陽縣 일대)에 살았다. 아버지와 할아버지가 모두 담국공覃國公을 받았다. 유신옹劉辰翁에게 배웠으므로 원나라 초기 지원至元 연간에 태어났다고 추측된다. 강서행중서성江西行中書省 영사令史와 첨전서원사僉典瑞院事, 태평로太平路 총관總管, 구주로衢州路 총관 등을 역임하였다. 전서篆書를 잘 썼으며 시로도 명성이 있었으나 시집은 전하지 않는다. 산곡은 풍격이 소탕호방疏宕豪放하며 속세를 초탈하였으며, 은거와 회고에 대한 내용이 많다.

雙調 湘妃怨 – 集句

幾年無事傍江湖, 醉倒黃公舊酒壚.
人間縱有傷心處, 也不到劉伶墳上土,
醉鄉中不辨賢愚.
對風流人物, 看江山畫圖, 便醉倒何如.

쌍조 상비원 – 집구

몇 년이나 일 없이 강호 언저리에서
황공의 주점에서 취하여 쓰러졌던가.
세상에 마음 아픈 곳이 있기는 해도

유령의 무덤 위 흙에는 가지 말아야지
술 취하면 현자와 우인을 구분하지 못하니.
풍류스런 인물 대하고,
그림 같은 강산을 보면
취하여 쓰러진들 어떠리.

■ 주 석

黃公舊酒壚(황공구주로) : 황공이 운영하던 옛 술집. 죽림칠현竹林七賢이 자주 모여 술을 마신 곳이다. 《세설신어世說新語 상서傷逝》에 죽림칠현과 황공의 주점 이야기가 실려 있다. "왕융王戎(234-305)이 상서령이 되어 공복을 입고 운구 수레를 타고 황공의 술집 아래를 지나가다가 뒤에 오는 수레에 탄 손들을 돌아보며 말하였다. '나는 옛날 혜강嵇康, 완적阮籍과 함께 이 집에서 실컷 마셨소. 죽림의 놀이도 그 끝에 왔구려. 혜강이 요절하고 완적이 죽은 이래 바로 세상일에 얽매였소. 오늘에야 이 집을 보니 가깝기는 해도 아득히 먼 산하 같소이다'(王濬沖爲尙書令, 著公服, 乘軺車, 經黃公酒壚下過, 顧謂後車客, 吾昔與嵇叔夜阮嗣宗共酣飮於此壚, 竹林之遊, 亦預其末. 自嵇生夭阮公亡以來, 便爲時所羈紲. 今日視此雖近, 邈若山河)"

醉鄕(취향) : 술판. 술에 취하여 황홀한 경지.

■ 해 제

시 작법의 하나인 집구를 곡에서도 활용하여 지은 작품이다.

선우필인鮮于必仁(1320년 전후)

자는 거긍去矜, 호는 고재苦齋이며 어양군漁陽郡(지금의 천진天津 계현薊縣) 사람이다. 원 영종英宗 지치至治(1321-1323) 전후에 살았다. 부친은 태상전부太常典簿 선우추鮮于樞로 유명한 서예가이자 시인이다. 필인의 누이는 고창왕高昌王 설설적근雪雪的斤의 손자이자 강절행성江浙行省 승상丞相이며 형남왕荊南王인 타이적근朵爾的斤에게 시집갔으며, 그 아들 백안불화伯顔不花 적근的斤은 학문을 좋아하고 음률에 밝았다. 필인은 가학의 훈도를 받은 데다가 위구르족 인척과 교유하면서 위구르 음악의 영향을 받았다. 관료 가문 출신이지만 일생을 포의로 살면서 사방을 유람하며 산수에 정을 맡겼다. 산곡 가운데 경물을 묘사한 작품은 곡문이 화려하고 의경意境이 열려 있다. 인물과 역사를 읊은 작품은 격조가 씩씩하고 명랑하다. 주권은 《태화정음보》에서 "규벽의 광휘가 빛나는 듯하다(如奎璧騰輝)"고 평하였다.

中呂 普天樂 – 洞庭秋月(瀟湘八景)

水無痕, 秋無際.
光涵贔屭, 影浸玻璃.
龍嘶貝闕珠, 兎走蟾宮桂.
萬頃滄波浮天地, 爛銀盤寒褪雲衣.
洞簫謾吹, 篷窗靜倚, 良夜何其.

중려 보천락 - 동정추월 (소상팔경)

물에 흔적 없고
가을은 끝이 없네.
빛은 비희를 적시고,
그림자는 유리에 빠졌네.
용은 패궐주궁에서 울고,
토끼는 섬궁의 계수나무로 달아났네.
만경창파에 천지가 떠 있고
난만한 은쟁반 차가우니 구름옷이 바랬네.
퉁소를 느릿 불며
봉창에 고요히 기대니
좋은 밤은 그 어떠한가.

■ 주 석

貝闕珠(패궐주) : 패궐주궁貝闕珠宮의 줄임말. 자패紫貝와 명주明珠로 꾸민 용궁수부龍宮水府를 말한다.

浮天地(부천지) : 하늘과 땅이 수면에 떠 있다. 두보杜甫의 〈등악양루登岳陽樓〉 시에 "하늘과 땅이 밤낮 떠 있다(乾坤日夜浮)"라는 구절이 있다.

爛銀盤(난은반) : 난만한 은쟁반. 달을 말한다. 당唐 노동盧仝의 〈월식시月蝕詩〉에 "난만한 은쟁반 바다 밑에서 솟더니, 나와서 내 초가 동쪽을 비추네(爛銀盤從海底出, 出來照我草屋東)"라는 구절이 있다.

雲衣(운의) : 구름. 달을 가려 달의 옷처럼 보이기에 '운의'라고 표현하였다.

■ 해 제

소상팔경은 호남성湖南省 소수瀟水, 상수湘水 일대의 경치 좋기로 유명한 여덟 곳이다. 송宋나라 심괄沈括이 《몽계필담夢溪筆談 서화書畫》에서 규정한 이후 역대의 문인과 화가가 이를 주제로 시문을 짓고 그림을 그려 왔다. 팔경은 동정추월洞庭秋月, 연사만종煙寺晚鐘, 강천모설江天暮雪, 소상야우瀟湘夜雨, 평사낙안平沙落雁, 원포귀범遠浦歸帆, 산시청람山市晴嵐, 어촌석조漁村夕照이다. 동정추월은 달이 뜬 가을 동정호의 풍경이다.

中呂 普天樂 – 煙寺晚鐘

樹藏山, 山藏寺.
藤陰杳昔, 雲影差差.
疏鐘送落暉, 倦鳥催歸翅.
一抹煙嵐寒光漬, 問胡僧月下何之?
逐朝夜時, 扶筇到此, 散步尋詩.

중려 보천락 – 연사만종

나무는 산을 숨기고
산은 절을 숨겼네.
등나무 그늘은 아득하고,
구름 그림자는 삐죽빼죽하구나.
성근 종소리는 지는 해를 보내고,
지친 새는 돌아오는 날갯짓 재촉한다.
한 줄기 구름에 찬 빛이 스밀 제,
호승에게 달 아래 어딜 가시냐 묻는다.

아침저녁
지팡이 짚고 예까지 와서
산보하며 시구를 찾는다오.

■ **해 제**

연사만종은 형산현衡山縣 성 북쪽에 있는 청량사淸涼寺의 저녁 종소리이다.

中呂 普天樂 – 江天暮雪

晩天昏, 寒江暗.
雪花黲黲, 雲葉毿毿.
漁翁倦欲歸, 久客愁多憾.
浩浩汀洲船著纜, 玉蓑衣不換青衫.
閑情飽愔, 高眠醉酣, 世事休諳.

중려 보천락 – 강천모설

날 저물어 어두우니
차가운 강이 깜깜하다.
눈꽃은 검푸르고,
구름 조각은 쭈뼛쭈뼛하다.
어옹은 지쳐서 돌아가려 하고,
오랜 나그네 시름에 서운함도 많구나.
넓디넓은 모래톱에 배는 줄을 묶었고,

옥 도롱이를 청삼과 바꾸지 않으리라.
한가로운 정취 실컷 먹고서
베개 높이 베고 취하여
세상사에는 관여하지 않는다네.

■ 해 제

강천모설은 장사시長沙市를 흐르는 상강 가운데 귤자주橘子洲의 저물녘 눈 내리는 풍경이다.

中呂 普天樂－瀟湘夜雨

白蘋洲, 黃蘆岸.
密雲堆冷, 亂雨飛寒.
漁人罷釣歸, 客子推篷看.
濁浪排空孤燈燦, 想黿鼉出沒其間.
魂消悶顏, 愁舒倦眼, 何處家山.

중려 보천락 － 소상야우

하얀 개구리밥 섬,
노란 갈대 언덕.
빽빽한 구름 쌓여 차갑고,
어지러운 비 날려 춤구나.
어부는 낚시 걷고 돌아가고,

나그네는 봉창 열고 쳐다본다.
흐린 물결 허공을 밀고 외로운 등불이 밝아
자라 악어가 그 사이에 출몰하는가.
혼은 녹고 시름 서린 얼굴로
근심에 게으른 눈을 뜨니
어느 곳이 고향 산이런가?

■ **해 제**

소상야우는 영주시永州市 동쪽 소수와 상수가 합류하는 곳에 밤비 내리는 풍경이다.

中呂 普天樂 – 平沙落雁

稻粱收, 菰蒲秀.
山光凝暮, 江影涵秋.
潮平遠水寬, 天闊孤帆瘦.
雁陣驚寒埋雲岫, 下長空飛滿滄洲.
西風渡頭, 斜陽岸口, 不盡詩愁.

중려 보천락 – 평사낙안

벼와 기장 거두니
줄과 부들 패는구나.
산빛은 저녁에 모이고,
강 그림자는 가을을 적신다.

파도 평평하니 물이 멀리 넓고,
하늘은 넓어서 외로운 배 수척하다.
줄 지은 기러기 추위에 놀라 구름 동굴로 숨고
긴 하늘에서 내려앉아 창주에 가득하다.
서풍 부는 나루,
석양 비낀 언덕,
시 지을 걱정 끝이 없구나.

■ **해 제**

평사낙안은 형양시衡陽市 회안봉回雁峰에 기러기가 내려앉는 풍경이다.

中呂 普天樂 – 遠浦帆歸

水雲鄉, 煙波蕩.
平洲古岸, 遠樹孤莊.
輕帆走蜃風, 柔櫓閑鯨浪.
隱隱牙檣如屏障, 了吾生占斷漁邦.
船頭酒香, 盤中蟹黃, 爛醉何妨.

중려 보천락 – 원포범귀

물과 구름의 고장,
안개 서린 파도 일렁인다.
평평한 섬 옛 언덕,

먼 나무 속에 외로운 마을,
가벼운 배는 교룡 바람 따라 달리고,
부드러운 노는 고래 파도에 한가하며,
은은히 상아 돛대는 병풍 같으니
고기잡이 마을을 차지하고 내 삶을 마치리라.
뱃머리에는 술이 향기롭고,
접시에는 게가 누러니
곤드레 취한들 어떠리.

■ 주 석

蜃風(신풍) : 교룡이 일으키는 바람.

■ 해 제

원포귀범遠浦歸帆이라고도 한다. 원포범귀는 상음현湘陰縣의 강변에 배가 돌아오는 풍경이다.

中呂 普天樂 – 山市晴嵐

似屛圍, 如圖畫.
依依村市, 簇簇人家.
小橋流水間, 古木疏煙下.
霧斂晴峰銅鉦掛, 鬧腥風爭買魚蝦.
塵飛亂沙, 雲開斷霞, 網曬枯槎.

중려 보천락 - 산시청람

병풍을 둘렀나?
그림 같구나.
희미한 마을,
빼곡한 인가.
작은 다리는 흐르는 물 사이,
고목은 성근 안개 아래.
안개 걷혀 갠 봉우리에 구리 징이 걸리고
비린 바람 풍기며 물고기 새우를 다투어 파는구나.
먼지 날리며 모래 흩어지고,
구름 열리고 노을은 끊긴 곳,
뗏목에 그물 말리네.

■ **주 석**

山市(산시) : 산골 마을의 저자. 산속의 신기루.
依依(의의) : 희미하다. 무성하다.
銅鉦(동정) : 구리로 만든 징. 달을 뜻한다.
枯槎(고사) : 뗏목.

■ **해 제**

산시청람은 상담湘潭과 장사 경계에 있는 소산昭山에 신기루가 선 풍경이다.

中呂 普天樂 – 漁村落照

楚雲寒, 湘天暮.
斜陽影裏, 幾個漁夫.
柴門紅樹村, 釣艇青山渡.
驚起沙鷗飛無數, 倒晴光金縷扶疏.
魚穿短蒲, 酒盈小壺, 飲盡重沽.

중려 보천락 – 어촌낙조

초나라 구름 차갑고,
상湘의 하늘 저문다.
석양빛 속에
어부 몇이런가.
사립문 붉은 나무 마을,
낚싯배는 청산 나루터에.
놀란 갈매기 무수히 날아오르며,
맑은 빛 쏟아져 금줄 성글다.
물고기는 짧은 부들에 꿰었고,
술은 작은 항아리에 가득하니,
다 마시면 다시 사야지.

■ 해제

어촌낙조는 도화원桃花源 대안의 백린주白鱗洲에 석양이 지는 풍경이다.

관운석貫雲石(1286-1324)

위구르족이며, 본명은 관소운석해애貫小雲石海涯이며 줄여서 관운석이라고 하였다. 조부 아리해애원阿裏海涯原은 고창高昌 회골回鶻 왕국의 농민으로 몽고군의 서역 중원 정벌에 참여하였다. 그는 남송 공략에 전공을 세워 호광행성湖廣行省의 군정 대권을 장악하였는데, 1286년 관운석이 태어나던 해에 권력 투쟁에 패배하여 대도大都에서 자결하였다. 부친은 관지가貫只哥로서 회골 이름은 소운석해애小雲石海涯이다. 부친 명자의 첫 자 '관貫'을 성으로 삼아 이후 북정北庭 관씨로 불린다. 몸이 건장하고 날랬으며 소년 시절에는 위구르족 무예를 익혔다. 자라서 글을 익혀 내뱉으면 바로 문장이 되었다. 집안의 작위를 세습하여 선무장군양회만호부宣武將軍兩淮萬戶府 다루가치[達魯花赤]가 되었다. 이때 당시의 구어로 《효경직해孝經直解》를 편찬하여 태자 시절의 인종仁宗에게 인정받았다. 벼슬하기 싫어서 동생에게 직위를 물려주고 북상하여 요수姚燧의 문하에 들어갔으며, 곧 영종英宗의 잠저潛邸에 설서수재說書秀才로 뽑혔다. 1313년(황경皇慶 2) 한림시독학사翰林侍讀學士, 중봉대부中奉大夫, 지제고知制誥, 동수국사同修國史에 임명되었으며, 과거제를 다시 시행하는 데 큰 역할을 하였다. 1314년(연우延祐 원년) 병을 핑계로 사직하고 강남으로 돌아갔다. 이후 강남의 명승지와 고적을 유람하며 시문과 사곡을 지으며 생을 마쳤다. 사후에 경조군공京兆郡公에 추봉되었다. 시와 문장, 사와 곡, 서법에 일가를 이루었다.

산곡은 제재가 다양하여 남녀의 연정, 규원, 험난한 벼슬길, 은일, 장대한 산하 등을 읊었으며, 풍격은 호방과 청려를 겸하여 원대 최고의 산곡작가로 꼽힌다. 주권은 《태화정음보》에서 그의 산곡을 "굴레에서 벗어난 천마 같다(如天馬脫羈)"고 평하였다.

雙調 淸江引

棄微名去來心快哉, 一笑白雲外.
知音三五人, 痛飮何妨礙?
醉袍袖舞嫌天地窄.

쌍조 청강인

보잘것없는 이름 버리고 나니 마음 시원하여라,
흰 구름 밖에 웃음 한 번 날린다.
마음 아는 벗 서넛이
통음한들 어떠리,
취하여 소매 춤추니 천지가 좁구나.

■ **해 제**

공명에 대한 미련을 버리고 마음 맞는 벗들과 실컷 마시며 천지가 좁다 하고 펄럭 펄럭 춤을 춘다. 이렇게 살면 공명이 무에 부러울까?

中呂 紅繡鞋

挨著靠著雲窗同坐, 偎著抱著月枕雙歌,
聽著數著愁著怕著早四更過.
四更過情未足, 情未足夜如梭,

天哪, 更閨一更兒妨什麼.

중려 홍수혜

밀치며 기대며 구름 창 앞에 앉아
안으며 품으며 달 베개에 둘이 노래하며
들으며 세며 시름하며 겁내는 차에 벌써 사경이 지나네.
사경이 지나도 사랑은 채우지 못하고
사랑은 채우지 못하나 밤은 쏜살같으니
하늘이여,
다시 일경을 더해준들 어떠리.

■ 주 석

雲窗(운창) : 운화문雲花紋을 새긴 화려한 창문. 여인의 거처를 말한다.

月枕(월침) : 달 모양의 베개.

聽著數著(청착수착) : 밤에 울리는 경磬 소리를 들으며 몇 경이나 지나는지 세다.

夜如梭(야여사) : '사梭'는 베틀의 북. 북은 베틀에서 매우 빨리 움직이므로 밤이 빨리 지나간다는 뜻이다.

■ 해 제

날 밝으면 떠날 임인가? 야속하게 먼동이 터온다. 하늘이 진정 선한 소원을 들어준다면 오경에 일경을 더하여 육경을 만들어 줄런가.

仙呂 點絳唇 – 閨愁

花落黃昏, 暮雲將盡, 專盼青鸞信.
寶獸香焚, 又到愁時分.

混江龍

相思慰悶, 繡屏斜倚正銷魂.
帶圍寬盡, 消減精神.
翠被任薰終不暖, 玉杯慵舉幾番溫,
鸞釵半彈憹蟬鬢, 長吁短歎, 頻搵啼痕.

寄生草

瓊簪折, 寶鑒分.
今春又惹前春恨, 淚珠兒滴盡愁難盡,
瘦龐兒不似當時俊.
思量幾度甚時休, 相思滿腹何年盡?

金盞兒

風逼透繡羅衾, 風刮散楚臺雲.
簷間鐵馬風敲韻, 風搖閑階翠竹不堪聞.

風篩簾影動, 風傳漏聲頻.

風熏花氣爽, 風弄月華昏.

後庭花

獸爐中香倦焚, 銀臺上燈漸昏.

羅幃裏和衣睡, 紗窗外曙色分.

想情人, 起來時分, 蹀金蓮搓玉筍.

賺煞

捱的到天明, 卻有誰偢問.

昨夜和衣睡把羅裙皺損.

一面殘妝空淚痕, 日高也深院無人.

掩重門, 煩惱向誰論.

獨對菱花整亂雲.

恰待向瘦龐兒上傳粉, 欲梳妝卻心困,

氣長吁呵的鏡兒昏.

선려 점강순 – 규방의 시름

꽃 진 황혼에

저녁 구름도 사라지고

오로지 파랑새 소식만 기다린다.
화로에 향은 타고
또 시름할 때가 왔구나.

혼강룡

그리움에 번민을 쓰다듬으니
수놓은 병풍 비스듬히 넘어가고 혼은 녹는다.
허리띠 다 느슨해지고
정신은 사라진다.
푸른 이불 향을 쐬도 끝내 따뜻해지지 않고,
옥배는 들기 싫어 몇 번이나 데웠나.
난새 비녀 반쯤 떨어져 매미날개 귀밑머리 헝클어지고
긴 한숨 짧은 탄식에
자주 눈물자국 문지른다.

기생초

옥비녀 부러지고
보배 거울 쪼개졌네.
올봄은 또 지난 봄의 한을 일으키니
눈물방울 다 떨어졌지만 시름은 끝이 없고,
야윈 얼굴 그때처럼 예쁘지 않아라.
어느 때 그만둘까 몇 번이나 생각해도
그리움은 배에 가득 어느 때 사라질까?

금잔아

바람은 닥쳐 수놓은 비단이불 뚫고
바람은 불어서 초나라 양대의 구름 흩뜨리네.
처마 사이 철마는 바람에 울리고
바람은 섬돌 푸른 대를 흔드니 들을 수가 없어라.
바람은 발을 키질하여 그림자 흔들리고,
바람은 물시계소리 자주 전하네.
바람은 꽃에 스며 향기 시원하고,
바람은 달빛 흔들어 어둡구나.

후정화

향로에 향은 더디 타고,
은대에 등촉은 점점 어두워지네.
비단 휘장 안에 옷 입은 채 잠이 들어
사창 밖 새벽빛이 밝아온다.
임 그리워
일어난 시각에
금련 발을 구르고 섬섬옥수 비빈다.

잠살

하늘 밝을 때까지 애태우지만
누가 있어 돌봐주는가?
어젯밤에는 옷 입은 채 잠이 들어 비단치마 구겨졌네.

화장 지워진 얼굴에 부질없이 눈물자국만 남았고,
해 높아도 깊은 집에 사람 없구나.
겹문을 닫고서
번뇌를 누구에게 하소연하리?
홀로 능화문 거울 보며 어지러운 머리칼 손질한다.
야윈 얼굴에 분을 바르고
빗질하며 꾸미려니 오히려 마음은 괴로워
한숨 길게 내쉬어 거울이 흐려지네.

■ **주 석**

寶獸(보수) : 짐승 모양으로 만든 향로.

帶圍(대위) : 허리띠의 둘레 길이. 허리띠가 다 느슨해졌다는 말은 살이 빠질 정도로 시름이 많다는 뜻이다.

蟬鬢(선빈) : 옛날 여인의 머리 모양. 양쪽 살쩍을 매미날개처럼 얇게 만든다.

鐵馬(철마) : 풍경風磬.

銀臺(은대) : 은으로 만든 촛대.

金蓮(금련) : 여인의 작은 발.

玉筍(옥순) : 섬섬옥수纖纖玉手.

捱(애) : 애태우며 기다리다.

菱花(능화) : 능화문菱花紋을 새긴 거울을 말한다.

■ **해 제**

앞의 〈홍수혜〉 곡이 단편소설이라면 이 작품은 대하 장편소설이다.

고덕윤顧德潤(1320년 전후)

자는 군택君澤, 균택均澤이라고도 하고, 호는 구산九山, 구선九仙이라고도 하며, 송강松江(지금의 상해) 사람이다. 항주杭州와 평강로平江路에서 서리를 지냈다. 시인 전유선錢惟善 등과 교유하였다. 자신이 직접 《구산악부九山樂府》와 《시은詩隱》을 간행하였다. 주권은 《태화정음보》에서 그의 산곡을 "눈 속의 교목 같다(如雪中喬木)"고 평하였다.

南呂 罵玉郎過感皇恩採茶歌 – 述懷

蛛絲滿甑塵生釜, 浩然氣尚吞吳,
幷州每恨無親故.
三匝烏, 千里駒, 中原鹿.
走遍長途, 反下喬木.
若立朝班, 乘驄馬, 駕高車.
常懷卞玉, 敢引辛裾.
羞歸去, 休進取, 任揶揄.
暗投珠, 歎無魚, 十年窗下萬言書.
欲賦生來驚人語, 必須苦下死工夫.

人生傀儡棚中過, 歎烏兔似飛梭,
消磨歲月新工課.

尚父蓑, 元亮歌, 靈均些.
安樂行窩, 風流花磨.
閑呵諏, 歪嗑牙, 發喬科.
山花嫋娜, 老子婆娑.
心猶倦, 時未來, 志將何.
愛風魔, 怕風波, 識人多處是非多.
適興吟哦無不可, 得磨跎處且磨跎.

남려 매옥랑과감황은채다가 - 술회

거미줄이 시루에 가득하고 먼지가 솥에 일지만
호연지기는 아직도 오나라를 삼킬 태세,
병주에는 친구 없어 매번 한스럽구나.
세 바퀴 도는 까마귀,
천리마,
중원의 사슴.
긴 거리를 모두 달리고
거꾸로 교목에서 내려오네.
조정의 반열에 선다면
총마를 타고
높은 수레 몰리라.
늘 변화卞和의 옥을 품고,
감히 신비처럼 황제의 옷자락을 잡아당기지.

돌아가기도 부끄럽고,
나아가지도 말고,
마음대로 야유하라지.
명주를 어두운 곳에 버리니
밥상에 물고기 반찬 없음을 한탄하며,
십 년 동안 창 아래서 만언서를 썼다네.
사람 놀래킬 작품을 지으려면
반드시 죽도록 공부해야 한다네.

인생을 괴뢰희 극장에서 보내니
해와 달 쏜살같이 날아가서 한스럽고
세월 흘러 새로운 공과가 생기네.
강태공의 도롱이,
도연명의 노래,
굴원이여.
안락은 날 기다리는 집,
풍류는 꽃으로 만든 맷돌.
한가로이 우스개로 안부를 물으며,
비뚤어진 입으로 말 많이 하며
멍청이짓을 한다네.
산의 꽃은 하늘하늘,
늙은이는 비틀비틀.
마음은 오히려 느긋하니
때가 오지 않았으니

뜻은 어이 되려나.

풍마를 사랑하며

풍파를 두려워하나니,

식자 많은 곳에 시비가 많다네.

마침 흥이 일어 흥얼거려 안될 게 무어 있나,

소요자재할 수 있는 곳에서 소요자재하리라.

■ 주 석

蛛絲(주사) : 거미줄. 후한의 범염范冉은 자가 사운史雲이며, 진류陳留 사람이다. 마융馬融에게 배워 오경에 통달하였다. 환제桓帝 때 내무萊蕪의 현령이 되었으나 어머니 상을 당해 부임하지 않았다. 당고黨錮의 화를 당해 종적을 숨기고 점을 쳐주며 청빈하게 살았다. 《후한서後漢書 독행열전獨行列傳》에 다음과 같은 기록이 있다. "머무는 곳마다 누추하였으며, 양식이 떨어질 때도 있었으나 곤궁하게 살며 태연자약하여 말과 용모에 변화가 없었다. 마을 사람들이 '시루에 먼지가 이는 범사운, 솥에 물고기가 생기는 범내무'라고 노래하였다(所止單陋, 有時糧粒盡, 窮居自若, 言貌無改, 閭里歌之曰, 甑中生塵范史雲, 釜中生魚范萊蕪)"

呑吳(탄오) : 오나라를 삼키다. 두보杜甫의 〈팔진도八陣圖〉 시에 "오나라를 삼키지 못하여 한이로구나(遺恨失呑吳)"라는 구절이 있다. 이 구절은 가난하기 그지없지만 아직 오나라를 삼킬 정도로 호연지기를 잃지 않았다는 뜻이다.

幷州兒(병주아) : 병주의 건아健兒. 북방 변경의 호협 소년을 가리킨다. 병주는 지금의 산서성山西省 태원太原 일대이다. 옛날 이 지역의 젊은 이들은 씩씩하여 상무정신이 충만하였다. 당唐나라 이백李白의 〈소년행少年行〉 시에 "연나라 태자와 교유하며, 병주의 건아들과 결탁한다네(經過燕太子, 結託幷州兒)"라는 구절이 있다.

卞玉(변옥) : 화씨和氏의 옥. 초나라 사람 변화卞和가 발견한 옥. 《한비자韓非子 화씨和氏》에 그 이야기가 실려 있다. "초나라 사람 화씨가 초산에서 옥 원석을 얻어 받들어서 여왕에게 바쳤다. 여왕이 옥인에게 감정하게 하였다. 옥인은 '돌입니다.'라고 하였다. 여왕은 화씨가 사기꾼이라고 여겨 왼발 발꿈치를 잘랐다. 여왕이 죽고 무왕이 즉위하였다. 화씨는 다시 원석을 받들어 무왕에게 바쳤다. 무왕은 옥인에게 감정하게 하였고, 다시 '돌입니다.'라고 하였다. 무왕도 화씨가 사기꾼이라고 여겨 오른발 발꿈치를 잘랐다. 무왕이 죽고 문왕이 즉위하였다. 화씨는 그 원석을 품고 초산 아래에서 사흘 밤낮을 울어 눈물이 마르자 피가 이어 흘렀다. 문왕이 듣고서 사람을 시켜 그 까닭을 물었다. '천하에 발꿈치 잘린 자가 많은데 그대는 왜 이리 슬피 우는가?' 화씨가 말하였다. '저는 발꿈치 잘린 것을 슬퍼함이 아니라 보옥을 돌이라고 하고 올곧은 선비를 사기꾼이라고 하니 이것이 제가 슬퍼하는 까닭입니다.' 문왕은 옥인을 시켜 그 원석을 다듬어서 보배를 얻고, 드디어 화씨지벽이라고 이름을 붙였다(楚人和氏得玉璞楚山中, 奉而獻之厲王. 厲王使玉人相之. 玉人曰, 石也. 王以和爲誑, 而刖其左足. 及厲王薨, 武王卽位. 和又奉其璞而獻之武王. 武王使玉人相之, 又曰, 石也. 王又以和爲誑, 而刖其右足. 武王薨, 文王卽位. 和乃抱其璞而哭於楚山之下, 三日三夜, 泣盡而繼之以血. 王聞之, 使人問其故, 曰, 天下之刖者多矣, 子奚哭之悲也. 和曰, 吾非悲刖也, 悲夫寶玉而題之以石, 貞士而名之以誑, 此吾所以悲也. 王乃使玉人理其璞而得寶焉, 遂命曰, 和氏之璧)"

辛裾(신거) : 삼국시대三國時代 위魏나라의 신비辛毗가 황제 조비曹丕의 옷자락을 잡아당기면서까지 간언한 일이 있다. '신비인거辛毗引裾'라고 한다. 조비가 황제가 된 뒤 경성 낙양 주변이 연이은 전쟁 때문에 인구가 급격히 감소하고 도처가 폐허가 되었음을 알았다. 그는 하남의 인구를 채우기 위해 기주冀州(지금의 하북河北 일대)의 인구 10만 호를 옮기기로 하였다. 당시는 막 큰 가뭄이 닥치고 메뚜기가 도처에 들끓어 백성들은 도탄에 빠졌다. 조정 관료들은 조비의 결정이 백성의 고통을 돌보지 않고 천도에 역행하는 조치라고 여겨 완강히 반대하였다. 그러나 조비는 고집을 꺾지 않고 실행하려고 하였다. 하루는 시중侍中 신비와 백관들이 극력 간언하고자 조비에게 알현을 신청하였다. 조비는 신하들의 기세를 짐작하고 굳은 표정으로 용상에 걸터앉으니 일부 관리들은 말조차 꺼내지 못하였다. 꼿꼿한 신비는 앞으로 한 걸음 다가가 황제 앞에 꿇어앉아서 말하였다. "폐하, 지금 오래 가물고 메뚜기의 재앙까지 닥쳐 천 리가 붉은 땅이고 천지에 굶어죽은 시체가 널렸습니다. 이런 때에 어이하여 백성을 옮기려 하십니까?" 조비는 신비를 비롯한 신하들과 언쟁을 벌였으나 아버지 조조의 공신들도 섞여 있어 함부로 대하지 못하고, 결국 소매를 휘두르며 후궁으로 들어가려고 하였다. 이를 본 신비는 뒤쫓아가 조비의 옷자락을 잡고 놓지 않았다. 조비는 한숨을 쉬며 신비에게 말하였다. "그대가 짐을 도와 국가를 다스리면서 이렇게 급박해서는 아니 되지요." 신비가 말하였다. "이런 흉년에 강제로 백성을 옮기면 도의를 잃게 되니 노신들은 힘껏 간쟁하지 않을 수 없습니다." 조비는 신비의 이런 태도를 보고서 할 수 없이 백성의 이주를 취소하고 말았다.

暗投珠(암투주) : 명주암투明珠暗投. 재능 있는 사람을 알아보지 못하고 중용하지 않음을 비유한다.

歎無魚(탄무어) : 자신의 능력을 알아주지 않음을 비유한다. 전국시대 맹상군孟嘗君의 식객 풍훤馮諼은 맹상군이 자신을 제대로 알아주지 않자 칼을 튕기며 "장검아, 돌아가자. 밥에 물고기가 없구나."라고 노래하였다.

萬言書(만언서) : 관리가 제왕에게 올리는 장편의 정책 건의서.

驚人語(경인어) : 사람을 놀래키는 말. 뛰어난 문장을 말한다. 두보杜甫의 〈강상치수여해세료단술江上值水如海勢聊短述〉 시에 "사람됨에 성벽이 아름다운 글귀를 탐내, 말이 남을 놀라게 하지 않으면 죽어도 그만두지 않는다네(爲人性僻耽佳句, 語不驚人死不休)"라는 구절이 있다.

消磨(소마) : 시간을 보내다.

工課(공과) : 항상 수행해야 하는 훈련이나 취미 활동 등을 말한다.

行窩(행와) : 송宋나라의 소옹邵雍을 접대하기 위해 지은 집. 소옹은 소문산蘇門山에 은거할 때 자신의 거처를 안락와安樂窩라고 불렀다. 후에 낙양의 천진교 부근으로 거처를 옮기고 당호는 여전히 안락와라고 하였다. 사람들은 소옹을 접대하기 위하여 그의 안락와를 본떠 집을 짓고 행와라고 불렀다.

呵諏(가추) : 우스갯말로 안부를 묻다.

嗑牙(합아) : 말이 많다. 말다툼을 하다.

風魔(풍마) : 미치광이. 멍청이.

磨跎(마타) : 소요자재逍遙自在.

■ **해 제**

같은 곡조를 두 곡 이어 속마음을 표현하였다. 첫째 곡에서는 세상에 능력을 발휘하고 싶은 진취적 욕망을 표현하였다. 사람들을 놀라게 할 문장이나 업적을 쌓으려면 십 년 동안 창 아래에서 죽도록 공부해야 한다고 각오를 다졌다. 그러나 둘째 곡에서는 물러나 한가로이 천성을 지키며 조용히 살고 싶은 바람을 나타냈다. 식자들이 모이면 시비가 일어난다. 세월은 물처럼 흘러서 한평생 지나고 나면 인생은 괴뢰희 극장의 한바탕 연극에 불과하다. 더 늦기 전에 전원으로 돌아가 소요자재하리라.

진탁陳鐸(1488?-1521?)

자는 대성大聲이며, 호는 추벽秋碧, 칠일거사七一居士이다. 명대의 저명한 산곡 작가이자 화가이다. 남직예南直隸 하비下邳(지금의 강소성江蘇省 신기시新沂市 합구진合溝鎮 소하촌小河村) 사람이며, 금릉金陵(지금의 남경南京)에서 살았다. 증조부 진문陳文은 명조의 개국공신 휴녕백睢寧伯이며, 조부 진정陳政도 주원장朱元璋을 따라 누차 공을 세웠다. 진탁은 무종武宗 정덕正德 연간에 제주위濟州衛 지휘指揮를 세습하였다. 제주위는 상직친군上直親軍 소속으로 황가의 호위부대이다. 무직武職을 맡았지만 성품이 풍류스럽고 호탕하였으며, 음영吟詠과 해학을 즐겼다. 경사자전經史子傳과 백가구류百家九流에 능통하였다. 시사詩詞를 잘 지었으며, 그림도 잘 그렸고, 음률에도 정통하여 비파를 잘 탔고, 늘 박판을 가지고 다녔다. 교방자제敎坊子弟들이 '악왕樂王'이라고 불렀다. 문집으로 《진대성전집陳大聲全集》이 있고, 산곡집으로는 《골계여운滑稽餘韻》, 《추벽악부秋碧樂府》, 《이운기오梨雲寄傲》, 《월향정고月香亭稿》, 《가설제고可雪齋稿》가 있고, 사집詞集으로 《초당여의草堂餘意》가 있다. 이밖에 잡극雜劇 《화월기쌍투납금랑花月妓雙偷納錦郎》과 《정기로의배호인연鄭耆老義配好姻緣》, 전기傳奇 《납금랑納錦郎》을 지었다.

雙調 水仙子 - 瓦匠

東家壁土恰塗交, 西舍廳堂初瓮了,
南鄰屋宇重修造.
弄泥漿直到老, 數十年用盡勤勞.
金張第遊麋鹿, 王謝宅長野蒿,

都不如手鏝堅牢.

쌍조 수선자 - 기와장이

동쪽 집 벽을 다 발라 주고,
서쪽 집 청당을 갓 수리하고,
남쪽 이웃 지붕을 다시 지었네.
늙을 때까지 진흙탕 주무르며
수십 년을 뼈빠지게 일했지.
김씨 장씨 고관 집에서는 고라니 사슴이 놀고,
왕씨 사씨 귀족 집에서는 들쑥이 자랐으니
모두가 튼튼한 손과 흙손만 못하다네.

■ 주 석

金張第(김장제) : 권문세족의 집을 말한다. '김'은 한漢나라의 김일제金日磾를 가리킨다. 김일제는 무제武帝 때부터 평제平帝에 이르기까지 근시近侍로서 7대 황제의 은총을 누렸다. '장'은 한나라의 장탕張湯을 가리킨다. 장탕의 가문에서는 선제宣帝 이후로 시중侍中, 상시常侍를 지낸 이가 10여 명이다.

王謝宅(왕사택) : 고문망족高門望族을 가리킨다. 육조六朝시대에 왕씨와 사씨는 대대로 망족으로서 문벌이 매우 높았다.

鏝(만) : 흙손. 미장이의 도구.

■ 해 제

《골계여운》에 실린 작품이다. 《골계여운》에는 소령 141수로 1수에 하나의 직업을 읊어 60여 종의 기술자, 30여 종의 점포를 다루었다. 당시 도시 서민의 생활을 통속적이고 해학적인 필치로 생생하게 묘사하였다. 이 작품은 미장이를 읊었다. 미장이가 지은 권문세가들의 화려하고 웅장한 집은 세월 따라 무너지고 쓰러지지만, 그 집을 지은 미장이의 손과 흙손은 건재하다고 하여 노동의 가치를 역설하고 있다.

正宮 醉太平 – 挑擔

麻繩是知己, 扁擔是相識,
一年三百六十回, 不曾閑一日.
擔頭上討些兒利, 酒房中買了一 場醉,
肩頭上去了幾層皮, 常少柴沒米.

정궁 취태평 – 지게꾼

삼끈은 지기요,
지게는 아는 사람.
일 년에 삼백육십 번,
하루라도 쉬었던가.
지게 머리에 이문을 챙기면
술집에서 한바탕 취하니
어깨 위에는 피부가 몇 겹이나 벗겨져도
늘 장작도 떨어지고 쌀도 없다네.

■ 주 석

扁擔(편담) : 굵은 대나무를 쪼개 길고 평평하게 다듬어서 양쪽 끝에 끈으로 바구니를 달고, 어깨로 메서 짐을 운반하는 도구. 여기서는 편의상 '지게'로 옮겼다.

■ **해 제**

어깨 껍질이 몇 번이나 벗겨지도록 일년 내내 하루도 쉬지 않고 짐을 나르지만, 많이 버나 적게 버나 술집으로 달려가 곤드레만드레 취하니 집에는 늘 쌀도 없고 땔감도 없다.

黃鐘 醉花陰 – 燈詞

雨順風調萬民喜, 元夜好皇都第一.
烟靄淡漏聲遲, 十二天街, 明皎皎如白日.
樓上下路東西, 把萬盞花燈高掛起.

畫眉序

珠掩映翠遮圍, 火樹星橋數十里,
喜金吾不禁, 鼓吹聲齊,
賀堯年五穀豐登, 慶上苑新正佳麗.
可知共樂淸平世, 良辰媚景相宜.

喜遷鶯

値堯天新霽, 剔團圞月漾玻璃.

交輝, 氷壺表裏.

月色燈光望眼迷, 端的是難下筆.

一壁廂王孫歡笑, 一壁廂仕女爭馳.

畫眉序

同翫賞共追陪, 月底星前恣遊戲.

看鰲山深夜, 萬象低垂.

綺羅叢風月無邊, 蓬萊境仙凡何異.

可知共樂清平世, 良辰媚景相宜.

出隊子

社火每衣冠新製, 燈影下喬軀老人未識.

粧一箇姜子牙大雪裏釣磻溪,

吊一箇杜子美騎驢醉瀼西,

扮一箇蘇子瞻乘舟遊赤壁.

神仗兒

蹌蹌濟濟, 塞巷塡街, 遊人似蟻.

更有百工技藝貨郎兒堆堆積積.

萬人叢裏, 層樓結勢巍巍.

香靄散影霏霏.

刮地風

密匝匝燈竿高百尺, 花燈兒委實稀奇.
梅花燈朶朶含春意, 雪花燈舞態高低.
一撲撲錦雲飄墜, 一片片彩霞零碎.
鳳噴烟, 麟吐火.
滿城佳氣, 燭乾坤照四極.
動仙音絲竹金石, 早梅香撲面東風細.
呀, 敢喜陽和卽漸回.

耍鮑老

買笑追歡樂無比, 唱紅兒斟綠蟻.
銀箭銅龍謾相催, 拚取今宵醉如泥,
儘留連明月底.

四門子

好風光快殺遊人意, 夜將闌人未歸.
河漢又傾斗柄又移, 只走到鳳城雞亂啼.
月色兒沉燈影兒稀, 四下裏笙歌未息.

鬪雙雞

四時雖佳, 上元最美.

百年人能有幾.

密約須還擬, 來朝相會, 把花燈再看起.

古水仙子

呀呀呀費品題, 看看看燈火輝煌滿帝畿,

是是是一統山河, 喜喜喜萬年祥瑞,

他他他衆元公能爕理, 見見見慶雲呈彩鳳來儀,

敢敢敢見如今四方無戰敵,

有有有老人星隱隱遙天際, 我我我鼓舞樂雍熙.

尾聲

何幸臣民値今日, 好風光相賞休違,

太平人一齊歌聖德.

황종 취화음 - 대보름날 밤

비바람 순조로워 만민이 즐겁구나,

대보름날 밤이 좋기로는 황도가 제일이라.

구름 안개 희미하고 물시계소리 느릿느릿.

열두 거리 환하게 밝아서 대낮 같아라.
누각 아래 위, 거리 이쪽저쪽에
일만 개 꽃등을 높이 걸었네.

화미서

진주 비취 둘러친
불나무 별다리가 수십 리,
기쁘게도 금오가 구경을 금하지 않네.
북소리 나팔소리 일제히 울려
태평성대와 오곡 풍등을 기원하며
설날에 아름다운 상원을 경하하네.
맑은 성세를 함께 즐기는 줄 아노니
좋은 날 아름다운 경치는 서로 어울리네.

희천앵

새로 열리는 태평성대를 만나
둥글둥글 달에는 유리빛이 일렁인다.
광휘가 교차하니 얼음 항아리의 안과 밖이런가.
달빛과 등광에 바라보니 눈이 어지러워
참으로 붓을 대기 어렵구나.
여기서는 왕손들이 즐거이 웃고
저기서는 청춘남녀 다투어 달린다.

화미서

함께 구경하며 서로 따르며
달 아래 별 앞에 마음껏 노닌다.
깊은 밤 오산을 보니
온갖 물상이 걸렸구나.
기라더미에 바람과 달은 가이 없으니
봉래산 풍경에 신선과 속인이 무어 다르리.
맑은 성세를 함께 즐기는 줄 아노니
좋은 날 아름다운 경치는 서로 어울리네.

출대자

사화에는 매번 의관을 새로 지으니
등불 아래 괴상한 이들을 사람들은 모른다네.
큰눈 내리는 반계에서 낚시질하는 강태공을 꾸몄고,
양서에서 취하여 나귀 탄 두자미를 매달았고,
적벽 아래 배 타고 노는 소동파를 장식했다네.

신장아

사람들 왔다갔다
골목을 메우고 거리를 채우네.
개미 같은 구경꾼들,
온갖 기술과 재주꾼 다 있으며 장사꾼들 무리 지었네.
수많은 인파 속에

층루는 높다랗게 솟았고,
향긋한 안개 속에 그림자 흩어져 날린다.

괄지풍

빽빽하게 등불 장대 백 척이나 솟았지만
꽃등은 참으로 희기하네.
매화등은 송이송이 봄뜻을 머금었고,
설화등은 춤사위가 올라갔다 내려갔다,
송이송이 비단 구름이 흩날려 떨어지고
조각조각 채색 노을 산산이 부서진다.
봉황이 연기를 뿜고
기린이 불을 토한다.
온 성에 아름다운 기운 넘쳐
건곤을 쪼이고 사극을 비춘다.
사죽금석 선계의 음악 울리며
조매 향기 얼굴을 때리며 동풍이 살랑이네.
아, 봄이 점점 돌아오니 기뻐하노라.

사포로

웃음 팔고 기쁨 좇으니 즐겁기 그지없어
홍아를 노래하며 녹의주 따른다.
은 화살과 구리 용 물시계는 느릿느릿 가니
오늘 밤을 떼내서 곤드레 취하여
밝은 달 아래 머물리라.

사문자

좋은 풍광에 놀이꾼들 마음 후련하여
밤이 무르익어도 사람들 돌아가지 않는구나.
은하수는 기울고 두병은 옮겨가지만
겨우 걸어서 봉성에 이르니 닭이 어지러이 운다.
월색은 침침하고 등불은 희미하지만
사방에 생가는 그치지 않네.

투쌍계

사시가 좋지만
상원 날이 가장 아름답다네.
백년을 사는 사람 몇이나 있는가?
밀약은 반드시 실천해야지.
내일 아침 모여서
꽃등을 다시 구경하세나.

고수선자

아, 아, 아, 번거로이 구경하네.
보, 보, 보시게, 휘황한 등불 왕성에 가득하네.
그래, 그래, 그래, 일통산하로다.
기, 기, 기쁘게도 만년의 상서라네.
저, 저, 저들 여러 공경들 조화롭게 잘 처리하니
보, 보, 보이네, 울긋불긋 경운과 예의 바치는 봉황이.

아, 아, 아마도 이제 사방에 적이 없으리라.
노, 노, 노인성이 먼 하늘가에 은은하고,
나, 나, 나는 북 치고 춤추며 태평성대 즐기노라.

미성

신민들 오늘을 만나 얼마나 다행인가!
좋은 풍광 서로 구경하여 놓치지 말지어다.
태평한 사람들 일제히 성덕을 노래하네.

■ **주 석**

皇都(황도) : 수도. 여기서는 남경을 가리킨다. 남경은 주원장朱元璋이 수도로 삼은 곳이다. 영락제가 북경으로 천도하였다.

十二天街(십이천가) : '천가'는 도성의 거리를 말한다. 십이천가는 도성의 여러 거리라는 뜻.

火樹星橋(화수성교) : 정월 대보름날의 오산鰲山. 오산에는 갖가지 모양의 등불을 많이 매달므로 등산燈山이라고도 한다.

金吾(금오) : 황성과 도성을 지키는 경호대.

堯年(요년) : 태평성대. 또는 요임금의 나이, 즉 장수를 말한다. 요임금은 160년을 살았다고 한다.

上苑(상원) : 궁궐의 정원. 황제의 정원.

新正(신정) : 정월 초하루. 원단元旦.

社火(사화) : 옛날 절일節日에 향촌 사회에서 굿할 때 벌이던 여러 가지 잡희雜戲.

喬軀老(교구로) : 괴상한 모양의 사람.

蹌蹌濟濟(창창제제) : 많은 사람이 가지런히 절도 있게 걷는 모양.

陽和(양화) : 봄. 봄의 온기.

銀箭銅龍(은전동룡) : 은전은 은으로 장식한 화살로서 물시계에 시각을 표시하는 도구. 동룡은 물시계에서 물이 떨어지는 곳의 용머리 장식. 물시계를 가리킨다.

斗柄(두병) : 북두칠성의 제5, 6, 7성, 즉 형衡, 개태開泰, 요광搖光이다. 국자의 자루에 해당한다. 두병은 밤이 깊어감에 따라 방향을 바꾼다.

鳳城(봉성) : 도성. 수도. 춘추시대 진秦 목공穆公의 딸이 소簫를 불자 봉이 그 성에 내려앉았으므로 그 후로 도성을 봉성이라고 불렀다.

笙歌(생가) : 생笙을 불면서 노래하다. 일반적으로 기악 연주와 가창을 말한다.

品題(품제) : 품평하다. 평론하다. 관상하다.

元公(원공) : 옛날 중앙 정부의 최고 관직을 통칭하여 삼공三公이라 하였다. 주周나라 때는 태사太師, 태부太傅, 태보太保가 삼공이었다. 《서경書經 주관周官》에 "태사, 태부, 태보를 세워 오직 이 삼공이 도를 논하고 나라를 경영하며 음양을 조화시킨다(立太師太傅太保, 茲惟三公, 論道經邦, 燮理陰陽)"고 하였다. '여러 원공(衆元公)'은 조정의 고위 관리들을 가리킨다.

■ 해 제

정월 대보름날의 휘황찬란한 도시의 야경을 묘사하고, 마지막에는 즐거움 뒤의 슬픔을 짤막하게 언급하였다. 대보름날 밤에는 도시의 곳곳에 오산鰲山을 짓고, 오산에 수많은 등을 매달아 밝히므로 등불을 구경하면서 인파와 풍경을 세밀히 묘사하였다. 이 등불놀이는 아마 남경南京에서 본 듯하다. 오산에 여러 가지 인형을 매달면서 해마다 의관을 새로 짓는 데다 형상도 괴상하여 사람들은 그들이 누구인지 알 수가 없다. 진탁은 3인, 즉 강태공, 두보, 소식을 거명하였다. 명나라 때 남경의 원소절 밤을 그린 〈남도번회도〉와 북경 고궁의 밤을 그린 〈헌종원소절행락도〉의 오산에 매달린 인형에는 이 세 사람으로 보이는 형상이 없다. 장소와 시대에 따라 매다는 인물이 바뀔 수도 있고, 또는 그림 속 오산의 뒷면에 매달아 놓아 그림에는 나타나지 않았을 수도 있다.

왕구사王九思(1468–1551)

자는 경부敬夫, 호는 미피渼陂이며, 섬서陝西 호현鄠縣(지금의 호현戶縣) 사람이다. 홍치弘治 9년(1496)에 진사 급제하여 서길사庶吉士로 뽑혔고, 후에 한림원 검토檢討에 임명되었다. 이몽양李夢陽, 하경명何景明, 강해康海 등과 "문장은 반드시 진나라 한나라를 본받고, 시는 반드시 성당을 본받는다(文必秦漢, 詩必盛唐)"는 구호를 제창하며 문단을 주도한 '전칠자前七子'의 일원이다. 정덕正德 4년(1509)에 이부문선주사吏部文選主事가 되고 그 해에 다시 원외랑員外郞에서 낭중郞中으로 승진하였다. 이부에 있던 시절, 폐단을 혁파하고 인재를 선발하는 등 능력을 발휘하였다. 정덕 5년 8월, 환관 유근劉瑾이 처형되고, 그의 당파를 조정에서 몰아낼 때 유근과 동향인 왕구사도 연루되어 수주壽州(지금의 안휘성安徽省 수현壽縣) 동지同知로 폄적되었다. 수주에서 직무에 충실하여 치적을 쌓았지만 다음해 43세에 결국 귀향하고 말았다. 고향에서 자신과 비슷한 처지에 놓였던 강해와 왕래하며 산수에 정을 맡긴 채 음주가무, 희곡과 산곡 창작으로 소일하였다. 의약에도 조예가 깊었으며, 지역 사회의 영신새사迎神賽社에 문필文筆로 기여하였다. 시문집으로는 《미피집渼陂集》, 《미피속집渼陂續集》이 있고, 산곡집으로는 《벽산악부碧山樂府》, 《벽산속고碧山續稿》, 《벽산신고碧山新稿》가 있다.

雙調 新水令 – 祀先樂章 (降神)

祖宗積德慶源長, 這洪恩子孫難忘.

念爲人須報本, 擧禴祀與蒸嘗.

今日箇對越恭莊, 冀靈爽蚤臨降.

水仙子 – 初獻

釀成淸酒滿銀缸, 製出新聲遶畫梁,
箏琶簫管同嘹喨.
聚精神思孝享, 霎時間來格洋洋,
颯然的如臨其上, 霎然的如臨四傍, 瀟洒悠揚.

折桂令 – 亞獻

想當初累世行藏, 孝友廉平,
謙謹剛方, 仁藹鄕鄰,
名傳遠近, 德感穹蒼.
漸有了科名聞望, 正合修德行文章.
門戶爭光, 忠孝傳芳, 子子孫孫無忝無荒.

鴈兒落帶得勝令 – 終獻

數年來構此堂, 四代主皆南向.
喜舊栽翠栢高, 看遠映靑山障.
日影轉回廊, 塵靄隔危墻,
遂却平生志, 還期後嗣昌.
馨香蘋藻, 年年上禎祥, 兒孫箇箇强.

沽美酒 – 侑食

積善的降百祥, 積惡的有餘殃.
天道昭然無少爽, 又何須細講.
祖宗賢子孫良.

太平令

瑞麒麟怎產豺狼, 惡鴟梟怎哺鸞凰.
前簷水還從前降, 器和模還同一様.
惟願的父良, 子良.
一箇箇顯揚, 托賴着祖宗神貺.

尾聲 – 送神

致齋明怎敢生虛妄, 但行時禮度周詳.
想着那神靈歡喜享芬芳, 保祐的瓜瓞綿綿,
千百世人文越宣朗.

쌍조 신수령 – 조상을 제사하는 악장 (강신)

조종께서 덕을 쌓아 복의 근원이 깊으니
이 큰 은혜를 자손들은 잊을 수 없습니다.
사람 되었음을 생각하면 반드시 조상께 보답해야 하니

봄 여름 가을 겨울 제사를 올립니다.
오늘은 제사를 올리매 공경 장엄하니
신명은 빨리 강림하시기를 바라나이다.

수선자 – 초헌

맑은 술 빚어 은항아리에 가득하고
새 노래 만들어 들보를 감돌며
쟁 비파 소 관이 동시에 맑게 울립니다.
정신을 모아 제사를 생각하니
삽시간에 너울너울 강림하시어
빠르게 그 위에 임하시는 듯
순식간에 사방에 임하시는 듯
유유자적하십니다.

절계령 – 아헌

당시 여러 대에 걸친 출세와 은둔,
효도와 우애, 청렴과 공평,
겸양과 근신, 강직과 방정을 생각하니
어짊은 향린에 퍼졌고
이름은 원근에 전파되었으며
덕은 하늘을 감동시켰습니다.
점차 과거의 공명과 명망을 거두셨고
바로 덕행과 문장을 수양한 결과였습니다.
가문은 영광을 다투고

충효는 향기를 날리며
자자손손 욕되지 않고 어지럽지도 않습니다.

안아락대득승령 - 종헌

몇 년 동안 이 집을 지어서
사대의 신주가 모두 남쪽을 바라봅니다.
예전에 심은 푸른 측백나무 높아 기쁘고
멀리 비치는 병풍 같은 푸른 산을 봅니다.
해 그림자 회랑을 돌고
자욱한 구름은 높은 담장 너머에 있으니
평생의 뜻을 이루고
다시 후손 번창을 기약합니다.
향기로운 제수
해마다 길상을 올리니
자손들 모두가 강건하게 하소서.

고미주 - 유식

선을 쌓은 집에는 온갖 상서 내리고
악을 쌓은 집에는 후대에 재앙 있으리다.
천도는 환하여 조금도 어그러짐 없으니
왜 또 세세히 말하리오.
조종은 현명하고 자손은 선량합니다.

태평령

상서로운 기린이 어찌 승냥이를 낳겠는가?
사악한 올빼미가 어찌 난새 봉새를 먹이겠는가?
앞 처마의 물은 다시 앞으로 떨어져
그릇과 같은 모양이 되니
오직 아버지 선량하고
아들도 선량하기를 바랍니다.
한 사람 한 사람 조상을 빛내고
조종의 은사에 의지합니다.

미성 – 송신

삼가고 엄숙하여 어찌 허망할 수 있겠습니까?
다만 때맞추어 예의를 두루 자세히 갖춥니다.
신령은 즐거이 향기로운 음식을 흠향하시고,
자손들 무궁하고
천백 세 사람들 문채 더욱 빛나도록 보우하소서.

■ 주 석

禴祀與烝嘗(약사여증상) : '약사'와 '증상'. 조상에게 올리는 제사 명칭. 봄 제사는 사祠, 여름 제사는 약禴, 가을 제사는 상嘗, 겨울 제사는 증烝이라고 한다. '사祀'는 '사祠'와 같고, '증蒸'은 '증烝'과 같다.

對越(대월) : 제왕이 천지 신령에게 제사 지내는 것을 가리킨다.

靈爽(영상) : 신령神靈. 신명神明.

嘹喨(요량) : 소리가 맑게 울리는 모양.

孝享(효향) : 제사.
來格(내격) : 이르다. 강림하다.
颯然(삽연) : 빠르게.
霎然(삽연) : 재빨리.
行藏(행장) : 출처出處, 행지行止. 《논어論語 술이述而》에 "임용하면 행하고, 해임하면 숨는다(用之則行, 舍之則藏)"고 하였다.
穹蒼(궁창) : 하늘.
科名(과명) : 과거에서 이룬 공명.
無忝(무첨) : 부끄러움이 없다. 욕되지 않다.
無荒(무황) : 어지러워지지 않다.
四代主(사대주) : 4대의 신주神主.
翠栢(취백) : 푸른 측백나무. 측백은 사당에 많이 심는다.
日影(일영) : 햇빛. 햇빛이 만드는 그림자.
塵靄(진애) : 자욱한 먼지. 자욱한 구름.
遂却(수각) : 이루다. 완수하다.
蘋藻(빈조) : 제수품. 제사.
禎祥(정상) : 길상吉祥.
餘殃(여앙) : 후대에 내리는 재앙.
爽(상) : 상실. 파괴. 차별.
前簷水(전첨수) : "앞 처마에 떨어진 빗물은 뒤 처마로 흐르지 않고(前簷水不打後簷流)" 앞으로 떨어진다. 이 말은 하나하나 조상이 남긴 자취를 따른다는 뜻이다.
神貺(신황) : 신령의 은사恩賜.
周詳(주상) : 주도면밀周到綿密.

■ 해제

조상을 제사 지낼 때 사용하는 악장을 투곡 형식을 채용하여 지었다.

강해康海(1475-1540)

자는 덕함德涵, 호는 대산對山, 반동어부浒東漁父이며, 섬서 무공武功 사람이다. 효종孝宗 홍치弘治 7년(1494)에 현학縣學에 들어갔으며, 이때 제학부사提學副使 양일청楊一清이 섬서에 독학督學차 왔다가 그의 문장을 보고 그 재주를 칭찬하고 상원감이라고 칭찬하였다. 24세 때 향시에 급제하고, 다음해 북경으로 가서 회시會試에 응시하였으나 낙방하였다. 홍치 15년(1502) 전시殿試에서 과연 장원 급제하여 한림원翰林院 수찬修撰 겸 경연강관經筵講官이 되었고, 《헌종실록憲宗實錄》과 《효종실록孝宗實錄》 편찬에 참여하였다. 무종武宗 때 환관 유근劉瑾이 처형되자 그의 당파로 분류되어 파직되었다. 전칠자前七子의 한 사람이며, 시문집 《대산집對山集》과 잡극雜劇 《중산랑中山狼》, 《왕란경진열전王蘭卿眞烈傳》을 지었고, 산곡집 《반동악부浒東樂府》를 남겼다.

南呂 罵玉郎感皇恩採茶歌 - 丁卯卽事

玉階昨夜妖星見, 排正直, 寵奸權,
人人剝削夸劉宴.
奏文宣, 阿武偃, 題封禪.

感皇恩

順水推船, 揀空拋磚,
假粧公, 胡揑鬼, 大欺天.
翻了舊典, 弄出新圈.

竄馮唐, 囚李廣, 薦韓嫣.

採茶歌

盡爭先, 要調元,
搬騰的赤眉銅馬遍中原.
已往斯高須未遠, 方來狐鼠要憂鸇.

남려 매옥랑감황은채다가 - 정묘즉사

옥 섬돌에 어젯밤 요성이 보이더니
정직한 이 배척하고
간신을 총애하네.
사람마다 핍박받은 이로는 유안을 최고로 치지.
문선왕께 제문을 올리고,
군비를 중지시키고,
태산 봉선에 노래를 지었지.

감황은

물결따라 배를 밀고,
트집 잡아 돌을 던지고,
허세 부리고
마구 거짓을 날조하고
하늘을 속이지.

옛 법도를 뒤집고
새 올가미를 만드네.
풍당을 쫓아내고,
이광을 가두고,
한언을 천거하지.

채다가

오로지 앞만 다투고,
재상이 되려 하여,
날뛰는 적미군 동마군을 중원으로 불렀네.
이전의 이사李斯 조고趙高도 그리 멀지 않건만,
이제 여우와 쥐가 새매를 시름에 빠뜨리네.

南呂 罵玉郎感皇恩採茶歌 – 丁卯卽事

平生正直存公道, 翻落後, 小兒曹.
讒言浪語千般造,
蕙成茅, 眞當草, 恭爲傲.

感皇恩

任意嘵嘵, 信口嗷嗷.

子淵愚, 無鹽美, 鄧通高.
芟了瑞草, 護起蕪苗.
恨塡胷, 寃徹骨, 事慙學.

採茶歌

暗劃度, 細評駁,
多敢是天時人事有崎嶢.
玉潔氷淸終自保, 虛名微利怕題着.

남려 매옥랑감황은채다가 – 정묘즉사

평생 정직하고 도를 품었건만
오히려 뒤처졌구나,
소인배에게.
참언과 망언을 천 가지로 날조하여,
혜초가 띠풀 되고,
진서는 초서 되고,
공손은 오만이 되어버렸네.

감황은

마음대로 지껄이고
입에서 나오는 대로 떠들어

안연은 어리석고
무염녀는 아름답고
등통은 고상하단다.
서초는 베고
잡초 싹은 일으켜 세우네.
한이 가슴에 차고
원이 뼈에 사무치며
일은 흉내 내기도 부끄러워.

채다가

가만히 헤아려 보고
자세히 따져 보니
아마도 하늘의 때와 사람의 일에 기괴함이 있는 듯.
옥은 깨끗하고 얼음은 맑아서 끝까지 스스로를 지키니
헛된 명성과 조그만 이익을 돌아보리오.

▩ 주 석

玉階(옥계) : 옥돌로 만든 섬돌. 조정을 가리킨다.

妖星(요성) : 재앙을 예고하는 별. 혜성彗星.

剝削(박삭) : 핍박하다.

劉宴(유연) : 유안劉晏. 715-780. '연宴'은 '안晏'과 통하는 글자이다. 유안은 당唐나라 때 경제를 개혁하여 큰 성과를 올린 관료이다. 자는 사안士安이며, 조주曹州 남화南華(지금의 동명현東明縣) 사람으로, 어려서 신동으로 불렸으며, 《삼자경三字經》에 이름이 올랐다. 이부상서동평장사吏部尙書同平章事, 영탁지領度支, 주전사鑄錢使, 염철사鹽鐵使 등을 역임하였다. 일련의 개혁정책을 실시하여 안사安史의 난 이후 피폐해진 경제를 회복시키는 데 큰 공을 세웠다. 덕종德宗이 즉위한 후 양염楊炎이 집정하고 그를 모함하여 옥중에서 자결하였다. 그의 집을 수색하니 책 두 수레와 곡식 몇 석만 나왔다고 한다.

文宣(문선) : 공자孔子. 당나라 때 공자를 문선왕에 봉하였다. 유안은 국자좨주國子祭酒를 지냈으므로 공자에게 제문을 올렸다고 하였다.

封禪(봉선) : 제왕이 태산泰山에서 천지에 올리던 제사. 유안은 8세 때 현종玄宗이 태산에서 봉선을 거행하자 송頌을 지어 바쳤다.

粧么(장마) : 허세를 부리다.

馮唐(풍당) : 서한西漢 사람으로 효성으로 이름이 높았다. 문제文帝, 경제景帝 때에는 임용되지 못하고, 무제武帝가 현량賢良을 구할 때 천거되었다. 그러나 풍당은 이미 나이가 90세가 넘어 결국 벼슬하지 못하였다.

李廣(이광) : 한 무제 때의 명장으로 여러 번 전공을 세웠으나 봉작封爵을 받지 못하였다.

韓嫣(한언) : 한 무제 때의 폐신嬖臣으로 후에 궁비宮妃와 간통하다가 들켜서 죽었다.

調元(조원) : 조화調和와 음양陰陽. 재상을 가리킨다.

赤眉銅馬(적미동마) : 농민의 기의起義를 가리킨다. '적미'는 한나라 말기 번숭樊崇이 일으킨 농민 봉기군으로 눈썹을 붉게 칠하였다. '동마'는 동마군銅馬軍으로 왕망王莽의 신新나라 말년에 하북河北에서 일어난 농민 반군이다.

斯高(사고) : 이사李斯와 조고趙高.

子淵(자연) : 안회顔回의 자.

無鹽(무염) : 무염녀無鹽女. 전국시대戰國時代 제齊 선왕宣王의 비 종리춘鍾離春. 무염읍無鹽邑 사람으로 후덕하였지만 용모가 추하였다. 후대에는 추녀의 대명사로 쓰였다.

鄧通(등통) : 서한 촉군蜀郡 남안南安(지금의 사천성四川省 낙산樂山) 사람. 문제文帝의 총남寵男으로 상대부上大夫에 올랐다. 문제의 종기를 입으로 빨아 치료하였으며, 구리 광산과 주전권鑄錢權을 얻어 거부가 되었다.

瑞草(서초) : 옛날 길상으로 여긴 풀. 영지靈芝, 명협蓂莢 등. 선초仙草라고도 한다.

■ 해 제

정묘년은 정덕正德 2년(1507)이다. 무종武宗이 즉위하고 환관 유근劉瑾이 권력을 장악하여 정사가 어지러워지자 대학사大學士 유건劉健, 사천謝遷 등이 유근을 죽이라고 건의하였으나 무종은 듣지 않았을 뿐만 아니라 오히려 그를 더욱 중용하였다. 정덕 2년 정묘년에 유근이 조칙을 위조하여 유건과 사천 등 53인을 간당奸黨으로 몰아 공포하였다. 유근을 천하진수태감天下鎭守太監에 명하여 형명刑名 정사에 관여하게 하니 조야가 불안하여 강서江西 등지에서 농민이 봉기하였다. 강해는 이에 이 산곡을 지어 유근을 풍자하였다. 현실 정치를 비판한 산곡 작품으로는 최초로 꼽힌다.

이개선李開先(1502-1568)

자는 백화伯華, 호는 중록자中麓子, 중록산인中麓山人, 중록방객中麓放客이며, 산동山東 장구章丘 사람이다. 가정嘉靖 8년(1529)에 진사 급제하여 호부주사戶部主事, 이부고공주사吏部考功主事, 원외랑員外郎, 낭중郎中을 역임하였고, 제독사이관태상시소경提督四夷館太常寺少卿으로 승진하였다. 가정 20년, 조정의 부패를 목도하고 하언夏言 내각을 탄핵했다가 오히려 쫓겨났다. 귀향하여 조정에서 다시 기용해 주기를 바랐으나 권신들에게 아부하지 않아 끝내 재기하지 못하였다. 가정 초년에 왕신중王愼中, 당순지唐順之, 조시춘趙時春 등과 함께 '팔재자八才子'로 불렸으며, 귀향한 이후에는 섬서陝西의 강해康海, 왕구사王九思를 찾아 함께 어울렸다. 파직 후 고향에서 원림을 가꾸고 사사詞社를 결성하여 민가를 수집하고 직접 작곡도 하였다. 그는 당시의 저명한 장서가였으며, 특히 희곡 작품을 많이 모아 '사산곡해詞山曲海'라는 명칭을 얻었다. 제자들과 함께 원잡극元雜劇 16종을 교정하여 《개정원현전기改定元賢傳奇》를 간행하였다. 당시 민간의 소곡小曲 형식을 이용하여 《중록소령中麓小令》 100수를 지어 널리 퍼졌으며, 왕구사가 이에 화작하여 100수를 지어 《방장대백곡傍粧臺百曲》으로 합간하였다. 희곡 작품으로는 전기傳奇 《보검기寶劍記》를 지었고, 원본院本 《원림오몽園林午夢》, 《타아선打啞禪》 등 6종을 지어 《일소산一笑散》이라는 이름으로 묶었다. 희곡이론서 《사학詞謔》을 저술하였다.

仙侶 傍粧臺

笑嘻嘻, 葫蘆提罷大家提.
世情都把眞僞假, 不辯是和非.
五陵豪氣空千丈, 百歲光明已四十.

三十而立, 七十者稀.

得棲遲處且棲遲.

선려 방장대

희희 웃으며

멍청해져버려서 모두가 지적하네.

세태는 진짜를 가짜라고 하고

옳음과 그름을 따지지 않네.

권문세가의 기상은 실없이 천 길이나 되고

백년 세월 가운데 벌써 사십 년이 지났구나.

서른에 홀로 서서

일흔 된 사람은 드물다네.

노닐며 쉴 곳에서는 노닐며 쉬어야지.

▩ 주 석

葫蘆提(호로제) : 멍청히. 멍청하다.

五陵豪氣(오릉호기) : '오릉'은 서한의 다섯 황제의 무덤 장릉長陵, 안릉安陵, 양릉陽陵, 무릉茂陵, 평릉平陵을 말한다. 모두 위수渭水 북쪽 지금의 함양咸陽 부근에 있다. 장안 부호와 외척이 여기에 살았다. '오릉호기'는 권문세족의 호매한 기상을 말한다.

▩ 해 제

1544년 파관罷官의 충격을 극복하면서 남곡南曲 〈방장대〉 곡패를 이용하여 자신의 내면을 읊은 100수를 지었다. 판각하여 지인들에게 보냈으며, 많은 문인이 화작과 발문을 썼다.

正宮 醉太平 - 譏貪狠小取者

奪泥燕口, 削鐵針頭,
刮金佛面細搜求, 無中覓有.
鵪鶉嗉裏尋豌豆, 鷺鷥腿上劈精肉,
蚊子腹內刳脂油, 虧老先生下手.

정궁 취태평 - 탐욕스럽고 사나워 작은 이익을 취하는 자를 비꼬다

제비 주둥이에서 진흙을 빼앗고,
바늘 끝에서 쇠를 깎아내고,
부처 얼굴에서 금을 벗겨 세세하게 모아서
무에서 유를 찾는구나.
메추리 멀떠구니에서 완두를 찾고,
백로 다리에서 정육을 발라내고,
모기 배에서 기름을 도려내니
참으로 그대 노선생의 솜씨 덕분이라네.

■ **주 석**

嗉(소) : 조류의 모이주머니.
老先生(노선생) : 관료나 지주 등 착취계급을 가리킨다.
下手(하수) : 손을 대다.

■ **해 제**

이 곡은 이개선의 희곡집 《일소산》에 들어 있으며, 이개선의 작품은 아니다. 과장과 해학의 수법으로 백성을 착취하는 관료나 지주 등 착취계급을 신랄하게 풍자하였다.

풍몽룡馮夢龍(1574-1646)

자는 유룡猶龍, 자유子猶이며, 호는 용자유龍子猶, 묵감재주인墨憨齋主人, 고곡산인顧曲散人, 오하사노吳下詞奴, 고소사노姑蘇詞奴, 전주주사前周柱史 등이다. 남직예南直隸 소주부蘇州府 장주현長洲縣(지금의 강소성江蘇省 소주시蘇州市) 사람이다. 소설, 희곡, 민가, 소화笑話 등 통속문학의 수집, 정리, 편집, 창작에 큰 업적을 남겼다. 백화 단편소설로는 《유세명언喩世明言》, 《경세통언警世通言》, 《성세항언醒世恒言》을 펴냈고, 강사류講史類로는 《동주열국지東周列國志》, 《평요전平妖傳》 등, 민가류로는 《괘지아掛枝兒》, 《산가山歌》, 《협죽도夾竹桃》 등, 필기류筆記類로는 《지낭智囊》, 《고금담개古今談概》, 《정사情史》, 《소부笑府》, 《연거필기燕居筆記》 등을 편찬하였다. 희곡 방면에서는 전기 《쌍웅기雙雄記》와 《만사족萬事足》을 지었고, 《묵감재정본전기墨憨齋定本傳奇》 등 많은 작품을 개정하였다.

掛枝兒 – 同心

眉兒來, 眼兒去,
我和你一齊看上,
不知幾百世修下來, 與你恩愛這一場.
便道更有箇妙人兒, 你我也插他不上.
人看著你是男我是女, 怎知我二人合一箇心腸.
若將我二人上一上天平也, 你半斤我八兩.

괘지아 - 동심

눈빛이 가고
눈빛이 오고,
나와 당신은 동시에 반했어요.
몇백 세상을 수양해서
당신과 이 사랑을 맺었는지 몰라요.
다시 좋은 사람이 있다고 해도
당신과 나는 그 사람을 끼어 줄 수 없어요.
사람들이 보기에 당신은 남자, 나는 여자,
우리 두 사람은 한마음인 줄 어이 알겠어요.
우리 두 사람을 저울 위에 올려놓는다면
당신은 반 근, 나는 여덟 량.

■ 주 석

天平(천평) : 천칭天秤. 양팔저울.

半斤(반근), 八兩(팔량) : 옛날 무게의 단위는 16량兩이 1근斤이었다. '반 근'과 '팔량'은 같은 무게이다.

■ 해 제

'괘지아'는 명대 말기에 민간에서 유행한 곡조로서 북방의 '타조간打棗竿'이 남방으로 전파되어 바뀐 이름이다. 풍몽룡은 이 곡조의 가사를 모아 《괘지아掛枝兒》를 편집하였다. 남녀간의 사랑을 솔직하고 통속적인 언어로 노래한 작품이 많다.

풍몽룡은 이 작품에 대해 "이 천평은 사람을 속이는가? 그렇지 않다면 두 사람은 반드시 사랑 때문에 죽을 것이다(這天平欺頭否. 不然二人定爲情)"라고 평어를 달았다.

掛枝兒 – 錯認

月兒高, 望不見我的乖親到.
猛望見窗兒外, 花枝影亂搖,
低聲似指我名兒叫.
雙手推窗看, 原來是狂風擺花梢.
喜變做羞來也, 羞又變做惱.

괘지아 – 착각

달은 높건만
바라보아도 얄미운 임 오시지 않네.
문득 창밖을 보니
꽃가지 그림자 어지러이 흔들리며
나지막이 내 이름을 부르는 듯.
두 손으로 창을 밀치고 보니
광풍이 꽃가지를 흔든 것이었어.
기쁨이 부끄러움으로 바뀌고
부끄러움이 또 괴로움으로 바뀌네.

■ **주 석**

乖親(괴친) : 연인에 대한 애칭. '괴乖'는 순종한다는 뜻도 있다.

■ **해 제**

휘영청 밝은 달밤에 임을 기다리다가 꽃가지 흔들리는 그림자가 임인 줄만 알았다. 반가이 문을 열었다가 속은 줄 알고서 부끄러워한다. 이 노래는 조선시대의 시조와 비교 감상하면 더욱 재미있다.

> 벽사창碧紗窓이 어룬어룬커ᄂᆞᆯ 임만 녀겨 다가 보니
> 임은 아니 오고 명월이 만정滿庭한듸
> 벽오동碧梧桐 져즌 닙헤 봉황이 ᄂᆞ려와 깃 다듬 ᄂᆞᆫ 그림제로다
> 모쳐라 밤일싀만정 ᄂᆞᆷ 우일 번ᄒᆞ괘라.

山歌 – 桐城時興歌 (燈影)

一盞孤燈照書齋, 更深夜靜好難捱.
回頭觀見壁上影, 好似我寃家背後來.
恨不得翻身摟抱在懷.

산가 – 동성시흥가 (등불 그림자)

외로운 등불이 서재를 비출 제
밤은 삼경 고요하니 견디기 어려워라.
고개 돌려 벽의 그림자 보니
내 원수 덩어리가 등 뒤로 온 듯.
몸을 돌려 품에 안지 못해 한스러워라.

■ 해 제

산가는 형식이 짧고 곡조는 질박하며, 절주는 자유로운 민가로서 주로 남방의 고원, 산촌, 어촌 등지에서 유행하였다. 풍몽룡은 당시의 산가를 수집하여 《산가山歌》 10권을 편집하였다. 권1부터 권4까지는 '서정4구抒情四句', 권5는 '잡가4구雜歌四句', 권6은 '영물4구詠物四句', 권7은 '사정잡체私情雜體', 권8은 '사정장가私情長歌', 권9는 '잡영장가雜詠長歌', 권10은 '동성시흥가桐城時興歌'이다. 동성시흥가는 명대 중후기 안휘성安徽省 동성에서 발생한 곡조로서 점차 오吳 방언 지구에 퍼졌다. 위의 노래와 심정은 같지만 그 대응이 다르다. 어느 노래가 더 절절한 그리움을 담고 있을까.

웅임환熊稔寰(만력萬曆 연간)

만력 연간 복건福建에서 활동한 출판가이다. 여러 종의 희곡집과 민가집을 편집, 출판하였다. 《신침천하시상남북휘지아조新鋟天下時尙南北徽池雅調》는 그가 편집한 희곡 및 민가 선집으로 아래 작품이 실려 있다. 작가는 알 수 없다.

劈破玉 — 分離

要分離, 除非天做了地.
要分離, 除非東做了西.
要分離, 除非官做了吏.
你要分時分不得我, 我要離時離不得你.
就死在黃泉, 也做不得分離鬼.

벽파옥 - 헤어짐

헤어지겠어요,
하늘이 땅이 되면.
헤어지겠어요,
동쪽이 서쪽이 되면.
헤어지겠어요,
사또가 아전 되면.
그대는 헤어질 때 나를 떼어놓을 순 없어요.
나도 떠나갈 땐 그대를 떼어놓을 수 없어요.
죽어 황천에 가더라도
이별의 귀신이 될 수는 없어요.

■ **해 제**

'벽파옥'은 명대에 널리 유행한 민간소곡小曲의 곡조이다. 고려가요 〈정석가鄭石歌〉와 비교 감상하면 더욱 재미있다.

딩아 돌하 당금當今에 계샹이다
딩아 돌하 당금當今에 계샹이다
선왕성대先王聖代에 노니ᄋᆞ와지이다

삭삭기 셰몰애 별헤 나ᄂᆞᆫ
삭삭기 셰몰애 별헤 나ᄂᆞᆫ
구은밤 닷되를 심고이다
그바미 우미 도다 삭나거시아
그바미 우미 도다 삭나거시아
유덕有德ᄒᆞ신 님을 여ᄒᆞᅌᆞ와지이다

옥玉으로 연蓮ㅅ고즐 사교이다
옥玉으로 연蓮ㅅ고즐 사교이다
바회우회 접주接柱ᄒᆞ요이다
그 고지 삼동三同이 퓌거시아
그 고지 삼동三同이 퓌거시아
유덕有德ᄒᆞ신 님 여ᄒᆡ ᄋᆞ 와지이다

므쇠로 텰릭을 ᄆᆞᆯ아 나ᄂᆞᆫ
므쇠로 텰릭을 ᄆᆞᆯ아 나ᄂᆞᆫ
철사鐵絲로 주롬 바고이다
그 오시 다 헐어시아
그 오시 다 헐어시아
유덕有德ᄒᆞ신 님 여ᄒᆡ ᄋᆞ 와지이다

므쇠로 한쇼를 디여다가
므쇠로 한쇼를 디여다가
철수산鐵樹山에 노호이다
그 쇠 철초鐵草를 머거아
그 쇠 철초鐵草를 머거아
유덕有德ᄒᆞ신 님 여ᄒᆡ ᄋᆞ 와지이다

구스리 바회예 디신ᄃᆞᆯ
구스리 바회예 디신ᄃᆞᆯ
긴힛ᄃᆞᆫ 그츠리잇가

즈믄 ᄒᆡ를 외오곰 녀신ᄃᆞᆯ
즈믄 ᄒᆡ를 외오곰 녀신ᄃᆞᆯ
신信잇ᄃᆞᆫ 그츠리잇가

찾아보기_시제詩題

ㅂ

ㅅ

ㅇ

ㅈ

ㅊ

찾아보기_시구詩句

ㄱ

ㄴ

ㄷ

ㅁ

ㅂ

ㅅ

ㅇ

ㅊ

ㅋ

ㅌ

ㅍ

ㅎ